胡峰 著

诗界革命

中国现代新诗的萌蘖

中国社会科学出版社

图书在版编目(CIP)数据

诗界革命:中国现代新诗的萌蘖:诗歌本体的现代转型研究/胡峰著. —北京:中国社会科学出版社,2015.10
ISBN 978-7-5161-6545-4

Ⅰ.①诗… Ⅱ.①胡… Ⅲ.①新诗—诗歌研究—中国 Ⅳ.①I207.25

中国版本图书馆CIP数据核字(2015)第160003号

出版人	赵剑英
责任编辑	郭晓鸿
特约编辑	席建海
责任校对	韩海超
责任印制	戴 宽

出 版	中国社会科学出版社
社 址	北京鼓楼西大街甲158号
邮 编	100720
网 址	http://www.csspw.cn
发行部	010-84083685
门市部	010-84029450
经 销	新华书店及其他书店
印 刷	北京君升印刷有限公司
装 订	廊坊市广阳区广增装订厂
版 次	2015年10月第1版
印 次	2015年10月第1次印刷
开 本	710×1000 1/16
印 张	16.75
插 页	2
字 数	269千字
定 价	62.00元

凡购买中国社会科学出版社图书,如有质量问题请与本社营销中心联系调换
电话:010-84083683
版权所有 侵权必究

目　录

序 …………………………………………………………… 吕周聚（1）
导论　研究热土中的"飞地"
　　——诗界革命中诗歌本体的现代转型研究 …………………（1）
第一章　文言的解体与白话的探寻 ……………………………（23）
　　第一节　诗歌语言：由文言向白话过渡的开端 ………………（24）
　　第二节　"我手写我口"：便于交流与凸显主体地位的口语 …（37）
　　第三节　"天籁难学"：对抗正统的方言 ………………………（57）
　　第四节　"开新壁垒"：牵引表达与情感体验的新名词 ………（68）

第二章　声律节奏传统的失范与自然方向的确立 ……………（90）
　　第一节　韵律规则的破格 ………………………………………（92）
　　第二节　节奏模式的解放 ………………………………………（112）

第三章　现代意象的创造及诗歌功能的拓展 …………………（128）
　　第一节　物态化意象的丰富与新变 ……………………………（131）
　　第二节　事象的增加及影响 ……………………………………（144）
　　第三节　意象空间的收缩与诗歌功能的拓展 …………………（161）

第四章　自由诗体的多维探求 …………………………………（176）
　　第一节　传统格律体：难以固守的旧诗体 ……………………（177）

— 1 —

第二节　民谣体:易于普及的民间形式 …………………………（191）
第三节　歌体诗:自由与诗性的统一体 …………………………（204）
第四节　散文化诗体:彰显性情的灵活样式 ……………………（219）

结语　诗界革命对现代新诗诞生的发生学意义 ………………（241）
参考文献 ………………………………………………………………（253）
后记 ……………………………………………………………………（260）

序

19世纪末20世纪初，中国开始了从封建社会向现代社会、从农业文明向工业文明的艰难转型，伴随着社会的转型，诗歌也开始了从旧体诗（格律诗）向新体诗（自由诗）的艰难转型。旧体诗与新体诗如同两个桥头堡，划分出两种不同的诗歌观念、文体观念和审美观念。多年来，学术界将旧体诗与新体诗作为两种不同的文体形式来进行研究，在各自的领域皆取得了丰硕成果。然而，中国诗歌如何完成了从旧体诗向新体诗的转型？这是诗歌研究领域一个亟待解决而又未能很好地得到解决的诗学问题，是诗歌研究领域一个有待深入拓展的领域。从这一角度来说，胡峰的博士论文《诗界革命——中国现代新诗的发生》是一个非常有学术理论价值的选题。胡峰对诗歌研究有浓厚的兴趣，他选择"诗界革命"作为博士论文的研究对象，力图从发生学的角度来探讨中国诗歌如何完成从旧体诗向新体诗的转型。

格律诗形成于唐朝，是中国诗歌发展的高峰；新体诗出现于20世纪初，是现代诗歌的滥觞。学术界一般将新体诗的出现与胡适联系在一起，这是有道理的。胡适大力提倡诗歌革命，开创了现代新诗的新局面。然而，新体诗理论并非是胡适的首创，新体诗的实践也并非开始于胡适。早在胡适之前，黄遵宪、梁启超等人就在思考、探索诗歌的改革问题，这就是历史上著名的"诗界革命"。多年来，由于意识形态等各种原因作祟，晚清文学（或曰近代文学）处于尴尬的状态，徘徊于古代文学与现代文学的中间地带，未能引起学术界的足够重视，作为晚清文学重要构成部分的

"诗界革命"自然也难以幸免。现在,随着意识形态的祛魅,随着学术视野的不断拓展,晚清文学日益引起学术界的重视。国内学术界在晚清文学研究领域取得了不菲的成绩,尤其在史料的整理、文学史的编撰方面取得了重要的进展;海外汉学界对晚清文学的研究则在理论方法、观念方面取得了重要进展,并对国内的学术研究产生了重要影响,王德威的"没有晚清,何来五四"的论断深刻地揭示出了晚清文学与五四文学之间的内在逻辑关系,为我们探讨旧体诗向新体诗的转型提供了一个很好的参照坐标。

导致旧体诗向新体诗转型的原因是多方面的,既有外在的社会、政治、文化的原因,也有诗歌内部自身的原因。按照辩证法的观点,外因是通过内因而起作用的,因此,从诗歌内部出发来深入探讨才能说清楚旧体诗如何向新体诗转型这一复杂问题。胡峰巧妙地抓住了诗歌转型这一命脉,从诗歌本体的角度切入来探讨旧体诗向新体诗的转型问题。诗歌本体是指构成诗歌特征的基本要素,包括语言、节奏、意象、体式等。众所周知,诗歌是语言的艺术,语言形式成为区分旧体诗与新体诗的重要标准,旧体诗与文言、新体诗与白话之间形成了密切的对应关系,要探讨旧体诗向新体诗的转型就必须要讨论从文言向白话转型的问题。黄遵宪提出的"我手写吾口"的理论主张,从理论上开启了口语入诗的先河,确立了口语入诗的合理性与合法性,这预示着文言在诗歌中地位的衰落,旧体诗的解体也就成了历史的必然。胡峰从方言、新名词入诗着手来探讨旧体诗的解构与新体诗的建构,抓住了问题的根本,对诗歌转型的分析深入透彻,揭示出其内在的规律。语言本身是有声音有节奏的,旧体诗正是依据这一点确立了平仄、押韵等格律规范,从而成就了中国格律诗的辉煌。而平仄、押韵等格律形式是建立在文言的基础之上的,从文言转换成口语(白话)之后,旧体诗中的平仄、押韵等形式规范受到挑战,口语(白话)与文言的声音、节奏不同,建立在文言基础上的格律规范难以适应白话语言的需求,因此如何探索确立建立在口语基础上的节奏规律,就成为新体诗的一个重要任务。胡峰通过具体的文体分析,归纳概括出了新体诗的语言节奏模式。意象是中国传统诗歌的一个重要的美学范畴,是诗歌的重要构成部分,同时也是诗歌创作的重要的艺术表现手法。从文言到口语(白话)的变化必然带来诗歌意象的变化,旧体诗中的传统意象失去了活力,

序

难以适应变化了的社会需求，层出不穷的新生事物需要与之相对应的新的词汇，造新名词成为新时代的一个现实要求，而这些新名词成为新的诗歌意象也就成了可能与现实。胡峰在大量阅读文本的基础上，下功夫对诗歌意象进行分类归纳，概括出现代意象的特征，从而揭示出诗歌的转型规律。诗歌是最具文体特征的文体样式，诗歌转型最终体现在文体形式上。文体是语言、节奏、意象的综合体，不同的语言、节奏、意象必然形成不同的文体形式，胡峰通过分析总结出传统格律体的局限及其解体的内在原因，归纳出了民谣体、歌体诗等新的诗歌体式，指出了新体诗所存在的散文化倾向。作者将微观分析与宏观概括相结合，高屋建瓴地把握住从旧体诗向新体诗的历史转型，有力地论述了新诗在晚清文学中就已经发生存在这一事实，对原来已有的新诗发生学结论进行了改写。作者以史料说话，通过具体作品的分析来佐证自己的观点，由此得出的结论不仅新颖独到，而且非常具有说服力。

从诗歌本体的角度来研究中国诗歌的转型问题，这是一个颇有难度的研究课题，研究者不仅需要有良好的理论功底，而且需要具有敏锐的诗歌鉴赏力。胡峰通过自己的努力，完成了博士论文的撰写，顺利地通过了博士论文答辩，在论文外审和答辩过程中受到外审专家和答辩委员会的好评，论文在后来获评为山东省优秀博士论文。

选择攻读博士学位是胡峰在学术征途上迈出的重要一步，其所接受的学术训练必将会对其以后的学术研究产生深远的影响。胡峰在攻读博士学位的过程中取得了丰硕成果，这为其以后的学术研究奠定了坚实的基础，衷心祝愿他在未来的学术道路上越走越远！

路漫漫其修远兮，吾将上下而求索。

以此共勉。

吕周聚

2015 年 5 月 17 日

导 论

研究热土中的"飞地"
——诗界革命中诗歌本体的现代转型研究

晚清时期诗界革命的研究并非一个陌生的课题，近年来众多专家学者皆瞩目于这块热土而且成果甚夥。但是，无论是对这一诗歌运动的整体评价与定位，还是对其内部细节的探究与梳理，至今仍存在着很多的争议及空白。特别是在对诗界革命与现代新诗之间的关系的认定上，无论是肯定的意见还是否定的声音，都需要更充分、更有力的证据来支撑。对诗歌的转型研究而言，外部因素的探讨固然重要，但如果缺失对诗歌本体结构的嬗变的考察，则显然是一种"隔靴搔痒"式的泛泛而谈，由此而得出的结论也就难以使人信服。因此，重新厘定诗界革命及其与现代新诗发生之间的关系，必须把诗歌本体的特点与变化纳入研究的视阈之中，并作为重点予以观照。

一 研究现状与选题依据

包括诗界革命在内的晚清文学甚至整个近代文学，在中国文学的发展中一直处于比较尴尬的境地。多年以来的古代文学史著作对这一时期文学的态度十分淡漠，有的把它视为逐渐游离于"古代文学"这一母体的尾巴，如游国恩等主编的《中国文学史》（四卷本）；也有的则干脆将其完全排除在文学史写作的视域阈之外，而把它推给近代或现代文学史，如郭预衡主编的《中国古代文学史》，尽管提及近代文学是清代文学四个阶段之中的一个，但著者在对清代文学进行梳理时则完全忽略了它的存在。与之相对的是，不少现代文学史著作则直接从1917年前后的新文学运动写起，在时间上没有与古代文学建立起必要的对接与延续，从而使得近代文学成为一块少人问津的"飞地"。这自然会给读者造成现代文学与古代文学是"断裂"乃至对立关系的错觉。倒是近代文学这一学科的出现，把古代文学和现代文学所遗弃的近代文学纳入自己的领地，从而建立起古代文学史向现代文学史过渡的"桥梁"，并成就了自身学科存在的可能性与"合法性"。郭延礼先生在《中国近代文学发展史·自序》中说："中国近代文学既是中国古典文学的发展和终结，又是现代文学的胚胎和先声，它具有承前启后的意义。中国近代文学是中国文学发展史上的一个重要阶段，80年全部文学创作表明：近代文学是作家在空前的民族灾难面前，在西方文化的冲击下，经过痛苦反思之后所形成的觉醒的、蜕变的、开放的文学。尽管这种蜕变中的文学还未能登上文学的顶峰，也没有在中国文学史上留下惊天动地的业绩；但由古代文学向现代文学转化过程中的变化轨迹和复杂的文学现象却具有极大的研究价值。它在探索前进中的成就与失败，都值得文学史研究工作者认真总结。"尽管如此，"建国后对这段文学史的研究是极其薄弱的，尤其是总体性的研究更差"。[①] 这不仅指出了近代文学研究的重要意义，而且也点明了这一时期文学研究的整体不足。而这种研究的不足恰恰是今后的学术生长点所在。

有意思的是，在新文学运动之后不久出现的几部文学史论著曾对所谓的"近代文学"表示出浓厚的兴趣。胡适在发表于1923年2月《申报》上的《最近之五十年》（即后来的《五十年来中国之文学》）中对1872年之后的文学概况进行了大致梳理。尽管该著作存在明显的偏颇之处——出于鼓吹白话文学特别是文学革命的目的，更多地强调了1917年以来的文学革命的历史意义，而把此前的文学更多地视为古典文学的"末世知音"——但把新文学运动放置在后人所谓"近代"文学的背景下进行观

---

① 郭延礼：《中国近代文学发展史·自序》，山东教育出版社1990年版，第1页。

照,本身就是对二者内在关联的肯定,从而也给后人以思路上的启迪。稍后面世的陈子展所著《中国近代文学之变迁》与《最近三十年中国文学史》两部文学史,"不仅没有人云亦云地照搬胡适,而是独立机杼,自创一说",明确肯定了近代文学的独特意义:"在文学史上是一个最重要的时期。这个时期,文学的各部分都显现出一种剧变的状态,和前期大两样"①。陈子展甚至断言:文学"到了这个时期,就开始要求创造现代的现代人的文学了"。② 这就把自1894年以来的文学所特具的现代性质凸显出来,从而实现了这一阶段文学与此后文学的有效衔接。钱基博在《现代中国文学史》中更是把康有为、梁启超等诗界革命的主将直接收纳在"新文学"一编中,并把他们排在胡适之前进行论述。倒是朱自清在《中国新文学大系·诗歌导言》中明确指出了诗界革命与现代新诗之间的承继关系:"清末夏曾佑谭嗣同诸人已经有'诗界革命'的志愿,他们所作'新诗',却不过捡些新名词以自表异。只有黄遵宪走得远些,他一面主张用俗话作诗——所谓'我手写我口'——一面试用新思想和新材料——所谓'古人未有之物,未辟之境'——入诗。这回'革命'虽然失败了,但对民七的新诗运动,在观念上,不在方法上,却给予很大影响。"③ 遗憾的是,这一颇具开创意义的论述,在后来的文学史著述中被遮蔽起来,在很长一段时期内都没有得到响应与拓展。

文学研究在20世纪80年代发生了"天翻地覆"的变化,近代文学在一夜之间完成了由"丑小鸭"向"白天鹅"的蜕变,成为学术界尤其是现代文学研究界争相谈论的热点话题;而且现代文学史的写作也开始重新"圈地",在近代文学、现代文学之间重新进行了"血缘"关系的认定,确认了二者的承传乃至母子关系。于是,所谓的"近代文学"领地内也纷纷树起了现代文学或者20世纪中国文学的界碑。近代文学研究出现这种

---

① 徐志啸:《〈中国近代文学之变迁 最近三十年中国文学史〉导读》,载陈子展《中国近代文学之变迁 最近三十年中国文学史》,上海古籍出版社2000年版,第5页。

② 陈子展:《中国近代文学之变迁 最近三十年中国文学史》,上海古籍出版社2000年版,第121页。

③ 朱自清:《现代诗歌导论》,载赵家璧主编《中国新文学大系导言集》,上海良友图书公司1935年版,第349页。

诗界革命:中国现代新诗的萌蘖

"冷热两重天"的强烈对比的原因之一,是20世纪80年代兴起的新文学史观的更新及文学史重构的讨论。要在新的文学史观的统领下重新书写文学史,其中一个无法回避的问题就是对新文学或曰现代文学起点的重新认识和定位。不少专家学者在重新打量现代文学发生的资源和语境时,近代文学(1840—1917)这一长期被遮蔽的领地被开掘出来,瞬间由少数人涉足的荒地变成了众人争相开采的热土。在这一研究领域内,单是来自现代文学研究领域的学者就不乏其人,前有陈平原、刘纳、王德威等专家的拓荒,后有钱振纲、杨联芬等学者的跟进,而且研究队伍与学术成果与日俱增。纵观这些专家学者的研究成果,不难发现,他们更多地立足于现代文学,对近代文学本身所蕴含的现代性的发掘,以及对现代文学转型的意义的论证的确振聋发聩。这不仅拓展了现代文学研究的疆域,而且为当下及将来的现代文学研究和文学史写作提供了重要资源与参照。但是,通过对各位方家的成果综合考量也不难发现,他们对晚清小说的耕耘可谓是成果丰硕:陈平原先生的学术奠基之作,同时也是其代表性著述《中国小说叙事模式的转变》详尽论述了晚清小说向现代转型的轨迹及特征;海外学者王德威先生对中国大陆学界影响极大的《被压抑的现代性——晚清小说新论》一书,同样着力于小说这一文学类型的研究。钱振纲先生新近推出的《清末民国小说史论》也不例外。与之不同的是,刘纳先生的《嬗变——辛亥革命时期至五四时期的中国文学》与杨联芬的《晚清至五四:中国文学现代性的发生》两部著作是对现代文学转型的宏观考察,但前者所论及的诗歌也颇为有限,而后者更是把诗歌这一文类创作淹没在对小说深层耕耘的光影中。可以说,研究者对晚清小说的集中聚焦与对诗歌相对冷漠的研究态度形成了强烈的反差。而这种情形与胡适最初发动文学革命时的状况有着惊人的相似:"我私心以为文言绝不足为吾国将来文学之利器。施耐庵、曹雪芹诸人已实地证明作小说利器在于白话,今尚需人实地试验白话是否可为韵文之利器耳。""我此时练习白话韵文,颇似新辟一文学殖民地。可惜须单枪匹马而往,不能多得同志结伴同行。"[①] 这种诗歌研究"门

---

① 胡适:《答任叔永书——增订四版〈尝试集〉》代序一,《胡适文集》(3),人民文学出版社1998年版,第13页。

庭冷漠"的状况的形成,固然是研究主体自身学术兴趣使然,似乎外人不得强求和置喙;但更深层次上也是由于研究者对诗歌本体缺少深入细致的关注所导致的。而这一客观事实的存在,恰恰为晚清诗歌的现代性内涵的重新发现与厘定留下了极大的拓展空间。而且,众人对晚清小说研究的视角、方法与收获也无疑会成为研究诗歌本体转型的重要参照。

当然,对晚清诗歌尤其是诗界革命的研究也并非无人涉足,但研究者大多来自近代文学研究领域,如钱仲联、郭延礼、袁进、张永芳等著名学者。他们更多地从"近代"这一立足点与尺度进行论证与阐释,而没有以更具现代性的视野和方法去开掘研究对象中所蕴含的现代质素。如张永芳的论文集《诗界革命与文学转型》中所收文章主要偏重于诗界革命的参与者在这一过程中的承担角色及其贡献的考证与论析,对诗界革命的后续影响则较少涉及;郭延礼先生的《中国近代文学发展史》(三卷本)对近代诗歌的发展历程、主要作家及作品、流派及思潮进行了详细的扫描和介绍。与之相似的还有李继凯的《中国近代诗歌史论》,该论著尽管一再强调包括诗界革命在内的近代诗歌运动对现代诗歌产生了影响,但对前者的分析仍偏重于概括而缺乏对诗歌本体诸要素的深入探究,因而在对二者关系的论证上仍显得说服力不强。

近年来,对晚清诗歌与现代新诗之关系的重新考量刚刚起步。王光明先生在其气势宏大的《现代汉诗的百年演变》一书中把"诗界革命"列为第一章("不可遏制的潮流")并视为"百年汉诗"的起点,这无疑是其学术视野的创新与学术胆识过人的表现。但单就对"诗界革命"文学史地位的评述而言,该著在前后文中就"表现出存在缝隙,不太衔接,或者自相矛盾的地方"(孙玉石:《现代汉诗的百年演变·序言》)。具体说来,作者承认"晚清的诗歌运动催生了'新诗'这一概念……在后来成了现代中国诗人寻求现代性的重要指标,有着广泛的回响,因而是中国探寻现代诗歌形态的第一个驿站"——这显然是把诗界革命视为现代新诗发展的起始阶段——但该著又认为诗界革命中的创作"语言形式体制还是旧的,不过是'旧瓶装新酒',因而'新诗'成立的新纪元并不由它开始"[①]。显然,

---

[①] 王光明:《现代汉诗的百年演变》,河北人民出版社2003年版,第61页。

这种评价和定位显示出作者观念上的复杂与矛盾。荣光启的博士论文《现代汉诗的发生：晚清至"五四"》（未刊稿，首都师范大学）和赖彧煌的博士论文《晚清至五四诗歌的言说方式研究》（未刊稿，首都师范大学）从论题的确立、切入的视角和论析的深度上看，均有独到之处。前者主要采用诗歌文本、语言和形式理论的分析方法，侧重于诗歌语言、形式与现代性语境中的个体经验的纠结、互动对诗歌发生的影响；后者着力于诗歌言说方式的寻求与建构，主要从格式的转换、经验的牵引、情感的表现、诗艺的寻求以及现代性对古典的压抑与规训等问题进行梳理。二者均从晚清的诗歌运动谈起，但诗界革命不仅在各自的论文中所占比例极小，其论述重点也都集中于对诗歌语言的论析，而且也没有把诗界革命与中国现代诗歌的发生、发展等嬗变关系进行比照论析。诚如作者所清醒地意识到的那样："对于'白话诗''新诗''现代汉诗'这种现代诗歌文类的确立，只是在语言衍变和艺术规则变化的向度上谈了一些问题，远远没有为这种现代诗歌文类的何以'确立'提供清晰的答案。……对于诗歌研究而言，'现代汉诗的发生'这个话题则远远没有结束。本文至此，看来只能算是一种'引论''导论'而已。"① 为现代诗歌文类的"确立"寻求清晰答案的努力是上述研究者没有开垦的领地，而这恰恰正是诗界革命研究亟待弥补与拓展的重要命题。

当然，也有对梁启超、黄遵宪等诗界革命的领军人物的整体文学活动进行研究的相关成果，如夏晓虹的《觉世与传世——梁启超的文学道路》、连燕堂的《梁启超与晚清文学革命》以及刘冰冰的博士论文《在古典与现代性之间——黄遵宪诗歌研究》（未刊稿，山东大学）等。在这些著作中，尽管有的也涉及诗界革命而且不乏具有参考价值与启发意义的精辟论述，但由于诗界革命并非其研究的重心，因而对它的宏观把握与细节的触摸则难免失之宽疏。进一步讲，前述有关诗界革命的研究成果也存在类似的问题，有的只是对该运动存在的社会、文化背景、思想渊源、主题情感及艺术特征等方面的概述，如《中国近代文学发展史》《中国近代诗歌史论》

---

① 荣光启：《现代汉诗的发生：晚清至"五四"》，博士学位论文，首都师范大学，2005年，第209页。

等著作；有的是以语言的变化作为切入点来对其言说方式的嬗变进行分析，如赖彧煌等的研究成果，这些研究只不过是抓住了诗界革命在诗歌本体转变上的某一个方面（如语言），而对其本体的整体观照与细致分析则付之阙如。这类成果当然能够从宏观上把握或者从一个侧面来反映诗界革命中诗歌外在形式的特殊之处，但对于认识这一诗歌运动及创作实践在诗歌内在本体上所发生的转向，特别是与现代新诗的发生之间所存在的血脉关联则显得过于简略。诗歌的转型固然是时代背景、社会文化、诗人主体、传播媒介、读者接受等多种因素共同作用的结果，但这种结果能够也必须以诗歌本体要素的转变作为内在动因与表现特征。诗界革命研究中长期存在的对诗歌本体研究的忽视，不仅影响了对研究对象的正确认知与合理定位，更模糊了它与中国现代新诗之间关系的厘定。

应当指出的是，杨站军的博士论文《游移在激进与保守之间——诗界革命研究》（未刊稿，上海大学）是为数不多的以诗界革命作为整体对象进行研究的论著之一。论文认定，诗界革命不是传统诗歌向现代诗歌过渡的桥梁，现代白话新诗也不是诗界革命的延续和发展，两者之间并不存在自然的过渡和演变关系；相反，五四白话新诗是在诗界革命之外的方向上"另起炉灶"式的探索和发展。他认为，诗界革命归属于传统诗歌的范畴，是传统诗歌的终结，而与现代诗歌之间是互不相干甚至对立的断裂关系。但是，该论文并没有通过具有说服力的证据与合乎逻辑的推理来证明诗界革命与现代新诗的迥异之处，只不过是泛泛论及诗界革命的发生背景、几个主要参与者各自的创作情况以及诗界革命与其他诗歌团体、流派的关系，甚至也并没有充分证明诗界革命的传统本质与"古典"特性。这无论如何都应该算作是一个遗憾。

由此可以看出，对诗界革命所体现出来的现代转型特质及其对中国现代新诗发生意义的研究和论述还有待于进一步拓展与深化，特别是对包括语言、声律节奏、意象、文体等质素在内的诗歌本体的新变，更需要进行细致梳理与深入探究。这正是本文的立足点与关注重心所在。

二　研究思路与方法

本书以诗歌本体作为主要切入点，对诗界革命的理论倡导特别是诗歌创作中所体现出来的新鲜质素进行梳理和论析。所谓诗歌本体，在这里主要是指构成诗歌审美世界的诸多要素的形态及特征，包括语言、声律节奏、意象、文体等。这些要素不仅是诗之所以成为诗的必备条件，而且也决定着诗歌的审美面貌与呈现风格。诗歌是语言的艺术，语言在诗歌中发挥着基础性的作用，它的变化势必影响诗歌的基本形态；声律节奏既是语言的另一侧面，也是诗歌的声音要素，近体诗与古体诗的区别，在很大程度上就是以这一要素作为标尺来度量的；意象是诗歌形象世界与情感世界的基本构成，不同类型的意象必然会使诗歌的形象特性与情感特征相互迥异；文体既是诗歌本体的结构因素，同时也是诗歌的外在呈现形式，不同的文体特征既是诗歌不同外在形态的直接展示，而且也能够折射甚至反作用于诗歌的内部结构方式。因此，从诗歌的本体切入，比一般的外部研究更能够把握诗歌的类型特征与审美形态。

当然，诗歌本体研究并非是纯粹地照搬俄国形式主义与英美新批评方法并机械地套用在诗界革命的研究中，而是试图在进行诗歌本体研究的同时，折射并勾连其背后所牵涉的社会、文化、心理等"形式"之外的"内容"因素。"在艺术中任何一种新内容都不可避免地表现为形式，因为，在艺术中不存在没有得到形式体现即没有给自己找到表达方式的内容。同理，任何形式上的变化都已是新内容的发掘，因为，既然根据定义来理解，形式是一定内容的表达程序，那么空洞的形式就是不可思议的。"① 对于文学接受者来说，这一论述具有十分重要的现实意义。因为任何人在进行文学阅读、鉴赏、评析和研究时，都不可能只关注内容而完全撇开形式不论；当然，也无法做到只欣赏形式而对其所承载的内容视而不见，因为此种做法也根本不可能准确评判形式的优劣与成败。因此，不少研究者都主张在研究文学本体形式的同时也要关涉文学的内容。但这种主张其实也包含着一种把内容与形式割裂开来的"二元对立"的思维误区。把内容与形式分别单列的研究模式正是如此。为此，本文拟选择构成诗歌本体的几种重要质素作为切入口，以此观照诗歌转型时期本体诸要素所发生的新

---

① ［俄］维克托·日尔蒙斯基：《诗学的任务》，载什克洛夫斯基等《俄国形式主义文论选》，方珊等译，生活·读书·新知三联书店1989年版，第211页。

变；而且在可能的情况下去探寻其背后的社会、文化因素，从而尽可能完整地把诗歌本体的嬗变与社会、文化环境的变革结合起来，以避免走入置主题内容与环境等因素于不顾而单谈本体的片面的形式主义误区。

　　选择诗歌本体要素的研究还出于这样一种考虑：诗歌是一种对本体要素有着根本性依赖的文体类型。如果仅仅局限于诗歌存在的时代背景、政治思潮、社会文化、传播方式或者读者接受等外部因素研究，那么这必将导致诗歌研究的独特性的丧失，而成为对小说、散文等其他文体同样有效的社会文化决定论分析，而且这一做法容易脱离文学的轨道而旁逸到社会发展史、文化变迁史、思想过渡史等"非文学"的疆域中去，从而导致对诗歌特殊审美性质的遮蔽与失语。如果单从主题学的角度来切入，也无法把诗歌自身的特点凸显出来。而最能彰显诗歌变化的则莫过于其本体结构与形式的转型。诗界革命中的诗作，正是在诸如语言、声音节奏、意象、文体等结构要素方面从传统模式中突围而出并生成了新的特质与形态，而且这些形态呼应并关联着现代新诗的发生与发展。因此，诗界革命与传统诗歌的区别以及与现代新诗的联系，也必须依靠诗歌的本体研究才能得到有力的论证支持。而这恰恰是长期以来诗界革命的研究成果中所欠缺的。进而言之，诗界革命现代与传统性质的归属，乃至梁启超所谓"旧风格"的所指，并不能仅靠外部因素来独立判断，而应该对诗歌本体所体现出来的面貌与特征进行实事求是的论析与证明。这也正是本论文的创新之处。

　　本文拟运用发生学、文化研究、现代语言学、结构主义和形式主义等理论，采用文化学、历史与审美相结合的研究视角展开研究。文化学视角可以便利地把握创作者的主体意识和精神世界的嬗变过程；历史视角能够还原文学现象及文学创作发生的场域与动因，形成一种历史的现场感；审美的视角主要针对诗歌的理论与创作文本，从诗歌本体的各种组成要素（语言、意象、节奏、形式、风格等）出发，发掘各自所包含的深层意蕴及转变规律。

三　诗界革命的界定与分期

　　尽管诗界革命距今已有一百多年的历史，人们对其意义的认识也越来

诗界革命：中国现代新诗的萌蘖

越深入，但一个不容回避的事实是，研究者对诗界革命的发生时间、发起人的认定并不一致，甚至相差甚远。因此，有必要对这一看似"耳熟能详"的问题进行重新定义，也为此后的行文划定相对稳定的区域与框架。

首先，诗界革命这一概念的界定有如下几种观点。一种观点是以胡适为代表的。他认为："康、梁的一班朋友之中，也有很多人抱着改革文学的志愿。他们在散文方面的成绩只是把古文变浅近了，把应用的范围也更推广了。在韵文方面，他们也曾有'诗界革命'的志愿。梁启超《饮冰室诗话》说：当时所谓'新诗'者，颇喜挦扯新名词以表自异。丙申丁酉间（一八九六——一八九七）吾党数子皆好作此体。提倡者为夏穗卿（曾佑）。而复生（谭嗣同）亦綦嗜之。……故《新约》字面，络绎笔端焉。这种革命的失败，自不消说。但当时他们的朋友之中确有几个人在诗界上放一点新光彩。黄遵宪与康有为两个人的成绩最大。"[①] 不难看出，胡适以当事人梁启超的回忆作为证据，把诗界革命的开端追溯到夏曾佑、谭嗣同与梁启超等人尝试"新诗"的"丙申丁酉间（一八九六——一八九七）"；这一运动的倡导者理所当然也就是梁启超所推举的夏穗卿（曾佑），而参与者不仅有谭嗣同、梁启超，而且还包括"成绩最大"的黄遵宪与康有为。这种观点在后人那里得到了响应，如陈子展就认定："那时谭嗣同和夏曾佑、梁启超诸人读了一点'格致'的书，读了由西文译过来的《新旧约圣经》，又懂得一点西洋历史，所以他们作的诗，常常用这类东西做诗料，倡为'诗界革命'"[②]；这显然是把"新学诗"当成了诗界革命的整体。而且，这种观点被一直认同下来，乃至到了 20 世纪 80 年代仍有人认为，诗界革命"不过是主张在旧的诗里尽量多用新名词和新典故而已"[③]。可见这种观点对诗界革命的框定所产生的巨大影响力。

另一种观点则致力于对上述"错误"认识的澄清与辩解，这主要是以张永芳和陈建华等当代学者为代表。前者在《试论晚清诗界革命的发生与

---

① 胡适：《五十年来中国之文学》，载《胡适文集》（4），人民文学出版社 1998 年版，第 352 页。

② 陈子展：《中国近代文学之变迁　最近三十年中国文学史》，上海古籍出版社 2000 年版，第 8 页。

③ 姜德明：《鲁迅与夏穗卿》，《文汇增刊》1980 年第 4 期。

导论　研究热土中的"飞地"

发展》《诗界革命与黄遵宪》等文章中,把夏曾佑等人在丙申丁酉年间"捋扯新名词以表自异"的诗歌活动称为"新诗",把黄遵宪的"变体"诗歌创作称为"新派诗",认定"诗界革命"的概念是梁启超在1899年的《夏威夷游记》中正式提出的。在这三个概念之间,"新诗"发生的时间要早于梁启超所认为的"丙申丁酉间",而创作活动实际开始于1895年底至1896年初,主要是夏曾佑、谭嗣同、梁启超等以韵文化的方式来宣传"新学",后来因为参与者的兴趣逐渐淡弱而以失败告终。尽管如此,"它毕竟给诗坛输入了大量的新材料、新词语,表现出要在诗中反映新思想、新内容的积极努力,在传统诗歌的领域中打开了缺口,实际上开始了诗界的'革命',其功自不可灭",因此又可以被称为"诗界革命的幼稚阶段"①。"新派诗"的创作实践早于"新诗",但这一概念出自1897年黄遵宪的《酬曾重伯编修》:"废君一月官书力,读我连篇新派诗。"尽管它对诗界革命的兴起所发挥的作用不大,但后来却成为黄遵宪的理想目标。诗界革命的口号提出之后,这一文学运动也逐渐走向高潮,它主要以《清议报》《新民丛报》与《新小说》作为创作阵地,无论在创作队伍、数量、质量上都呈现出前所未有的发展态势与繁荣局面。在这几个杂志停刊之后,"以1905年同盟会的成立为分界,改良主义的文学改革运动低落下来,诗界革命也渐次消歇了"②。这种详尽的分析与论断无疑具有极大的合理性。

陈建华在《"革命"的现代性——中国革命话语考论》一书中,从对"革命"一词的探究考证入手,查考了梁启超所使用的"革命"一词与中国传统观念中的含义上的差异,指出"诗界革命""文界革命"及"小说界革命"等口号是梁启超流亡日本之际受日本译名的影响而提出来的。作者进而断定诗界革命的开端只能在1899年间,而结束于1905年之前。

不难见出,上述两种观点的真正分歧集中在对诗界革命发生时间的认定上。换言之,二者在对夏曾佑、谭嗣同、梁启超等人在戊戌之前创作的"新学诗"能否被视为"诗界革命"的组成部分的态度并不一致。在谈及这一问题之前,我们首先应该承认,"诗界革命"这一概念的确是由梁启

---

①　张永芳:《试论晚清诗界革命的发生与发展》,《社会科学辑刊》1984年第2期。
②　张永芳:《诗界革命与黄遵宪》,载张永芳《诗界革命与文学转型》,中国社会科学出版社2004年版,第17页。

诗界革命：中国现代新诗的萌蘖

超提出来的，他在1899年《夏威夷游记》中说："余虽不能诗，然尝好论诗。以为诗之境界，被千余年来鹦鹉名士（余尝戏名词章家为鹦鹉名士，自觉过于尖刻）占尽矣。虽有佳章佳句，一读之，似在某集中曾相见者，是最可恨也。故今日不作诗则已，若作诗，必为诗界之哥伦布玛赛郎然后可。犹欧洲地力已尽，生产过度，不能不求新地于阿米利家及太平洋沿岸也。欲为诗界之哥伦布玛赛郎，不可不备三长，第一要新意境，第二要新语句，而又须以古人之风格入之，然后成其为诗。……若三者具备者，则可以为20世纪支那之诗王矣。"① 而他在1902年的《饮冰室诗话·六十三》中更是重申诗界革命的内涵："过渡时代，必有革命。然革命者，当革其精神，非革其形式。吾党近好言诗界革命。虽然，若以堆满纸新名词为革命，是又满洲政府变法维新之类也。能以旧风格含新意境，斯可以举革命之实矣。苟能尔尔，则虽间杂一二新名词，亦不为病。不尔，则徒示人以俭而已。"② 把这两段文字视为"诗界革命"概念的正式提出应该没有多少异议。

其次，梁启超在1902年对自己戊戌变法前所参与的"新诗"进行多次反省乃至"悔其少作"式的否定的事实已毋庸置疑，而且也成为后人认定"新学诗"与后来的"诗界革命"之间的断裂关系，乃至成为诗界革命失败结局的主要依据。梁启超在《饮冰室诗话》中回忆：

> 复生（谭嗣同）自喜其新学之诗。然吾谓复生三十以后之学，固远胜于三十以前之学；其三十以后之诗，未必能胜三十以前之诗也。盖当时所谓"新诗"，颇喜挦扯新名词以表自异。……至今思之，诚可发笑。然亦彼时一段因缘也。③

> 穗卿有绝句十余章，专以隐语颂教主者。……其余似此类之诗尚

---

① 梁启超：《夏威夷游记》，载《梁启超全集》第4卷，北京出版社1999年版，第1219页。

② 梁启超：《饮冰室诗话》六十三，载《梁启超全集》第18卷，北京出版社1999年版，第5327页。

③ 梁启超：《饮冰室诗话》六十，载《梁启超全集》第18卷，北京出版社1999年版，第5326页。

多，今不复能记忆矣。当时在祖国无一哲理、政法之书可读。吾党二三子号称得风气之先，而其思想之程度若此。今过而存之，岂惟吾党之影事，亦可见数年前学界之情状也。①

在《亡友夏穗卿先生》一文中，梁启超再次提及当时的创作情形：

> 穗卿自己的宇宙观人生观，常喜欢用诗写出来。他前后作有几十首绝句，说的都是怪话。我只记得他第一首：
> "冰期世界太清凉。洪水茫茫下土方。巴别塔前一挥手。人天从此感参商。"
> 这是从地质学家所谓冰期洪水期讲起，以后光怪陆离的话不知多少。当时除我和谭复生外没有人能解他。因为他创造许多新名称，非常在一块的人不懂。可惜我把那诗都忘记了——他家里也未必有稿。
> ……
> 这些话都是表现他们的理想，用的字句都是象征。当时我也有和作，但太坏，记不得了。②

梁启超的这些回忆很容易给人以这样的印象：早期的新学诗与诗界革命属于不同的概念范畴与历史阶段，后者是在前者失败之后才兴起的。但是，这种观点看似合理但值得商榷，因为文学史实有时与作家的回忆并不一致："作为文学史家，我们首先得注意作家本人的思想、概念、纲领以及命名等，这样就得满足于接受他们自己的划分方法。由于文学史中有意识地系统阐述的纲领、派系和自我解释等所提供的材料当然是不应该被低估的，而'运动'这个术语可以很好地描述这样的自我意识和自我批评活动，而且能够很好地保留下来，就像我们用这个术语可以描述任何其他事件和宣言的历史连续性一样。但是，这样一些纲领仅是我们研究某一时代

---

① 梁启超：《饮冰室诗话》六十一，载《梁启超全集》第18卷，北京出版社1999年版，第5326—5327页。

② 梁启超：《亡友夏穗卿先生》，载《梁启超全集》第18卷，北京出版社1999年版，第5207页。

诗界革命：中国现代新诗的萌蘖

的材料，它们可以给我们启发或提示，但是不应该用它们来规定我们自己的方法和分期法，所以，并不是因为我们的观点必定就比它们更深刻，而是因为我们站在一个有利地位，使我们能用现在的眼光去审视过去。"① 因此，这段文字会启发我们进一步追问：能否单靠当事人的一面之词就放弃了对历史事件的主动分析？进一步讲，新学诗与"后起"的诗界革命之间是否真的就是互不相干的两个活动？

的确，无论是在文学批评活动中还是在文学史的建构与书写实践中，曾出席文学现场的当事人的创作谈、回忆录等一手材料，固然有时能够直接被用作研究者立论的依据和标准，而且能够给人以言之凿凿的感觉，但有时这一原始材料又会因为缺乏相应的距离与客观性而导致必然的片面与主观，或许这就是所谓的"当局者迷"。如鲁迅生前围绕其周围的是非论争即是如此，如果我们以鲁迅的观点去评判争论的另一端，那么难免会导致对诸多的当事人及事件本身的误解与偏见。与此同时，在文学史的建构与写作过程中，文学史家也难以摒除个人的主观立场与情感，真实客观地反映文学史实，而是自觉不自觉地受自己所接受和运用的文学理论、批评方法乃至主观情绪的影响，把所谓的"原始材料"为我所用，进而建立起符合个人审美趣味与评判标准的文学史。"历史像小姑娘，任人打扮"的论断即道出了实情。对诗界革命的发生、发展及其性质等问题的认识与评判同样如此。因此，本文以诗歌本体的变化为依据，认定诗界革命的发生、发展过程大致分为三个阶段：

（一）萌芽期（1895—1898）

不少论者在谈到新派诗的发生时，都把时间界定为"丙申、丁酉（一八九六——八九七）间"，证据就是上述梁启超的回忆。其实，新派诗的酝酿与出现应该是在1896年之前的甲午、乙未（1894、1895）年间。据《梁启超年谱长编》记载："是年（甲午——笔者）二月入京，十月复还粤。"② 梁启超这次入京对新派诗的产生具有重要意义，因为这是他"和夏

---

① ［美］勒内·韦勒克、奥斯汀·沃伦：《文学理论》（修订版），江苏教育出版社2005年版，第316—317页。
② 丁文江、赵丰田编：《梁启超年谱长编》，上海人民出版社2009年版，第22页。

穗卿先生来往最多的一年,这年他们在北京研究学问,讨论问题,提倡新学,非常有精神"①。可见,此时他们之间已经开始了有关"新学"的讨论。而且,梁启超在《亡友夏穗卿先生》一文中还回忆了夏穗卿的赠诗:

  壬辰在京师,广座见吾子。草草致一揖,仅足记姓氏。
  洎乎癸甲间,横宇望尺咫。春骑醉莺花,秋灯狎图史。
  冥冥兰陵门,万鬼头如蚁。质多举只手,阳乌为之死。
  袒裼往暴之,一击类执豕。酒酣掷杯起,跌宕笑相视。
  颇为宙合间,只此足欢喜。夕烽从东来,孤帆共南指。
  再别再相遭,便已十年矣。君子尚青春,英声乃如此。
  嗟嗟吾党人,视子为泰否。

夏曾佑的这首诗已经表现出"捃扯新名词"的特征。如"冥冥兰陵门,万鬼头如蚁。质多举只手,阳乌为之死"两句,梁启超解释说:"'兰陵'指的是荀卿;'质多'是佛典上魔鬼的译名——或者即基督教经典里头的撒但。阳乌即太阳——日中有乌是相传的神话。"② 而夏穗卿说这首诗创作的时间就在"癸甲"(1893—1894)年间。结合上述梁启超的交往情形可以判断,这首诗应该不会早于1894年。除此之外,梁启超还深情地追忆了与夏穗卿的交往过程:"我十九岁始认得穗卿。我的'外江佬'朋友里头,他算是第一个。初时不过'草草一揖',了不相关,以后不晓得怎么样便投契起来了。……他租得一个小房子在贾家胡同,我住的是粉房琉璃街新会馆。后来又加入一位谭复生,他住在北半截胡同浏阳馆。'横宇望尺咫',我们几何[个]没有一天不见面。见面就谈学问,常常对吵,每天总大吵一两场。但吵的结果,十次有九次我被穗卿屈服,我们大概总得到意见一致。"③ 这里提到了"新学诗"的另一重要人物谭嗣同的出场。梁启超在《三十自述》中说:"甲午年二十二,客京师,于京国所谓名士

---

① 丁文江、赵丰田编:《梁启超年谱长编》,上海人民出版社2009年版,第24页。
② 梁启超:《亡友夏穗卿先生》,载《梁启超全集》第18卷,北京出版社1999年版,第5206页。
③ 同上。

者多所往还。明年乙未……余居会所数月，会中于译出西书购置颇备，得以余日尽浏览之，而后益斐然有述作之志。其年始交谭复生、杨叔峤、吴季清铁樵、子发父子。"① 而且，梁启超的弟弟梁启勋在《曼殊室戊辰笔记》中回忆道："此次（指1895年）旅京，日相过从者有麦孺博、江孝通、曾刚甫、夏穗卿、曾重伯诸人，文酒之会不辍，更喜谭佛学。识谭复生。"由此可以断定，梁启超与谭嗣同的交往始于1895年。而在此之前，梁启超已经与夏曾佑开始谈论新学；而且，夏曾佑的赠诗足以证明，至少他本人当时已经开始了新派诗的创作尝试。谭嗣同的加盟使得对新学的讨论越来越热烈，新学诗的创作队伍及创作热潮也越来越高涨。这就是梁启超所说的"丙申丁酉"年间的情形。由此可见，新学诗创作的开端，应该是在1895年之前。

之所以把此一时期也纳入诗界革命的范畴之内进行考察，并不是无视梁启超的反省自白以及张永芳、陈建华等学者的探赜考证，而是着眼于诗歌文本本身所体现出来的特点、价值与意义，特别是"新学诗"所推崇的佶屈聱牙、生僻难懂的外来词语对诗歌本体的影响。诚如梁启超所云：这些词语多是宗教用语，如"帝子""巴别塔""元花""六龙"诸语即来自佛、孔（梁启超把孔子所代表的儒家学说也归入到宗教即孔教）、耶等宗教中的典故，因为"当时吾辈方沉醉于宗教，视数教主非与我辈同类者，崇拜迷信之极，乃至相约以作诗非经典之语不用"；另一类词语则来自科学词汇，如"冰期""洪水"等是地质学上的专有名词；另外一些词语则来自国外的制度、名物、器具等，如"'纲伦惨以喀私德，法会盛于巴力门。''喀私德即 Caste 之译音，盖指印度分人为等级之制也。巴力门即 Parliament 之译音，英国议院之名也。"（《饮冰室诗话·六十》）其实，这些外来词汇本身就昭示着诗人眼界的开阔与认知领域的拓展。当时西方的各种思想学说、制度器物、风俗宗教等知识学说如滚滚潮流奔涌而来，晚清知识分子在接受纷繁复杂、光怪陆离以及新鲜有趣的"新学"的同时自然会产生一种全新的"体验"，并进而形成一种莫名的兴奋和表达的冲动。

---

① 梁启超：《三十自述》，载《梁启超全集》第4卷，北京出版社1999年版，第958页。

正如梁启超所说:"此类之诗,当时沾沾自喜","当时在祖国无一哲理、政法之书可读。吾党二三子号称得风气之先,而其思想之程度若此。今过而存之,岂惟吾党之影事,亦可见数年前学界之情状也。"(《饮冰室诗话·六十一》)由此可见,令梁启超等人"沾沾自喜"的绝不只是对几个新名词的搬用与拮扯,而更多的是这些新名词所关联的新的体验、情感乃至思想观念所激起的兴奋与激动。卡西尔认为语言间的差异"是关于世界的概念各不相同的问题"①;洪堡特也指出:"每一种语言都包含着一种独特的世界观","每一种语言都包含着某个人类群体的概念和想象方式的完整体系",一种新的语言方式的输入,某种程度上就意味着在"业已形成的世界观的领域里赢得一个新的立足点"。② 从这一意义上,梁启超后来所反省与摒弃的"拮扯新名词以表自异"之"新学诗",绝不是与稍后的诗界革命乃至新文化运动所倡导的新诗泾渭分明或截然对立,而是诗人思想体验发生转型的重要开端。

另外,这些引介或音译过来的新词语,在音节上也迥然不同于传统诗歌中的文言词汇。文言主要以单音节词构成,因此在诗歌的节奏韵律方面很容易调配与组合;而外来词则不同,它们主要以两个及两个以上的音节为主,而且其音节的声调声韵并不是使用者本人能够操控的,如喀私德、巴力门、帝子、元花、冰期、洪水期等词语,在把它们整合进形式严整、韵律和谐的诗歌时,难免遭遇"卯榫不合"的尴尬,因此"为赋新诗强遣词"的烦恼自然也就时有发生。这种多音节、新内蕴的词语一旦被纳入"新诗"的传统形式框架,无形之中就会给诗歌结构带来一种或强或弱、或隐或显的威胁,可能松动乃至瓦解原本稳定坚固的诗歌本体结构,并导致诗歌形式的转向与创新,进而出现一种不同于固有诗歌的新的结构形式。这种对传统诗歌结构与形式的冲击与破坏,会在诗歌大量运用新名词的同时自然而然地滋生、膨胀起来。在新的诗歌观念诞生之前,"阵痛"会时时出现,而解决这种"不适"与痛苦的办法只有两种:一种途径是彻

---

① [德]恩斯特·卡西尔:《语言与神话》,于晓等译,生活·读书·新知三联书店1988年版,第57页。
② [德]威廉·冯·洪堡特:《论人类语言结构的差异及其对人类精神发展的影响》,姚小平译,商务印书馆1999年版,第72—73页。

底摒除新名词而重返传统语言与诗歌结构形式的"和谐"状态,将"不适"消灭于萌芽状态。但时代不再,环境已变,"新学"所开启的思想之门已无法再度关闭,汹涌澎湃的精神潮流也无法遏制,因此重返传统之路的可能性已不复存在;另一路径便是以开放的心态承认并接受新名词,以及与之俱来的新思想、诗歌理念与本体的生成。这便是稍后的诗界革命对"新诗"观念的调整,而且其中也自然孕育出诗歌向现代转型的胎儿。由此可见,在当时就"苟非同学者,断无从索解",乃至今天仍旧佶屈聱牙的新名词所具有的影响力绝不可低估。正如有人所说的那样:"初期的'诗界革命'虽然只是他们三个人中间进行的一种试验,但它却是'精神解放'的产物,是当时向西方寻求真理的先进青年向传统旧文化宣战的产物。虽然如同新生婴儿的第一声啼哭一样,不可避免地带着一种娇嫩的稚气,但它却表示着一个新生命的出现,代表着历史进程中一个新的环节。虽然它不过'捋扯新名词以表自异',但'其意语皆非寻常诗家所有'(梁启超语),故显得'新绝',成为对同光体的一次重大冲击。"① 也正是基于此,本文将"新学诗"视为诗界革命的发生阶段,同时也希望能够引起对这一时期及诗歌文本的客观认识与重新评判。

(二) 诗界革命的高峰期(1899—1905)

这一时期主要是以1899年梁启超正式提出诗界革命的口号为标志,以1902年陆续发表的《饮冰室诗话》为理论倡导,黄遵宪、梁启超、康有为、蒋智由、狄楚青、丘逢甲、黄宗仰等众多诗人借助《清议报》《新民丛报》与《新小说》等刊物进行诗歌创作活动的阶段。

在理论上,梁启超于1899年正式宣布,新诗必须具备三长:"新意境,新语句与古风格",而新意境与新语句则求之于欧洲乃至阿米利家及太平洋沿岸等新地。1902年他在《饮冰室诗话·六十三》中对这一观点进行调整,进一步强调诗歌"新意境"即精神的重要性;而在对"新语句"的要求上则做了适当让步:"能以旧风格含新意境,斯可以举革命之实矣。苟能尔尔,则虽间杂一二新名词,亦不为病。"② 他对理想诗歌要求的"三

---

① 连燕堂:《梁启超与晚清文学革命》,漓江出版社1991年版,第155页。
② 梁启超:《饮冰室诗话》六十三,载《梁启超全集》第18卷,北京出版社1999年版,第5327页。

长"递减为"二长"的事实,被有的学者认定为是一种"方向性的转变,实际上说明梁启超由于政治上的退步,已不再需要'诗界革命'表现新思想、新精神了"①。很明显,这种把政治立场与文学观念直接挂钩的逻辑思路存在着明显的漏洞。本文认为,这种调整不但不是梁启超文学观念的倒退,反而是一种进步,即对理想诗歌的要求不再仅仅局限于字句表面的新奇与欧化,而上升到追求其内涵与意境的新颖的高度了。其中的道理显而易见:新词汇、新语句与新意境、新体验、新思想之间固然存在着内在的勾连,但前者绝非是表现后者的唯一方式与路径,看来极为熟悉与传统的字句,同样可以实现对新意境、新体验与新思想的负载与传达。梁启超一方面推崇黄遵宪的《以莲菊桃杂供一瓶作歌》,"半取佛理,又参以西人植物学、化学、生理学诸说,实足为诗界开一新壁垒"②;另一方面则更为看重新语句少而意境新的诗作:"时彦中能为诗人之诗而锐意欲造新国者,莫如黄公度,其集中有《今别离》四首。又《吴太夫人寿诗》等,皆纯以欧洲意境行之。然新语句尚少,盖由新语句与古风格常相背驰。公度重风格者,故勉避之也。夏穗卿、谭复生,皆善选新语句,其语句则经子涩语、佛典语、欧洲语杂用,颇错落可喜,然已不备诗家之资格。""复生本甚能诗者,然三十年以后,鄙其前所作为旧学,晚年屡有所为,皆用此新体,甚自喜之,然已渐成七字句之语录,不甚肖诗矣。"③可见,梁启超对诗界革命的理解,开始从拘泥于字词的狭小空间与表面现象中走出来,进入更为开阔、深入的诗性建构层面,这无论如何也是一种进步。

为了更好地配合当时的思想启蒙运动,特别是宣传、实践与之相适应的诗学观念,梁启超还以自己参与或创办的杂志作为阵地,对诗界革命的理论进行宣传并身体力行,吸引大批的创作者与读者参与其中并推波助

---

① 陈建华:《"革命"的现代性——中国革命话语考论》,上海古籍出版社2000年版,第211页。

② 梁启超:《饮冰室诗话》四十,载《梁启超全集》第18卷,北京出版社1999年版,第5314页。

③ 梁启超:《夏威夷游记》,载《梁启超全集》第4卷,北京出版社1999年版,第1219页。

澜，使诗界革命在 1902 年前后达到巅峰时期。

《清议报》，旬刊，1898 年 12 月创刊于日本横滨，终刊于 1901 年 12 月，共出 100 期。该报专辟"诗界潮音集"栏，发表诗篇 800 余首，而作者达 100 余人。梁启超在《清议报一百册祝辞并论报馆之责任及本馆之经历》中评价这些诗作，"类皆以诗界革命之神魂，为斯道别辟新土"，而且将其视为"《清议报》之有以特异于群报"的内容之一①。这可谓是诗界革命最初的潮头与成就。

《新民丛报》（1902—1906）相继《清议报》而起，半月刊，延续了"诗界潮音集"并扩大了影响。该报发表的诗歌有 500 余首，作者 50 多人。该报除了发表创作的诗歌之外，还有翻译的外国诗歌以及梁启超的诗学理论《饮冰室诗话》的连载。这份报纸不仅奠定了诗界革命的稳固地位，而且开拓了诗界革命的实践领域及影响范围，由此成为诗界革命抵达高峰的重要标志。

《新小说》（1902—1905）可以视为对诗界革命的有益补充和积极拓展。黄遵宪获悉该杂志即将问世，立即致函梁启超并建议发表"斟酌于弹词粤讴之间"的杂歌谣。②梁启超接受了这一建议，在《新小说》上专辟"杂歌谣"栏目，并刊载了黄遵宪等人创作的通俗体诗歌 100 余首。如果说此前诗界革命的收获主要是在语言与思想层面，那么《新小说》上的诗歌创作则可以视为诗界革命在诗歌文体上的尝试与收获，同时更是诗界革命取得成功的重要表现。

诗界革命收获甚丰的原因很多，其中报刊这一传播手段的介入功不可没。因为无论报刊的传播速度、影响范围乃至对诗人创作意识的影响等，绝非传统的传播方式可以同日而语。从这一意义上言之，诗界革命的现代意义也不容忽视。

（三）衰退期

关于诗界革命的消歇衰退过程，学者的观点之间也存在一定的分歧。

---

① 梁启超：《清议报一百册祝辞并论报馆之责任及本馆之经历》，载《梁启超全集》第 2 卷，北京出版社 1999 年版，第 479 页。

② 黄遵宪：《致梁启超函》（1902 年 9 月 23 日），载陈铮编《黄遵宪全集》（上），中华书局 2005 年版，第 432 页。

张永芳指出:"在《清议报》《新民丛报》和《新小说》相继停刊后,资产阶级民主革命的浪潮已经越来越高涨,终于以1905年同盟会的成立为分界,取代改良主义成为时代的主潮,改良主义的文学改革运动因而迅速低落,诗界革命也就渐次消歇了。"① 陈建华则认为,这种衰落始自1902年秋冬之际,因梁启超的《释革》一文标志着他在思想上的重要转变,即转变为"保护清朝统治的政治'改良'。同样,'诗界革命'由于其领导者的立场转向,也丧失了其革命的神魂而成为改良政治的躯壳。此后,这一运动离时代潮流越来越远,走上了下坡路"②。

  上述两种观点尽管差别很大,但其立论的依据却有相通之处,那就是都把诗界革命的转变与政治事件联系起来,并以后者作为前者转向的分界线。不可否认,这种分类方法有一定的合理性,并且因其简单易行而被广泛采纳;但是,我们"不应该把文学视为仅仅是人类政治、社会甚至是理智发展史的消极反映和模本。因此,文学分期应该纯粹按照文学的标准来制定";文学的历史"只能参照一个不断变化的价值系统写成,而这一个价值系统必须从历史本身抽象出来。因此,一个时期就是一个由文学的规范、标准和惯例的体系所支配的时间的横断面,这些规范、标准和惯例的被采用、传播、变化、综合以及消失是能够加以探索的"③。而且,文学艺术层面的"革命"也绝非如王朝的更替或制度的嬗变那样直接与外显,而是更多地体现在审美形式与内蕴的逐渐递变上。正如有人指出的那样,文学"革命"的含义可以表述为:从狭义上说,文学"要是表现出一种风格上或技巧上的根本变革,它可能就是革命的。这种变革可能是一个真正先锋派的成就,它预示了或反映了整个社会的实际变革",或者表述为"一件艺术品,借助于美学改造,在个人的典型命运中表现了普遍的不自由和反抗力量,从而突破了被蒙蔽的(和硬

---

① 张永芳:《诗界革命与黄遵宪》,载张永芳《诗界革命与文学转型》,中国社会科学出版社2004年版,第17页。
② 陈建华:《"革命"的现代性——中国革命话语考论》,上海古籍出版社2000年版,第210页。
③ [美]勒内·韦勒克、奥斯汀·沃伦:《文学理论》,刘象愚等译,江苏教育出版社2005年版,第318页。

化的）社会现实，打开了变革（解放）的前景，这件艺术品也可以称为革命的"①。可见，艺术革命具有与政治革命的不等约性等许多的独特之处。而且，作为艺术类型之一的诗歌本身就具有追求自由、不甘固定僵化的特性："正是因为诗是最有规范的艺术，使诗人对作诗规范产生强烈的抵触情绪和背叛行动。'诗有恒裁'（刘勰语）等作诗的规范还使诗体内部存在的诗体革命潜能剧增。诗人的反叛和诗体革命使诗成为最具有革命性的艺术，诗体革命甚至还成了人类自由的象征。人的解放运动常常由诗体革命开始，如中国的'新诗运动'。因此，诗既是人的社会生活中秩序的代名词，又是自由的同义词。"② 由此可以说，诗体革命其实就是诗歌追求内部结构与外在形式自由的革命。但这种"革命"有时是隐性的、渐变的，缺乏政治变革那种激烈的、急速的剧变特征。

因此，如果我们从张、陈二位学者对诗界革命转变的界定中分离出政治标准，而强调以文学自身的审美特性与演变规律作为评判诗界革命的尺度，那么它的退隐应该在1905年《新小说》停刊而导致诗界革命的文体实践"民歌体"的衰落之际。此后，梁启超转向了学术研究，而且与同光体诗人的"接近"，标志着他诗歌革命的热情淡化与对传统诗歌体式的认同情感的递增。当然，他的言论与创作中也包含着对诗歌审美特性进一步的探究与回归，但其探求新意、立志改革的雄心壮志已经淡漠，因此这一时期可以视为诗界革命这一特定活动的消退期。即便如此，也不能轻言诗界革命是以失败而告终，它在当时的影响特别是与中国新诗之间的内在勾连及对新诗产生的促动作用，成为留给后人的一笔丰富的资源，有待于更深入地开掘与探索。

---

① ［美］马尔库塞：《现代美学析疑》，绿原译，文化艺术出版社1987年版，第2页。
② ［美］H. M. 卡伦：《艺术与自由》，张超金、黄龙宝等译，工人出版社1989年版，第6页。

第一章

文言的解体与白话的探寻

与小说、戏剧、散文相比，诗歌与语言的关系更为直接、突出，因此受语言的影响和制约也最大。而且，语言是特定时代背景与社会文化氛围等合力作用的产物，通过语言研究能够折射出文学作品所包含的时代特征与文化氛围。在这个意义上，"一首诗中的时代特征不应去诗人那儿寻找，而应去诗的语言中寻找。我相信，真正的诗歌史是语言的变化史，诗歌正是在这种不断变化的语言中产生的"①。更进一步，语言还与人类内在的精神世界有着密不可分的勾连：它不仅是人类心灵世界的产品，而且在很大程度上也决定着人类精神的发展。② "文学革命"的发起人胡适也从另一侧面表达了类似的观点："文学革命的运动，不论古今中外，大概都是从'文的形式'一方面下手，大概都是先要求语言文字文体等方面的大解放。"③ 也正是在这一意义上，胡适的早期白话诗才被认定为现代诗歌的开山之作。但是，这种对语言变革的需求与主张，早在黄遵宪、梁启超、康有为、谭嗣同等诗

---

① [美] 勒内·韦勒克、奥斯汀·沃伦：《文学理论》（修订版），刘象愚等译，江苏教育出版社 2005 年版，第 195 页。

② [德] 威廉·冯·洪堡特：《论人类语言结构的差异及其对人类精神发展的影响》，姚小平译，商务印书馆 1999 年版，第 36 页。

③ 胡适：《谈新诗——八年来一件大事》，载《胡适文集》（3），人民文学出版社 1998 年版，第 133 页。

界革命的主力那里就已被明确提出来,而且他们对以白话为语言形式的诗歌进行了大力尝试。这种理论倡导与创作实践对胡适的白话文学观产生了巨大的影响。

第一节 诗歌语言:由文言向白话过渡的开端

如果说中国现代诗歌与古典诗歌有着诸多的不同,那么在这些不同之中,最显而易见也是最根本的特点之一就是语言的差异:古典诗歌是以文言作为载体与表现形式的,而现代诗歌则主要借助白话进行抒情达意。但是,中国诗歌从古典过渡到现代,语言类型由文言转变为白话,这一过程并不是一蹴而就的。它并不像某些文学史所说的那样,白话新诗自新文化运动之后才开始出现,而实际上肇端于晚清时期。在诗界革命先驱的大力倡导与积极推动下,诗歌语言的变化成为当时轰轰烈烈的语言文字变革运动的一个重要组成部分,白话这种语言形式则开始在诗歌创作中崭露头角。

一 语言文字变革:一脉相承的话语谱系

早在1868年,年仅20岁的黄遵宪就敏感地发现了古今文字之间的区别,并对古代文人受困于文言的艰涩与语言文字相分离的状况表示了强烈的不满与忧虑:

> 少小诵《诗》《书》,开卷动龃龉。古文与今言,旷若设疆圉。竟如置重译,象胥通蛮语。父师递流转,惯习忘其故。我生千载后,语音杂伧楚。今日六经在,笔削出邹鲁。欲读古人书,须识古语古。唐宋诸大儒,纷纷作笺注。每将后人心,探索到三五。性天古所无,器物目无睹。妄言足欺人,数典既忘祖。燕相说郢书,越人戴章甫。多歧道益亡,举烛乃笔误。
>
> ——黄遵宪:《杂感·其一》
>
> 造字鬼夜哭,所以示悲悯。众生殉文字,蛮蛮一何愚。可怜古文

第一章 文言的解体与白话的探寻

人，日夕雕肝肾。俪语配华叶，单词画蚯蚓……

——黄遵宪：《杂感·其三》

在出使日本之后，黄遵宪通过与外国语言的对比，更清醒地意识到中国语言文字相分离的状况的弊端："泰西论者，谓五部洲中以中国文字为最古，学中国文字为最难，亦谓语言文字之不相合也。"① 不仅如此，语言文字的变革，同样是诗界革命的其他成员所关注的问题。梁启超在阐述变法纲领的著作《变法通议》中也涉及这一重要问题："古人文字与语言合，今人文字与语言离，其利病既缕言之矣。今人出话，皆用今语。而下笔必效古言，故妇孺农氓，靡不以读书为难事。而《水浒》《三国》《红楼》之类，读者反多于六经，寓华西人亦读《三国演义》最多，以其易解也。夫小说一家，《汉·志》列于九流，古之士夫，未或轻之，宋贤语录，满纸恁地这，匪直不事修饰，抑亦有微意存焉，日本创伊吕波等四十六字母，别以平假名、片假名，操其土语以辅汉文，故识字读书阅报之人日多焉，今即未能如是，但使专用今之俗语，有音有字者以著一书，则解者必多，而读者当亦甚夥。自后世学子，务文采而弃实学，莫肯辱身降志，弄此楮墨，而小有才之人，因而游戏恣肆以出之，诲盗诲淫，不出二者，故天下之风习，鱼烂于此间而莫或知，非细故也。今宜专用俚语，广著群书，上之可以借阐圣教，下之可以杂述史事，近之可以激发国耻，远之可以旁及夷情，乃至宦途丑态，试场恶趣，鸦片顽癖，缠足虐刑，皆可穷极异形，振厉末俗，其为补益，岂有量耶。"② 康有为在他的大同世界设想中同样关注语言文字的统一问题，他甚至设想"制一地球万音室"，以实现"全地语言文字皆当同，不得有异言异文"的理想（《大同书》）；与此同时，谭嗣同在《仁学》中更是把语言文字问题视为实现其"地球之政，合而为一"理想设计的最大障碍："由语言文字，万有不齐，越国即不相通，愚贱尤难遍晓；更若中国之象形字，尤为之梗也。故尽改象形字为谐声，

---

① 黄遵宪：《日本国志·学术志二》，载陈铮编《黄遵宪全集》（下），中华书局2005年版，第1420页。

② 梁启超：《变法通议·论幼学》，载《梁启超全集》第1卷，北京出版社1999年版，第39页。

诗界革命：中国现代新诗的萌蘖

各用土语，互译其意，朝授而夕解，彼作而此述，则地球之学，可合而为一。"① 可见，晚清语言文字变革运动中不乏诗界革命骨干的身影与功绩。1898年，裘廷梁在《中国官音白话报》上发表《论白话为维新之本》，第一次提出"白话"的概念，为黄遵宪以来的语言文字变革确立了新的路向与目标。此后，经过陈荣衮等人的积极宣传，白话逐渐从众多的语言变革方略中脱颖而出，并开始取代拼音化、世界语等多重方案，最终成为现代文学乃至现代人的语言工具。诗界革命的发生和发展就是在晚清语言变革的背景和资源的熏陶与浸染下展开的，诗人们把语言变革的理论倡导付诸诗歌创作的实践之中，成就了白话诗歌的最初形态。

诗界革命的主将及其他晚清语言运动的先驱们对语言变革问题的理论宣扬与创作实践，为新文学运动的孕育及发生提供了丰富的资源与足够的催化剂。胡适、陈独秀等发起的文学运动中，一个重要的组成部分就是对语言文字的关注。1916年10月1日《新青年》第2卷第2号上发表了胡适致陈独秀的一封信，信中说："年来思虑观察所得，以为今日欲言文学革命，须从八事入手"，而这"八事"中，前五项均与语言相关，即胡适所谓"形式上之革命也"："不用典"，"不用陈套语"，"不讲对仗（文当废骈，诗当废律）"，"不避俗字俗语（不嫌以白话作诗词）"，"须讲求文法之结构"②。在陈独秀的建议下，胡适把它整理为《文学改良刍议》正式发表出来。稍后，陈独秀在《文学革命论》中同样对旧有的语言文字表示不满："《国风》多里巷猥辞，《楚辞》盛用土语方物，非不斐然可观。承其流者，两汉赋家，颂声大作，雕琢阿谀，词多而意寡，此贵族之文古典之文始作俑也。魏、晋以下之五言，抒情写事，一变前代板滞堆砌之风，在当时可谓为文学一大革命，即文学一大进化；然希托高古，言简意晦，社会现象，非所取材，是犹贵族之风，为足以语通俗的国民文学也。"③ 这两篇文章被视为中国新文学发生的重要标志。其实，如果单就二者对语言问题的关注而言，这种变革意识则早已有之。胡适在1911年8月25日的

---

① 谭嗣同：《仁学》，载蔡尚思、方行编《谭嗣同全集》（增订本），中华书局1981年版，第352页。
② 胡适：《通信》，《新青年》1916年第2卷第2号。
③ 陈独秀：《文学革命论》，载《独秀文存》，安徽人民出版社1987年版，第96页。

第一章 文言的解体与白话的探寻

日记中记载:"作《康南耳传》结论,约三百字,终日始成;久矣余之不亲古文,宜其艰如是也。"① 此前的 1906 年,《竞业旬报》创刊,这同样是一份鼓吹"国语大同""文言一致"的报纸。而年轻的胡适与该报关系的逐步转变,从投稿人到编者和记者再到主编,足以证明他对白话文运动的认同与主动参与。1915 年夏天,留学美国的胡适更是积极参与了语言文字的讨论。② 可见,胡适是当时语言文字运动的积极参与者与实践者。

不独胡适如此,陈独秀曾于 1904 年创办《安徽俗话报》,他在《开办安徽俗话报的缘故》中指出:开启民智可以通过读报的方式来实现,"但是现在各种日报、旬报,虽然出得不少,却都是深文奥意,满纸的之、乎、者、也、矣、焉、哉字眼,没有多读书的人,那里能够看得懂呢?这样说起来,只有用最浅近最好懂的俗话,写在纸上,做成一种俗话报,才算是顶好的法子";"我开办这报,是有两个主义":"第一是要把各处的事体,说给我们安徽人听听。免得大家躲在鼓里,外边事体一件都不知道……第二是要把各项浅近的学问,用通行的俗话演出来,好教我们安徽人无钱多读书的,看了这俗话报,也可以长点见识。"③ 基于这一目的,陈独秀进一步强调:"这报的主义,是要用顶浅俗的话说,告诉我们安徽人,教大家好通达学问,明白时事,并不是说些无味的俗话,大家别要当作怪物,也别要当作儿戏,才不负做报的苦心。"④ 正是这种办报宗旨和实践目标的确立,使得《安徽俗话报》成为当时有志于推广普及白话文的著名报刊之一。与此同时,钱玄同等其他新文学运动的先驱也积极参与,于 1904 年 4 月创办了《湖州白话报》,以"万口传诵,风行一时"的白话进行启蒙工作。因此,从关注语言文字变革的角度来看,以黄遵宪、梁启超等为代表的诗界革命主将与胡适、陈独秀等新文学运动的发难者之间,就存在难以割舍的知识话语与精神谱系:"我们说五四白话和清末的白话属于同一个不曾断绝的传统,最直接的证据就是领导 20 世纪 10 年代

---

① 胡适:《胡适留学日记》(上),安徽教育出版社 1999 年版,第 61 页。
② 胡适:《逼上梁山》,载《胡适文集》(2),人民文学出版社 1998 年版,第 451—454 页。
③ 陈独秀:《开办安徽俗话报的缘故》,《安徽俗话报》1904 年第 1 期。
④ 同上。

白话运动的两个台柱子——胡适和陈独秀——都在20世纪00年代的主要白话刊物上写过大量的文字，而且一些主张都成为20世纪10年代启蒙运动中新思想的要素。"① 更有人断言："晚清白话文运动，是五四运动白话文的前驱，有了这前驱的白话文运动，五四时期的白话文才有历史根据。"② 可见，诗界革命与现代新诗的发生都离不开自晚清以来的白话文运动的启发与滋养，而且二者呈现出一脉相承的谱系关系。

二 进化论：相似的理论支撑与论证思路

1896年，严复翻译的英国自然科学家赫胥黎的《天演论》（原名为《进化论与伦理学》）出版，在当时产生了极大的影响。黄遵宪对该著给予了极高的评价："《天演论》供养案头，今三年矣。……于古人书求其可以比拟者，略如王仲任之《论衡》，而精深博则远胜之。此书不足观，然汉以前辨学而能成家者，只此一书耳。又如陆宣公之奏议，以体貌论，全不相似，然切理餍心，则略同也。而切实尚有过之也。"③ 而且，黄遵宪还推崇《易》辞"为天演之祖"④。可见他不仅熟知进化论，而且还试图以此来推演中国文化问题。天演论为甲午战争失利后亟须寻求社会变革的中国知识分子提供了重要的思想武器，而等级进化的观念也成为此后影响中国思想界的重要学说及观念之一。无论是诗界革命的倡导者与实践者，还是新文学运动的发起人与参与者，莫不以此作为理论依据与论证支撑来为语言文字革新以及诗歌变革运动阐理论证。

一方面，黄遵宪、梁启超等人从中国语言文字发展变迁的历史中寻求其进化演变的轨迹。黄遵宪说："中国自虫鱼云鸟，屡变其体，而后为隶

---

① 李孝悌：《胡适与白话文运动的再评估——从清末的白话文谈起》，载《清末的下层社会启蒙运动：1901—1911》，河北教育出版社2001年版，第278页。
② 谭彼岸：《晚清的白话文运动》，湖北人民出版社1956年版，第3页。
③ 黄遵宪：《致严复函》，载陈铮编《黄遵宪全集》（上），中华书局2005年版，第434页。
④ 黄遵宪：《致梁启超函》，载陈铮编《黄遵宪全集》（上），中华书局2005年版，第428页。

第一章 文言的解体与白话的探寻

书,为草书。余乌知夫他日者不又变一字体,为愈趋于简,愈趋于便者乎?自凡将训纂逮夫《广韵》《集韵》,增益之字,积世愈多,则文字出于后人创造者多矣。余又乌知夫他日者不有孳生之字为古所未见,今所未闻者乎?周秦以下,文体屡变,逮夫近世,章疏移檄,告谕批判,明白晓畅,务期达意,其文体绝为古人所无,若小说家言,更有直用方言笔之于书者,则语言文字几几乎复合矣。余又乌知夫他日者不更变一文体,为适用于今、通行于俗者乎?嗟乎!欲令天下农工商贾、妇女幼稚皆能通文字之用,其不得不求一简易之法哉?"① 在他看来,语言以及文体的演进是按照逐渐趋于"简便"的方向递进的,现在和将来能够滋生更为便捷的文字,是这一进化规律的必然产物。不难看出,从历史发展的角度寻求语言文字变革的证据,为当下的立论服务,是黄遵宪语言观的一大特点。

无独有偶,这一思路同样出现在胡适对白话观的论证上。他指出:"我要大家知道白话文学不是这三四年来几个人凭空捏造出来的;我要大家知道白话文学是有历史的,是有很长有很光荣的历史的。我要人人都知道国语文学乃是一千几百年历史进化的产儿。"② 接下来,他便梳理了从1800 年前开始用白话做书到当下白话文学出现的过程,这同样是为自己的白话文学观寻求历史的支撑。另外,胡适把早期以文言创作的诗词编入《去国集》中,并在序言中说:"胡适既已自誓将致力于其所谓'活文学'者,乃删定其六年以来所为文言之诗词,写而存之,遂成此集。名之曰去国,断自庚戌也。昔者谭嗣同自名其诗文集曰'三十以前旧学第几种'。今余此集,亦可谓之六年以来所作'死文学'之一种耳。"③ 可见,进化论观念中"新/旧"二元对立的思维方式同样影响了胡适。

另一方面,除了以中国历史上语言文字的变迁过程作为立论根据之外,黄遵宪与胡适还分别以外国语言的运动作为参照。1877 年 11 月,黄

---

① 黄遵宪:《日本国志·学术志二》,载陈铮编《黄遵宪全集》(下),中华书局 2005 年版,第 1420 页。
② 胡适:《白话文学史》小引,载《胡适文集》(4),人民文学出版社 1998 年版,第 20 页。
③ 胡适:《〈去国集〉自序》,载《胡适文集》(3),人民文学出版社 1998 年版,第 5 页。

遵宪随从中国首任驻日本公使何如璋赴日,并任使馆参赞官。通过日本这一中介与异域文明特别是与日本语言文字的亲密接触,使他能够把中国语言文字放置在世界文化的背景下予以观照:"余闻罗马古时,仅用拉丁语,各国以语言殊异,病其难用。自法国易以法音,英国易以英音,而英法诸国文学始盛。耶稣教之盛,亦在举《旧约》《新约》就各国文辞普译其书,故行之弥广。盖语言与文字离,则通文者少;语言与文字合,则通文者多,其势然也。"① 与先进国家的语言相比,中国语言文字分离的状况所带来的弊端更加醒目,因此寻求一种更为便捷易懂的语言文字便成为黄遵宪及诗界革命的同志乃至晚清声势浩大的语言文字变革运动的目标。而夏曾佑、谭嗣同、梁启超等进行"新学诗"尝试的活动,同样是从语言上的变革开始的,即梁启超所谓的"挦扯新名词以表自异"。

尽管与黄遵宪、梁启超等先贤们相比,胡适留学的目的地是美国而非日本,二者在政治背景、文化思潮等方面所提供的参照与资源有着很大的差异,但在为语言文字的变革寻求证据的思路上,双方并未形成龃龉之处,甚至是不谋而合、相互补充的。远在美国的胡适同样以欧美国家的语言的发展变迁为例,证明语言变革的必要性与可行性。他在给任叔永(鸿隽)的信中写道:"且足下亦知今日受人崇拜之莎士比亚,即当时唱京调高腔者乎?莎氏之诸剧,在当日并不为文人所贵重,但如吾国之《水浒》《三国》《西游》,仅受妇孺之欢迎,受'家喻户晓'之福,而不能列为第一流文学。至后世英文成为'文学的言语'之时,人始知尊莎氏,而莎氏之骨朽久矣。与莎氏并世之培根著《论集》(essay),有拉丁文、英文两种本子。书既出世,培根自言:其他日不朽之名,当赖拉丁文一本;而英文本则但以供一般普通俗人之传诵耳,不足轻重也。此可见当时之英文的文学,其地位皆与今日之高腔不相上下。英文之'白诗'(blank verse),幸有莎氏诸人为之,故能产出第一流文学耳。"② 可见,国外语言的变迁史实同样成为胡适论证语言演变的立论根据。

---

① 黄遵宪:《日本国志·学术志二》,载陈铮编《黄遵宪全集》(下),中华书局2005年版,第1420页。
② 胡适:《与任叔永书》,载《胡适文集》(3),人民文学出版社1998年版,第10—11页。

第一章 文言的解体与白话的探寻

在梁启超看来，这种中西结合的学养与背景对思想运动起着至关重要的作用。它不仅是语言文字变革背景的拓展与证据的有力补充，而且在很大程度上还决定着运动的成败与得失："晚清西洋思想之运动，最大不幸者一事焉，盖西洋留学生殆全体未尝参加于此运动。运动之原动力及其中坚，乃在不通西洋语言文字之人。坐此为能力所限，而稗贩、破碎、笼统、肤浅、错误诸弊，皆不能免。故运动垂二十年，卒不能得一健实之基础，旋起旋落，为社会所轻。"[①] 梁启超把思想运动的失败归因于留学生的缺席，尽管这一看法略显偏颇，但反过来看，与此同时兴起的语言文字变革运动（特别是其中的白话取代文言）以及稍后的新文化运动能够获得成功，中国早期留学生的功劳却是不容抹杀的。由此可见，梁启超的观点在一定程度上还是有其合理之处的。

进化论能够成为晚清以来知识分子武装自己头脑的重要思想武器，有着历史的必然性与客观的合理性。在一定程度上也可以说，新文化运动的胜利与这种历史观念的支撑有着密不可分的关系。但是，把它全盘搬用到文化、文学乃至语言文字的变迁中并奉为唯一合法的标准，这种做法却有着不可避免的偏差之处，特别是强调白话取代文言是历史的进步，后来者一定胜于前者的等级进化观念更是偏颇明显。例如，文言固然存在典奥佶屈、深涩难解的弊端，但其凝练含蓄、深沉蕴藉的悠长却是白话所不能比拟的。而把文言与白话对立起来，将二者视为不共戴天、势不两立的两极，以及试图以拼音代替汉字的做法，既是二元对立思维的偏颇表现，同时也不符合语言发生、发展的自身规律与特点。现代汉语并没有也不可能完全摒弃文言的成分而再造新语，而是不断地从文言中汲取资源并转化吸收。就此而言，20世纪末兴起的重新肯定文言及汉语的审美特性、质疑当年白话文运动的"翻案风"[②]，也值得人们去反思语言、文学及文化中的进化论观念所存在的误区及负面影响。

---

① 梁启超：《清代学术概论》，载《梁启超全集》第10卷，北京出版社1999年版，第3105页。
② 这里主要是指以郑敏的《世纪末的回顾：汉语言变革与中国新诗创作》（《文学评论》1993年第3期）和石虎的《论字思维》（《文论报》1996年2月1日）所引发的讨论。

三 口语、方言与外来语：语言革新的共同路径

如上所述，无论是黄遵宪、梁启超等诗界革命的干将还是胡适等早期的白话诗人，在语言观念上有着诸多的相通之处：他们都从现有的语言文字中发现"言文分离"的弊端，并以语言进化的观念从中外语言演变的事实中寻求变革的证据，同时也在不停地寻求语言变革的路向与实现"言文一致"的具体方略。尽管双方时隔数年，但其解决问题的途径与方略却集中在相同的几个方面：

（一）以口语取代书面语。早在1868年，黄遵宪对言文分离的客观现状提出批评时就表明了自己的努力方向："我手写我口，古岂能拘牵。"其中既体现出对自我意识的肯定与张扬，同时也包含着以口说之语取代书写文字的努力方向。他在《日本国志》中又借"外史氏"之名阐述言文分离给学习者造成的诸多障碍："文字者，语言之所从出也。虽然，语言有随地而异者焉，有随时而异者焉，而文字不能因时而增益，画地而施行；言有万变，而文止一种，则语言与文字离矣。居今之日，读古人书，徒以父兄师长递相授受，童而习焉，不知其艰。苟迹其异同之故，其与异国之人进象胥舌人而后通其言辞者，相去能几何哉？"[①] 梁启超同样把言文分离的状态视为普通大众接受知识的阻力："古人文字与语言合，今人文字与语言离，其利病既缕言之矣。今人出话，皆用今语。而下笔必效古言，故妇孺农氓，靡不以读书为难事。"[②] 不仅如此，"我手写我口"或者说"言文一致"的理想也是同时期以及此后众多文化先驱在语言文字变革方面所孜孜追寻的终极目标。

口语这一概念在胡适那里同样被整合进"白话"的范畴之内，这从他对"白话"的界定中即可看出："一是戏台上说白的'白'，就是说得出，听得懂的话；二是清白的'白'，就是不加粉饰的话；三是明白的'白'，

---

① 黄遵宪：《日本国志·学术志二》，载陈铮编《黄遵宪全集》（下），中华书局2005年版，第1421—1422页。

② 梁启超：《变法通议·论幼学》，载《梁启超全集》第1卷，北京出版社1999年版，第39页。

第一章 文言的解体与白话的探寻

就是明白晓畅的话。"① 这三层界定中的前两个方面，都与"口说"直接相关。而这种依靠"口说"与"耳听"的方式产生并存在的语言形式就是"口语"。可见，胡适的"白话"观念，其实就是晚清以来言文一致理想的延续与拓展。故此，陈子展指出：黄遵宪主张"'我手写我口'，不避流俗语，为后来胡（适）、陈（独秀）、钱（玄同）、周（作人）一班人提倡白话文学的先导……"② 这一论断无疑是符合历史事实的。

（二）以方言与俚俗语唤醒文言。由于长期的言文分离，书写的文字逐渐脱离了鲜活丰富的方言口语，特别是诗歌创作排斥了所谓不登大雅之堂的"俚俗之语"，导致书面语在雕琢粉饰、佶屈聱牙的雅化追求中居高不下，从而远离了大众的接受水平而受人诟病。为改变这一现状，黄遵宪率先把方言及其中的俚俗之语整合进诗歌这一"高尚的楼台里"。他倡导流俗语入诗："即今流俗语，我若登简编。五千年后人，惊为古斓斑。"而且把民间歌谣中的方言俚语推崇至高："十五国风，妙绝古今，正以妇人女子矢口而成，使学士大夫操笔为之，反不能尔。以人籁易为，天籁难学也。"③ 这一语言变革的思路不仅得到梁启超等同时代人的赞同与参与，而且引起胡适的高度关注并将其引为知己："我常想黄遵宪当那么早的时代何以能有那种大胆的'我手写我口'的主张？我读了他的《山歌》的自序，又读了他五十岁时的《己亥杂诗》中叙述嘉应州民间风俗的诗和诗注，我便推想他少年时代必定受了他本乡的平民文学的影响……我们可以说，他早年受了本乡山歌的感化力，故能赏识民间白话文学的好处；因为他能赏识民间的白话文学，故他能说'即今流俗语，我若登简编，五千年后人，惊为古斓斑'！"④ 因此，胡适的早期白话理论中流露出对方言、俚俗之语的重视与整合思路。他认为，方言的文学越多，国语的文学越有取

---

① 胡适：《白话文学史》，载《胡适文集》（4），人民文学出版社1998年版，第17页。

② 陈子展：《中国近代文学之变迁　中国最近三十年文学史》，上海古籍出版社2002年版，第19页。

③ 黄遵宪：《山歌题记》，载陈铮编《黄遵宪全集》（上），中华书局2005年版，第275页。

④ 胡适：《五十年来中国之文学》，载《胡适文集》（4），人民文学出版社1998年版，第354—355页。

材的资料，越有浓富的内容和活泼的生命。国语的文学造成之后，有了标准，不但不怕方言的文学与他争长，并且还要倚靠各地方言供给他的新材料、新血脉。①胡适还极为推崇"粤讴"对新文学的作用，他在《国语运动与文学》中就指出吴语（苏白）与粤语对国语"很有帮助的益处"。可见，胡适从黄遵宪那里受到启发，并把黄遵宪的理论为我所用，转化为论述自己白话文学观的重要事实论据。这正是二者之间存在血脉关系的有力证据与具体表征。

（三）以外来语丰富汉语语汇。晚清以来，被列强的炮火强行打开的不仅仅是中国的国门，还有知识分子眼界的开阔与思想的拓展。当他们被动或者主动地接受新鲜事物时，如何把这些新鲜事物重新命名，并以恰切的语言表述出来就成为无法回避的问题。且不论文化传统上的迥异之处，仅是那些器物、制度、风俗等层面的名词就足以让人感受到命名的窘窘与局限。在输入这些名物的时候，无论再精明的翻译者，也必然会借鉴、采纳名物输出国的语言特点，从而对自己惯用的母语词汇、语法、结构、表达方式等形成冲击。这既是晚清语言文字运动的背景与动力之源，同时也为运动本身提供了一种变革的参考与资源。从外来语言中汲取营养以补充完善、培植本土的语言，自然成为晚清以来乃至现今语言发展仍然倚重的方略之一。

黄遵宪就曾建议严复从文字和文体（表达）两方面解决翻译时所出现的字不敷用的窘迫之状：

> 第一为造新字，中国学士视此为古圣古贤专断独行之事，与武曌之撰文、孙休之命子，坐之非圣无法之罪。殊不知《仓颉》一篇，只三千余字，至《集韵》《广韵》多至四五万，其积世而增益，因事而制造者多矣。即如僧字塔字，词章家用之，如十三经内之子矣，而岂知其由沙门、桑门而作僧，有鹊图、窣堵而作塔，晋魏以前无此事也。次则假借；金人入梦，丈六化身，华文之所无也，则假"佛时仔

---

① 胡适：《答黄觉僧君〈折衷的文学革新论〉》，载《胡适文集》（3），人民文学出版社1998年版，第87页。

第一章 文言的解体与白话的探寻

肩"之佛而为佛。三位一体，上升天堂，华文之所无也，则假"视天如父"，"七日复苏"之义而为耶稣。此假借之法也。次则附会；塞之变为释，苾蒭之变为比丘，字本还音，无意义也，择其音之相近者而附会之。此附会之法也。次则谳语；单足以喻则单，单不足以喻则兼，故不得不用谳语。佛经中论德如慈悲，论学如因明，述事如唐捐，本系不相比附之字，今则沿袭而用之，忘为强凑矣。次则还音；凡译意则遣词，译表则失里，又往往径用本文，如波罗密、般若之类。又次则两合。无一定恰合之音，如冒顿、墨特、阏氏、焉支，皆不合，则文与注兼举其音，俾就冒与墨、阏与焉之间两面夹出，而其音乃合。此为仆新获之义，无以名之，故名之曰两合。荀子有言："名不喻而后期，期不喻而后说，说不喻然后辨。"吾以为欲命之而喻，诚莫如造新字，其假借诸法，皆荀子所谓曲期者也。一切新撰之字、初定之名，于初见时，能包综其义，作为界说，系于小注，则人人共喻矣。

第二为变文体。一曰跳行，一曰括弧，一曰最数，一、二、三、四是也。一曰加注，一曰倒装语，一曰自问自答，一曰附表附图。此皆公之所已知已能也。……本朝之文书，元明以后之演义，皆旧体所无也，而人人遵用之而乐观之。文字一道，至于人人遵用之乐观之，足矣。①

随着外来文化的逐渐引进，外来词语如洪水一般持续地冲击着中国文字的大堤，而且越来越猛烈。逐渐地，并非铁板一块的文字传统中开始渗入外来词汇，语法结构也慢慢随之改变，外来语成为建构中国现代民族语言的重要支柱之一。这在新文化运动之际几乎成为革命主将的共识。在论及建构具有创造精神的白话文时，傅斯年就把目光投向了西洋文："直用西洋文的款式，文法，词法，句法，章法，词枝，（Figure of Speech）……一切修词学上的方法，造成一种超于现在的国语，欧化的国语，因而成就

---

① 黄遵宪：《致严复函》，载陈铮编《黄遵宪全集》（上），中华书局2005年版，第435—436页。

一种欧化国语的文学。"他坦承理想的白话文(即"逻辑"的、哲学的与美术的)"竟可说是——欧化的白话文"①。可见，无论是诗界革命的先驱，还是新文学运动的倡导者，都发现并倚重外来的新名词对传统僵化的文言的更新作用，从而为提升文学的表情达意能力搭建坚固的平台并提供适用的工具。

  语言是建构文学世界的最基本的材料，无论是诗歌的外在形式还是内部构成，都是由语言这一种基础材料搭建而成的，因而诗歌又是所有文学类型中对语言的变化最为敏感的样式。具体说来，诗歌的声律节奏其实就是语言的音响要素的排列组合，诗歌的意象也必然以语言作为存在形态，诗歌的文体形态更是直观地表现为语言节奏韵律、诗句的长短、诗行的多少等排列的秩序与规则。诗界革命的先驱们从语言的变革入手，一方面与当时刚刚兴起的语言革新运动有着密切的关系，另一方面也抓住了诗歌本体的关键点，由此得以顺利地进入诗歌的整个本体世界纵横驰骋。因此，就诗歌本体的变革而言，改革语言的确能达到"牵一发而动全身"的效果。夏曾佑、梁启超、谭嗣同等率先尝试的"新学诗"着眼于新名词的引介与搬用，无论是有意为之还是歪打正着，诗歌由此呈现出前所未有的面貌与形态已是一个不争的事实。即使梁启超等人放弃了这类诗歌的创作，而且在诗歌革命的目标与路径上进行了更新与调整，但以语言的变化来牵引整个诗歌结构体系的变革这一思路仍被保留了下来。当然，诗界革命的实践者并不再仅仅局限于新名词的搬弄与运演，而是把口语、方言、俚俗语等多种形态的语言材料吸纳进诗歌"高尚的楼台"里面，使传统诗歌牢固的结构基础发生了松动与震荡，诗歌本体的转型与外在形态的新变也就成为势在必行的了。进而言之，胡适等发起现代新诗运动的倡导者和实践者又何尝不是抓住了牵引诗歌整个本体世界的"牛鼻"——语言，才得以建构起现代新诗的整体结构与形式体系的呢？而且，口语、方言与新名词正是构筑现代民族语言特别是白话的重要支柱。可以说，诗界革命在突破诗歌传统语言模式与建构新的语言体系所选中的这三个突破口与方向，正

---

① 傅斯年：《怎样做白话文》，载胡适编《中国新文学大系·建设理论集》(影印本)，上海文艺出版社2003年版，第223—225页。

好对应了现代诗歌白话语言的核心组成。

当然,强调语言是诗歌本体的基础,但并不是诗歌本体结构的唯语言论。因为语言毕竟不是文学唯一的要素与表现形式,它还包括思想情感、声韵节奏、意象世界、表现手法、文体类型、风格流派等诸多其他要件。如果仅仅抓住语言这一要素而不及其余,则可能会导致文学变革中的失误与偏颇。梁启超等尝试"挦扯新名词以表自异"的"新学诗"运动中途夭折,此后轰轰烈烈的诗界革命也因其固守"旧风格"而遭人诟病,这可以说是语言变革与风格、文体规范的变革并不同步的原因所导致的。当然,就整体而言,诗界革命中的黄遵宪以及梁启超在诗歌文体类型上的积极探索,有效弥补了诗歌单纯寻求语言变革的一元化弊端,而成为诗歌变革的有效补充与积极拓展。而在胡适等早期白话诗人那里,对语言的过多关注同样遮蔽了其对诗歌审美特性的重视。无论是在理论上还是在创作实践中,立足于白话取代文言而忽视了"诗"之艺术特性的建设与凸显,也使胡适成为新诗建设中既开风气之先而又饱受非议的独特存在。就此而言,诗界革命中某些方面的失误与不足也成为现代新诗运动中的遗存与突破口。但是,一个不容忽视的历史事实是,现代新诗毕竟发生在语言文字变革的后期,特别是在白话的主流地位被逐渐确认之后。因此,与诗界革命的先驱们相比,现代诗人对诗歌审美特性及文体的探索有了更好的基础与资源,站在前辈的肩膀上自然会有更宽阔的视野与更丰厚的收获。但我们在欣赏这种收获的时候,却不应该忘记诗界革命的诗人们筚路蓝缕时的艰辛与困苦。

第二节 "我手写我口":便于交流与凸显主体地位的口语

最早的诗歌是以口耳相传的方式存在的,文字的出现改变了这种并不稳定的存在方式,同时也改变了诗歌语言的风格特点,即口语被书面语所取代。尽管口语入诗一直是历代诗人孜孜追寻的目标,如提出"眼前景物口头语,便是诗家绝妙辞"(明·邱濬《戏答友人论诗》)的口号等,但明确而集中地提出口语入诗,乃至言文合一的理想目标的现象却是直至晚清才出现。这是因为中国的语言文字长期分离的格局已经越来越显露出巨大的弊端,而诗歌创作在经过唐代的辉煌之后,也难以再次出现繁盛的局面。这不仅表现在创作主题、诗人的情感体验等方面均没有更加新颖的资源可供抒写,而且在艺术上也因长期的因循与封闭而导致创新动力与源泉的缺乏,诗歌只有在遣词造句上翻来覆去、精雕细刻而循循相因。这种诗歌创作上的倦意与窘态在晚清时期更为集中地体现了出来。但是,"语言实际具有一种双重性格:一方面,语言总是把一切东西都固定下来、规定清楚,从而使一个本具有多重可能性的东西成了'就是某某东西',亦即成了一个固定的'存在者'(das Seinde),所以'语言是最危险的',因为它使活的变成了死的、具体的、抽象的;但另一方面,正如海德格尔爱说的,'哪里有危险,哪里就有救'——语言所设定的界限、语言所构成的牢房,又恰恰只有语言本身才能打破它,而且必然总是被语言本身所打破:语言在其活生生的言说中总有一种锐意创新、力去陈言的冲动,而且总是有点石成金、化腐朽为神奇的力量,因此它总是要求并且能够打破业已形成的界限和规定,从而使语言文字本身处于不断的自我否定中,亦即不断地打破自身的逻辑规定性。正是这种既设定界限又打破界限、既建立结构又拆除结构、既自我肯定又自我否定的运动,使语言成了'最纯真的活动'"①。基于语言的自我改造功能,再加上晚清知识分子对语言现状越来越不满的情绪,其中率先觉醒的一部分人开始探索新的出路。此时,口语入诗的传统被重新发现和征用。因此,口语化入诗成为诗界革命语言变革的主要路径之一。

一 以口语抗争文言的诗学主张与创作

19 世纪六七十年代,年轻的黄遵宪就对极端追求书面语的现象表示了不满:"造字鬼夜哭,所以示悲悯。众生殉文字,蚩蚩一何蠢。"他明确提出"我手写我口,古岂能拘牵。即今流俗语,我若登简编。五千年后人,惊为古斓斑。"的主张,倡导书面语的表达应该与口语相一致。② 在随后问

---

① 甘阳:《从"理性的批判"到"文化的批判"》(代序),[德]恩斯特·卡西尔:《语言与神话》,于晓等译,生活·读书·新知三联书店 1988 年版,第 22 页。
② 黄遵宪:《人境庐诗草·杂感》,载陈铮编《黄遵宪全集》(上),中华书局 2005 年版,第 75 页。

第一章 文言的解体与白话的探寻

世的《日本国志》中，黄遵宪更是把中国的口语与书面语（即"言"与"文"）相分离的现象作为问题正式提出来："泰西论者，谓五部洲中以中国文字为最古，学中国文字为最难，亦谓语言文字之不相合也。"他认为，在中国语言文字的变迁过程中，曾经出现过言文接近的情况："若小说家言，更有直用方言笔之于书者，则语言文字几几乎复合矣。余又乌知夫他日者不更变一文体，为适用于今、通行于俗者乎？嗟乎！欲令天下农工商贾、妇女幼稚皆能通文字之用，其不得不求一简易之法哉？"① 在他看来，口语与书面文字的分离状况已经成为农工商贾、妇女幼稚接受新知过程的重要障碍，而解决这一问题的"简易之法"就是"言文一致"，"若小说家言，直用方言笔之于书"。而且，黄遵宪亲历亲行，采用口语创作了大量的诗歌以践行自己的主张。其中，最能体现他这一理想的诗作是《拜曾祖母李太夫人墓》。这首诗回忆了诗人孩提时代与曾祖母相处时其乐融融的生活情景，诗中人物的一笑一颦、一举一动跃然纸上。由于作者采纳口语乃至方言入诗，叙述语言与人物语言不仅符合人物的特定身份，而且也充满了浓浓的生活趣味，同时也有效缩短了读者与作品的距离，使读者倍感亲切自然、身临其境。如"牙牙初学语，教诵《月光光》。一读一背诵，清如新炙簧"②。结合这篇祭文的自传色彩来看，单是《月光光》这一用典就为黄遵宪择取口语的原因作了注脚，证明了口语的鲜活性与亲和力。"三岁甫学步，送儿上学堂。知儿故畏怯，戒师莫严庄。将出牵衣送，未归畸间望。问讯百日回，赤足足奔忙。"这就把老人疼爱幼辈的情感刻画得淋漓尽致。吴季清评云："此篇琐述述家常，纯用今事，语语从肺腑间流出，貌不袭古，而温柔敦厚之意味，沉博绝丽之词采，又若兼综《国风》《离骚》《乐府》酝酿而融化之。陈伯严谓二千年来仅见之作，信然信然。"③ 钱仲联

---

① 黄遵宪：《日本国志·学术志二》，载陈铮编《黄遵宪全集》（下），中华书局2005年版，第1420页。

② 《月光光》是流行于嘉应州地区的儿歌："月光光，秀才娘，骑白马，过莲塘，莲塘背，种韭菜；韭菜花，结亲家。亲家门口一口塘，放个鲤鱼八尺长，长个拿来抄酒食，短个拿来取姑娘"。见钱仲联《人境庐诗草笺注（中）·诗注》，上海古籍出版社1981年版，第430页。

③ 梁启超：《饮冰室诗话》一八五，载《梁启超全集》第18卷，北京出版社1999年版，第5390页。

对此也赞赏有加:"余最爱其《拜曾祖母李太夫人墓》长五古,曲折详尽,语皆本色,真公度所谓我手写我口者。运用古乐府之神理,而全变其面貌,不足与皮相者道也。"① 以本色之语表曲折详尽之意,可谓是中的之评。另外,黄遵宪在《己亥杂诗》中也有口语入诗的成功例子:"我是东西南北人,平生自号风波民。百年过半洲游四,留得家园五十春。"(其一)"老健真应饱看山,看山谁得几时闲?屡将游钓诳猿鹤,恐迟山灵笑汝孱。"(其七)"天下英雄聊种菜,山中高士爱锄瓜。无心我却如云懒,偶尔栽花偶看花。"(其十一)他的《为小子履端寄翁翁庚午》同样是一首以口语写就的充满生活情趣的优秀之作:

  太翁且勿去,抱我门前戏。阿卓阿香姑,嘻嘻笑相戏。大家都呼翁,如何我不是?摩捋太翁须,太翁笑不止。太翁不肯言,我问婆婆去。婆婆言翁翁,出门九年矣。翁翁出门时,尔娘未来此。手指头上铃,言是翁所赐。待翁归来时,教尔罗拜跪。履端今三岁,读诗未识字。小妹阿当櫾,牙牙已出齿。翁翁俱未见,已见想欢喜。昨日翁来书,浓墨写红纸。我闻爷爷道,明年将归里。翁翁莫诳言,早早束行李。儿有新红袍,人人都道美。何时着上身,翁翁罗拜跪。

  这首诗不仅通过孩童的视角描写了他所观察到的生活片段,而且还用儿童的口吻特别是儿童化的口语来表达他的所思所感。特别是最后两句:"儿有新红袍,人人都道美。何时着上身,翁翁罗拜跪。"通过孩子气的急切地追问,细致入微地刻画出诗中之"我"既兴奋又急切的炫耀心理,令人忍俊不禁。这种语言方式给人一种如见其人、如闻其声的浓郁现场感。可以设想,如果换成严肃、雅化的书面语,其表达效果将会大打折扣。"夫声成文谓之诗,天地之间,无有声,皆诗也,即市井之谩骂,儿女之嬉戏,妇姑之勃谿,皆有真意以行期间者,皆天地之至文也。"② 黄遵宪引领口语入诗的原因正是基于他对口语效果的深切理解和把握。

---

  ① 钱仲联:《梦苕庵诗话》,齐鲁书社1986年版,第7页。
  ② 黄遵宪:《致周朗山函》,载陈铮编《黄遵宪全集》(上),中华书局2005年版,第291页。

第一章 文言的解体与白话的探寻

倍受黄遵宪推崇的丘逢甲同样有采用口语进行创作的诗歌作品。如他的《十一月十五夜月蚀戏作 时始停止救护》

> 不闻金鼓代天诛，休怪妖蟆胆气粗。天上嫦娥应叹息，人间从此救兵无。
>
> 经坛冷落散缁黄，吩咐嫦娥自主张。东半地球无限事，那能更替月球忙。

把月蚀这种自然现象与现实的社会情状联系起来，口语的采用极大地提升了诗歌的现实感与亲切感，而这种亲切自然的语言与表白背后却暗含着作者更为深刻的思想情感。这种表达方式真可谓是"言近旨远"，寓深刻于平淡，而又不失对面闲谈式的轻松自然。

二 口语入诗的社会与文化背景

在中国文学发展的悠久历程中，以口语进行诗歌创作的理论倡导与实践并不罕见。最早的诗歌总集《诗经》以及稍后的《楚辞》中均不乏口语入诗的例子，即使在文人诗歌抵达鼎盛时期的唐代，李白、杜甫、白居易等著名诗人的作品中也有明显的口语化特征。但是，我们又不能不承认，口语入诗的理论与创作形成大规模运动的现象是在晚清时期才正式出现，这就是以黄遵宪"我手写我口"为旗帜的诗界革命，以及众多文化先驱所孜孜追寻的"言文一致"的语言文字变革运动。这一现象出现在晚清时期绝非偶然，而是与当时的社会因素与文化背景有着密切的关联，同时也是口语自身的特点所决定的。

从客观环境来看，黄遵宪把口语入诗作为努力的目标，与当时的社会文化氛围和诗歌创作现状有着内在的勾连。

首先，中国诗歌在唐代抵达鼎盛阶段之后，呈现出逐渐走下坡路的趋向，诚如鲁迅所说："我以为一切好诗，到唐已被做完。"[①] 这一论断看似

[①] 鲁迅：《书信·341220 致杨霁云》，载《鲁迅全集》第12卷，人民文学出版社1981年版，第612页。

武断而实际上有着极大的合理性。唐代时期，有着数千年历史的文人诗歌经过历代诗人雕肝呕肺的琢磨与尝试，无论在内容上还是在形式上均已达到近乎"完美"的程度，紧随"完美"而来的则是疲态尽显。有限的题材已被反复开掘与使用；语言的锤炼、音律的调配、体式的探索也难以再出新意。此后的宋代文人转向词作、元代出现了散曲的兴盛以及明清时期小说的繁荣，也表明诗歌资源的行将枯竭与衰落。到了晚清时期，诗歌语言的创新已经进入处处碰壁的"围城"："俗儒好尊古，日日故纸研。六经字所无，不敢入诗篇。古人弃糟粕，见之口流涎。沿习甘剽盗，妄造丛罪愆。"（黄遵宪：《杂感》）而另一方面，宋词、元曲以及明清小说的兴起，也为晚清诗歌语言的变革提供了一种历史的参照与突围路径，那就是从僵化雕琢的书面语中脱身而出，转向从现实生活的口语中寻求新的资源与营养。而一直处于被压抑状态，但又始终葆有顽强生命力的口语进入到诗界革命的先驱们的视野之中。口语既然能够成就宋词、元曲、明清小说的辉煌，为何不能作为变革诗歌的工具？而且，历史上也不乏以口语入诗的成功例子。因此，"我手写我口，古岂能拘牵"即采纳口语，就成为黄遵宪从"俪语配华叶，单词画蚯蚓"的语言困境中突围而出的有效选择。

其次，口语被诗界革命的诗人们重新征用，还与当时的文化背景所提供的资源密切相关。任何人和事物的生存与发展，都离不开特定的社会时代背景。诗界革命的发生就是如此，而口语入诗被推向诗界革命前台的命运更是这样。除了上述历史与现实的诗歌发展状况为"我手写我口"口号的出台提供了背景与动力之外，外来资源特别是基督教文化在晚清时期的广泛传播，也成为口语入诗的重要推手。

基督教自唐代传入中国，至晚清已有一千多年的历史，而基督教对中国文化影响最大的阶段是在晚清时期。自19世纪以来，为了促进基督教思想的传播，传教士不仅开办了大量的教会学校，而且创办了许多报刊，以此作为学校教育的有力补充和拓展。尽管这两种方式同为一个目的——为宣传普及基督教教义服务，但因二者在传播方式、传播工具、传播范围等诸多方面的不同，使传播者对受众对象的期待也有所区别。学校教育面对的是少数精英知识分子，因而它对传播媒介——语言的要求并无特别之处；而报刊的接受对象具有极大的广泛性和不确定性。为了更大限度地发

第一章 文言的解体与白话的探寻

挥报刊传播的范围与效果,传播者不得不考虑受众的接受水平,而语言的难易程度自然会成为其中绕不开的一个话题。因此,为了把更多的下层市民纳入报刊的受众范围之内,传教士不得不在曲高和寡的文言之外寻求简单易行的语言样式作为传播媒介。他们最初尝试了拼音化的路径,推行罗马字母,而且也取得了不错的效果:"不但使《圣经》的销售数量激增,而且使罗马字本身也流行一时,成为一般不识汉字的民众用作通信、记流水账的普通记号,为第三期民众教育家的注音或拼音文字运动打下坚固的基础。"[①]正是这一思路启发了正在寻求"言文一致"的理想目标的晚清文字改革家们,如卢戆章、蔡锡勇、王照、劳乃宣等。他们主张以拼音文字取代汉字,尽管取得了不小的成绩,但由于方案繁多而莫衷一是,再加上其他的原因,汉语拼音化的努力最终以失败而告终。

与上述拼音化道路不同的是,有些传教士从一开始就采用接近于日常口语的语言形式作为传播的媒介。1815年8月,传教士米怜创办了近代最早的中文月刊报纸——《察世俗每月统记传》。这份报纸上就出现了非常口语化的词汇及句法,呈现出与现代白话极为接近的特点。这是由创办者自觉地把读者定位于"得闲少""读不得多书"的"贫穷与做工者"[②]的宗旨所决定的。同样由传教士创办的《小孩月报》在1876年登载的文章也"近乎口语,即使放在'五四'以后的白话美文中也毫不逊色"[③]。这无疑成为口语逐渐凸显自身优势的重要开端。

传教士在报刊上使用口语宣传基督教教义的同时,在翻译《圣经》的实践中同样有意识地借助口语来扩大影响。1819年,英国传教士马礼逊就明确表示:"在我的译本中,我考虑了译文的准确性、明晰性和简洁性。我宁可选用普通词汇,也不用罕见的词和古词。我也避免采用在异教的哲学和宗教中出现的技术用语。我宁可选择似乎不雅的词,也不让人觉得晦涩难懂。"[④]

[①] 陈望道:《中国拼音文字的演进——明末以来中国语文的新潮》,载《陈望道文集》第3卷,上海人民出版社1981年版,第160页。

[②] 刘进才:《语言运动与中国现代文学》,中华书局2007年版,第85—87页。

[③] 同上书,第89页。

[④] [英]汤森:《马礼逊——在华传教士的先驱》,王振华译,大象出版社2002年版,第98页。

诗界革命：中国现代新诗的萌蘖

因此，为拓宽传播范围而采用通俗易懂的口语，就成为当时《圣经》翻译的一条重要的原则与方法。如18世纪70年代在中国流行的基督教赞美诗：

两个小眼，要常望天；两个小耳，爱听主言；两个小足，快奔天路；两个小子，行善不住。耶稣我主，耶稣我主；耶稣我，耶稣我，善美荣耀之耶稣。

有位朋友，别人难比，爱何等大，胜似兄弟，疼爱兄弟，爱何等大；世上朋友，有时离你，今日爱你，明日恨你，只有这位，总不误你，爱何等大！

救主胜似我生命，我愿双手牢执定。求以宝血沁我心，使我与主永相亲。我经尘世变换处，求主循循领我路。依主不敢须臾离，随着行路永不迷。

我有一位顶好朋友，真是可以算恩人。主的恩慈过于父母，与海同量无底深。顶好朋友顶好朋友，像主恩慈未曾有。

万群圣徒一起聚会，尽心尽力同唱高声；颂扬感谢公义恩惠，荣华权势归于主名。

早起看见轻霜薄雪，没到日中已经消灭。花开满树眼前富贵，一阵风来忽然吹卸。

仰望天堂一心向上，走过两边绊人罗网，天使欢喜等候接望，大众赞美弹琴高唱。

红日上升满处光，朗月高照极辉煌，不见天父见天象，仍知有主大雾量。①

很显然，这段译文虽然还有比较明显的欧化特征，但已经开始接近日常生活的口语，而与追求雅化与雕琢的文言渐行渐远。这也难怪有人说："现在我们所提倡的白话文，以为是文学革命的产物，是空前的，却不知道早在太平天国的时候，已有过一番改革。我们且看一看他们所用的经典

---

① ［美］狄就烈：《圣诗谱序》（1873年潍县刻本），转引自袁进《中国文学的近代变革》，广西师范大学出版社2006年版，第80页。

第一章 文言的解体与白话的探寻

与文告,有好几种很通俗的东西,这些东西是很浅近的,与现在的白话差不多,想不到在贵族文学极盛的时候,竟有这种平民文学的出现。"① 这明确点出了晚清语言变化的渊源与背景,进而为诗界革命的同人倡导与实践口语的策略提供了现实的依据与历史的脉络。

诗界革命的主将与基督教的亲密接触是不争的事实,谭嗣同最早接触的宗教就是基督教:"当君之与余初相见也,极推崇耶氏兼爱之教,而不知有佛,不知有孔子……"② 而康有为"于耶教,亦独有所见。以为耶教言灵魂界之事,其圆满不如佛;言人间世之事,其精备不如孔子。然其所长者,在直捷,在专纯。单标一义,深切著明,曰人类同胞也,曰人类平等也,皆上源于真理,而下切于实用,于救众生最有效焉,佛氏所谓不二法门也"③。这种基督教教义的影响,大多就是以近乎"言文一致"的语言来造就的。不仅国内如此,黄遵宪还从英法等国找到了同样的例证:"余闻罗马古时,仅用拉丁语,各国以语言殊异,病其难用。自法国易以法音,英国易以英音,而英法诸国文学始盛。耶稣教之盛,亦在举《旧约》《新约》就各国文辞普译其书,故行之弥广。盖语言与文字离,则通文者少;语言与文字合,则通文者多,其势然也。"④ 可见,传教士采用口语传播基督教,既是基督教教义得以广为接受的原因,更是"言文分离"的中国语言文字势必改革的反证与参照。诗界革命的倡导者与实践者充分利用当时的这一有利资源,为实现"言文一致"的理想目标进行了积极的努力。

不仅诗界革命的主将们从口语化的《圣经》译本中受到了启发,而且新文学运动的作家也承认,他们从基督教传教士以口语作为译介工具的《圣经》中获益匪浅。朱自清说:"近世基督教《圣经》的官话翻译,增强

---

① 王治心:《中国基督教史纲》,上海古籍出版社2004年版,第153页。
② 梁启超:《谭嗣同传》,载《梁启超全集》第1卷,北京出版社1999年版,第233页。
③ 梁启超:《南海康先生传》,载《梁启超全集》第2卷,北京出版社1999年版,第488页。
④ 黄遵宪:《日本国志·学术志二》,载陈铮编《黄遵宪全集》(下),中华书局2005年版,第1422页。

了我们的语言。"① 周作人也从否认《圣经》的影响而转向了对其意义的重新发现与肯定："我记得从前有人反对新文学，说这些文章并不能算新，因为都是从《马太福音》出来的；当时觉得他的话很是可笑，现在想起来反要佩服他的先觉：《马太福音》的确是中国最早的欧化的文学的国语，我又预计他与中国新文化的前途有极大极深的关系"，因此，《圣经》"在中国语及文学的改造上也必然可以得到许多帮助与便利，这是我所深信的不疑的"②。不难见出，单就对口语的倡导与实践之功而言，基督教在中国的传布，就成为诗界革命与新文学运动建构新式语言的共同方法谱系与实践资源。

三　口语受青睐的自身特征

除了诗歌语言自身发展的规律以及基督教的有效传播方式之外，诗界革命以"言文一致"作为改造文言的方向和目标，还与口语自身的特点有着密切的关联。当然，尽管这里存在一个难以克服的悖论，即书写后的口语并非是真实的现实生活中的口语。换言之，黄遵宪及晚清白话文运动追求"言文一致"的实践，在本质上是"用一种汉语书面系统取代另一种汉语书面系统的问题"③。因为"白话文运动的所谓'口语化'针对的是古典诗词格律和古代书面语的雕琢和陈腐，并不是真正的'口语化'。实际上现代语言运动首先是在古/今、雅/俗对比的关系中形成的，而不是在书面语与方言的关系中形成的，即白话被表述为'今语'，今尚'俗'，古尚'雅'，因此古今对比也显现出文化价值上的贵族与平民的不同取向"④，但书面的白话或者说口语与书面的文言毕竟属于不同的语言系统，无论在表述方式还是在表达效果上，二者都有着极为明显的区别。从这一意义上言

---

① 朱自清：《新诗杂话》，载朱乔森编《朱自清全集》第2卷，江苏教育出版社1988年版，第372页。

② 周作人：《圣书与中国文学》，载钟叔和编《周作人文类编·希腊之馀光》，湖南文艺出版社1998年版，第450—452页。

③ 汪晖：《现代中国思想的兴起》，生活·读书·新知三联书店2004年版，第1494页。

④ 同上书，第1511页。

第一章　文言的解体与白话的探寻

之,即使同在书面语的范畴之内,口语化的风格也会在很大程度上有别于文言化的风格。而且,被书写的口语在自身特性、传达功能以及思想表达等方面仍旧更贴近日常生活的口语。因此,了解日常口语的特点,对于把握被书写的口语的特征及意义,仍然有着重要的参照作用。

首先,口语具有鲜活性的特点。口语产生于现实的言说活动之中,与现实生活息息相关,并且可以轻易地随着时代、地域、情景乃至言说者的情绪态度、听者的反应等众多因素的改变而发生变化;与之相比,书面语一旦产生就形成了相对的稳定性。而且,时间愈久,二者之间的差异也就愈为突出。黄遵宪在《杂感　其一》就明确指出了书面语与口语之间的厚重壁垒以及前者与现实的隔绝之处:

> 少小诵《诗》《书》,开卷动龃龉。古文与今言,旷若设疆圉。竟如置重译,象胥通蛮语。父师递流转,惯习忘其故。我生千载后,语音杂伧楚。今日六经在,笔削出邹鲁。欲读古人书,须识古语古。唐宋诸大儒,纷纷作笺注。每将后人心,探索到三五。性天古所无,器物目无睹。妄言足欺人,数典既忘祖。燕相说郢书,越人戴章甫。多歧道益亡,举烛乃笔误。

这里所指出的言文不一致的现象尽管有主观放大的成分,但也的确符合口语与书面语之间存在距离的客观事实。诚如朱光潜所言,"写的语言"比起"说的语言"较为守旧,因为说的是流动的,写的就成为固定的。"写的语言"常有不肯放弃陈规的倾向,这是一种毛病,也是一种方便。它是一种毛病,因为它容易僵硬化,因此失去语言的活性;它也是一种便利,因为它在流动变化中抓住了一个固定的基础。① 这是因为书面语("写的文字")要对口语("说的文字")进行保存记录,前者的变更速率肯定要迟于后者。这从二者存在的方式上也得到证明。汉字的独特性更使这一特点凸显出来:"中国虽然有文字,现在却已经和大家不相干,用的是难懂的古文,讲的是陈旧的古意思,所有的声音,都是过去的,都就是只等

---

① 朱光潜:《诗论》,上海古籍出版社2007年版,第81—82页。

于零的。所以,大家不能互相了解,正像一大盘散沙。"① 鲁迅的批判虽然显得有些严厉和偏激,但也确有合理之处。另外,口语与人民大众的生活息息相关,它从丰富鲜活的日常生活中产生并随之不断调整、变更和发展,因此与只有少数人才能掌握、相对稳定的书面语相比,它更便于与世俗性的日常生活共生互动,因而生命力也就更旺盛。当然,面对"羲轩造文字,今始岁五千"(黄遵宪语)的陈迈老朽的文言,诗界革命的先驱们借助口语对其更新换代的策略,正是看中了口语的鲜活有力与勃勃生机。如夏曾佑的《戏赠梁启超》:

不见佞人三日了,不知为佞去何方。
春光如此不游赏,终日栖栖为底忙?

诗歌全用口语写成,而且带有明显的戏谑、玩笑成分,这就使二者之间密切融洽、其乐融融的友情呼之欲出,同时也表现了作者的幽默与诙谐。梁启超说:"这虽不过当时一种绝不相干的雅谑,但令我永远不能忘记。"② 不仅当事人如此,一般读者也会印象深刻。这也说明口语的鲜活之处确非文言所能比拟。

其次,口语具有平易朴素、自然晓畅的特点。与书面语不同,口语是以口耳相传的方式存在的。这种存在方式就决定了它在词汇的选用、语法的安排、句子的组合等方面具有一定的简洁性与随意性。换言之,生僻古奥的词语,复杂多重的语法结构以及容量较大甚至蕴藉深含的长句、复句等则很难进入口语的范畴。因为言说者和听者稍不留意,就可能导致对信息的难解、误解,这绝不是单纯为了信息交流的双方所愿意见到的。因此,简单易晓、流畅自然的风格就成为口语交际的必选目标。诗界革命的初始阶段,夏曾佑、梁启超、谭嗣同等人尽管在"捋扯新名词以表自异"的动机下创作了"苟非当时同学者,断无从索解"的新学诗,但这种以

---

① 鲁迅:《三闲集·无声的中国》,载《鲁迅全集》第4卷,人民文学出版社1981年版,第12页。
② 梁启超:《亡友夏穗卿先生》,载《梁启超全集》第18卷,北京出版社1999年版,第5208页。

第一章 文言的解体与白话的探寻

"新"为趣的游戏之作,因为读者接受上的困难以及创作者自身兴趣的快速消退而很快退隐了。鉴于此,有些诗人开始把读者的接受因素重新纳入创作动因之中。另一个不容忽视的事实是,诗界革命的理论倡导与创作实践所依赖的传播手段,已经不同于以往的文学创作,报纸、刊物等现代大众的传播媒介已经被充分利用,而且成为诗界革命的重要载体和组成部分。这一全新的传播媒介的出现,对包括诗歌在内的各种文学样式都产生了重要的影响。单就语言层面而言,报刊的出版周期与传播速率已经容不得诗人再有"吟安一个字,捻断数茎须"的从容与执着,"两句三年得,一吟双泪流"的精雕细刻也难以适应迅速变化的时代以及反映这时代的报纸杂志。在诗人无暇顾及语言的锤炼与抒情达意的含蓄深沉的情况下,浅显易懂的口语自然成为其诗歌创作更为得力的语言工具。

梁启超在《饮冰室文集序》中论述了报刊对新文体的影响:"吾辈之为文,岂其欲藏之名山,俟诸百世之后也!应于时势,发其胸中所欲言,然时势逝而不留者也,转瞬之间,悉为刍狗。况今日天下大局日接日急,如转巨石于危崖,变异之速,匪翼可喻。今日一年之变,率视前此一世纪犹或过之。故今之为文,只能以被之报章,供一岁数月之遒铎而已;过其时,则以之覆瓿焉可也。"①这同样可以帮助理解报刊对诗歌语言层面的影响。因为诗界革命的创作中就有不少应时势而发的"急就章"和"报章体",如黄遵宪的《八月十五夜太平洋舟中望月作歌》《归过日本志感》《到香港》《到广州》等即兴诗作,而且这种现象在其他诗人的笔下也不难找到。为记录稍纵即逝的感触与心境,并借助报刊这一媒介抒发出来,诗人自然没有更多的闲暇去字斟句酌地锤炼,再加上报刊所面向的读者并不只是局限于那些受过良好教育的识文解字者,而且还包括文化程度不高的普通市民,诗歌创作也要考量他们的阅读与欣赏水平。因此,这就决定了以明白晓畅、通俗易懂见长的口语被诗人推向诗歌语言变革的前沿的必然性。

再次,正因为口语具有浅显简易、通俗晓畅的特点,在信息传递与交

---

① 梁启超:《饮冰室文集》序,《饮冰室文集点校》,云南教育出版社2001年版,第1页。

流过程中能够尽可能地避免干扰信息的滋生或减耗,因此,它也更多地被视为信息传递的最佳选择。"在口头修辞交流中,美学功能及价值只是次要的;对他人意图相关性的现实判断才是主要的。"① 卡罗尔·阿诺德谈论的虽然是口语修辞,但同样可以用来理解口语的基本功能,即口语主要用以传达说话者的思想和情感,至于说话本身的美学价值和艺术魅力则很少被关注。因此,就口语而言,它对传达手段与效果的倚重,要远胜于传达的艺术追求,即艺术修辞要让位给表达的工具和表达的内容。在诗界革命的先驱看来,诗歌中过分雕琢的文言与口语之间的巨大反差,已经使得前者不再能够充分承担信息传递的功能——"多歧道益亡,举烛乃笔误"(黄遵宪语)。单从这一层面来看,语言也有变革的必要性。其实,晚清语言文字变革的立足点之一也正基于此:改变日趋丧失传递信息功能的文言,以一种新的简洁便利的语言形式来替换,"令天下农工商贾、妇女幼稚皆能通文字之用",以达到启蒙救国的目的,"不得不求一简易之法"②。诗界革命的创作实践具有突出的现实功利性的原因正在于此。

需要指出的是,这种对语言信息载体功能的强调,在晚清社会有着更为特殊的意义。鸦片战争以降,中国在屈辱的战争失利中发现了与西方列强的巨大差距。为了弥补这种差距,洋务派曾试图通过器物、技术层面的引进进行恶补,但事实证明,这只是一厢情愿式的理想愿景;于是,一部分有识之士把目光投向了制度和思想层面,以新的观念意识、民德民风民智来改造积弱已久的国民性。这一观念的转变使得富国强民的主要凭借物也由知识文化、道德精神、智力素质等精神修养与思想变革取代了枪炮、机器等物质实体。思想与精神的改造与提升,离不开被改造者的学养与修行,因此在闭目塞听的文言成为提高民德民智的重要障碍之际,传达效率极高的口语被重用。在此,口语不仅仅是以信息传递的载体的角色出现的,而且还被视为普及知识、扩大教育的重要工具,甚至是被当成改造与提升国民性、富国兴族的"药方"而呈现在晚清文化先驱的视野与观念之

---

① 卡罗尔·阿诺德:《口头修辞、修辞及文学》,载[美]大卫·宁编《当代西方修辞学:批评模式与方法》,常昌富等译,中国社会科学出版社1998年版,第271页。
② 黄遵宪:《日本国志·学术志二》,载陈铮编《黄遵宪全集》(下),中华书局2005年版,第1420页。

第一章 文言的解体与白话的探寻

中的。这可能是口语的不能承受之重,但在当时责无旁贷。"窃谓国之富强,基于格致,格致之兴,基于男妇老幼皆好学识理。其所以能好学识理者,基于切音为字,则字母与切法习完,凡字无师能自读;基于字话一律,则读于口遂达于心;又基于字画简易,则易于习认,亦即易于捉笔,省费十余载之光阴。将此光阴专攻于算学、格致、化学以及种种之实学,何患国不富强也哉!"① 尽管这里强调的是切音文字,但其逻辑思路同样适用于口语。1900 年,陈荣衮在《论报章亦改用浅说》中说:

> 今夫文言之祸亡中国,其一端矣,中国四万万人之中,试问能文言者几何?大约能文言者不过五万人中得百人耳,以百分一之人,遂举四万九千九百分之人置于不译不论,而惟日演其文言以为美观,一国中若农、若工、若商、若妇人、若孺子,任其废聪塞明,哑口瞪目,遂养成不痛不痒之世界……大抵变法,以开通民智为先,开民智莫如改革文言。②

文言的改革思路就是以口语化的白话取代拼音化方案,从而借助对"言文一致"理想的建构,完成对民众的思想启蒙而最终实现重振民族的宏伟目标。

最后,口语被选为启蒙的工具,除了上述表达与交流上的便利之外,还与它在语言交际中更能够体现表达者的主体地位这一特点密切勾连。与书面语的单向性、间接性和静态性不同,口语交流具有双向性、直接性与动态性的特点。因此,口语的修饰手段和表意方式比书面语更为丰富多样,而且主体性更为突出。"口语修辞有两个主要而又特别的特征使得它与一般'文学'不同,甚至与书面修辞也不同,即传递信息与信息的混合功能以及身处与某一具体的观众的个人化的联系中这一点所带来的制约及机遇。"③ 这句话点明了口语修辞与书面语修辞者之间的差异:1. 口语修

---

① 卢戆章:《〈中国第一快切音新字〉原序》,载《清末文字改革文集》,文字改革出版社 1958 年版,第 2 页。
② 陈荣衮:《论报章亦改用浅说》,《知新报》1900 年第 111 期。
③ 卡罗尔·阿诺德:《口头修辞、修辞及文学》,载[美]大卫·宁编《当代西方修辞学:批评模式与方法》,常昌富等译,中国社会科学出版社 1998 年版,第 272 页。

辞者具有"双重身份",既是传递信息者同时又是活的信息。而书面语修辞者则以书面为媒介,凭借书面这个载体传递信息,自己隐在背后;2.口语修辞行为是"活生生的人与人之间的交锋"①。既然口语在主体意识的确立与地位的凸显方面比书面语更有优势,那么这也正好契合了晚清时期率先觉醒的知识分子表达自我、张扬个性的主观需求。黄遵宪多次强调诗歌应该以"我"为主。1873年,他在给周朗山的信中说:"吾今日所遇之时,所历之境,所思之人,所发之思,不先不后,而我在焉。前望古人,后望来者,无得与吾争之者。而我顾其情,舍而从人,何其无志也?虽然,吾身之所遇,吾目之所见,吾耳之所闻,吾愿笔之于诗,而或者其力有未能,则不得不藉古人而扶助之,而张大之,则今宪所为,皆宪之诗也。先生顾其情,性情意气,可得其大概。至笔之于诗,则力有未能,则藉古人者,又后此事。"② 这里体现出来的不仅仅是他贵今薄古的进化观念,更重要的是对自我感受与意识的肯定与张扬。"仆尝以为诗之外有事,诗之中有人。今之世异于古,今之人亦何必与古人同。"③ 诗中之人便是有着真切体验与情感的诗人自己与他期待的读者。

在中国浩繁的诗歌传统中,并不乏张扬个性意识与主体地位的诗作,如李白的诗句"仰天大笑出门去,我辈岂是蓬蒿人",就是一种对自我价值的自信与自负。但是,由于中国传统文化中"温柔敦厚"的主流审美取向以及诗人思想的局限性,这种自我意识并未从笼罩一切的家族、王朝等集体话语中脱身而出,正如儒家"修身齐家治国平天下"的终极目的是融入集体、服务集体一样。因而,李白的自负只不过是在获得了体制认可与接受的前提下所表现出来的"入仕"理想实现后的满足与自信。当然,这种局限既是古代诗人自身的局限,更是整个时代与文化传统的局限。而清末王纲解纽、外来文化的冲击、诗人眼界的开阔与思想意识的更新转变,使一部分人能够从"大我"之梦中惊醒,逐渐回归到个体的"小我"的原点,重新打量这个社会与世界。在这一前

---

① 王德富:《口语修辞与书面语修辞的差异》,《修辞学习》2000年第4期。
② 黄遵宪:《致周朗山函》,载陈铮编《黄遵宪全集》(上),中华书局2005年版,第291—292页。
③ 黄遵宪:《人境庐诗草》自序,载陈铮编《黄遵宪全集》(上),中华书局2005年版,第68—69页。

第一章 文言的解体与白话的探寻

提下，诗人久被埋没的主体意识获得了重新破土而出的契机，并借助诗歌来进行确认与表达。以真纯为特征的口语，恰好能够凸显表达者的主体地位，因此口语被征用在诗歌创作之中也就成为一种必然。其中一个最明显的标志，就是第一人称代词的单数形式"我"在诗歌中的大量出现。如：

花开花落掩关卧，负汝春光奈汝何？天下事原如意少，眼中人渐后生多。

声声暮雨萧萧去，去去流光踏踏歌。今日今时有今我，茶烟禅榻病维摩。

——黄遵宪：《遣闷》

平生我爱陈太学，封章上数汪黄恶。平生更爱罗江东，请讨朱三意气雄。中原今日正多事，书生要共持清议。不薄今人爱古人，当代岂无天下士？茫茫八极愁风尘，开尊且醉春江春。相期少壮各努力，莫遣莺花空笑人。

——丘逢甲：《即席赋长句赠陈剑秋罗持有》

如果仅凭此不足以说明问题，那么还可以以宋代爱国主义诗人陆游与黄遵宪的具体诗作为例进行说明：

僵卧孤村不自哀，尚思为国戍轮台。夜阑卧听风吹雨，铁马冰河入梦来。

——陆游：《十一月四日风雨大作》

今时何时我非我，中夜起坐心旁皇。风声水声乌乌武，日出月出团团黄。

层阴压屋天四盖，寒云入户山两当。回头下视九州窄，高飞黄鹄今何方？

——黄遵宪：《寒夜独卧虹榭》

这两首诗所表达的内容极为相似，都是诗人在寒夜独处时所产生的孤独寂寞的情绪；但不同的是，陆游诗中的主人公并未被伤感所困扰，因为他仍挂念着国家的安危,时刻准备着为国戍边,即使做梦也牵挂着参军卫国;黄遵宪的诗歌则全然摆脱了国家、民族等宏大的主题,而是更多地描写一己之私情。表面看来,应该是前者的思想境界更高,而实际上后者是诗人回归自我后个体意识的体现与张扬,因而创作主体得到了更充分的体现。还有:

结庐在人境,而无车马喧。问君何能尔?心远地自偏。采菊东篱下,悠然见南山。山气日夕佳,飞鸟相与还。此中有真意,欲辩已忘言。

——陶渊明《饮酒(其五)》

天下英雄聊种菜,山中高士爱锄瓜。无心我却如云懒,偶尔栽花偶看花。

——黄遵宪:《己亥杂诗　一一》

陶渊明的诗的确优美,以"无我之境"刻绘出一种"以物观物,不知何者为我,何者为物"(王国维:《人间词话》)的超然境界。诗中主人公与自然融为一体、物我两忘、悠然自得的精神状态,正是历代隐士追求的理想境界,同时也是中国道家哲学的充分体现。与之相比,无论在艺术上还是在哲学内蕴上,黄遵宪的诗作都要逊色得多。但是,后者因第一人称代词"我"的介入,固然破坏了"无我之境"的超然与含蓄,诗人的主动性与主体性却由此得以彰显。当然,这并非是孰优孰劣、一决高下或非此即彼的对比,而是在某一方面谁更占优势的相对比较。就此而言,后者更能体现诗人的自我意识与主体地位,因此也就更能显示诗人观念意识向个体"我"的转变。这种转变是与口语介入的事实密不可分的。

四　现代新诗对口语的继承与发展

与诗界革命的先驱们在寻求语言变革时处于"摸着石头过河"的探索状态不同,胡适等早期白话诗歌的奠基者,对现代语言的建构有着更为明确的目标与方向,那就是"白话"。但是,如果说胡适是以"白话"作为

第一章 文言的解体与白话的探寻

新诗建设的基本出发点和终极目的的,那么支撑其白话理论体系的核心理念就是"口语"。在他看来,口语甚至有着与白话相对等的关系,在一定程度上可以互换。因为他确定"白话"的标准就是由口说与耳听所决定的:"一是戏台上说白的'白',就是说得出,听得懂的话;二是清白的'白',就是不加粉饰的话;三是明白的'白',就是明白晓畅的话。"① 可见,他所理解的"白话"概念中对"口语"的倚重程度。胡适以这种白话观念作为标尺去裁量中国文学史,甚至"把'白话文学'的范围放的很大,故包括旧文学中那些明白清楚近于说话的作品",认定"《史记》《汉书》里有许多白话,古乐府歌辞大部分是白话的,佛书译本的文字也是当时的白话或很近于白话,唐人的诗歌——尤其是乐府绝句——也有很多的白话作品"②。与此同时,胡适还在诗歌创作中进行口语化的尝试与实践。他坦诚早期创作的白话诗"未能脱尽文言窠臼","实在不过是一些刷洗过的旧诗",后来则致力于"有什么话,说什么话;话怎么说,就怎么说"的"诗体大解放"③ 的白话诗歌,如《我的儿子》《乐观》《上山》《三年了》等即是如此。当然,1918年胡适的"白话"概念中并非全然拒斥对文言的借用:"(一)白话的'白',是戏台上'说白'的白,是俗语'土白'的白。故白话即是俗语。(二)白话的'白',是'清白'的白,是'明白'的白。白话但须要'明白如话',不妨夹几个文言的字眼。(三)白话的'白',是'黑白'的白。白话便是干干净净没有堆砌涂饰的话,也不妨夹入几个明白易晓的文言字眼。"④ 其实,这与他前述的白话概念并不矛盾。这是因为:其一,当时的白话词汇并不充足,需要以文言作为补充;其二,在书写实践中的"口语"与日常口语及理论倡导上的"口语"也有差异,前者实质上是口语化的书面语。这在胡适尝试"白话新诗"之

---

① 胡适:《白话文学史》,载《胡适文集》(4),人民文学出版社1998年版,第17页。
② 胡适:《答朱经农》,载《胡适文集》(3),人民文学出版社1998年版,第17—18页。
③ 胡适:《〈尝试集〉自序》,载《胡适文集》(3),人民文学出版社1998年版,第126—127页。
④ 胡适:《论小说及白话韵文——答钱玄同》,载《胡适文集》(3),人民文学出版社1998年版,第38页。

后又转向"文白夹杂"的诗歌的创作轨迹中表现得最为明显。① 可见,胡适不仅从黄遵宪等诗界革命的先驱们那里汲取了语言变革的资源与营养,甚至把"我手写我口"乃至"言文一致"的语言文字变革过程中一直被遮蔽起来悬而未决的问题——日常口语向书面口语的转化——也承继下来而未能形成超越。更有甚者,在某种程度上还不如诗界革命的先驱们处理得更为恰切和圆熟。因此胡适的早期白话诗屡遭诟病,被梁实秋指责为"收入了白话,放走了诗魂",也就在所难免。

对于白话入诗的问题,也有人提出了更为中肯的意见和建议,如朱湘认为:"新诗的白话绝不是新文的白话,更不是……平常日用的白话。这是因为新诗的多方面的含义绝不是用了日用的白话可以愉快的表现出来的。……我们必得采取日常的白话的长处作主体,并且兼着吸收旧文字的优点,融化进去,然后我们才有发达的希望。"② 事实上,口语入诗的尝试与探索,已成为20世纪中国诗歌史上一个贯穿始终的命题和创作追求。其中既不乏许多成功的实验与成绩,如郭沫若、朱湘、徐志摩、艾青、郭小川、韩东、于坚及伊沙等诗人的贡献,但也存在不少失败的教训,如20世纪五六十年代的诗歌创作。但我们又不得不承认,口语对现代诗歌的语言、结构、文体体系所带来的变化又是有目共睹的。在一定程度上,甚至可以把口语比重的大小视为区分传统诗歌与现代诗歌的重要标志之一。有人指出:"白话诗的形式,在很大程度上是近代诗歌自身发展中冲突格律和白话化趋势的必然结果,绝不仅仅是外来形式的借鉴。离开了中国诗歌的母体和近代思想解放与晚清白话文运动的内因,离开了新学诗以来二十年间新诗的探索与尝试,白话诗能于'五四''文学革命'中最先问世,便是不可想象的。"③ 因此仅从晚清诗界革命对口语的重新发现、积极倡导与努力实践这一意义上而言,其对20世纪中国诗歌的贡献及影响也应得到高度评价。

综上,诗界革命积极采纳口语入诗的意义是不可低估的。首先,诗歌

---

① 吕周聚、胡峰等:《中国现代诗歌文体的多维透视》,山东人民出版社2009年版,第133—135页。
② 朱湘:《中书集》,上海书店出版社重印本1986年版,第334页。
③ 龚喜平:《新学诗·新派诗·歌体诗·白话诗——论中国新诗的发生》,《西北师院学报》1988年第3期。

创作借助口语顽强的生命力与鲜活性等特点,改变了语言趋于凝固僵化的艰难处境,为诗歌生命力的恢复与创造精神的振作注入了原动力,从而开创了诗歌发展的新局面,为诗歌的现代转型架构起良好的平台;其次,口语因其通俗易懂与明白晓畅的特点,既使诗歌重新获得了读者的接受与喜好,便于寄寓并传达创作者的启蒙思想与情感体验,同时又使诗人的主体地位得以充分表露与彰显。这正是文学乃至社会现代化所必不可少的要素及标志之一。而且,诗界革命的倡导者与实践者对口语这一重要资源的发现与征用,为现代汉语的建立及成熟开掘出取之不尽的源头活水,也使口语成为现代汉语的有机组成部分。这种以口语作为重要资源与支撑的现代新诗,恰恰是它区别于传统诗歌的重要表征。可以说,诗界革命吸纳口语的创作实践与发展路向,为现代新诗的诞生与发展起到了开山引道、铺路奠基的作用。

第三节 "天籁难学":对抗正统的方言

在论及方言入诗问题之前,首先应该厘清的是口语与方言之间的关系。一般来讲,口语应该包括方言,如有人对口语进行如此界定:口语也叫"口头语",是口头交际使用的语言,与书面语相对,是书面语产生和发展的基础和源泉。一般来说,它比书面语灵活简短,但不及书面语完密严谨,而且还可能带有方言特征。当某种语言的文字产生以后,口语和书面语相互影响、转化而共同存在、共同发展。[①] 从这一界定上来看,方言只不过是口语中的一个组成部分,二者之间是部分与整体的关系。但是,语言学意义上的广义方言,除了指地域性的语言之外,同时也包括社会方言。社会方言是社会内部不同年龄、性别、职业、阶级、阶层的人们在语言使用上表现出来的一些演变,是言语社团的一种标志。人们平常说的"官腔""干部腔""学生腔""娃娃腔"等的"腔",也是对某一言语社团在语言表达上的一些共同特点的概括,表明这种"腔"就是一种社会方言。尽管这种因社会团体的不同而形成的方言之

---

① 夏征农编:《大辞海》语言学卷,上海辞书出版社2003年版,第4页。

间存在着一定的差异，但"它们所用的材料和结构规则都是全民共同的，是其他言语社团的成员都懂得或者能够弄懂的，一般不会因为语言表达上的差异而影响互相的交际和理解"①。因此，这种社会方言一般不会被特别关注。与之相对的就是地域方言，"在汉语中俗称'话'，如'江浙话''福建话''广东话'通常指的就是吴方言、闽方言和粤方言。汉语不同方言的词语，用汉字写下来，差别不算大，各方言区的人大体上能看得懂，如果念出来，语音差别很大，互相之间就难以听懂了。……所以，地域方言的差别，主要表现在语音上，划分方言的依据也是语音。词汇上也有不少差别，语法的差别较小"②。通常意义上的方言指的就是这种地域方言，即一种语言中跟标准语言有区别的、只在某一个地区流行的"话"。本文所涉及的方言指的就是这一通常意义上的含义。

无论是诗界革命的先驱者还是现代新诗的开创者，在追求口语入诗的时候，都没有忽视与口语紧密关联的方言和俗语，他们甚至还着意强调方言在语言变革中的地位和意义，积极实践方言诗歌的创作，使方言诗成为自诗界革命以来贯穿20世纪中国诗歌发展史的一道亮丽的景观。

一 积极倡导方言入诗的开创者

就中国漫长的诗歌发展历程而言，以地域性方言而非当时通用的书面语进行诗歌创作的现象并不罕见。《诗经》中的《国风》就是基于不同区域内的民风民俗，以不同的方言写就的；稍后出现的楚辞更是方言诗的典型代表；汉乐府民歌传承并延续了这一传统，以不同特色的方言营构出丰富多彩的诗歌风格。但是，这一色彩斑斓、繁富多姿的诗歌语言传统因文人诗的出现和流行而遭受排挤，只是在民歌民谣等诗坛的"边缘"艰难而又顽强地生存与繁衍，主流诗坛则被逐渐雅化的文言所统治。这种现象持

---

① 叶蜚声、徐通锵：《语言学纲要》，北京大学出版社1997年版，第181页。
② 同上书，第184—185页。

第一章 文言的解体与白话的探寻

续了两千多年,晚清时期发展到极致。当然,"盛极必衰",极致也意味着开拓空间的极度萎缩与创新力的衰落。当诗人搜肠刮肚,却再也难以在有限的语言范畴内翻出新花样时,不满与反抗、突围与创新的萌芽也会从中孕育滋生。诗界革命的巨擘黄遵宪率先发难,痛斥文言的僵化与腐朽,而用来解决这一语言症结的药方之一就是征用"流俗语"入诗。1887年,黄遵宪在《日本国志·学术志·文字》中一方面指出中国语言文字的分离状态,另一方面又提出可以采用方言作为实现言文一致理想的参照:"若小说家言,更有直用方言以笔之于书者,则语言文字几几乎复合矣。"① 为了更好地提炼方言并用以改造过分雕琢陈腐的文言以实现言文一致的目标,黄遵宪开发了民歌这一肥沃繁富的资源。他认为:"十五国风,妙绝古今,正以妇人女子矢口而成,使学士大夫操笔为之,反不能尔。以人籁易为,天籁难学也","然山歌每以方言设喻,或以作韵,苟不谙土俗,即不知其妙。笔之于书,殊不易耳。"② 方言有限的普及性和接受度并没有影响他对民间歌谣的浓厚兴致,他特意花钱请人演唱山歌并记录了下来。可见黄遵宪对方言的推崇之高与钟爱之深。

黄遵宪不仅自己致力于民歌俗谣的收集与整理,而且还建议并鼓励更多的人积极参与到这一活动中来。他的倡议得到了诗界革命其他成员的积极响应。梁启超就采用地域色彩浓郁的方言进行诗歌创作。如《台湾竹枝词》:

韭菜花开心一枝,花正黄时叶正肥。愿郎摘花连叶摘,到死心头不肯离。

相思树底说相思,思郎恨郎郎不知。树头结得相思子,可是郎行思妾时?

丘逢甲更是如此,他在《游姜畬题山人壁》一诗中运用的方言土语则

---

① 黄遵宪:《日本国志·学术志·文字》,载陈铮编《黄遵宪全集》(下),中华书局2005年版,第1420页。

② 黄遵宪:《山歌题记》,载陈铮编《黄遵宪全集》(上),中华书局2005年版,第275页。

更为突出：

　　春山草浅畜宜羊，山半开畲合种姜。比较生涯姜更好，儿童都唱月光光。

"畜羊、种姜、利息难当"，俗谚也。"月光光，好种姜"，童谣也。

　　东风吹暖好年光，正月蟾蜍已落塘。更乞天公三日雨，山田高下有新秧。

"蟾蜍落塘，宜下谷种"，农家以为占验。

而且，丘逢甲的《己亥秋感八首》之一："遗偈争谈黄蘗禅，荒唐说饼更青田。载鼇岂应迁都兆？逐鹿休讹厄运年。心痛上阳真画地，眼惊太白果经天。只愁谶纬非虚语，落日西风意惘然。"更是得到了梁启超的高度推崇："盖以民间流行最俗最不经之语入诗，而能雅驯温厚乃尔，得不谓诗界革命一巨子耶？"① 可见，诗界革命的同人对方言入诗的重视与实践，已经达成了一种共识。

二　方言入诗的原因及意义

　　如前所述，方言属于口语的一个分支和重要组成部分，是口语的独特类型之一。因此，口语的鲜活性、平白晓畅、信息传递的准确性以及便于凸显交际者的主体地位等特点，在方言上同样能够充分体现出来。除此之外，方言还有更为突出的自身特征，那就是它的真实性、民间性以及由此引申出来的与文言的对立性等特征。

　　如果说文言是经过严格筛选与提炼的语言，那么它入诗时自然也就少不了在诗歌建构过程中的反复雕琢与修饰，历代诗人呕心沥血的推敲与耗

---

①　梁启超：《饮冰室诗话》三十九，载《梁启超全集》第18卷，北京出版社1999年版，第5313页。

第一章 文言的解体与白话的探寻

费神力的"炼字"即是如此。"吟安一个字,捻断数茎须",可谓是诗人苦心经营字句的真实写照。也正是诗人对语言的精雕细刻,才成就了中国诗歌凝练含蓄的独特优长;另外,这种呕肝雕肾的字斟句酌在经过长时间的追求与积累之后,也会使得语言越来越远离其本真的新鲜与活力,而成为一种经过层层包装、浓墨重彩地加工后的人造产品。大量使用这种语言的诗歌自然也就丧失了清新自然、朴素率真的鲜活气息。"螺蛳壳里做道场",缺乏更广阔的天地与新鲜资源的诗歌语言,久而久之就会给人以似曾相识、陈陈相因的熟悉感,而这正是诗家之大忌。黄遵宪所谓的"众生殉文字,蛩蛩一何蠢。可怜古文人,日夕雕肝肾。俪语配华叶,单词画蚯蚓"就是对这种现象的不满与批判。梁启超同样反感这种陈朽雕饰的诗歌及语言,他提出诗界革命的宣言与口号,正是基于这种感受与认识。他"以为诗之境界,被千余年来鹦鹉名士(余尝戏名词章家为鹦鹉名士,自觉过于尖刻)占尽矣。虽有佳章佳句,一读之,似在某集中曾相见者,是最可恨也。故今日不作诗则已,若作诗,必为诗界之哥伦布、玛赛郎然后可"①。相反,方言则是一种直接源自现实生活,未经过多雕琢与粉饰的语言,它的加盟自然会给诗歌带来一股清新的风,从而为诗歌语言及诗歌脱去难以承受的雕饰之重,还其自然率真的本色,以重现"清水出芙蓉,天然去雕饰"的艺术风格与审美特色。因此,方言成为诗界革命摆脱诗歌困境的重要路径之一。

根据西方人类学家雷德斐(Robert Redfield)把文化分为大传统与小传统的思路,陈思和指出:"大传统为上层社会知识分子的精英文化,它的背景是国家权力在意识形态方面的控制能力,所以常常凭借权力以呈现自己(在中国传统社会里,包括钦定史书经籍、八股科举制度、纲常伦理教育等),并通过学校教育和正式出版机构来传播。而小传统是指民间(特别是农村)流行的通俗文化传统,它的活动背景往往是国家权力不能完全控制,或者控制力相对薄弱的边缘地带。"② 在此基础上,他归纳了"民间"的几个特征:

---

① 梁启超:《夏威夷游记》,载《梁启超全集》第 4 卷,北京出版社 1999 年版,第 1219 页。
② 陈思和:《中国新文学整体观》,上海文艺出版社 2001 年版,第 114—115 页。

诗界革命：中国现代新诗的萌蘖

1. 它是在国家权力控制相对薄弱的领域出现的，保存了相对自由活泼的形式，能够比较真实地表达出民间社会生活的面貌和下层人民的情绪世界；虽然在政治权力面前民间总是以弱势的形态出现，但总是在一定限度内被接纳，并与国家权力相互渗透。"任何一个时代的统治思想始终不过是统治阶级的思想"，正是这种状况深刻的说明。但它毕竟属于"被统治"的范畴，它有着自己独立的历史和传统。2. 自由自在是它最基本的审美风格。民间的传统意味着人类原始的生命力紧紧拥抱生活本身的过程，由此迸发出对生活的爱与憎，对人生欲望的追求，这是任何道德说教都无法规范，任何政治条律都无法约束，甚至连文明、进步、美这样一些抽象概念也无法涵盖的自由自在。在一个生命力普遍受到压抑的文明社会里，这种境界的最高表现形态，只能是审美的。所以民间往往是文学艺术产生的源泉。3. 它既然拥有民间宗教、哲学、文学艺术的传统背景，用政治术语说，民主性的精华与封建性的糟粕交杂在一起，构成了独特的藏污纳垢的形态，因而想要对它做一个简单的价值判断，是很困难的。①

其实，如果把"大/小传统"以及"民间"概念用以区分语言，同样具有一定的借鉴意义和可操作性。如果说普通话（在传统诗歌中主要是指文言）可以划入文化的"大传统"范畴，那么与之相对的方言则更接近处于国家权力控制薄弱的"小传统"文化，或者说它是具有典型的"民间性"特征的语言类型。

具体说来，方言的独特之处主要表现在以下几个方面：

第一，方言的产生、发展与延续有其自身的原因及特性，它受地理环境、气候因素、风俗习惯、文化氛围等诸多因素的影响和制约，而这些客观因素并不是轻而易举就能够改变的。因此，方言一旦产生并形成自身的系统，其发展变化就变得十分缓慢。尽管方言有时被迫接受通用语的规约与整合而成为其中的一个组成部分，或接受普通话对它的强势影响而在词汇、语音、语调等方面发生一定的变化，但是这些都是极为有限的，方言

---

① 陈思和：《中国新文学整体观》，上海文艺出版社 2001 年版，第 122—123 页。

第一章 文言的解体与白话的探寻

庞大的传统惯性和自我调节功能会使其自身的特性继续留存并延续下去。正如索绪尔所说:"'乡土根性'使一个狭小的语言共同体始终忠实于它自己的传统。这些习惯是一个人在他的童年就最先养成的,因此十分顽强。在言语活动中如果只有这些习惯发生作用,那么将会造成无穷的特异性。"① 可见,方言传统的强大力量与稳定性。而正是这种难以被影响与改变的稳定性,才使方言的率真与清新的特点得以保存和彰显。

与方言的这一特点密切相关的是它与地域文化的相互关联。方言既是区域文化的载体,又是它的表现形式;反之,方言也决定着区域文化的内部构成及形态特征。正如德国语言学家洪堡特所分析的:人类语言结构的差异与人类精神发展之间存在着辩证的互动关系。小到一个国家、一个民族的不同区域之间的文化差异,大到不同民族、不同语系的不同精神,在很大程度上都受着各自语言的制约并会通过语言表现出来。而诗界革命的创作中采纳不同区域的方言入诗,从表层上看,能够使诗歌呈现出不同的风格与地方色彩,而且能够彰显不同区域文化的各自面貌与内涵;从深层上说,采用不同方言创作的诗歌则是不同地区、不同种族的文化精神与思想内核的展示。这对于丰富与繁荣诗歌创作的多元精神内质与审美形态来说无疑是最有效的方式之一。

第二,与适用范围更广的通用语相比,方言的反叛性与抗争性同样是客观存在的。因为通用语是以共性追求为前提的,即不同人群的相互交往必须以约定俗成、共同认可的语言为基础,因此,南腔北调式的个性差异是这种交际语言的大忌。相反,方言本身就是以差异性作为存在基础和表现特征的,在一定程度上可以说,没有了差异也就没有了方言。可见,方言与共同语之间的相反相成几乎是与生俱来的。这种相互对立的关系特征也得到了语言学家的认可和论证:"语言事实的传播,跟任何习惯,比如风尚一样,都受着同样一些规律的支配。每个人类集体中都有两种力量同时朝着相反的方向不断地起作用:一方面是分立主义的精神,'乡土根性';另一方面是造成人与人之间交往的'交际'的力量。……如果说

---

① [瑞士] 费尔迪南·德·索绪尔:《普通语言学教程》,高明凯译,商务印书馆 1980 年版,第 287 页。

'乡土根性'会使人深居简出，交际却使他们不能不互相沟通。把他方的过客引到一个村庄里来的是它，把各地区的人组成军队的是它，如此等等。总之，这是一个跟'乡土根性'的分解作用相反的统一的法则。"① 方言正是在这种既保持"乡土根性"的稳定需求，又实现交际的流动性的张力下彰显自身的特性与活力的。可以说，诗界革命中的方言诗，正是在各具特色的思想与艺术的前提下进行的多元共存与交融互补的实践活动。这自然是诗歌继续生存与发展的必要条件。同时，方言诗的创作方法与交流方式，也促使诗歌从千篇一律的模式化与凝固状态中解脱出来，向着繁富与鲜活的方向发展。

第三，与被国家权力、科举考试、教育体制等权力话语进行筛选和规约后的文言不同，方言主要流传于远离权力中心的边缘地带。换言之，越是在不易被外来因素影响的偏远地区和人群中，方言的纯正性与独特性就越突出。因此，这种边缘化的身份确保了它具有不会受过多约束的天然率真性；再加上它与底层百姓自由自在的生活状态共生共存，方言拥有特有的词汇与语音系统，能够随时做出调整，以适应和表现当地民众原生态的生活状态。而且在其长期发展的过程中，它已经具有足够的储备和能力来满足表现这种自由自在的生活的需要。因而，自洽自如就成为方言突出的特征之一。相比较而言，一种流行越广、应用越普遍的语言受到的约束与限制就越多，因而也就越容易被简约与规训，自然也就会失掉更多的自由自在的特性而成为具有普遍公约性的大众语（包括口头语和书面语）。对应于以方言进行创作的诗歌，如《诗经·国风》、楚辞、乐府民歌，以及流传至今的各地民歌，可以发现，它们在语言上自由灵活的特征非常突出。同时，这种灵活自如的语言也势必影响到诗歌的外在形式、内部结构以及传情达意上的随意和率真。有意思的是，西方传教士也充分利用方言的这一优长来鼓吹与普及教义，甚至将其作为研究的对象："搜集及研究中国方言的材料，近数十年来当以西洋传教士为最早。除去翻译白话《圣经》为直接传教之用以外，也颇有专为科学兴趣而研究的工作……此种

---

① ［瑞士］费尔迪南·德·索绪尔：《普通语言学教程》，高明凯译，商务印书馆1980年版，第287页。

书因其能用平正的眼光,绝无轻视土话的态度,以记录土语,土腔,说起来或者比我们中国人所著的许多方言考还有价值。"① 可见,方言在晚清时期开始逐渐走出被遮蔽的状态,堂而皇之地进入到率先觉醒的知识分子的视野之中,并以其特有的魅力召唤着诗歌变革者的关注。

无可回避的是,方言的上述特征必然会表现在方言诗歌中。因此,方言诗"成了一种独特的文学形式","方言的运用表现出一种与诗中所写、所想息息相关的思维方式"②。作为诗界革命的重要组成部分和主要成果的方言诗,由此成了一个"独特的存在",堂而皇之地登上了诗歌高雅的殿堂。方言是诗人们用以解构和颠覆传统诗歌固定僵化的语言模式的主要路径之一。方言以特有的清新与率真对抗文言诗歌形式的雕琢与艰涩,以自由灵活和"草根"特性来消解文言的僵固与贵族化,以自生自在的顽强生命力来冲击文言的老朽与陈腐。因此,黄遵宪、梁启超、丘逢甲等人积极倡导并实践的方言诗的努力,正是他们试图对雕琢、迂晦、日薄西山的文言诗进行革新的积极尝试。方言这种土生土长、去贵族化、远离雕琢的语言形式,以其特有的形式与个性,对抗与消解着文言诗歌的正统地位与陈旧形式,为新诗的诞生开辟出一条充满生机的新路。

三 白话新诗中的方言

与黄遵宪、梁启超等人发起诗界革命的动因相似,胡适、陈独秀在新文学运动的发难之际,同样把批判的矛头指向了日趋"堕落"的诗歌语言。胡适在《文学改良刍议》中提出,文学变革的八个方面中大部分指向了文学语言,甚至明确把"不避俗字俗语"列为其中目标之一;陈独秀的"三大主义"中更是对"贵族文学""古典文学""山林文学"的陈腐雕琢、铺张艰涩的语言进行集中批判,主张以"平易""新鲜""明了""通俗"的语言取而代之。接下来,胡适在建构白话文学的实践过程中,对方言的介入表达了肯定的态度:"方言未尝不可入文。如江苏人说'像煞有

---

① 林语堂:《关于中国方言的洋文论著目录》,《歌谣》1925 年第 89 期。
② [美]苏珊·朗格:《情感与形式》,刘大基等译,中国社会科学出版社 1986 年版,第 251 页。

介事'五字,我所知的各种方言中竟无一语可表出这个意思。这五个字将来便有入国语的价值,更有入文学的价值。并且将来国语文学兴起之后,尽可以有'方言'的文学。方言的文学越多,国语的文学越有取材的资料,越有浓富的内容和活泼的生命。"① 更有甚者,胡适把方言视为建设国语的基础与起点:"凡是国语的发生,必是先有了一种方言比较的通行,比较多产生了最多的活文学,可以采用作国语的中坚分子;这个中间分子的方言,逐渐推行出去,随时吸收各地方言的特别贡献,同时便逐渐变换各地的土语:这便是国语的成立。"② 可见与黄遵宪相比,胡适对待方言的喜好与倚重可以称得上有过之而无不及。

　　胡适之所以重视方言并把它作为建设国语和国语文学的重要资源,是与黄遵宪的启发密不可分的。他在《五十年来中国之文学》中说:"我常想黄遵宪在那么早的时代何以能有那种大胆的'我手写我口'的主张?我读了他的《山歌》的自序,又读了他五十岁时的《己亥杂诗》中叙述嘉应州民间风俗的诗和诗注,我便推想他少年时代必定受了他本乡的平民文学的影响……我们可以说,他早年受了本乡山歌的感化力,故能赏识民间白话文学的好处;因为他能赏识民间的白话文学,故他能说'即今流俗语,我若登简编,五千年后人,惊为古斓斑'!"③ 可见,胡适与黄遵宪在对方言的态度上是一脉相承的。这就难怪陈子展把主张"我手写我口"、不避流俗语的黄遵宪视为胡适、陈独秀、钱玄同、周作人一班人提倡白话文学的先导。在这一个意义上,可以说晚清诗界革命对方言的鼓吹与征用成为白话新诗诞生必不可少的资源与参照。

　　而且,不仅早期现代白话诗歌的发生离不开方言入诗的启发与滋养,此后新诗的发展与成熟同样是沿着黄遵宪、梁启超等人所开辟的路径前行的,甚至方言入诗成为现代诗歌的重要质素与表征。且不说20世纪20年

---

① 胡适:《答黄觉僧君〈折衷的文学革新论〉》,载《胡适文集》(3),人民文学出版社1998年版,第86—87页。

② 胡适:《〈国语讲习所同学录〉序》,载姜义华等编《胡适学术文集·语言文字研究》,中华书局1993年版,第302—303页。

③ 胡适:《五十年来中国之文学》,载《胡适文集》(4),人民文学出版社1998年版,第354—355页。

第一章 文言的解体与白话的探寻

代兴起的轰轰烈烈的整理歌谣运动,被视为现代诗歌的奠基者的郭沫若在其巅峰之作《女神》中就成功化用了方言口语:"《女神》中不随便采入方言、口语。但是,如非方言、口语不足以发挥效力时,诗人也用方言、口语,但又使你感觉不到它是方言、口语。在新诗的开创时期能自觉地、得心应手地驾驭方言、口语,使之与书面语浑然一体,《女神》堪称独到。"① 此后,即使徐志摩、闻一多、朱湘、戴望舒等"唯美"派的现代诗人也对方言表现出浓厚的兴趣;更不消说蒲风、任钧、田间、柯仲平、阮章竞、马凡陀、李季、贺敬之等一批有意追求诗歌民族化、大众化的诗人了。即使深受西方文学熏炙的九叶诗人,也极为看重方言的使用。袁可嘉就指出:"民间语言与日常语言的好处都在他们储藏丰富、弹性大、变化多,与生活密切相关而产生的生动,戏剧意味浓,而并不在因为他们仅仅是民间用的或日常说的话语。"② 即使到了20世纪90年代,仍有诗人对方言情有独钟,如于坚认为80年代从诗歌中开始的口语写作"实际上复苏的是以普通话为中心的当代汉语的与传统相联结的世俗方向,它软化了由于过于强调意识形态和形而上思维而变得坚硬好斗和越来越不适于表现日常人生的现时性、当下性、庸常、柔软、具体、琐屑的现代汉语,恢复了汉语与事物和常识的关系。口语写作丰富了汉语的质感,使它重新具有幽默、轻松、人间化和能指事物的成分。也复苏了与宋词、明清小说中那种以表现饮食男女的常规生活为乐事的肉感语的联系。口语诗歌的写作一开始就不具有中心,因为它是以在普通话的地位确立之后,被降为方言的旧时代各省的官话方言和其他方言为写作母语的"。于坚强调的是口语,但这种口语的"血脉来自方言,它动摇的却是普通话的独白"③。现当代诗人对方言以及由此而拓展成的口语的肯定,对于鼓励诗歌的多元化风格的创作及多向度发展是具有积极意义的。

尽管如此,方言入诗仍存在一些悖论性的难题:和口语相似,方言入

---

① 徐克文:《也谈〈女神〉的地方色彩》,载乐山师专郭沫若研究室编《郭沫若研究论丛》(内部资料)1990年第3期。
② 袁可嘉:《对于诗的迷信》,《文学杂志》1948年第2卷第11期。
③ 于坚:《诗歌之舌的硬与软:关于当代诗歌的两类语言向度》,《诗探索》1998年第1期。

诗同样面临着向诗家语的转化难度；除此之外，方言入诗还有自身的困境：一是方言的流行毕竟主要局限于特定的区域和人群，而对于其他的区域和人群可能不具有普适性甚至是相互隔阂的，采纳方言创作的诗歌同样也面临着读者的接受度特别是如何普及的问题。如黄遵宪在《山歌题记》就意识到这一问题的存在："然山歌每以方言设喻，或以作韵，苟不谙土俗，即不知其妙。"① 二是方言的书写问题，方言产生和存在的主要方式是口耳相传，这种以语音为中心的语言也面临着难以被书写成文字的困窘，即将方言"笔之于书，殊不易耳"。② 黄遵宪等诗界革命的主将们所面临的这些难题同样困扰着现代作家，比如鲁迅也承认："大多数人不识字；目下通行的白话文，也非大家能懂的文章；言语又不统一，若用方言，许多字是写不出的，即使用别字代出，也只为一处地方人所懂，阅读的范围反而收小了。"③ 茅盾也认为："然则努力发展土话文学又如何？这一点，谁都赞成，可是谁都觉得有许多困难，非一时可以克服。最大的困难是没有记录土话的符号——正确而又简便的符号。"④ 方言的地域性特点决定了它在普及上的难度。但是，一旦把方言改造为全民皆通的语言或文字，那么其自身的特性也必将会丧失殆尽。或许方言入诗的意义就在于：只因其特殊，才有独异之意义。自诗界革命以来的方言诗歌存在的合理性及恒久魅力正是在这种张力之中得以凸显。

第四节 "开新壁垒"：牵引表达与情感体验的新名词

诗界革命对传统诗歌陈腐语言的反拨，除了采纳民间鲜活的口语和方言以为之注入新鲜血液之外，还采用把全新的词汇语句引领进诗歌的方

---

① 黄遵宪：《山歌题记》，载陈铮编《黄遵宪全集》（上），中华书局2005年版，第275页。
② 同上。
③ 鲁迅：《集外集拾遗·文艺的大众化》，载《鲁迅全集》第7卷，人民文学出版社1981年版，第349—350页。
④ 茅盾：《问题中的大众文艺》，载《茅盾全集》第19卷，人民文学出版社1991年版，第329页。

第一章 文言的解体与白话的探寻

式,以形成对诗歌语言传统与形式模式的冲击和松动。而且,这种采纳新名词、新语句的诗歌创作尝试经历了一定的波折:最初由夏曾佑、谭嗣同、梁启超等人热衷于实验的"捋扯新名词以表自异"的"新学诗"被终止,后经梁启超的反思与调整,新名词最终成为在诗界革命中得以延续并发扬光大的一种传统与成就。而这些新词语中的绝大多数,都是从外来词语中借鉴、转译过来的。"一种语言对另一种语言最简单的影响就是词的'借贷'。只要有文化借贷,就可能把有关的词也借过来。……仔细研究这样的借词,可以为文化史作有意味的注疏。留意各个民族的词汇渗入别的民族的词汇的程度,就差不多可以估计他们在发展和传播文化思想方面所起的作用"。① 除了新名词在思想文化上的价值之外,它对于诗歌本体结构现代转型的影响也同样值得关注。

一 新学诗:堆满纸新名词的早期诗歌实验

早在诗界革命的口号正式提出之前,夏曾佑、谭嗣同、梁启超等诗界革命的主将就积极进行了诗歌创作新路径的摸索与开辟,这就是在新知识、新思想的冲击之下所进行的"新学诗"的创作实践。梁启超说:

> 丙申、丁酉间,吾党数子皆好作此体。提倡之者为夏穗卿(夏曾佑),而复生亦綦嗜之。此八篇中尚少见,然"寰海惟倾毕士马",已其类矣。其《金陵听说法》云:"纲伦惨以喀私德,法会盛于巴力门。"喀私德即 Caste 之译音,盖指印度分人为等级之制也。巴力门即 Parliament 之译音,英国议院之名也,又赠余诗四章中,有"三言不识乃鸡鸣,莫共龙蛙争寸土"等语,苟非当时同学者,断无从索解;盖所用者乃《新约全书》中故实也。其时夏穗卿尤好为此。穗卿赠余诗云:"滔滔孟夏逝如斯,亹亹文王鉴在兹。帝杀黑龙才士隐,书飞赤鸟太平迟。"又云:"有人雄起琉璃海,兽魄蛙魂龙所徒。"此皆无

---

① [美]爱德华·萨丕尔:《语言论——言语研究导论》,陆卓元译,商务印书馆1985年版,第174页。

从臆解之语。

之所以会出现这种情形，一方面，梁启超认为：

> 当时吾辈方沉醉于宗教，视数教主非与我辈同类者，崇拜迷信之极，乃至相约以作诗非经典之语不用。所谓经典者，普指佛、孔、耶三教之经。故《新约》字面，络绎笔端焉。谭、夏皆用"龙蛙"语，盖时共读约翰《默示录》，录中语荒诞曼衍，吾辈附会之，谓其言龙者指孔子，言蛙者指孔子教徒云，故以此徽号互相期许。至今思之，诚可发笑。然亦彼时一段因缘也。①

除此之外，还有以科学术语入诗的现象，如夏曾佑的《无题》："冰期世界太清凉，洪水茫茫下土方。巴别塔前一挥手②，人天从此感参商。"梁启超解释说："这是从地质学家所谓冰期洪水期讲起，以后光怪陆离的话不知多少。当时除我和谭复生外没有人能解他。因为他创造了许多新名称，非常在一块的人就不懂。"③梁启超本人也跃跃欲试，创作了许多类似的诗歌："尘尘万法吾谁适，生也无涯知有涯。大地混元兆螺蛤，千年道战起龙蛇。秦新杀翳应阳厄，彼保兴亡识轨差。我梦天门受天语，玄黄血海见三蛙"。而且，这样的诗句是颇为费解的："尝有乞为写之且注之，注至二百余字乃能解。今日观之，可笑实甚也。真有以金星动物如地球之观矣。"尽管梁启超认为这样的诗歌"错落可喜"，"其意语皆非寻常诗家所有"，但"已不备诗家之资格"④。可见，与最初对"新学诗"的沾沾自喜相比，梁启超对诗歌有了更高的理解与追求。

---

① 梁启超：《饮冰室诗话》六十，载《梁启超全集》第 18 卷，北京出版社 1999 年版，第 5326 页。
② 该句在《饮冰室诗话》六十一中为"巴别塔前分种教"。见《梁启超全集》第 18 卷，北京出版社 1995 年版，第 5327 页。
③ 梁启超：《亡友夏穗卿先生》，载《梁启超全集》第 18 卷，北京出版社 1999 年版，第 5207 页。
④ 梁启超：《夏威夷游记》，载《梁启超全集》第 4 卷，北京出版社 1999 年版，第 1219 页。

第一章 文言的解体与白话的探寻

另一方面,梁启超认为出现这种情形的原因还在于:"当时在祖国无一哲理、政法之书可读。吾党二三子号称得风气之先,而其思想程度若此。今过而存之,岂惟吾党之影事,亦可见数年前学界之情状也。"[①] 在他看来,外来知识上的匮乏使他与夏曾佑(穗卿)、谭嗣同(复生)皆崇拜迷信各类宗教,相约以"作诗非经典之语不用",这可以视为宗教词汇大量"侵入"诗歌的直接原因。其实,梁启超等人所面临的哲理、政法之书的缺乏只是个别的、暂时的现象,而且之所以出现大量的新词语正是晚清以来开放的社会文化背景的真实反映。正如他们的诗歌采用的新词语,并不仅仅局限于宗教方面,还有政治制度、风俗、文化、科学方面的新术语等。这表明,外来文化的影响不再局限于器物层面,已经深入到思想文化的深层。鸦片战争以降,中国被迫对外开放,率先觉醒的知识分子从最初对西方文化的被动接受,逐渐转向了主动寻求以变革中国器物、技术、制度、文化、思想的急迫行动。国外的政治、经济、文化、思想、教育、宗教、器物等各个层面的新鲜事物蜂拥而至,令当时的知识分子目不暇接,同时也欣喜若狂。而与之相伴而来的就是对新事物的称谓与命名,因为文化上的差异所导致的不仅仅是同一事物的名称的不同,更主要的是存在大量此有彼无的事物与名词,尤其在器物之外的思想文化、政治宗教等层面。因此,引入新事物势必要引入或新造与之相对应的名词称谓语。同时,知识分子开始睁眼看世界,在接受眼花缭乱的视觉冲击的同时,随之而来的是一种前所未有的体验与情感。这种全新的情感体验同样需要借助新名词新称谓才能表达出来;再加上本已陈腐僵化的诗歌语言也需要输入新鲜的血液以更新其生命状态,一种全新的词语出现在诗歌中就成为必然。

为了解决现有词语无法指称大量新鲜事物的窘况,黄遵宪提出了几种途径:

> 第一为造新字,中国学士视此为古圣古贤专断独行之事,与武墨

[①] 梁启超:《饮冰室诗话》六十一,载《梁启超全集》第 18 卷,北京出版社 1999 年版,第 5327 页。

之撰文、孙休之命子,坐之非圣无法之罪。殊不知《仓颉》一篇,只三千余字,至《集韵》《广韵》多至四五万,其积世而增益,因事而制造者多矣。即如僧字塔字,词章家用之,如十三经内之子矣,而岂知其由沙门、桑门而作僧,有鹘图、窣堵而作塔,晋魏以前无此事也。次则假借;金人入梦,丈六化身,华文之所无也,则假"佛时仔肩"之佛而为佛。三位一体,上升天堂,华文之所无也,则假"视天如父","七日复苏"之义而为耶稣。此假借之法也。次则附会;塞之变为释,苾荔之变为比丘,字本还音,无意义也,择其音之相近者而附会之。此附会之法也。次则谜语;单足以喻则单,单不足以喻则兼,故不得不用谜语。佛经中论德如慈悲,论学如因明,述事如唐捐,本系不相比附之字,今则沿袭而用之,忘为强凑矣。次则还音;凡译意则遣词,译表则失里,又往往径用本文,如波罗密、般若之类。又次则两合。无一定恰合之音,如冒顿、墨特、阏氏、焉支,皆不合,则文与注兼举其音,俾就冒与墨、阏与焉之间两面夹出,而其音乃合。此为仆新获之义,无以名之,故名之曰两合。荀子有言:"名不喻而后期,期不喻而后说,说不喻然后辨。"吾以为欲命之而喻,诚莫如造新字,其假借诸法,皆荀子所谓曲期者也。一切新撰之字、初定之名,于初见时,能包综其义,作为界说,系于小注,则人人共喻矣。①

无论哪一种方法路径,都势必造就前所未有的新词语。因此,不管是客观的需求还是主观的努力,大量的新式语言或被创造、或被引入,并整合进反映现实变化的诗歌创作之中就成为一种必然。即使是那些由原来的词汇改造而成的新词,同样标示着意义的新变。这正如德国著名学者卡西尔所说:"如果变化了的生活条件,即伴随文化发展而发生的变化将人们带入新的人与环境的实际关系,语言中遗传下来的概念便不复保存其原始'意义'了。这些概念以与人类活动的界限趋于变化和相互影响相同的节奏,开始发生变

---

① 黄遵宪:《致严复函》,载陈铮编《黄遵宪全集》(上),中华书局2005年版,第435—436页。

第一章 文言的解体与白话的探寻

化,开始运动起来。无论什么时候,无论因为什么缘故,只要两类活动间的区分丧失了意义和重要性,语义就会随之发生变化,亦即是说,标志这一区分的语词就会发生相应的变化。"① 可见,这种新词语的出现正是晚清之际"人与环境的实际关系"发生变化的直接产物与标志。

另外,梁启超所谓的无哲理、政法之书可读的现象,其实也反映了当时的知识分子急不可待的迫切心情。可以设想,知识分子长期闭目塞听,一旦思想哲理、政体观念方面的书籍大量涌入,他们必定会如饥似渴、狼吞虎咽般地阅读与接受。各种新鲜事物纷涌引入,各种思潮流派以及与之相应的新名词纷沓而至,率先觉醒的知识分子来不及深入探究其中的原理与规律,在对新名词的内在精神内涵不甚了了的情况下将其用于诗歌创作并以此传播出去,自然也会出现类似"食洋不化"与佶屈难懂的现象。诚如梁启超所说:"且其所谓欧洲意境语句,多物质上琐碎粗疏者,于精神思想上未有之也。虽然,即以学界论之,欧洲之真精神,真思想,尚且未输入中国,况于诗界乎?此固不足怪也。"② 再加上夏曾佑、谭嗣同、梁启超等创作者的"独创",出现"苟非当时同学者,断无从索解"的曲高和寡、应者寥寥的局面也就在所难免。其实这也正是绝大多数先锋者命运的真实写照,因为"甚至最不妥协的先锋派作家,也不能长久地维持不想为人阅读的姿态"③。不为读者阅读和接受,在一定程度上也就意味着诗人在以画地为牢的方式孤芳自赏,这很容易滑进默默无闻、自生自灭的不归路。由此看来,梁启超等人的转向也是明智之举。

也正是基于这两方面的原因,梁启超在正式提出诗界革命的口号时,就把早期这种充斥着难以索解的新词语的"新学诗"作为反思的对象:"此类之诗,当时沾沾自喜,然必非诗之佳者,无俟言也。吾彼时不能为诗,时从诸君子后学步一二,然今既久厌之。穗卿近作殊罕见,所见一

---

① [德]恩斯特·卡西尔:《语言与神话》,于晓等译,生活·读书·新知三联书店1988年版,第65页。

② 梁启超:《夏威夷游记》,载《梁启超全集》第4卷,北京出版社1999年版,第1219页。

③ [美]韦恩·布斯:《小说修辞学》,胡晓苏等译,北京大学出版社1987年版,第116页。

二,亦无此等棄曰矣。浏阳如在,亮亦同情。"① 他认为真正的诗界革命,"当革其精神,非革其形式"。即从"以堆满纸新名词为革命"的表层变革中进一步深化,"以旧风格含新意境,斯可以举革命之实矣"。如果能做到这一点,"虽间杂一二新名词,亦不为病"②。在他看来,真正能体现诗界革命精神——"以旧风格含新意境"——的诗人就是他推崇备至的黄遵宪。的确,黄遵宪的不少诗作并没有采用过多的新名词,但意境却十分新颖,如《八月十五夜太平洋舟中望月作歌》:

> 举头只见故乡月,月不同时地各别。即今吾家隔海遥相望,彼乍东升此西没。嗟我身世犹转蓬,纵游所至如凿空。禹迹不到夏时改,我游所历殊未穷。九州脚底大球背,天胡置我于此中?异时汗漫安所抵?搔首我欲问苍穹。

诗中并没有多少新名词,而且抒发的思乡之情也"古已有之",但其意境却颇为新异与独特:处身于寥廓的地球之上的主体,产生的是时空的浩渺、时差的变异等耳目一新的感受;但这种感受是以"古风格入之"。可以说,诗中新意境与旧风格的巧妙结合与有机融化,的确是前所未有的。

梁启超在诗学观念上的转变使得不少人得出了这样的结论:新学诗是以失败而告终的,甚至有人进而否认这种尝试属于诗界革命的一部分。而事实上,梁启超并未全然否定新名词的介入,而不过是减少那些佶屈聱牙、生涩艰僻的新术语的数量,以恢复诗歌的诗性特征与可接受性。诗歌只要"能以旧风格含新意境",就可以称得上"革命"。与此同时,他还认为:"郑西乡自言生平未尝作一诗,今见其近作一首云:'太息神州不陆浮,浪从星海狎盟鸥。共和风月推君主,代表琴樽唱自由。物我平权皆偶国,天人团体一孤舟。此身归纳知何处,出世无机与化游。'读之不觉拍

---

① 梁启超:《饮冰室诗话》六十二,载《梁启超全集》第18卷,北京出版社1999年版,第5327页。
② 梁启超:《饮冰室诗话》六十三,载《梁启超全集》第18卷,北京出版社1999年版,第5327页。

案叫绝。全首皆用日本译西书之语句,如共和、代表、自由、平权、团体、归纳、无机诸语皆是也。吾近好以日本语句入文,见者已诧赞其新异,而西乡乃更以入诗,如天衣无缝,'天人团体一孤舟',亦几于诗人之诗矣。吾于是乃知西乡之有诗才也。"① 可见,梁启超对诗界革命的理解,已经从最初单纯重视词语等形式层面的革新,转向了对诗歌意境、精神等内涵层面上的变革,但对于新名词入诗的肯定态度却是始终如一的。无论如何,这都应该是梁启超文学观念深入与进步的体现。

再者,早期新学诗尽管因多取自宗教、科学术语而导致生涩怪僻、难以索解,再加上尝试者的实验终止而使得该诗歌活动戛然而止,但其意义却绝不可低估。王国维说:"言语者,思想之代表也,故新思想之输入,即新语言输入之意味也。"② 西方现代语言学家更是把语言的变化与人类精神世界的变迁直接联系起来,如洪堡特指出:"每一语言都包含着一种独特的世界观","每一种语言都包含着某个人类群体的概念和想象方式的完整体系",一种新的语言方式的输入,某种程度上就意味着在"业已形成的世界观的领域里赢得一个新的立足点"③。因此,引进一种语言就意味着引进一种观念、一种意识乃至一种精神。新学诗的语言实验背后同样关联着参与者更新传统思想观念与精神体验的努力,尽管这种努力并非有着明确的意识和目的。而且,他们尝试改造诗歌的思路与精神得以保存和承继下来。在诗界革命的口号提出之后,仍有大量的诗歌创作延续着以新名词作为语料的基本路向,并在当时风靡一时,成为中国诗歌由传统向现代转型的重要表现之一。

二 新名词入诗思路的调整与继承

表面上看,"堆满纸新名词"的新学诗实验因发动者的厌倦和退出而

---

① 梁启超:《夏威夷游记》,载《梁启超全集》第4卷,北京出版社1999年版,第1219页。
② 王国维:《论新学语之输入》,载姚淦铭、王燕编《王国维文集》第3卷,中国文史出版社1997年版,第41页。
③ [德]威廉·冯·洪堡特:《论人类语言结构的差异及其对人类精神发展的影响》,姚小平译,商务印书馆1999年版,第72—73页。

导致活动的终止,从而给人以尝试失败的印象。但是,在诗界革命的发展过程中,对早期新学诗的态度并非全然否定,而是在修正调整的基础上进行继承和发扬。梁启超在《夏威夷游记》中指出:"以为诗之境界,被千余年来鹦鹉名士(余尝戏名词章家为鹦鹉名士,自觉过于尖刻)占尽矣。虽有佳章佳句,一读之,似在某集中曾相见者,是最可恨也。故今日不作诗则已,若作诗,必为诗界之哥仑布玛赛郎然后可。……欲为诗界之哥仑布玛赛郎,不可不备三长,第一要新意境,第二要新语句,而又须以古人之风格入之,然后成其为诗。"而新的语言与意境,"不可不求之于欧洲。欧洲之意境语句,甚繁富而玮异,得之可以陵轹千古,涵盖一切"①。并且,他对巧妙使用新名词新语句的诗人仍推崇备至:"侪辈中利用新名词者,麦孺博为最巧,其近作有句云:'圣军未决蔷薇战,党祸惊闻瓜蔓抄。'又云:'微闻黄祸锄非种,欲为苍生赋《大招》。'皆工绝语也。"甚至还对自己夹杂新名词的诗作"青年心死秋梧悴,老国魂归蜀道难"视为"平生得意之句"②。而且,梁启超在《自励》诗中还明确表达了自己宁肯作为万矢之的也要输入新知的信心与决心:

献身甘做万矢的,著论求为百世师。四起民权移旧俗,更挈哲理牖崖知。

十年以后当思我,举国欲狂欲语谁?世界无穷愿无尽,海天寥廓立多时。

而"挈哲理牖崖知"则必然会引起新名词的介入。可见,诗界革命的理论上对新语句的重视,与梁启超早期的新学诗尝试,在内在谱系上有着精神与方法上的承续关联;二者的不同之处只是在新名词使用的数量、接受程度特别是传达新意境的能力上,而不是在新名词的能否使用上。

而在实践上,梁启超十分推崇黄遵宪。其原因除了黄遵宪能"以旧风

---

① 梁启超:《夏威夷游记》,载《梁启超全集》第4卷,北京出版社1999年版,第1219页。

② 梁启超:《饮冰室诗话》六十三,载《梁启超全集》第18卷,北京出版社1999年版,第5327页。

第一章 文言的解体与白话的探寻

格含新意境"之外,还在于他也是"时彦中能为诗人之诗而锐意欲造新国"的代表诗人①。例如,黄遵宪的《今别离》分别描写了火车、轮船、电报、相片以及时差等在当时颇为新鲜的事物,特别是这些新鲜事物带给人们的新鲜体验。其中的第一首:

> 别肠转如轮,一刻既万周,眼见双轮驰,益增中心忧。古亦有山川,古亦有车舟。车舟载别离,行止犹自由。今日舟与车,并力生离愁。明知须臾景,不许稍绸缪。钟声一及时,顷刻不少留。虽有万钧柁,动如绕指柔。岂无打头风,亦不畏石尤。送者未及返,君在天尽头,望影倏不见,烟波杳悠悠。去矣一何速,归定留滞不?所愿君归时,快乘轻气球。

这首诗的确给人以前所未有的新异之感,就连宋诗派的代表人物陈三立都认为"绝作不可再有"②。黄遵宪的《以莲菊桃杂供一瓶作歌》更是如此:

> ……化工造物先造质,控抟众质亦多术。安知夺胎换骨无金丹,不使此莲此菊此桃万亿化身合为一。众生后果本前因,汝花未必原花身。动物植物轮回作生死,安知人不变花花不变为人。六十四质亦么麽,我身离合无不可。质有时坏神永存,安知我不变花花不变为我。千秋万岁魂有知,此花此我相追随。待到汝花将我供瓶时,还愿对花一读今我诗。

诗中把化学、生物学、生理、佛家的转胎轮回说、因果说等知识学说兼容并蓄、熔于一炉,梁启超认为"实足为诗界开一新壁垒",有石破天惊之感③。

---

① 梁启超:《夏威夷游记》,载《梁启超全集》第4卷,北京出版社1999年版,第1219页。
② 《诗话》,《新民丛报》第74期。
③ 梁启超:《饮冰室诗话》四十,载《梁启超全集》第18卷,北京出版社1999年版,第5314页。

诗界革命：中国现代新诗的萌蘖

从梁启超的高度评价上不难看出他对新名词的态度依旧未变。如果再加上黄遵宪公使日本时创作的《日本杂事诗》、出任美国旧金山总领事、赴伦敦任使馆参赞以及担任新加坡总领事时创作于域外的诗歌，采纳新名词的诗歌在他的创作中比比皆是。如《日本杂事诗　四六》：

时检楼罗日历看，沉沉官屋署街弹。
市头白鹭巡环立，最善鸠民是鸟官。

警视之职，以备不虞，以检非为。总局以外，分区置署。大凡户数二万以上，设一分署，六十户巡以一人。司扑搋者，持棒巡行，计刻受代，皆有手札录报于局长。余考其职，盖兼《周官》司救、司市、司暴、匡人、掸人、禁杀戮、禁暴氏、野间氏、修间氏数官之职。后世惟北魏时设候官，名曰白鹭，略类此官。西法之至善者也。

诗中描写的是日本街头的巡警，作者对此设置极为赞同，这也成为后来他在国内最早倡导并实践开设警察行业的最初动因。又如《日本杂事诗　四七》：

照海红光烛四周，弥天白雨挟龙飞。
才惊警枕钟声到，已报驰车救火归。

常患火灾，近用西法，设消防局，专司救火。火作，即敲钟传警，以钟声点数定街道方向。车如游龙，毂击驰集。有革条以引汲，有木梯以振难。此外则陈畚者、负罂者、毁墙者，皆一呼四集，顷刻毕事。

这首诗则是对日本消防局的描述。既描写了救火时惊心动魄的情形，同时更有对其出动及时迅速、分工细致周到、救火灭灾可靠的惊叹与感慨。这种夹杂着新名词的诗歌，不仅是作者对新事物的描述和介绍，而且还包含着他面对新事物时所产生的前所未有的体验与慨叹。而这种体验和慨叹是源自作者内心世界和精神层面的触动，有时足以更新作者的观念意

第一章 文言的解体与白话的探寻

识与情感认知。诚如周作人在《日本杂事诗》一文中所说的："《杂事诗》一编,当作诗看是第二着,我觉得最重要的还是看作者的思想,其次是日本事物的记录。"① 周作人的这一论述,对于重新认识新名词在黄遵宪及诗界革命的同人的诗歌创作中的意义具有启发作用。

诗界革命的高峰时期,这种杂以新名词的诗歌创作已经极为普遍,在大多数诗人的作品中均能找到类似的例子。如丘逢甲的《题地球画扇》:

> 墨澳欧非尺幅收,就中亚部有神州。
> 普天终见大一统,缩地真成小五洲。
> 畏日遮余占摄力,仁风扬处遍地球。
> 如何世俗丹青手,只写名山当卧游?

这首诗中运用了大量的表示地名的词语,这些词语并不仅仅意味着作者对这些地方的简单提及与介绍,而是标识着作者眼界的开阔、空间意识的更新与精神体验的拓展。"语言间的差异不单单是声音和标记有所不同的问题,而是关于世界的概念各不相同的问题。"② 可见,即使是这种表示人名、地名的专用名词也具有特殊的思想和文化意义。而这种指称人与地的名词在当时的诗歌创作中比比皆是,如1905年春,康有为游历美国拜谒华盛顿之墓时所创作的《游花嫩冈谒华盛顿墓宅》:

> 颇他玛水绿沄沄,花嫩冈前草书芬。衣剑摩娑人圣洁,江山秀绝地萌文。卑官尚想尧阶土,遗冢长埋禹穴云。不作帝王真盛德,万年民主记三坟。

如果说诗中的"颇他玛水"(今译波托马克河)、"花嫩冈"(今译弗

---

① 周作人:《日本杂事诗》,载钟叔河编《周作人文类编·日本管窥》,湖南文艺出版社1998年版,第193页。
② [德]威廉·冯·洪堡特:《论人类语言结构的差异及其对人类精神发展的影响》,姚小平译,商务印书馆1999年版,第57页。

农山庄）等新名词带给读者的只是表层的新异之感，那么他对乔治·华盛顿"不做帝王"、建立"万年民主"的功绩则更为景仰，而这种思想与情感——即梁启超所谓的"新意境"——则赋予诗歌以更为内在、深刻的新颖之处。

如果说诗歌中指称人名地名的新名词，并不一定直接勾连着新的认知与体验，而且也不足以更新诗人与读者的情感体验与思想观念，那么与之相比较，表示新思想、新观念的新名词则更能够昭示出诗人的认知领域、情感与体验的变动，从而能够更充分地反映诗歌的思想意境与情感范畴的更新。被梁启超奉为"近世'诗界三杰'"之一的蒋智由创作的广为传颂的短诗《卢骚》即是如此：

> 世人皆欲杀，法国一卢骚。
> 民约倡新义，君威扫旧骄。
> 力填平等路，血灌自由苗。
> 文字收功日，全球革命潮。

这里诗人所推崇的决不仅仅是"卢骚"（梭）、"民约""平等""自由""革命"等新名词表面的新奇，而是这些新名词背后所关联着的新理念与新思想。这正是该诗迥然相异于传统思想与情感的关键所在，由此呈现出前所未有的现代思想内涵。"一个新概念的产生总是在旧语言材料的使用多少有些勉强的时候或是扩大了的时候预示出来，这个概念在具有明确的语言形象之前是不会获得个别的、独立的生命的。在绝大多数情况下，这个概念的新符号是用已经存在的语言材料，按照老规矩所制定的极端严格的方式造出的。有了一个词，我们就像松了一口气，本能地觉得一个概念现在归我们使用了。没有符号，我们不会觉得已经掌握了直接认识或了解这个概念的钥匙。假如'自由''理想'这些词不在我们心里作响，我们会像现在这样准备为自由而死，为理想而奋斗吗？"① 这种与思想观念

---

① ［美］爱德华·萨丕尔：《语言论——言语研究导论》，陆卓元译，商务印书馆1985年版，第15页。

第一章　文言的解体与白话的探寻

相互缠绕而难以分割的新词语，在当时的诗歌中非常普遍。即使在远离红尘的僧人那里也得到了呼应，如别号"乌目山僧"诗人的黄宗仰创作的诗歌中就有不少类似的例子：

> 洗刷乾坤字字新，携来霹雳剖微尘。九幽故国生魂死，一放光明赖有人。
> 笔退须弥一冢攒，海波为墨血磨干。欧风墨雨随君手，洗尽文明众脑干。①

诗人赞扬梁启超以西风文明来洗刷国人的思想头脑，并以此作为变革乾坤的突破口，这就把改造国民性的主题引发了出来。这在稍后的诗歌中得到更进一步的强调与彰显：

> 大块噫气久蟠郁，神州万古蛟龙撑。浊浪喧天地柱折，云雾海立天不平。忽尔中宵飞狱瓦，突出黑暗睹光明。墨水倾翻南洋学，浔溪雷动又甸匋。风潮鼓荡接再厉，气作星斗志成城。夜梦跌翻莫斯科，朝从禹穴树红旌。粤南燕北相继起，楚尾吴头亦喧轰。钟山奔瀑激飞雨，泉唐鼉鼓随潮鸣。狐兔夜嗥鹰犬泣，帝网不得罥长鲸。遂见旌幢翻独立，不换自由宁不生。革除奴才制造厂，建筑新民军国营。起排阊阖叩天帝，一醉梦梦鞭宿醒。②

诗中"不换自由宁不生""革除奴才制造厂，建筑新民军国营"的句子尤为醒目。如果联系蒋智由的《奴才好》，并拓展到梁启超、陈独秀、鲁迅、周作人乃至老舍、高晓声等作家所延续下来的批判及改造国民劣根性的文学与思想活动，那么诗界革命的现代性意义则会得到更进一步的凸显。

新名词入诗的意义不仅意味着诗人精神体验的更新与世界观的重构，

---

① 乌目山僧：《赠任公》，《新民丛报》第 16 期。
② 乌目山僧：《读学界风潮有感》，《新民丛报》第 31 期。

因新名词引发的对于诗歌本体结构的影响也不容忽视。大致说来，这种影响至少体现在以下两个方面。

首先，新名词因词语音节的增加而势必带来诗歌声律节奏上的调整。与传统诗歌中惯用单音节的文言词语不同，新名词以双音节或多音节为主；这种音节数量的变化不仅给诗人的遣词造句形成一种前所未有的牵制作用，而且也势必影响诗句在平仄、对仗、押韵、节奏上的搭配模式与结构特点。因为单音节词更容易调配与排列，新出现的双音节词的平仄音韵则相对固定，以后者写就的诗句自然在音韵方面丧失了更多的自由调配空间，有时甚至出现不合传统诗歌声律的现象。如康有为的《游埃及录士京 其一》：

　　宫阙嵯峨录士京，雕墙文画尚纵横。
　　旧迹多传蓝射士，五千年物最文明。

第一句中的"录士京"是一个组合词，即由"录士"（古埃及的都城，今译卢克索）和"京"组成，因此说该诗句在节奏上仍保留着传统七言诗"二二二一"的模式尚可成立，但"旧迹多传蓝射士"一句中出现了三音节的新名词即蓝射士（埃及军事帝国的最后一个法老，今译拉美西斯二世），如果把这一诗句仍按照"二二二一"的模式划分节拍，则显然要生硬和牵强得多。可见，诗界革命中日渐增加的新名词尤其是多音节的外来词必然会破坏传统诗歌所倚重的声律节奏规则，从而导致诗歌本体要素的裂变与转型。这种因新名词的介入而导致的诗歌声韵节奏上的变化笔者将在下一章进行具体分析。

其次，新名词的介入还会造成诗句在语法、语序等逻辑规则上的变化。在传统诗歌中，诗人为了在有限的范围内追求表达效果的新异性与冲击力，有时故意采用活用词语（词性）、破坏语法规则、颠倒语序等手段。但新名词的介入有时会使诗人的这一传统手段失去效力，至少会使这一现象出现的频率降低。如：

　　维廉玛志尼，吭声勉鼎革。

第一章　文言的解体与白话的探寻

培根笛卡儿，格兰斯康德。①

"威廉玛志尼"一句，虽然与"鸡声茅店月，人迹板桥霜"相似，都是省略动词的名词排列，但其内在的语法与逻辑结构并不相同：前者中间只不过是省略了连词"和"，而后者则表示空间与时间上的并存状态，潜存着视觉与听觉上的先后顺序。"培根笛卡儿，格兰斯康德"与"威廉马志尼"相似，则完全没有了"鸡声茅店月，人迹板桥霜"的空间与时间上既连续又跳跃的动态效果，画面上的层次性与意境上的繁富性也荡然无存。进而言之，乌目山僧（即黄宗仰）的这句诗更接近于自然铺陈的散文化叙述句式，而与含蕴并包、深沉凝练的诗句则比较疏远。可见，新名词的排列组合对诗歌本体结构的影响，有时足以达到改变诗体形式的程度。它所带来的无论是声韵节奏上的变动还是语法句法的调整，不仅仅是诗歌表意手段的变化，更是表意效果乃至诗人思维方式的改变。

三　现代诗歌中新词语的延续与拓展

如果说从梁启超、夏曾佑、谭嗣同最初尝试的新学诗，过渡到诗界革命高峰期的普遍采用新名词进行诗歌创作，其中的新名词无论从数量还是内涵上均经过了一定程度的转向与筛选，那么诗界革命之后对新名词的采纳情况并未发生明显的变化。即使说有变化，也只不过表现为从使用较为生僻的宗教、科学术语转向了较为普遍的思想词汇。尽管有一些曾经参加诗界革命的诗人最终又回归到使用熟悉语言的轨道上去，如诗人高旭在肯定诗界革命的同时又指出："然新意境、新理想、新感情的诗词，终不若守国粹的、用陈旧诗句为愈有味也"，由此他认为："诗界革命者，乃复古之美称。"② 但关联着新概念、新思想的新名词在中国诗坛上已经普及开来，它们不仅不会被重新回收起来，而且还会日渐深入人心，成为人们习

---

① 乌目山僧：《壬寅冬，蒋观云先生往游日本，海上同志公饯江楼，珍重赠言，余乃作诗以志别》，《新民丛报》1902年第23号。

② 高旭：《愿无尽庐诗话》，载徐中玉主编《中国近代文学大系·文学理论集一》，上海书店出版社1994年版，第696页。

以为常的词语。与此同时，随着时代的发展，特别是新式教育的蓬勃发展、留学生队伍的日益壮大、中外思想文化交流的日益频繁，更多的新事物、新名词继续呈现强势喷涌的势头；特别是中国知识分子的视野更为宏阔了、思想更为活跃了，对新词语的使用也就更为普遍。如果说汉语现代性的特征之一表现为"外来语的大量引进、仿造和新词的创造，满足了现代生活的交往需求"①，那么，普遍运用这种具有现代性的语言的诗歌，同样也会因此而具有现代性的特质。这也是众多论者把现代汉语视为中国现代文学的内在质素与外在特征的原因之所在。

20世纪20年代，郭沫若的诗歌创作中就直接出现了大量的"新名词"，有的是采用未经翻译的人名、地名；有时甚至把许多非专有名词的外文词汇如"Energy"（《天狗》）、"Pantheism"（《三个泛神论者》）、"Pioneer"、"Mésamé"（《晨安》）等原封不动地"复制""粘贴"过来，有意无意地造成一种了"食洋不化"、非中非西的另类语言风格（颇有意味的是，这一现象在20世纪80年代之后的某些流行歌曲中再度出现）。当然，这种大量的"原生态"外文词的铺张所产生的影响是双重的：它固然给人以新的体验与认知观念，标识着一种新的世界观的形成，但这也必然会导致阅读接受上的停顿或者障碍。闻一多对此就颇不以为然："郭君这种过于欧化的毛病也许就是太不'做'诗的结果"，"很多的英文字实没有用原文的必要。"② 但它对读者所产生的震撼与冲击的作用特别是对诗歌本体的影响仍是不可低估的。

尽管如此，现代诗歌中对新词语的借用与输入仍被作为一种传统承续下来。早期象征主义诗人李金发的诗歌表现出了明显的"食洋不化"的特点；稍后也出现了向国外学习的"左翼"诗歌；20世纪30年代《现代》杂志上发表过的诗歌中，同样有不少"混入一些古字或外语"③，一些诗人

---

① 王一川：《现代性文学：中国文学的新传统——兼谈中国现代文学与文学研究》，载《汉语形象与现代性情结》，首都师范大学出版社2001年版，第16页。
② 闻一多：《〈女神〉之地方色彩》，载《唐诗杂论 诗与批评》，生活·读书·新知三联书店1999年版，第134—135页。
③ 施蛰存：《〈现代〉杂忆》，载《沙上的脚迹》，辽宁教育出版社1995年版，第35页。

第一章 文言的解体与白话的探寻

就是把外来词语作为诗歌意象来对待的:戴望舒在《乐园鸟》中把《圣经》中的词语转化为诗歌意象,何其芳的《预言》借助希腊神话中水仙之神那喀索斯与回声女神埃科的爱情故事来表达诗人的情怀;80年代之后更为普遍,诸如舒婷笔下的十字架、圣坛、荆冠、神笛,北岛描写的红帆船,王家新诗歌中的帕斯捷尔纳克,等等。这些作为意象出现的新语汇对中国诗歌的影响,不再仅仅止于词语上的翻新与眼前一亮的视觉感受,而是把外来文化与文学的重要质素乃至世界观念、思维方式等诸多异域资源,以作者独特的感知方式与表现形式呈现在读者面前。

如果说现代诗歌延续了诗界革命中"捋扯新名词以表自异"的创作策略与思路可以视为二者的相通之处,那么现代诗人超越于前人的地方,就是发现了由新名词所依存及其所引发的句子在语法句法等表达方式上的变化。这种发现有其历史的原因。客观地说,处于初创时期的现代白话,无论在词语的丰富程度上还是在表达的能力上均显得稚嫩与孱弱。有人就对此表示不满:"有的事物没有名字,有的意思说不出来;太简单,太质直;曲折少,层次少,我们拿几种西文演说集看,说得真是'涣然冰释,怡然理顺'。若是把他译成中国的话,文字的妙用全失了,层次减了,曲折少了,变化去了——总而言之,词不达意了。"为此,要想成独到的、有创造精神的白话文,需要"找出一宗高等凭藉物"①。那就是"直用西洋文的款式,文法,词法,句法,章法,词枝,(Figure of Speech)……一切修词学上的方法,造成一种超于现在的国语,欧化的国语,因而成就一种欧化国语的文学"。为了进一步强调语言变革的重要意义,傅斯年更是把语言的"欧化"与文学的"人化"等同起来进行论述:"我们对于将来的白话文,只希望它是'人的'文学。但是这道理说起来容易,做去便觉得极难。幸而西洋近世的文学,全遵照这条道路发展:不仅它的大地方是求合人情,就是它的一言一语,一切表词法,一切造作文句的手段,也全是'实获我心'。我们径自把它取来,效法它,受它的感化,便自然而然的达到'人化'的境界,我们希望将来的文学,是'人化'的文学,须得先使

---

① 傅斯年:《怎样做白话文》,载胡适编《中国新文学大系·建设理论集》(影印本),上海文艺出版社2003年版,第223页。

它成欧化的文学。就现在的情形而论,'人化'即欧化,欧化即'人化',二者可以直接等换。"① 显然,傅斯年的"欧化"语言观已经直抵现代语言学的实质——语言不再是思想的工具,而是思想的体现并影响着思想的表达。因此,语言的欧化策略与新文学的人学思想是同步且同构的。

无独有偶,这种现代语言观在鲁迅那里得到了回应:"中国的文或话,法子实在太不精密了。……这语法的不精密,就在证明思路的不精密,换一句话,就是脑筋有些胡涂……要医这病,我以为只好陆续吃一点苦,装进异样的句法去,古的,外省外府的,外国的,后来便可以据为己有。"② 傅斯年、鲁迅等人借外来语言来改造中国人的思想的主张,使其语言变革的思路与启蒙思想之间的内在勾连得以彰显。就此而言,鲁迅所主张并实践的"硬译",固然存在着晦涩、枯燥与不顺的弊端,但他对中国语言的更新与建设,特别是借助语言来实现国人思维方式、思想观念乃至国民性改造的良苦用心与积极效应,无疑具有不可低估的价值。更为难得的是,鲁迅对自己的"硬译"行为也有着明确的"历史中间物"意识:"自然,世间总会有较好的翻译者,能够译成既不曲,也不'硬'或者'死'的文章的,那时我的译本当然被淘汰,我就只要来填这从'无有'到'较好'的空间吧"③。正是由于这些甘做人梯的"盗火者"的筚路蓝缕,现代诗歌才逐渐摆脱了最初白话的枯燥浅白与欧化语言的生硬晦涩,而实现了后来的意蕴丰厚与娴熟自如。

胡适更是从外来语言中汲取了丰厚的滋养作为新诗创作的镜鉴与支撑。他在《谈新诗》中指出:"中国近年的新诗运动可算得是一种'诗体的大解放'。因为有了这一层诗体的解放,所以丰富的材料,精密的观察,复杂的感情,方才能跑到诗里去。"④ 而耐人寻味的是,胡适宣称自己的译

---

① 傅斯年:《怎样做白话文》,载胡适编《中国新文学大系·建设理论集》(影印本),上海文艺出版社 2003 年版,第 223—226 页。

② 鲁迅:《二心集·关于翻译的通信》,载《鲁迅全集》第 4 卷,人民文学出版社 1981 年版,第 382 页。

③ 鲁迅:《二心集·"硬译"与"文学的阶级性"》,载《鲁迅全集》第 4 卷,人民文学出版社 1981 年版,第 210 页。

④ 胡适:《谈新诗——八年来一件大事》,载《胡适文集》(3),人民文学出版社 1998 年版,第 134 页。

第一章 文言的解体与白话的探寻

作《关不住了》是其"'新诗'成立的新纪元"①。有学者认为"这不是胡适翻译水平的胜利,甚至不是诗歌感受力、理解力的胜利,而是'白话'的胜利,更准确地说是用现代口语传达现代思想感情风格的胜利"②。这一结论无疑是正确的。但更重要的是,胡适的现代口语也"关不住"欧化风格的外显;换言之,《关不住了》在文法和句法结构上也存在对英语语言的借鉴和模仿:如第一节的倒装语序是英语中常见的状语从句,胡适按照原来的语序把它"直译"了过来;原文中的单词"may"被翻译成"也许",这种"可能式"也是一种典型的欧化现象,因为它与汉语中的"可"并不相同;同时,原诗中的语态、时态等成分在译诗中都表现得较为突出,这主要是借助于副词、情态动词和语气词来实现的。而这些词汇与语法特点在中国的传统诗歌中都是极为罕见的。就表情达意的词语而言,"英语的多余性大约为75%,这就是说,在写英文时,除去语法结构、拼音规律等限制外,仅有25%可供作者'自由选择'"。英语语言的这种"多余性"所发挥的作用就是"增加了语言传递的可靠性和抗干扰能力,增加了语言的可懂度,帮助欣赏者更好地理解诗作,接受诗美信息。因此,诗歌语言信息的多余性也决定了诗美的稳定性"③。这正是胡适所孜孜追求的目标。胡适对译诗的偏爱,其实也暗含着这样的逻辑:欧化的诗歌语言能容纳"丰富的材料,精密的观察,复杂的感情",而这种语言是通过翻译获得的。传统诗歌的"诗体大解放"与白话新诗的诗体建构,也离不开经由翻译而体现出来的语言欧化风格。这就把现代新诗的成功与语言的欧化实践自然地连接起来。"白话文必不能避免'欧化',只有欧化的白话方才能够应付新时代的新需要。欧化的白话文,就是充分吸收西洋语言的细密的结构,使我们的文字能够传达复杂的思想,曲折的理论。"④ 傅斯年的这一观点被胡适评为"最中肯的修正",其实也是胡适本人的心声。

---

① 胡适:《〈尝试集〉再版自序》,载《胡适文集》(3),人民文学出版社1998年版,第154页。
② 王光明:《现代汉诗的百年演变》,河北人民出版社2003年版,第81页。
③ 杨治良:《心理物理学》,甘肃人民出版社1988年版,第124页。
④ 胡适:《中国新文学大系·建设理论集》导言,载胡适编《中国新文学大系·建设理论集》(影印本),上海文艺出版社2003年版,第24页。

此后，这种风格成为胡适诗歌创作的自觉追求："我把一年来的痛苦也告诉了你/我觉得心里怪轻松了/因为有你分去了一半/这担子自然就不同了"（《追悼许怡荪》），就是以语气词"了"来表现英语中的完成时态。此后，这种能够容纳"丰富的材料，精密的观察，复杂的感情"的新语句成为现代诗歌创作中的常态，不仅标识出它与传统诗歌的迥异之处，而且也把对诗人丰富细腻情感的表达能力提升到前所未有的高度。

由此可见，现代诗歌对外来诗歌及语言的模仿和参照，并不仅仅局限于词语的移植与仿造，还包括在更深层次上对语法、句法的模仿，特别是语言表述方式与诗歌功能的拓展等。这也难怪有人说："我一向以为新文学运动的最大的成因，便是外国文学的影响；新诗，实际就是中文写的外国诗。"① 当然，这种新词语、新语法、句法等表达方式的变更，与夏曾佑、梁启超、谭嗣同、黄遵宪、康有为等人在诗界革命中尝试引入新名词的努力，是属于同一实践谱系的。

无论是仅着眼于运演新名词的早期新学诗，或是在诗界革命正式提出后对引介新名词策略的延续，乃至现代诗人对包括新名词在内的新诗句及新的表达方式的接纳与搬演，这些尝试和努力都会或深或浅地触动并更新中国的诗歌观念、思维方式乃至生活态度、世界观念。而从诗歌本体的角度言之，新名词及其引发的连锁反应也不容低估。

作为传统诗歌语言重要形态的文言，在历经了多年的辉煌之后，到晚清已经呈现出不能承受表情达意之重的疲态。因此，在风云激荡、思想多元的社会背景下滋生了语言文字的变革运动。作为社会文化中的重要组成部分，诗歌语言体系的变革也被推向了历史的前台。在这种情况下，诗界革命的先驱们一方面不满于既有的语言形态在传达思想、抒发情感上的陈旧与落伍；另一方面则多方寻求变革语言的路径，开启了对诗歌语言的革新之路。口语、方言以及新名词、新语句，这些构成现代汉语或者说"白话"的基本质素，被纳入了诗歌语言革命的潮流之中，成为诗歌本体现代转型的新鲜基材。而无论是口语还是方言，其自身的清新活泼、朝气蓬勃

---

① 闻一多：《〈女神〉之地方色彩》，载《唐诗杂论 诗与批评》，生活·读书·新知三联书店1999年版，第134—135页。

第一章 文言的解体与白话的探寻

及其与正统书面语言——文言的对立性特征，形成了对僵化凝固的文言系统的强大冲击力；新名词的介入，不仅使诗歌产生耳目一新的视觉冲击力，而且也会影响到诗句在词语的排列组合、语序的布置、语法句法的结构等方面的更新与调整；与此同时，新的情感体验、思想意识也伴随着新名词、新语句的涌入而渗透到诗歌的主题与情感世界。这些不同风格、不同形态的语言的加入，既动摇了传统诗歌的语言基础，展露出向白话过渡的新质，同时也为新型诗歌的孕育与诞生耕耘了土壤、预示了方向。现代新诗的创建者沿着诗界革命开拓的道路，以相似的思路与目标致力于新诗语言的建构与发展，促进了现代诗歌的繁荣。因此可以说，正是在诗界革命对诗歌传统语言的解构与对现代白话创建的基础上，现代新诗才得以顺利发生、健康发展。

第二章

声律节奏传统的失范与
自然方向的确立

诗歌是语言的艺术,而声音又是语言不可分割的组成部分与存在方式。因此,诗歌与声音之间存在着难以割舍的联系。鲁迅在《汉文学史纲要》中说:"在昔原始之民,其居群中,盖惟以姿态声音,自达其情意而已。声音繁变,寖成言辞,言辞谐美,乃兆歌咏。时属草昧,庶民朴醇,心志郁于内,则任情而歌呼,天地变于外,则祗畏以颂祝,踊跃吟叹,时跃侪辈,为众所赏,默识不忘,口耳相传,或逮后世。"[①] 口语诗歌与声音之间的关系是不言而喻的。后来文字的出现弥补了文学在口头传播与保存上的易变性与短暂性,但声音要素并未随之消失,而是被吸纳进文字之中并成为其不可或缺的表现形式。无论是以何种构词法形成的文字,都应该做到:"诵习一字,当识形音义三:口诵耳闻其音,目察其形,心通其义,三识并用,一字之功乃全。"而用这种文字写成的文章,自然也"遂具三美:意美以感心,一也;音美以感耳,二也;形美以感目,三也"。[②] 可见,即使在韵文之外的普通文章中,声音都是表情达意、感染读者的组成

---

① 鲁迅:《汉文学史纲要》,载《鲁迅全集》第9卷,人民文学出版社1981年版,第344页。
② 同上。

第二章 声律节奏传统的失范与自然方向的确立

要素与有效手段之一。

与一般文章相比,诗歌对声音的依赖性更强。因为诗歌不仅需要借助具有音响效果的语言文字才得以存在,而且它也依赖曼妙优美、激越高昂或沉郁悲壮的声音效果来丰富与提升抒情达意的功能。这是由早期诗歌与乐舞同体的渊源及特性所决定的。如《礼记·乐记》所记载:"诗,言其志也;歌,咏其声也;舞,动其容也;三者本于心,然后乐气从之。"即使后来诗与乐、舞逐渐分离而成为一种独立的存在,但它与音乐的关系仍被保留下来。一部分诗歌仍延续了能够演唱的音乐特质,另一部分尽管逐渐淡化了能够演唱的功能,但它在声韵、节奏等方面仍沿袭了早期诗歌的特殊要求,呈现出比散文小说等文体类型在声音上更为严密与细致的特点。而在一定程度上,中国诗歌发展演变的历史,其实就是由声律节奏的嬗变更替决定并呈现出来的历史。

中国传统诗歌的发展,大体经过了两个阶段:一是唐代以前的古诗。尽管它也追求韵律的和谐与规律,但在声韵上并没有形成严格的规范和约束,因而在形式上相对自由;二是唐代以后的近体诗。它在声韵上受到诸多律令的规约,如押韵、平仄、对仗、字数、节奏等要求齐整划一,而形式上也呈现出固定的模式化倾向,因而近体诗又被称为格律诗。这种中规中矩的近体诗在中国诗坛上长期占据正统地位。尽管如此,仍有不少诗人对古诗相对灵活自由的形式情有独钟,创作了并不严格遵守近体诗的音韵、节奏等格律规范的诗歌。因为这种诗歌在声律上有别于近体诗而更接近于古诗,所以又被称为古体诗或古风。尽管古风难免受到近体诗在平仄、对仗、语法上的影响,呈现出较为规范的特点,但在诸多方面仍与近体诗有着明显的距离。故此,王力先生认为近体诗与古风是相互对立的两种诗体。由此也可以推论,如果诗人要想从近体诗的严格模式中摆脱出来,消解或者反抗近体诗在声韵、形式等层面的压制,那么古风就会成为诗人选择的诗体形式之一种。可以说,声韵与节奏相对自由灵活的古体诗,成为晚清诗界革命对传统格律范型的终结乃至现代白话诗的起步的突破口与对立工具,其原因正在于此。

黄遵宪在《人境庐诗草》自序中说,他理想中的诗歌具有如下特征:一是复古人比兴之体;二是以单行之神,运排偶之体;三是取《离骚》乐府之神理而不袭其貌；四是用古文家伸缩离合之法入诗。① 这种理想中的诗歌创作，其实就暗含着以古体诗的诗体形式解构格律诗，并重建新的诗歌体式的目的。同时，黄遵宪身体力行，采纳歌行体、民谣体、歌诗体等体式创作了大量诗歌作品。除此之外，在他的诗歌中，仍有不少作品在形式上非常接近于传统的格律诗，如采用五七言诗行、具有明显的韵脚等表象，但其内部音韵已经不合于严格的格律诗，而显示出突出的古风特点。

与此同时，诗歌语言的新变不仅体现为词汇的涌入、搭配方式以及句式等层面的更替，同时还牵动着诗歌的声音结构的变化，并通过声韵、节奏的调整表现出来。而且，在很大程度上这种变化也是诗歌内部结构与外部形式，乃至整个诗歌文体转型的重要因素与外在表征。因此，分析诗界革命中的诗歌创作在本体上所体现出来的新变特征，就不能不对其声韵、节奏上的过渡性质予以观照。尽管黄遵宪、梁启超等人在诗歌声韵节奏转型上的理论建构意识并不十分明确，在创作中也表现出对传统近体诗格律若即若离的游移，但他们在"戴着脚镣跳舞"的同时，无论是在声韵创制还是节奏编排上，均已出现了超出传统格律诗形制规范的新质。而正是这些新质，成为此后发生的现代新诗在声韵节奏上自觉追求的方向与目标。

第一节　韵律规则的破格

作为传统文学的重要文类之一，文章有时也借助语言的声音规则来实现传达情感、感化读者的目的，但整体而言，它对语言声韵规则的琢磨与利用并不十分普遍；特别是随着文章这一概念的发展演变及类型的不断增加，声音在文章中所承担的角色越来越弱化。与之相对的是，诗歌尽管也进行了分化，一部分保留了能够吟唱的特性，另一部分诗歌虽然离演唱的功能渐行渐远，但无论哪一类都没有全然脱离对声韵的倚重与表现，而是把它历史的遗留物或隐或显地保留下来。其实，这也是由汉语词汇的特殊

---

① 黄遵宪：《人境庐诗草》自序，载陈铮编《黄遵宪全集》（上），中华书局2005年版，第69页。

第二章 声律节奏传统的失范与自然方向的确立

声韵效果、诗歌语句的精短等因素所决定的。汉语词汇的四个声调具有抑扬顿挫的音乐美,单音节词居多的事实为音韵的搭配组合带来极大便利,而诗句的精短也要求它在有限的空间与时间内尽可能地体现出声音多变与和谐的统一效果。因此,如何通过语言的声韵特点,调配出最佳的音响效果与最大化的表达功效,就成为历代诗人苦心经营的主要目标。

一 格律诗声韵规则的建构

中国诗歌对声韵的追求与倚重由来已久。在最早的诗歌总集《诗经》中就已经出现了明显的韵律特征,如"关关雎鸠,在河之洲。窈窕淑女,君子好逑"(《周南·关雎》),"维鹊有巢,维鸠居之。之子于归,百两御之"(《召南·鹊巢》),等等。后来在诗歌之外的其他文体中也出现了对和谐声韵的自觉追求与使用,如《老子》《庄子》、汤头歌等散文或歌诀。需要指出的是,唐代以前的诗歌对声韵的使用并没有形成固定的模式与规范,而是以语言的自然状态为主;尽管六朝时期出现了几部韵书,如李登的《声类》、吕静的《韵集》、夏侯该的《韵略》等,但这些著作并未成为诗人普遍接受的规约,因而诗人在韵语的使用上仍处于自发状态。沈约、谢朓、王融等人对"四声"的发现则奠定了诗歌音韵学的基础。沈约在《宋书·谢灵运传论》中说:"夫五色相宣,八音协畅,由乎玄黄律吕,各适物宜。欲使宫羽相变,低昂互节,若前有浮声,则后须切响。一简之内,音韵尽殊;两句之中,轻重殊异。"[1]《南史·庾肩吾传》概括说:"齐永明中,王融、谢朓、沈约文章,始用四声,以为新变。至是转拘声韵,弥为丽靡,复逾往时。"[2]《文镜秘府论》则描述了当时声律在文学创作中的流行状况:文人"争谈四声,争吐病犯,黄卷盈箧,缃帙满车"。[3]可见,"四声论"已经成为当时大部分诗人自觉遵循的规范。唐代以后,声韵规约与科举制度的结缘,使原本在民间流行的创作范型被主流意识形

---

[1] 沈约:《宋书》,中华书局 1974 年版,第 177 页。
[2] 李延寿:《南史》,中华书局 1975 年版,第 1247 页。
[3] 遍照金刚编撰,王利器校注:《文镜秘府论校注》,中国社会科学出版社 1983 年版,第 7 页。

态用来作为筛选人才、提拔官吏的标准之一。隋朝人陆法言《切韵》的命运与上述《声类》《韵集》《韵略》等几部声韵著作的不同之处，也在于它被科举考试所采用。据《太平广记》记载："垂拱元年，吴道古等二十七人及第，榜后敕批云，略观其策，并未尽善……后至调露二年，考功员外刘思立奏议加试帖经与杂文，文高者放入策。"① 其中的"杂文"就包括诗歌创作。当然，这种诗歌创作并非天马行空似的自由创造，而是有着特定的要求与规范的。体现在声律上就是对韵式的进一步明确，"四声八病"成为当时的诗人进行创作时不可逾越的雷池。当然，这种被规约的创作主体一旦熟稔了限制声韵的特点与规律，在许可的范围内充分发挥自己的艺术才华，也可以成就辉煌的艺术作品。唐诗的繁荣即是明证。后人也将这种成就归因于科举制度把诗歌创作纳入彀中。如南宋严羽在《沧浪诗话·诗评》中就说："'唐诗何以胜我朝？'唐以诗取士，故多专门之学，我朝之诗所以不及也。"② 清代康熙皇帝也在《御制全唐诗序》中予以认同："盖唐当开国之初，即以声律取士，聚天下才智英杰之彦，悉从事于六义之学，以为进身之阶，则已之者固已专且勤矣。"③ 因为声韵被主流话语固定下来而且成为文人创作所尊奉的圭臬之后，在一定的实践与空间之内，诗歌的有限技巧就能够为诗人熟练掌握与运用，从而在某些方面能够达到极致。

但就诗歌的长久发展而言，声韵规则的固定与严密所导致的弊端也容易显露出来。因为这种局部与短期的繁荣，是以牺牲诗歌创作的自由本性为代价的；而自由本性的丧失，必然会导致诗歌创新性的不足。在有限的空间内，特别是在经历了唐诗的繁盛之后，中国诗歌逐渐呈现出难以为继、日暮西山的"颓势"。再加上清代试帖诗对用韵限制的进一步严格与紧缩，诗人能够自由创造的空间也越来越窄迫。而且，这种约束不仅直接作用于参加科举考试的士子，同时也会影响到科场之外准备参加乃至已经经历过科举考试的知识分子。这使得格律的规范获得了强有力的支持与顽强的生命力，而诗人对声律规约的服

---

① 李昉：《太平广记》，中华书局 1961 年版，第 1324 页。
② 严羽：《沧浪诗话校释》，郭绍虞校释，人民文学出版社 1961 年版，第 147 页。
③ 彭定求编：《全唐诗》，中华书局 1960 年版，第 1 页。

第二章　声律节奏传统的失范与自然方向的确立

膺则越来越自觉与主动。

实际上，即使在近体诗诞生的同时，仍有诗人坚持以唐代声律规则建立之前的相对自由的诗歌形式进行创作。这在格律诗高度繁盛的盛唐时期也不例外，如李白、杜甫等人就没有放弃对非格律诗的实践。当然，一方面，这些诗人以及唐代以后的创作者生活在格律体系已经完全建立起来并形成主要诗歌形式取向的时代，不可能实现与声律的彻底绝缘而创作出毫无声韵规则可言的自由诗；另一方面，他们与唐代之前尚未建立格律体系的诗歌隔代而生，也不可能重新回到原始的自由状态。因此，这种与格律诗相对较远而又因受其影响仍有一定声韵规律可循的"拟古"之作被称为古风或古体诗。由此也可以发现，唐代以后的古体诗的特点及地位是双重的：其一，它是以迥异于近体诗的声律形式而出现的，从这个意义上而言，它可以被视为近体诗的对立形式；其二，古风又深受近体诗的影响，在声律上也形成了自己的规范体系，因而它对近体诗格律的抗争又是有限度的。因此可以概括，古风是在争取声律自由的同时又形成了新的规约。

二　诗界革命对声韵规则的超越

黄遵宪、梁启超等人发动的诗界革命，就是在近体诗日趋衰落的背景下发生的。他们对传统诗歌的因袭与守旧表示了强烈的不满，梁启超在《饮冰室诗话》中说："以为诗之境界被千余年来鹦鹉名士（余尝戏名词章家为鹦鹉名士，自觉过于尖刻）占尽矣。虽有佳章佳句，一读之，似在某集中曾相见者，最可恨也。"[①] 黄遵宪也指出诗歌发展的僵化与凝固："可怜古文人，日夕雕肝肾。俪语配华叶，单词画蚯蚓。古近辨诗体，长短成曲引。"（《杂感·三》）尽管他们对近体诗格律的变革要求与建设细则并不十分明确，但其创作实践中却表现出迥异于格律诗体的特点。这主要表现在以下三个方面。

[①] 梁启超：《夏威夷游记》，载《梁启超全集》第 4 卷，北京出版社 1999 年版，第 1219 页。

诗界革命:中国现代新诗的萌蘖

(一)"出韵"现象的频频出现,突破了近体诗的声律禁忌。

与古体诗相比,"近体诗用韵甚严,无论绝句、律诗、排律,必须一韵到底,而且不许通韵①"。这是近体诗在用韵上的重要标志。诗人宁肯使用难度极大的窄韵乃至险韵,如"江韵""佳韵""肴韵""咸韵"等,也不愿意超越特定韵式的范围,即"出韵"。因为出韵具有破坏格律诗和谐统一的声韵的作用。因此,"'出韵'是近体诗的大忌"②。如元稹的《遣悲怀》:

谢公最小偏怜女,自嫁黔娄百事乖。
顾我无衣搜荩箧,泥他沽酒拔金钗。
野蔬充膳甘长藿,落叶添薪仰古槐。
今日俸钱过十万,与君营奠复营斋。

这首诗使用的是"佳韵",极易与"灰韵"相混,但诗人宁可使用这种极为险僻之韵也决不肯"出韵"。

中唐以后的诗歌中也出现了偶尔出韵的情形,如刘禹锡的《答前篇》:

小儿弄笔不能嗔,涴壁书窗且当勤。
闻彼梦熊犹未兆,女中谁是卫夫人。

诗中的"嗔"与"人"属于"十一真",而"勤"则属于"十二文"。当然,由于这首诗属于首句押韵的情况,而"嗔"与"勤"可以算作使用邻韵的通韵情况,这在近体诗中是允许出现的;但"勤"与"人"相押,则属于极为少见的出韵个案。杜甫的《崔氏东山草堂》中也出现了类似的情况:

爱汝玉山草堂静,高秋爽气相鲜新。

---

① 通韵是指两个或两个以上的韵部可以相通,或其中一部分相通,如"平水韵"中"一东"与"二冬"、"四支"与"五微"、"十四寒"与"十五删"等。作诗时通韵可以互押。古体诗通韵较宽,近体诗则受严格的限制。

② 王力:《汉语诗律学》,上海教育出版社1979年版,第44页。

第二章 声律节奏传统的失范与自然方向的确立

有时自发钟磬响,落日更见渔樵人。
盘剥白鸦谷口栗,饭煮青泥坊底芹。
何为西庄王给事,柴门空闭锁松筠。

尽管如此,这种使用邻韵的"出韵"情形在唐代至清代的诗歌中出现的比率很低,只不过是偶尔为之,即使古风也是如此。① 可见,无论是近体诗还是古体诗,都是以使用本韵作为基本准则的。但"出韵"的情况却频频出现在诗界革命的诗歌创作中。如黄遵宪的《过丰湖书院有怀宋子湾先生》:

滇云燕雪久驰驱,万里归来此托居。
我识公心在诗草,人言仙迹寄蓬壶。
□□□□□□□,② 笠屐游踪似大苏。
黄犊买来田二顷,可怜无分卧江湖。

在这首诗中,"驱""壶""苏""湖"同属于七虞;而"居"则属于六鱼。这是明显使用邻韵(也属于出韵)的例子。

当然,上述所举黄遵宪诗句"出韵"后都是采用的"邻韵",即相互临近的两个韵类的替换互押,这种情况又叫"通韵";而"通韵"正是古风里容许使用而近体诗却严格禁止的。由此可见,黄遵宪正是借用古风里的通韵,来实现对近体诗严密韵律规则的消解与突围的。

除此之外,黄遵宪的创作中还出现了超越于古体诗所许可的通韵的情况,如《有以守社稷为言者口号示之》:

万一群胡竟合围,城危援绝势难支。
要知四海为家日,终异诸侯失国时。
夺使只如争虎穴,劳王非敢战鱼丽。

---

① 王力:《汉语诗律学》,上海教育出版社1979年版,第49页。
② 注:原文缺。

溥天颂德三年久，请听回中鼓吹辞。

在这首诗中，"支""时""辞"用的是"四支"韵，而"丽"则是仄声中的"八霁"。它们既不是同一韵类，而且也不属于邻韵相通的"通韵"范畴，而是非常典型的"出韵"现象。

从黄遵宪及其他诗人的创作中很容易就可以找到不符合近体诗押韵规则的例子。这可以说明，以黄遵宪为代表的诗界革命创作对近体诗的韵律规范的大胆违背，而开始朝向古风乃至更自由的声律目标行进。

（二）仄韵的使用，模糊了近体诗与古体诗的声韵界限。

在近体诗中，使用平韵是正例，而使用仄韵的情形是极为罕见的。如王力先生所说的："仄韵律诗和绝句可以说是近体诗和古体诗的分界处。近体诗和古体诗的界限相当分明，只有仄韵律绝往往也可认为'入律的古风'，因为近体诗毕竟是以平水韵为主的。"① 这一特点在七言律绝中更为突出。如杜甫的七言绝句《江南逢李龟年》：

岐王宅里寻常见，崔九堂前几度闻。
正是江南好风景，落花时节又逢君。

即使篇幅较长的排律也是如此，并未因押韵难度的增加而破坏基本的原则。如元稹的《和乐天重题别东楼》：

山容水态使君知，楼上从容万状移。
日映文章霞细丽，风驱鳞甲浪参差。
鼓催潮户凌晨击，笛赛婆官彻夜吹。
唤客潜挥远红袖，卖垆高挂小青旗。
胜铺床席春眠处，乍卷帘帷月上时。
光景无因将得去，为郎抄在和郎诗。

---

① 王力：《汉语诗律学》，上海教育出版社1979年版，第51页。

第二章　声律节奏传统的失范与自然方向的确立

如前所述，作为与近体诗相对的古体诗，在声律上受到的束缚则要少得多。除了可以借助通韵以突破近体诗的"出韵"禁忌外，使用仄声韵也是古体诗常用的手段。梁启超的诗歌中就出现了不少选择仄韵的例子。如他的《题周养安〈篝灯纺读图〉》：

> 七星挂城鼓迫折，轧轧机声屋瓦裂。停梭口授凿楹书，字字阿耶心上血。长鬟栽花美冠玉，豸角铜章照茅屋。精诚日夜珠江流，江山文藻佗城曲。北风哑哑啼乌鹊，百年几许儿时乐。

这首诗使用的是平水韵中的入声韵，属于仄韵的范畴，呈现出与近体诗使用平韵的正例不同的特点，因此应该划入古体诗的类别。相比较而言，《周孝怀居忧以母太夫人事略见诒敬题其后奉唁》一诗中的用韵情形更为复杂：

> 我有执友头久童，奓姿但作孺子慕。廿年板舆走万里，岂不惮劬奈疾固。武侯峻法杵今蜀，鱼服羼脱群魖怒。翻诒母戚煎百虑，痛定自揣惩再误。犊裩负米瘴江滨，彩斑照室春无数。此乐端不万钟易，此景何当百年驻。天耶人耶集楚毒，短晖辞草风摇树。千号百擗泪继血，滴向泉台何处路。劝君莫自使眼枯，得母如君已天祚。谁怜卅载无母人，魂逐归舟望楸木。（余方南归朝父，且省母墓。母弃养已卅年，不孝之违丘墓亦廿年亦。舟中赋此泪如縆縻。）

该诗中的"慕""误""数""驻""固""树""路""祚"等字用的是"七遇"（去声），"怒"属于"七虞"（上声），"木"则属于一屋（入声）。当然，这些声韵均属于仄韵的范畴，而且是明显的换韵。因此，这也是一首典型的古体诗。类似的例子还有梁启超的《若海颇思折节治世俗之学要吾为之诵说期以半岁尽吾所有寄诗坚朋约束且促其来》《瘿公以唐道士索〈洞玄所书本际经〉属题》等。"诗中韵脚，如大厦之有柱石，此处不牢，倾折立见。"（沈德潜《说诗晬语》）可见，改变韵脚这一诗歌声韵体系的"柱石"，就足以使诗歌声音体系及文体规范被彻底摧毁。因此，诗界革命中对韵律规则的"破坏"也就意味着诗歌文体的转型。

（三）平仄相对规则的消解，使近体诗的声律规范被彻底解构。

与押韵上的规约相比，平仄相对的规则更能够体现近体诗的特质。换言之，作为近体诗格律的决定性因素之一，平仄相对与否，直接关系到近体诗的生命与存在。就此而言，恪守平仄相对的原则，就等于守护着近体诗的诗体底线。相反，在一首诗中，一旦平仄相对的原则被打破，这首诗也就不再属于近体诗的范畴，无论它有着怎样齐整的语言与规范的韵脚。由此可见，对平仄规则的忽略与消解，也就是对近体诗赖以依存的声律规范的致命打击与彻底颠覆。诗界革命的创作中，恰恰出现了众多不讲究平仄相对的五言诗、七言诗。正是它们的出现，使得近体诗的格律规约被逐渐消解，因而近体诗的数量与范围也日渐缩减；随之而来的则是古体诗乃至自由诗的空间越来越大。为方便起见，本文仅选择五言诗为例，来具体分析诗界革命创作中对近体诗平仄规则的"逆反"情形。

王力先生曾把近体五言诗普通的平仄范型归纳为如下几种：

（一）五律。

（甲）仄起式

仄仄平平仄，平平仄仄平。

平平平仄仄，仄仄仄平平。

仄仄平平仄，平平仄仄平。

平平平仄仄，仄仄仄平平。

（如首句入韵，则为"仄仄仄平平"。）

（乙）平起式

平平平仄仄，仄仄仄平平。

仄仄平平仄，平平仄仄平。

平平平仄仄，仄仄仄平平。

仄仄平平仄，平平仄仄平。

（如首句入韵，则为"平平仄仄平"。）[①]

[①] 王力：《汉语诗律学》，上海教育出版社1979年版，第72页。

第二章 声律节奏传统的失范与自然方向的确立

王力先生进一步指出：凡是不符合平仄格式的字，叫做"拗"。五言律诗中的第三个字应尽量避免出现"拗"，一旦出现就应尽量补救；而"平平仄仄平"式的第一个字使用"仄韵"的情况则是要绝对避免的，否则必须补救，因为它违犯了律诗的大忌——孤平。① 前一种情形的补救例子有：

吾爱孟夫子，风流天下闻。

——李白《赠孟浩然》

带甲满天地，胡为君远行

——杜甫《送远》

后一种情形的补救例子有：

李衡墟落存。

——刘禹锡《武陵书怀五十韵并序》

二毛伤虎贲。

——刘禹锡《武陵书怀五十韵并序》

可见，五言律诗在平仄相对方面有着严格的规定，如果"拗"而不救，则使得诗歌不再属于律诗的范畴。这种情形在诗界革命的创作中并不鲜见。如：

造字鬼夜哭，所以示悲悯。

——黄遵宪《杂感》

其韵式为："仄仄仄仄仄，仄仄仄平仄。"显然，这种韵式在近体诗中是不允许存在的。而在古体诗之中，五仄句是可以存在的，只要不是连用五上、五去或五入。但如果古体诗中出现了五仄句，同联的另一句最好用

---

① 王力：《汉语诗律学》，上海教育出版社 1979 年版，第 90 页。

五平，或者用四平，若用三平或两平就稍嫌不够和谐；至于四仄或五仄和它相对，在唐诗里几乎找不着。① 可见，黄遵宪所采用的这种平仄韵式，既不属于近体诗，也不符合古体诗的常用规范，而是一种超越了二者之外的独创形式。或者说，他根本就没有依照已有的近体诗或古体诗的韵式去写诗，而是别出心裁地创制不守固有韵式的新诗句。

黄遵宪在给梁启超的信中说："吾之五古诗，自谓凌跨千古；若七古诗不过比白香山、吴梅村略高一筹，犹未出杜、韩范围。"② 俞明震也评价说："公（指黄遵宪——笔者注）诗，七古沈博绝丽，然尚是古人门径。五古具汉人神髓，生出汪洋诙诡之情，是能于杜、韩外别创一绝大局面者。七律纯用单气转折，又开一派，能多作，则妙境尚当层出不穷。"③ 仅从声律上而言，黄遵宪对五古诗的自信甚至自负以及俞明震的评价可谓中的之论。

需要指出的是，类似的例子也出现在其他诗人笔下：

百年过渡期，四战正坏劫。
——乌目山僧：《壬寅冬，蒋观云先生往游日本，海上同志公饯江楼，珍重赠言，余乃作诗以志别》，《新民丛报》第二十三号，1902年12月30日。

这句诗的韵式为"仄平仄仄平，仄仄仄仄仄。"这显然也不属于近体诗的声律范畴，因为出句犯了孤平的大忌；而在古体诗里，孤平却是诗家的宠儿。④ 与出句相对的韵式相对自由繁多。而就对句而言，则与黄遵宪的"造字鬼夜哭"句一致，都是五仄形式，因而与之相对的诗句中若有五平或四平就比较和谐，而只有二平则稍嫌不足。

---

① 王力：《汉语诗律学》，上海教育出版社1979年版，第393—394页。
② 黄遵宪：《致梁启超函》，载《黄遵宪全集》（上），中华书局2005年版，第441页。
③ 俞明震：《人境庐诗草》俞跋，载黄遵宪《人境庐诗草笺注》（下），钱仲联笺注，上海古籍出版社1981年版，第1084页。
④ 王力：《汉语诗律学》，上海教育出版社1979年版，第390页。

第二章 声律节奏传统的失范与自然方向的确立

另外，不合于近体诗与古体诗平仄相对规则的还有：

遂令慷慨士，横刀增悲吁。
————醒狮：《读史三首》，《新民丛报》第三十一号。

该诗句的韵式是"仄仄平仄仄，平平平平平"，即对句用的是五平句。这种五平句比"仄平平平平"的四平句更为"落调"。而且，"盛唐诗人绝对不在对句连用五平"①。但是我们可以看到，上述例子中的五平句就是出现在对句的位置上，它显然完全超出了盛唐古体诗的平仄相对范畴。不仅如此，该句中的"仄仄平仄仄"韵式用于出句时（该例即是如此），那么对句应以第二字平，第四字仄为原则，而该句也不满足这一条件。由此可以断定，这句诗同样也是超越了近体诗与古体诗声律范型的新创形式。

由此可知，在诗歌声韵的创设布置方面，诗界革命中的不少诗人有意无意地进行了新的尝试和努力，创作出既不同于具有严整规密韵式的近体诗，也不同于以相对自由宽松的声律体系见长的古体诗，而是独具新颖声韵形式的创新型自由体诗歌。这不仅是诗人自觉反叛自唐代以来的声韵传统的具体体现，更是一种新的诗歌声韵形式的预示与开端。它昭示着未来的诗歌将在既已成型的声律规范之外寻求更为自由、广阔的声韵形式，从而朝着自由诗体的方向拓展开来。

三 "拟古"与创新的辩证关系

不可否认，诗界革命的创作并非全都实现了从既有的声律体系中突围，而是仍然客观存在着大量的以古体诗声律规范乃至沿袭严密的格律体系的近体诗形式的"守旧"之作。即使在诗界革命的主帅黄遵宪的诗作中，古体诗的数量也颇为可观。有人指出："《人境庐》五古，奥衍盘礴，深得汉、魏人神髓。律诗纯以古诗为之，其瘦峭处，时类杜老入夔州后诸作。（卷一二律诗，酌存之可耳）四五卷以下，境界日进，雄襟伟抱，横

---

① 王力：《汉语诗律学》，上海教育出版社1979年版，第386页。

绝五洲，奇才奇才！"① 可见，声律相对自由的古体诗而非严谨的近体诗的确是黄遵宪诗歌创作所采用的主要诗体形式。

但是，人们也发现了这样一个事实：黄遵宪的古体诗所借鉴的资源以及所模仿的对象，并非唐代以后的古体诗传统，而是横跨唐宋元明清等朝代的古体诗（这种古体诗实质上是一种拟古体）的流脉而直接承续汉、魏时代的诗歌谱系，创作出"深得汉、魏人神髓"的"类古诗"②。梁启超指出："彼其胎冥冥而息渊渊，而神味沈浓，而音节入微，友视骚、汉而奴畜唐、宋，吾未见古之非诗人能如是也。"③ 这一论断在俞明震、何藻翔、温仲和等人的《人境庐诗草·跋》中得到了一致认同。黄遵宪之所以放弃自唐代以来一脉传承的古体诗资源而前取汉、魏的诗体形式，决不是割裂历史连续性的虚无主义观念作祟，而是基于对诗歌发展尤其是声韵传统的洞察之力。如前所述，中国诗歌严密的声律规则与体系的建立是在盛唐时期。近体诗声律烦琐精细，约束严密规谨，稍有不慎就会"出韵"而遭人诟病。此时的古体诗尽管在声律上相对宽松灵活，但仍有一定的规则束缚住诗人的任意独创与自由发挥。此后的宋代，尽管苏轼继承了韩愈、杜甫"以文为诗"的传统，但就其对根繁叶茂的近体诗的声韵传统而言，并未形成摧枯拉朽的超级旋风而将其连根拔起。近体诗的顽强生命一直延续到清代。同时，一直相伴相生的古体诗对近体诗的反拨作用也显得微乎其微，反而被黄遵宪等诗界革命的主将发现了其与近体诗在声律上相似的规约限制作用。因此，面对强大的声律传统与诗体体系，黄遵宪深刻地感觉到："士生古人之后，古人之诗号专门名家者，无虑百数十家，欲弃去古人之糟粕，而不为古人之束缚，诚戞戞乎其难。"④ 但这并未影响他革新

---

① 俞明震：《人境庐诗草》俞跋，载黄遵宪《人境庐诗草笺注》（下），钱仲联笺注，上海古籍出版社1981年版，第1084页。

② 这里使用"类古诗"这一概念，是为了区别于唐代之后的古体诗或古风，而特指模仿唐代之前声韵规则建立之前的古诗的诗歌。在声韵方面，它比古体诗更为自由灵活。

③ 梁启超：《人境庐诗草》梁跋，载黄遵宪《人境庐诗草笺注》（下），钱仲联笺注，上海古籍出版社1981年版，第1086页。

④ 黄遵宪：《人境庐诗草》自序，载陈铮编《黄遵宪全集》（上），中华书局2005年版，第68页。

第二章 声律节奏传统的失范与自然方向的确立

诗体形式的信心与决心，而是巧妙地选择了绕开庞大的近体诗与古体诗声律传统的策略，直接从声律规则尚未萌芽的汉、魏诗体中汲取营养，采用"以（更）古抗古"的战术与之抗衡。从表面上看，这种价值取向仍是一种"复古"倾向，但就中国诗歌的发展历史，特别是诗歌声音的自由度与创新空间而言，也的确存在着一种"今不如昔"的客观现象。因此，为解构近体诗的传统，选择一种貌似更古老的自由传统作为批判的武器，也有着历史与现实的合理性，同时对于在声律方面尚未完全解放出来的读者而言，也不失为一种明智的选择。

更重要的是，黄遵宪在接续汉、魏诗歌传统时，既不拘泥乃至臣服于其中而迷失自己、墨守成规，同时也没有食古不化、照抄照搬，而是真正做到了以我为主、古为今用。他特别强调诗人真情真意的自然流露与主体地位："不能率其真，而舍我以从人，而曰吾汉、吾魏、吾六朝、吾唐、吾宋，无论其非也，即刻画求似而得其形，有则肖矣，而我则亡也。我已忘我，而吾心声皆他人之声，又乌有所谓诗者在耶？汉不必《三百篇》，魏不必汉，六朝不必魏，唐不必六朝，宋不必唐，惟各不相师而后能成一家言。"[①] 陈陈相因的世代承续有时会形成一种束缚后人的桎梏，而不拘泥于传统的线性逻辑谱系并坚持"以我为主"的创造策略反而能够更好地实现突围与新变。正是这种尊重诗人的真实情感与主体意识的诗学观念，使得黄遵宪及其所参与的诗界革命在"复古"的外衣下面，滋生了"厚今薄古"的现代性内涵与独特的创新意识。正是在这一意义上，不少论者都认为黄遵宪的"五七言古体，多百年来罕觏之作。……且为今之学诗者开辟一径，真乃今诗也"[②]。可谓是切中肯綮的评价。

需要进一步指出的是，黄遵宪以古诗声律的自由传统作为镜鉴创作类古诗来对抗近体诗严密固定的声律规则的实践，看似是一种"复古"式的倒退，而其实质却是一种先锋性的表现。"先锋性往往就是在为避免落入俗套而做出努力的过程中重新发现了原始文化的价值。他们所进行的创新

---

① 黄遵宪：《致周朗山函》，载陈铮编《黄遵宪全集》（上），中华书局2005年版，第291—292页。

② 林庚白：《林庚白今诗选》凡例，载黄遵宪《人境庐诗草笺注》（下），钱仲联笺注，上海古籍出版社1981年版，第1308页。

探索，不是为彻底更新被他们视为枯竭的艺术而从古代文化中汲取灵感，就是以古代文化作为归宿：从这两种意义上来说，它们都超越了现代和古代之间那条不确定的界线。"① 可见，传统与现代的界限在这种先锋性的实践中被模糊、被突破，甚至还可以说这是一种具有现代意义的求变意识与行为："当现代合理性运动在人们的思想中揭示出一种多少带有威胁性的陌生事物时（这种陌生事物似乎属于古代性的范畴，但它既不涉及某个确定的传统也与某个确定的过去时期无关），现代性与古代性之间的关系就变得更奇特了。其实，这种情况指的就是知识、分析方法的进步，就是好奇心所表现出的大胆和'求知意识'（它们能使我们触及隐藏着的或我们不愿意看到的东西）。"② 而且，黄遵宪的这一先锋性实践还有着对诗人主体的尊重与张扬。这无疑也能够增加他在诗歌声律上创新行为的现代性内涵。

四 白话新诗对声律的摒弃与坚持

有意思的是，黄遵宪等人在诗界革命中积极倡导与实践的古体诗创作，被后来成为最早的白话新诗尝试者胡适所接纳，而且后者的古体诗也成为现代新诗从格律诗中破茧而出的突破口。有人对胡适早期旧体诗及《去国集》部分的诗体情况做过一个统计：

总计	近体诗				古体诗			其他	
	五言律诗	七言律诗	五言绝句	七言绝句	五言古风	七言古风	古体杂言	词	曲
早期旧体诗92首	10	9	1	10	31	16	5	9	1
收入《去国集》21首	0	0	0	1	5	6	2	7	0

---

① ［法］伊夫·瓦岱：《文学与现代性》前言，田庆生译，北京大学出版社2001年版，第105页。
② 同上。

第二章 声律节奏传统的失范与自然方向的确立

在胡适早期创作、翻译的全部诗篇中,古体诗加起来共有52首,近体诗只有30首,前者占56.5%,后者占32.6%,显然古体诗占有相当优势。在《去国集》中,这一优势又被大大地强化了:古体诗收13首,比例增至61.9%;近体诗仅入选一首绝句,比例骤降为4.7%。这比例的异常悬殊再清楚不过地说明,胡适第一期的古诗创作存在着一个显而易见的倾向——重古风,轻律诗。① 而且,胡适之所以在《尝试集》中保留如此多的古体诗,其意在于"稍存文字进退及思想变迁之迹焉尔"(《〈去国集〉·自序》)。甚至在1922年增订四版的《尝试集》中对古体诗仍有所保留:"我现在把我这五六年的放脚鞋样,重新挑选了一遍,删去了许多太不成样子的或可以害人的。内中虽然还有许多小脚鞋样,但他们的保存也许可以使人知道缠脚的人放脚的痛苦,也许还有一点历史的用处,所以我也不避讳了。"② 可见,这种古体诗在胡适本人由格律诗向现代白话新诗的诗歌创作的转变过程中扮演的是"历史中间物"的角色。这与黄遵宪等人致力于古体诗(尤其是汉、魏诗体)的创作实践活动在本质上是一致的。扩大一点说,中国诗歌由传统向现代的转型也是借助了古体诗这一诗体形式的。

具体到胡适早期诗歌在声律的演变上,古体诗所呈现出来的过渡性质更为明显。他创作于1911年1月30日的一首小诗:

    永夜寒如故,朝来岁已更。层冰埋大道,积雪压孤城。
    往事潮心上,奇书照眼明。可怜逢令节,辛苦尚争名。

这首诗的平仄规律为:

    仄仄平平仄,平平仄仄平。平平平仄仄,仄仄仄平平。
    仄仄平平仄,平平仄仄平。平平平仄仄,平仄仄平平。

---

① 康林:《〈尝试集〉的艺术史价值》,《文学评论》1990年第2期。
② 胡适:《〈尝试集〉四版自序》,载《胡适文集》(3),人民文学出版社1998年版,第173页。

诗界革命:中国现代新诗的萌蘖

粗看起来,稍不合韵式的是最后一句"辛苦尚争名"的"辛"用的是"平"声韵,即出现了"拗",但由于五言的第一个字可以不论平仄,也就无从谈起"拗"。退一步讲,即使"拗"也属于可以不避,也可以不救的例子。①因此,也可以说这首诗完全符合五言律诗的韵式规则。而他在1914年1月23日创作的《〈大雪放歌〉和叔永》,就采用了七古,该诗中所押之韵已经远非律诗所能比:

往岁初冬雪载涂,今年圣诞始大雪。天公有意弄奇诡,积久迸发势益烈。夜深飞屑始叩窗,侵晨积絮可及膝。出门四顾喜欲舞,琼瑶十里供大阅。小市疏林迷远近,山与天接不可别。眼前诸松耐寒岁,虬枝雪压垂欲折。窥人黠鼠寒可怜,觅食冻雀迹亦绝。毳衣老农朝入市,令令瘦马驾长橇。道逢相识遥告语,"明年麦子未应劣"。路旁欢呼小儿女,冰桨铁屐手提挈。昨夜零下二十度,湖面冻合坚可滑。客子踏雪来复去,朔风啮肤手皲裂。归来烹茶还赋诗,短歌大笑忘日昳。开窗相看两不厌,清寒已足消内热。百忧一时且弃置,吾辈不可负此日。

该诗中的"膝""日"等属于四质;"滑"属于八黠;而"雪""烈""裂""劣""绝""折""阅""别""橇""絮""热"等则属于九屑。胡适创作于1916年7月22日的《答梅觐庄——白话诗》则进一步从仍受声律规则限制的古体诗中摆脱出来,而呈现出后来所谓白话自由体诗的形态。尽管在稍后的"文学革命八条件"(1916年8月21日日记)——《文学改良刍议》的雏形——中只涉及对仗这一同样关涉诗歌体式的必要条件而没有谈及韵律问题,但在20余天之后的日记中抄录了朱经农的一段白话诗,其中有这样一段话:"日来作诗如写信,不打底稿不查韵。……觐庄若见此种诗,必然归咎胡适之。适之立下坏榜样,他人学之更不像。请看此种真白话,可否再将招牌挂?"胡适对该诗评价颇高,认为"诸句皆好诗也。胜其所作《吊黄军门墓》及《和杏佛送叔

---

① 王力:《汉语诗律学》,上海教育出版社1979年版,第90页。

第二章 声律节奏传统的失范与自然方向的确立

永》诸作多多矣"①。可见，对韵律的明确否定虽然出自朱经农之口，但这种观点受胡适的影响，自然也就能够获得他的认同与赞誉。

除此之外，1916年年底的《纽约时报》上刊载了印象派诗人的诗歌主张，其中涉及诗歌的韵律问题："创造新韵律，并将其作为新的表达方式，不照搬旧韵律，因为那只是旧模式的反映。我们不坚执'自由体'为诗歌写作的唯一方法，我们之所以力倡它，是因为它代表了自由的原则。我们相信诗人的个性在自由体诗中比在传统格律诗中得到了更好的表达。就诗歌而言，一种新的节奏意味着一种新思想。"胡适评价说："此派所主张与我所主张多相似之处。"② 可见，印象派诗人在韵律方面的创新主张同样引起了胡适的共鸣。但是，如果把胡适倡导白话诗运动的动因直接归结于印象派诗歌运动的影响，这无疑忽视了古体诗在胡适的创作由近体诗转变为白话自由诗的过程中所承担的中介作用。上述对胡适诗歌声律的探索过程的简单梳理就足以证明这一点。

当然，与黄遵宪相比，胡适在对格律诗的声韵规则的解放上走得更远。他一再指出："中国字的收声不是韵母（所谓阴声），便是鼻音（所谓阳声），除了广州入声之外，从没有用他种声母收声的。因此，中国的韵最宽。句尾用韵真是极容易的事，所以古人有'押韵便是'的挖苦话。押韵乃是音节上最不重要的一件事。至于句中的平仄，也不重要。……至于句末的韵脚，句中的平仄，都是不重要的事。语气自然，用字和谐，就是句末无韵也不要紧。""至于用韵一层，新诗有三种自由：第一，用现代的韵，不拘古韵，更不拘平仄韵。第二，平仄可以互相押韵，这是词曲通用的例，不单是新诗如此。第三，有韵固然好，没有韵也不妨。新诗的声调既在骨子里——在自然的轻重高下，在语气的自然区分——故有无韵脚都不成问题。"③ 如果说胡适在对待诗歌声韵的态度上还算宽容，那么康白情

---

① 胡适：《答经农（1916年9月15日日记）》，载《胡适留学日记》（下），安徽教育出版社1999年版，第414页。

② 胡适：《印象派诗人的六条原理》，载《胡适留学日记》（下），安徽教育出版社1999年版，第445—446页。

③ 胡适：《谈新诗——八年来一件大事》，载《胡适文集》（3），人民文学出版社1998年版，第141—145页。

则表现得更为决绝。他首先指出旧诗与新诗的区别就在于格律与音韵上的不同:"旧诗大体遵格律,拘音韵,讲雕琢,尚典雅。新诗反之,自由成章而没有一定的格律,切自然的音节而不必拘音韵,贵质朴而不讲雕琢,以白话入行而不尚典雅。新诗破除一切桎梏人性的陈套,只求其无悖诗底精神罢了。"① 在白话新诗的初创时期,这对于诗歌由文言向白话的过渡转型无疑有着积极的意义。它能够冲破传统格律的束缚,有利于新诗体的确立与巩固,使诗人的情感与思想得以自由地抒发。但在白话新诗的地位确立之后,这一观点的弊端也逐渐显露出来。特别是胡适"切自然的韵"主张,使一些读者认为早期新诗淡乎寡味、诗味丧失殆尽。为了弥补白话新诗所存在的诗味不足的缺憾,梁启超强调:

> 第一,押险韵,用僻字,是要绝对排斥的……第四,律诗有篇幅的限制,有声病的限制,束缚太严,不便于自由发摅性灵,也是该相对的排斥。然则将来新诗的体裁该怎么样呢?第一,四言、五言、七言,长短句,随意选择;第二,骚体、赋体、词体、曲体,都拿来入诗,在长篇里头,只要调和得好,各体并用也不妨;第三,选词句显豁简炼,音节谐适,都是好的;第四,用韵不必拘拘于《佩文诗韵》,且至唐韵、古音,都不必多管,惟以现在口音谐协为主,但韵却不能没有,没有只好不算诗。白话诗自然可用,但有两个条件,应该注意:第一,凡字而及句法有用普通文言可以达意者,不必定换俚字俗语,若有意如此,便与旧派之好换僻字自命典雅者,同属一种习气,徒令文字冗长惹厌;第二,语助辞愈少用愈好,多用必致伤气,便像文言诗满纸"之乎者也",还成什么诗呢?若承认这两个条件,那么白话诗和普通文言诗,竟没有很明显的界线,寒山、拾得、白香山,就是最中庸的诗派。②

---

① 康白情:《新诗底我见》,载杨匡汉、刘福春编《中国现代诗论》(上),花城出版社1985年版,第33页。
② 梁启超:《〈晚清两大家诗钞〉题辞》,载《梁启超全集》第17卷,北京出版社1999年版,第4931页。

第二章　声律节奏传统的失范与自然方向的确立

显然，与胡适、康白情等对待白话诗韵律的"激进"态度相比，梁启超的态度略显"保守"，但他却把握住了现代诗歌的语言特点及传统诗歌的优点与个性，特别是契合了长期被中国古典诗歌优美旋律浸染的众多读者的审美趣味，因而这一观点自然有其客观和中肯之处。

事实也证明，梁启超对诗歌韵律的坚守与改造也符合了现代诗歌发展的实际，特别是白话新诗发展的另一路向：现代格律诗。现代诗人穆木天与闻一多也注重恢复诗歌的"外在律"。穆木天指出，诗歌的内容与形式是不能分开的，思想与表达思想的音声不一致是绝对的失败。即使在自由诗兴起之后，七绝仍有其形式的价值，有为诗之形式之一而永久存在的生命。他对粗糙的自由诗表示不满，提出"诗要兼造形与音乐之美"的主张："关于诗的韵（Rime），我主张越复杂越好。我试过在句之中押韵，自以为很有趣。总之韵在句尾以外得找多少地方去押。"① 闻一多更是把"音乐的美"放在了诗歌创作的重要位置。他指出，格律之于诗的重要性是不可否认的："棋不能废除规矩，诗也就不能废除格律。""诗所以能激发情感，完全在它的节奏；节奏便是格律"②。这种观点也绝不是简单地以落后或复古的"帽子"就能够套住的，而表达了对汉语诗歌语言、声音特点的尊重与突出。除此之外，还有人借鉴外国的十四行诗来作为探索中国新诗格律形式的新路。③ 甚至时至今日，对于现代诗歌韵律的争论与多重探索仍在继续。这固然是现代新诗仍未成熟定型的突出表征——当然，成熟与定型同时也意味着僵化与凝固，而更是现代新诗从传统格律诗相对褊狭封闭的空间走向自由宽广天地的重要表现与收获。

现代诗歌韵律的解放与重建是一个极为复杂的历史难题与现实困惑，绝非简单的"存/废"的判决能够解决的。正是现代诗人对诗歌韵律坚持不懈地进行多维探索与实践，才使得中国现代诗歌发生及发展的历程中呈现出繁

---

① 穆木天：《谭诗——寄沫若的一封信》，载杨匡汉、刘福春编《中国现代诗论》（上），花城出版社1985年版，第100页。

② 闻一多：《诗的格律》，载《唐诗杂论 诗与批评》，生活·读书·新知三联书店1999年版，第163—165页。

③ 吕周聚、胡峰等：《中国现代诗歌文体多维透视》，山东人民出版社2009年版，第207页。

复多姿的诗体样式与审美风范。而盘点这些收获与功绩时，则不能无视黄遵宪、梁启超等诗界革命的主将对于褊狭固定的传统诗歌格律的突破与改造之功。在一定意义上可以说，正是由于他们勇于突破诗歌传统格律的藩篱，把诗歌声律引领进入更为自由广阔的天地，才有了现代诗歌的丰富与繁荣。

第二节 节奏模式的解放

节奏是包括诗歌在内的所有艺术类型乃至自然界万事万物存在的方式和表征，"是宇宙中自然现象的一个基本原则"；而在生灵方面，"节奏是一种自然需要。"既然艺术是对自然的反照，那么节奏也就是艺术的生命。① 作为与声音密切相关的表现类型之一的诗歌，节奏不仅是其存在的必备要素，也是决定其表现形态的重要质素之一。

既然节奏与人类的自然环境及社会生活息息相关，那么生活情境的改变自然也会引起语言的变迁，而改变了的语言同样会产生新的节奏："如果变化了的生活条件，即伴随文化发展而发生的变化将人们带入新的人与环境的实际关系，语言中遗传下来的概念便不复保存其原始'意义'了。这些概念以与人类活动的界限趋于变化和相互影响相同的节奏，开始发生变化，开始运动起来。"② 作为受语言变化影响最为明显的文学类型之一的诗歌，也会随之进行节奏上的调整。处于社会文化及语言转型之中的晚清诗界革命，在诗歌节奏上就有着鲜明的变化。

一 单一稳定的传统诗歌节奏模式

诗歌是以节奏为生命的一种艺术，古今中外的诗歌概莫能外。但由于语言的特点不同，以不同语言为质料所组合的诗歌的节奏特征也不尽相同。英语是以轻重音为要素的语言，自然以轻重递用作为诗歌的节奏形式；希腊语与拉丁语是以长短音为要素的，其诗歌自然就讲究短长律或长短律；而汉语

---

① 朱光潜：《诗论》，上海古籍出版社2001年版，第102页。
② ［德］恩斯特·卡西尔：《语言与神话》，于晓等译，生活·读书·新知三联书店1988年版，第65页。

第二章　声律节奏传统的失范与自然方向的确立

是以声调作为语音区别标志的，一方面，不同的声调所占用的时长不同，另一方面，四声的不同又可以分别归纳为平仄的不同，因此，汉语声韵的"平仄递用也就是长短递用，平调与升降调或促调递用"①。汉语的节奏因而也是以长短律为要素的。

既然汉语的平仄与节奏有着如此密切的关联，那么诗歌的格律化既可以被视为平仄声律的固定化，同时也可以理解为节奏的规约化。因此，中国传统诗歌声律规则的确立过程，也可以理解为其节奏特点被确定下来的过程："汉语近体诗的'仄仄平平'乃是一种短长律，'平平仄仄'乃是一种长短律。"② 与此同时，近体诗在每首诗的节数、每节的行数乃至每行的字数上的严格限制，更强化和确保了其在节奏上的严密规则。因此可以说，近体诗的节奏特征是与其音韵特点合二为一的。

从每行的字数上看，近体诗可以分为五言诗、七言诗；而从每首诗的节数与行数来看，近体诗又可以分为绝句、律诗和排律。但无论何种形式，其节奏特点都是固定的。唐代日本留学生空海在《文镜秘府论》"诗章中用声法式"中论述了三字句、五字句、六字句、七字句等四种句式的节奏。他指出："凡上一字为一句，下二字为一句；或上二字为一句，下一字为一句，三言。上二字为一句，下三字为一句，五言。上四字为一句，下二字为一句，六言。上四字为一句，下三字为一句，七言。"刘熙载在《艺概·诗概》中说："但论句中自然之节奏，则七言可以上四字作一顿，五言可以上二字作一顿。"这种观点甚至影响了当代的学者，如孙绍振就认为："五七言诗行是我国古典诗歌和民歌的最典型的节奏形式，它的基本成分主要是四言结构（或二言结构）加上三言结构而稳定的连续。我国古典诗歌的丰富形式正是在这两种成分的'基础'上发展起来的。"③ 林庚则把这种节奏特点归纳为"半逗律"："事实上中国诗歌形式从来就都遵守着一条规律，那就是让每个诗行的半中腰都具有一个近于'逗'的作用，我们姑且称这个为'半逗律'，这样自然就把每一个诗行分为近于均匀的两半；不论诗行的长短如何，这上下两半相差总不出一字，

---

① 王力：《汉语诗律学》，上海教育出版社1979年版，第6—7页。
② 同上书，第7页。
③ 孙绍振：《我国古典诗歌节奏的历史发展及其他》，《诗探索》1980年第1期。

或者完全相等。"① 除了这种"一分为二"的划分方法，也有人主张把五七言诗歌的节奏进一步细化，王力先生就指出："近体诗句的节奏，是以每两个音为一节，最后一个音独自成为一节。"② 此外，还有学者在肯定"半逗律"的同时，也分析了"三分法"的优势所在："古代五七言诗句中音顿的划分可以有不同的形式。就五言诗句而言，除上述'二二一'形式（如'床前/明月/光'）外，也可以是粗略的'二三'形式（如'床前/明月光'），比较而言，前一种形式较好，原因有二：第一，它有三个音顿的反复，而节奏单位反复的次数较多，所造成的节奏感就较鲜明、较强烈。第二，它以单音顿结尾，单音顿的声音读得长一点，从而与前面的两个双音顿大致等时，并造成五言诗特有的吟咏调子。古代七言诗句也可以划分为'二二二一'形式（如'昔人/已乘/黄鹤/去'）或'二二三'形式（如'昔人/已乘/黄鹤去'）两种，根据类似的道理，我们认为前一种形式较为优越。"③ 这又是一种诗歌节奏的划分方法。

　　实际上，这两种观点并不存在本质的区别，只不过后者是在前者基础上的进一步细分。"半逗律"所归纳的七言诗"四三"与五言诗"三二"节奏形式，指的是一个诗句在整体上所存在的大的停顿，而在大的停顿内部仍可以存在较为短暂的小停顿，其表现形式就是在"四"与"三"的节拍中各自再分出两节来，这就是七言诗的"二二二一"与五言诗的"二二一"节奏形式。这种细分法之所以能够成立，是与古代汉语自身的特点密切相关的。古代汉语以单音节词为主，即一个音节的汉字一般就是一个能够单独表意的词，而不需要更多的音节（即汉字）就能表达一个相对完整的意义，这种特点无疑给音节的排列组合带来了极大的便利。在诗歌中一字或两字也便是一个语音及意义的停顿点。因此，一字组、二字组在古典诗歌尤其是近体诗中最为常见，甚至形成了一种惯例。而在阅读过程中，为了保证停顿的时间均等即节奏的均匀，无论是"半逗律"还是再进一步

---

　　① 林庚：《关于新诗形式的问题和建议》，载《新诗格律与语言的诗化》，经济日报出版社2000年版，第73页。
　　② 王力：《汉语诗律学》，上海教育出版社1979年版，第75页。
　　③ 陈本益：《汉语诗歌节奏的特点——兼与英语诗歌节奏的特点比较》，《湘潭大学学报》（哲学社会科学版）2006年第1期。

第二章　声律节奏传统的失范与自然方向的确立

细化,最后一个节拍的停顿时间都需要稍稍延长半拍,以补足其实际音节上的空缺。如白居易的《寄殷协律》按照"半逗律"可作如下划分:

　　五岁优游/同过日,一朝消散/似浮云。
　　琴书酒伴/皆抛我,雪月花时/最忆君。
　　几度听鸡/过白日,亦曾骑马/咏红裙。
　　吴娘暮雨/萧萧曲,自别江南/更不闻。

很显然,这种停顿无论在语法上还是在音节上均无障碍,但也存在一个明显的问题,那就是节奏变化不够突出,因而显得有些固定和单调。诗歌的抑扬顿挫的节奏感因而大打折扣。如果进一步细分,则应该表示为:

　　五岁/优游/同过/日,一朝/消散/似浮/云。
　　琴书/酒伴/皆抛/我,雪月/花时/最忆/君。
　　几度/听鸡/过白/日,亦曾/骑马/咏红/裙。
　　吴娘/暮雨/萧萧/曲,自别/江南/更不/闻。

相比较而言,这种划分方法所产生的节奏感比"一分为二"的"半逗律"更为鲜明、突出。但是,这种划分方法也存在一个突出的问题,即语音停顿与语义停顿之间的不同步性。换言之,有些语音停顿割裂了语义的相对完整性。在传统诗歌中这种情形并不鲜见,但它有自身的调节方式:"近体诗中的平仄声律可以保障语义节奏服从语音模式。古风里潜在的二元并列章法亦有一种补救作用,即古人往往只将偶尔不合模式的散文句式排为一'联'里的出句,'对句'则接以典型的模式节奏。这样一来,出于一种欣赏习惯(在连续出现的时间性对偶结构中,处于'偶数地位'且反复出现的声音模式更能引起人们的注意),非规范的语音节奏很容易为规范化的节奏所'消解',所掩盖。"[①] 即是指,在古风的一联之中,只是出句偶尔不合传统诗歌模式的特点,而对句则以典型的节奏形式来弥补、

---

①　康林:《〈尝试集〉的艺术史价值》,《文学评论》1990年第2期。

掩盖这种"不合"。如：

> 弃我去者，昨日之日不可留；
> 乱我心者，今日之日多烦忧。
> ——李白：《宣州谢朓楼饯别校书叔云》

每一联的出句为"二二"节奏的四言句，而对句则分别对应于七言"二二二一"的节奏形式，来补足出句的"出格"之处。由此也可以推论，包括五七言近体诗和古体诗在内的传统诗歌节奏模式是相对固定的。

二 诗歌节奏模式的更新与多变

黄遵宪"用古文家伸缩离合之法以入诗"的诗歌变革目标与实践中已有意尝试诗歌格律上的突围（如上节所述），那么这种格律上的新变在节奏上又体现在哪些方面？

首先，在组成音组的字数上有所变化。

如前所述，五七言近体诗的传统节奏模式分别是"二二二一"（"二二三"）或"二二一"（"二三"）。可见，其音组的组成方式主要是以一字组、二字组和三字组为主，尤其是前两种。这种音组组成方式既和古代汉语自身的特点有关，同时也有利于诗歌节奏的调配组合，以保证其节奏模式的统一与固定。而在诗界革命的创作实践中，这一情形则有所改变，出现了四字组乃至五字组等传统诗歌中所没有的音组形式。如：

> 米北亚拉士加人，面貌酷似中原胎。新蕾我遇水利长，口称新墨西哥稻田开，其地沟洫似中土，定是华人移植回。
> ——康有为《考验太平洋东岸南北美洲皆吾种旧地》

例句中的第一句"米北亚拉士加人"虽然在字数上保持了七个，使之类似于七言诗的外形，但其意义却无法再按照"二二二一"或"二二三"的节奏模式划分，而只能是"米北亚拉士加/人"。类似的例子还有：

第二章 声律节奏传统的失范与自然方向的确立

总之太平洋岸东米洲五万里,落机安底斯以西之草苔,皆吾华遗种之土地,证据确凿无疑猜。

——同上

黄遵宪的《日本杂事诗 一七二》中的:

古佛留铭笔即奇,野人善草史能知。
几行先鸟模糊字,去访那须国造碑。

蒋观云的《长江》中的:

密士失必与尼罗,比较安流两若何。

这些例子中的许多词汇都超过了三个,这无疑会导致诗歌节奏的新变。

有人指出:"一句之中,或多一字,或少一字;一字之中,或用平声,或用仄声;同一平字、仄字,或用阴平、阳平、上声、去声、入声,则音节迥异。故字句为音节之矩。积字成句,积句成章,积章成篇。合而读之,音节见矣;歌而咏之,神气出矣。"(刘大櫆:《论文偶记》)可见,音组中字数的变化对音节乃至整篇诗歌在节奏上的影响是不容低估的。尽管这种多音节的词语在诗界革命中出现的比较少,而且大多为外来专有名词,但它的出现本身就形成了对传统诗歌节奏模式的冲击。这表明,旧的诗歌节奏形式难以容纳新的音组,并预示着诗歌节奏会随着新名词的逐渐增多而随之发生相应的变化。

其次,音组字数的变更势必引起诗歌节奏组建规律的调整。

就传统诗歌而言,因其诗句的音组中音节的稳定,再加上整个诗句字数有特定的要求,因而诗句的音组数目是确定不变的。具体说来,四言诗的每一句有两个音组,五言诗的每一句都应有三个(或两个)音组,而七言诗则有四个(或三个)音组。这一数目是固定不变的。如司马光的《寒食许昌道中寄幕府诸君》:

原上/烟芜/淡复/浓，寂寥/佳节/思无/穷。
竹林/近水/半边/绿，桃树/连村/一片/红。
尽日/解鞍/山店/雨，晚天/回首/酒旗/风。
遥知/幕府/清明/饮，应笑/驰驱/羁旅/中。

但是，由于组成音组的字数或音节数发生了变化，出现了四字组乃至五字组，当它们进入五言诗、七言诗的诗句中，其音顿、节奏也势必会发生相应的变化，从而改变了固定不变的节奏规律。如上述例子中的：

米北亚拉士加人，面貌酷似中原胎。

因为第一句的"米北亚拉士加人"只能包含一个六字组和一个一字组，两个音组即两个音顿，因而在阅读时只能作两个停顿间歇点，即"米北亚拉士加/人"。这显然"与语言的先抑后扬的普通规则相违背"[①]，因而在阅读时给人一种头重脚轻的感觉。而在黄遵宪的另一首诗《续怀人诗 一〇》中：

曾观《菩萨处胎卷》，又访《那须国造碑》。
直引蛇行横蟹足，而今安用此毛锥？

前两句同样只有两个音组，即一个二字组和一个五字组。这两种节奏形式的组合方法显然与传统诗歌的节奏特点大相径庭。

当然，相对于近体诗诗句的字数与诗歌的行数相对固定的特点，杂言诗无论在诗句中的字数还是在诗行数上都更为灵活自由。因其诗句在字数上的不固定，也就自然形成了节奏上的繁复多变。这种诗歌形式在古体诗中并不罕见，因而在古代诗论中也有人对其节奏特点进行过专门的分析。如赵执信在《声调继谱·杂言》中说："杂言所以不列于谱者，以其句法即同于五七言古诗句法也。八字句、九字句、十一字句，不过

[①] 朱光潜：《诗论》，上海古籍出版社2001年版，第153页。

第二章 声律节奏传统的失范与自然方向的确立

因七言古诗扩而充之。"① 今人周寅宾在《论古代诗歌的节奏》中对此进行了更为详细的分析,他指出:"七字以上的长句的节奏,一般是对七字句的节奏'扩而充之',也就是加顿。"具体说来,八字句,一般是在七字句上头加一个一字顿;九字句,一般是在七字句上头加一个二字顿;十字句,一般是在七字句上头加一个"君不见"的三字顿;十一字句,一般是在七字句上头加两个二字顿;十二字句,一般是在七字句上头加一个三字顿和一个二字顿;十三字句,一般是在七字句上头加一个三字顿和一个二字顿。② 这种分析方法相对于传统杂言诗来说,具有极大的合理性及现实应用性。在诗界革命的巨擘黄遵宪的诗作中,也有不少符合这一节奏规律的诗句,如他的《赤穗四十七义士歌》:

一时惊叹争歌讴,观者拜者吊者贺者万花绕冢每日香烟浮,一裙一屐一甲一胄一刀一茅一杖一笠一歌一画手泽珍宝如天球。自从天孙开国首重天琼矛,和魂一传千千秋,况复五百年来武门尚武国多赍育俦。

即使这段文字中出现了前所未有的长达 27 字的诗句,但仍可以按照上述原则将其分解为在七字句头上加了十个二字顿。但是,接下来的诗句尽管稍短,但在对其节奏划分时出现了例外:

到今赤穗义士某某某某四十七人一一名字留,内足光辉大八洲,外亦声明五大洲。

如果按照上述原则分析,则会出现把"四十七人"分割成两个音顿(音组)即"四十/七人"的情况,如果把"七人"与后面的"一一名字留"视为"七字句",则显然割裂了词义的完整性。而在黄遵宪的《感事 其一》

---

① 赵执信:《声调谱》,载王夫之等撰《清诗话》(全二册),中华书局 1963 年版,第 346 页。
② 周寅宾:《论古代诗歌的节奏》,《湖南师范学院学报》(哲学社会科学版) 1983 年第 4 期。

中也出现了类似情况：不符合 N 字顿加七字句节奏模式的诗句：

　　酌君以葡萄千斛之酒，赠君以玫瑰连理之花。
　　饱君以波罗径尺之果，饮君以天竺小团之茶。
　　处君以琉璃层累之屋，乘君以通幰四望之车。
　　送君以金丝压袖之服，延君以锦幔围墙之家。

　　这一诗节中的诗句均为九字句，如果按上述划分方法，应该将其节奏顿法分为一个二字顿和一个七字句。这样一来，七字句上头的二字顿在语义上尚且能够成立，而紧随其后的七字句在音顿的划分上则出现了问题。假若再按照"二二二一"的传统节奏模式来处理，那么将会出现如下情形：

　　酌君/以葡/萄千/斛之/酒，赠君/以玫/瑰连/理之/花。
　　饱君/以波/罗径/尺之/果，饮君/以天/竺小/团之/茶。
　　处君/以琉/璃层/累之/屋，乘君/以通/幰四/望之/车。
　　送君/以金/丝压/袖之/服，延君/以锦/幔围/墙之/家。

　　当然，在传统诗歌的节奏模式中也存在着割裂语义组合而服从语音节奏组合的现象，但像这样在一个诗句中，除最初的二字组与最末的一字组的语音组与语义组对等外，其余的三个二字组均是破裂的语义组的情形并不存在。但是，同样的例子在诗界革命的创作中并不少见：

　　打窗竹几茎，碍路花几队。
　　半秃笔几管，破碎墨几块。
　　　　　　　　　　　——梁启超：《寿姚茫父五十》
　　此世界非公世界，旧朝廷是小朝廷。
　　……
　　　　——西豂生《东游杂感·老僧话棋》，《新民丛报》第三十七号

第二章 声律节奏传统的失范与自然方向的确立

可见，传统诗歌的音组划分方法并不适用于上述例子。换言之，这些诗句的节奏特点已不再契合传统诗歌节奏的划分方法及规律，二者之间的格格不入足以证明，这类诗句的节奏特点开始从传统节奏模式中突围出来。

最后，在诗界革命的创作中还出现了不少在散文中常用的"之""乎""者"等语助词，它们同样对诗歌的传统节奏模式造成了一定的冲击。

20世纪20年代，梁启超论及早期白话新诗时，明确反对"之""乎""者"等这类语助词入诗。他反复强调："试看文言的诗词，'之乎者也'，几乎绝对的不用。为什么呢？就因为他伤气，有妨音节。如今做白话诗的人，满纸的'的么了哩'，试问从哪里得好音节来？我常说，'做白话文有个秘诀'，是'的么了哩'越少用越好，就和文言的'之乎者也'，可省则省，同一个原理。……字句既不修饰，加上许多滥调的语助词，真成了诗的'新八股腔'了。"因此，他得出的结论是："语助词愈少用愈好，多用必致伤气，便像文言诗满纸'之乎者也'，还成个什么诗呢？"① 的确，文言诗歌中较少使用语助词是一个不争的事实。但颇具吊诡性的是，在梁启超所倡导并参与的诗界革命实践中，使用"之""乎""者"等语助词的例子并不少见。如"愿见尔之一日复威名扬志气兮，慰余百年之望眼，消余九结之愁肠"（蒋观云：《醒狮歌》）。如果说这首诗的诗体形式是骚体而不足以说明问题，那么在当时的五七言诗中也不乏类似的例子：

暂依兹土发声悲，自作呻吟敢恨谁。
聊泄奇情歌当哭，多哀怨者亦如斯。（蚓）
——时若：《初夏二新声》，《新民丛报》第三十五号
最适宜者繁，不适宜者仆。
——剑公：《争存》，同上
我说为父者，断勿肖其祖。

---

① 梁启超：《〈晚清两大家诗钞〉题辞》，载《梁启超全集》第17卷，北京出版社1999年版，第4929—4931页。

我说为子者，断勿肖其父。
　　　　　——剑公：《不肖》，《新民丛报》1904年第4期
有幸有不幸，天乎人乎并。
　　　　　　　——观云：《历史》，《新民丛报》第八号
驱之驱之速出城，尾追翻闻饿鸱声。
　　　　　　　　　　——黄遵宪：《悲平壤》
襃赏携手双双至，仙之人兮纷如麻。
　　　　　　　　　——黄遵宪：《感事　其一》

甚至在夏曾佑的《戏赠梁启超》中还出现了"了"这样的现代语助词：

不见佞人三日了，不知为佞去何方。
春光如此不游赏，终日栖栖为底忙？

从表面上看，梁启超不满于白话新诗过多地使用语助词的现象，与诗界革命中众人的实践之间是互相矛盾的。但实际上，黄遵宪等人借助语助词是为了实现对传统诗体的改造，因为语助词本身就暗含着对诗歌节奏的破坏。如"最适宜者繁，不适宜者仆"一句，就因"者"字的介入而使得诗歌的节奏模式发生了变化。进一步讲，如果把语助词比喻为一种新的物种，诗界革命的创作实践是想借助它来维持诗歌生态特别是节奏上的平衡，那么，这种新的物种本身还潜存着对原有生态环境的威胁和破坏，它的繁殖与兴盛足以改变原有的规则与环境。而且，诗界革命者本来就有变革传统诗歌模式及其生态的主观意图与客观实践。但是在白话新诗获得合法性之后，梁启超转向了对其诗意诗味不足的忧虑，警惕的是语助词对诗性诗美的冲击。二者出现的背景不同，因而意义也就有着巨大的差异了。

三　在"放"与"收"之间：早期现代新诗节奏的建构

作为现代白话新诗的最早尝试者，胡适的实践过程经历了一个由古体诗逐渐向自由体诗过渡的过程。这在上一节中已有所论及，兹不赘述。这

第二章 声律节奏传统的失范与自然方向的确立

种转变同样体现在诗歌的节奏上,而且其节奏由固定的传统模式向自由灵活的现代诗歌节奏的这一转换过程,与诗界革命的创作实践有着一脉相承的历程与路向。

在音组的使用上,以外来词汇为主的多音节音组频频介入到胡适的古体诗歌中,这必然也会对诗歌体式所固有的节奏模式形成消解和冲突。如:

> 作歌今送梅君行,狂言人道臣当烹。
> 我自不吐定不快,人言未足为重轻。
> 居东何时游康可,为我一吊爱谋生。
> 更吊霍桑一索虏:此三子者皆峥嵘。
> 应有"烟士披里纯",为君奚囊增琼英。
>
> ——胡适:《送梅觐庄往哈佛大学 三》

在这首诗中,胡适使用的外来词有康可、爱谋生、霍桑、索虏和烟士披里纯等五个。如果说前四者因为音节固定在二、三之间,与汉语音组的组成差别不甚明显,那么"烟士披里纯"这五字组在传统诗歌中是极为稀缺的。它的出现对于诗句自身的结构模式无疑造成了一种解构力量。胡适在自注中解释说:"烟士披里纯,Inspiration,直译有'神来'之意。梁任公以音译之,又为文论之,见《饮冰室自由书》。"① 可见,这一音译外来词语不仅直接取源于梁启超,而且其在诗歌节奏上所起到的"破坏"作用也与诗界革命中的多音节外来词有着异曲同工之妙。类似的例子还有:

> ……
> 旧事三天说不全,且喜皇帝不姓袁。
> 更喜你我都少年,"辟克匿克"来江边。
> 赫贞江水平可怜,树下石上好作筵。

---

① 胡适:《送梅觐庄往哈佛大学 三》,载《胡适文集》(1),人民文学出版社1998年版,第125页。

黄油面包颇新鲜,家乡茶叶不费钱。
吃饱喝胀活神仙,唱个"蝴蝶儿上天"。
作者原注:"辟克匿克,Picnic,携食物出游,即于游处食之之谓也。"①

又如:

赫赫"潭门内",查儿斯茂肥。
大官多党羽,小惠到孤嫠。
有鱼皆上钩,惜米莫偷鸡。
谁人堪敌手,北地一班斯。
作者原注:"查儿斯茂肥(Charles Murphy)者,纽约城民主党首领。"②

显然,这里的三字组(潭门内)、四字组(辟克匿克)、五字组(查儿斯茂肥)已经改变了传统诗歌中的一字组、二字组的音组结构单位,因而它们所在的诗句乃至这首诗歌的节奏模式也会随之而改变。这势必会突破原来的诗歌节奏模式而重构一种更为自由、宽阔的节奏特点,从而催生自由体诗的出现。

如果说这种多音节的音组在诗界革命及胡适的早期古体诗中尚属星星之火,那么在胡适、郭沫若等人的白话新诗中则形成了燎原之势:后者甚至直接挪用未经翻译的外来词语进行诗歌创作。闻一多指出:"他(指郭沫若——注)用原文,并非因为意义不能翻译的关系,乃因音节关系,例如——我是全宇宙的 energy 的总量。像这种地方的的确确是兴会到了,信口而出,到了那地方似乎为音节的圆满起见,一个音节是不够的,于是就以'恩勒结'(energy)三个音代'力'的一个音。无论作者有意地欧化诗体,或无意地失于检点,这总是有点讲不

---

① 胡适:《赠朱经农》,载《胡适文集》(1),人民文学出版社1998年版,第151页。
② 胡适:《纽约杂诗(续)——Tammany Hall》,载《胡适留学日记》(下),安徽教育出版社1999年版,第435页。

第二章 声律节奏传统的失范与自然方向的确立

大过去的。"① 且不论闻一多的观点是否合理，亦也不论这一论点背后所隐含的闻一多与郭沫若在诗歌体式特别是诗歌节奏观念上的差别与是非，单是郭沫若的诗歌实践与闻一多的批评本身就足以证明，多音节的外来词汇对中国传统诗歌乃至自由体诗歌在节奏上所造成的影响，已不仅仅局限于诗歌的传统节奏模式上。如果要探究这一现象的渊源，则无法绕过诗界革命的诗歌实践这一关键环节。

诗界革命中频频出现的"之""乎""者""兮"等语助词，在胡适的早期白话诗中已经转化为"的""着""了""过""吗""呢"等现代汉语的助词了。这在一定程度上也算是现代诗歌与古典诗歌的分野形式之一。如：

> 院子里开着两朵玉兰花，三朵月季花，
> 红的花，紫的花，衬着绿叶，映着日光，怪可爱的。
> 没人看花，花还是可爱；
> 但有我看花，花也好像更可爱了。
> 我不看花，也不怎么，
> 但我看花时，我也更高兴了。
> 还是我因为见了花高兴，故觉得花也高兴呢？
> 还是因为花见了我高兴，故我也高兴呢？
> 人生在世，须使可爱的见了我更可爱，
> 须使我见了可爱的我也更可爱！
>
> ——胡适：《看花》

梁启超对早期白话诗歌中语助词过多的现象的批评，其实也是当时的创作中普遍使用这类词而导致诗歌节奏自由乃至松散的事实的反证。而且，这在后来的诗歌创作中已经成为常态。与多音节词及语助词等所引起的诗歌节奏的变化相对应，胡适还为新诗的节奏建构进行了理论上的论证。他在《谈

---

① 闻一多：《〈女神〉之地方色彩》，载《唐诗杂论 诗与批评》，生活·读书·新知三联书店1999年版，第135页。

新诗》一文中具体阐述了现代白话新诗的节奏特点及发展趋势："诗的音节全靠两个重要分子：一是语气的自然节奏，二是每句内部所用字的自然和谐。""新诗大多数的趋势，依我们看来，是朝着一个公共方向走的。那个方向便是'自然的音节'"。而且，他还具体阐释了现代白话体诗歌的节奏特点："新体诗句子的长短，是无定的；就是句里的节奏，也是依着意义的自然区分与文法的自然区分来分析的。白话里的多音字比文言多得多，并且不止两个字的联合，故往往有三个字为一节，或四五个字为一节的。"①

尽管人们对胡适的"自然的音节"这一提法的理解和评判还存在着一定的分歧，但其意义至少在这一层面应该得到认可，这就是由于传统诗歌与现代诗歌在语言形式上——单音词与双音词乃至多音词的差异，导致诗句在停顿时越来越偏重于对音节的完整意义的考量，而不至于出现生硬地割裂一个完整语义的现象。这也恰恰是传统诗歌的节奏划分方法与现代诗歌的不同之处。胡适之外，康白情也指出新诗应该"自由成章而没有一定的格律，切自然的音节而不拘音韵，贵质朴而不讲雕琢，以白话入行而不尚典雅"。而且，他进一步强调，散文与诗"本没有什么形式的分别，不过主情为诗底特质，音节也是表现于诗里的多"②。在此基础上，郭沫若更为自觉、更为明确地拓展出了诗歌"内在律"的理论与实践的问题，并且成为此后戴望舒、艾青等现代诗人的发展路向。③

如果说现代自由体白话诗在节奏上的发展是起步于诗界革命并远远超越了诗界革命，那么现代格律诗的节奏建设，则与诗界革命中那些相对"传统"的诗歌的节奏特征保持着更为亲密的关系。无论是闻一多借助"音步"的概念来创建现代格律诗节奏模式的倡导与实践，还是徐志摩、朱湘乃至此后的何其芳、卞之琳、林庚等借助"顿"的概念和传统诗歌的节奏资源，进行现代格律诗节奏上的拓展，其实都是在寻求以包括节奏在

---

① 胡适：《谈新诗——八年来一件大事》，载《胡适文集》（3），人民文学出版社1998年版，第141—143页。

② 康白情：《新诗底我见》，载杨匡汉、刘福春编《中国现代诗论》（上），花城出版社1985年版，第33页。

③ 参见吕周聚、胡峰等著《中国现代诗歌文体多维透视》，山东人民出版社2009年版，第173—177页。

第二章 声律节奏传统的失范与自然方向的确立

内的诗歌本体要素与更为丰富的思想与情感的最佳契合点。也就是戴着节奏及形式的"镣铐",跳出能够供现代人欣赏的舞蹈——这是他们孜孜探寻的方向和目标。这种以"旧形式"容纳"新意境"的尝试在诗界革命创作中得到了充分的证明。

综上所述,诗界革命在诗歌韵律及节奏上的调整与更新的意义是双重的:它既在继承与改造传统的同时开启了现代格律诗发展的通道,又在此基础上催生并启发了现代自由体诗的诞生。而现代自由体诗和现代格律诗的同时并存与此消彼长,贯穿于整个中国现代诗歌发展的历程中。而且,诗歌声律节奏的变革不仅作用于诗歌节奏及体式的变化,同时,"就诗歌而言,一种新的节奏意味着一种新的思想"[①]。新的诗歌声律节奏催生了它所承载与传达的思想情感、观念意识的更新。就此而论,诗界革命在诗歌声律节奏上的突破与新建,足以成为现代诗歌的两种主要诗体形式,乃至新诗思想的发生场域与资源谱系的重要组成部分。

---

① 胡适:《印象派诗人的六条原理》,载《胡适留学日记》(下),安徽教育出版社 1999 年版,第 445—446 页。

第三章

现代意象的创造及诗歌功能的拓展

除了语言、声韵节奏之外，意象同样是诗歌本体的必备要素之一。早在上古神话中就出现了意象符号。郭璞在《注〈山海经〉叙》中指出："游魂灵怪，触象而构"，"圣皇原化以极变，象物以应怪，鉴无滞赜，曲尽幽情"。① 可见，尽管"意象"这一概念尚未出现，但它已经成为神话建构的主要方式与重要质素。春秋时期的老子在哲学层面上强调了"象"的重要性："道之为物，惟恍惟惚。惚兮恍兮，其中有物。"（《老子》章二十一）他甚至以"象"作为联系形而下与形而上境界的中介："执大象，天下往。"（《老子》章三十五）后来，《易传》指出了"意""象"之间的关系："子曰：'书不尽言，言不尽意。'然则圣人之意其不可见乎？子曰：'圣人立象以尽意，设卦以尽情伪，系辞焉以尽其言，变而通之以尽利，鼓之舞之以尽神。'"（《易传·系辞上传》）这里把"立象"作为"尽意"的方式和途径，从而在"意"和"象"之间建立起逻辑关系。而对这一逻辑关系做进一步展开与深入论述的是魏晋时期的王弼，他在《周易略例·明象篇》中说：

夫象者，出意者也；言者，明象者也。尽意莫若象，尽象莫若

---

① 袁珂校注：《山海经校注》，巴蜀书社1992年版，第543页。

第三章 现代意象的创造及诗歌功能的拓展

言。言生于象,故可寻言以观象;象生于意,故可寻象以观意。意以象尽,象以言著。故言者所以明象,得象而忘言;象者所以存意,得意而忘象。①

在王弼看来,"象"是"意"的高级层次,而"言"又是"象"的高一级层次。三者之间这种层递式互动关系的中心环节就是"象"。有人指出:"言、象互动,传达以'道'为核心的文化观念——'意',这种文化传播方式的久远运行,带来了双向后果:一方面,使中国人的构象能力、对'象'的感悟能力,都得到充分的发展;使中国人对事物之间的关系、联系,特别是功能性的联系,极其敏感;对'象'的感悟能上升为形而上的'理性直观';另一方面,却也阻滞了语言逻辑功能的发展,而隐喻、象征的暗示功能则发挥得淋漓尽致,使其带有浓重的诗性色彩。"② 这显然可以视为对中国传统思维方式以"形象思维"见长的注脚之一,同时也可以帮助理解中国传统诗歌以"意象"为核心的哲学基础。东汉时期的王充首次把"意象"作为一个整体概念使用:"夫画布为熊麋之象,名布为侯,礼贵意象,示义取名也。"(王充:《论衡·乱龙篇》)而第一次引领"意象"一词进入文学范畴的是南朝的文艺理论家刘勰,他在《文心雕龙·神思》中谈到艺术构思时说道:"独照之匠,窥意象而运斤。"③ 这其实也是对意象在文学构思中的地位的肯定。而且,他在《比兴》中说:"比者,附也;兴者,起也。""比"是指"盖写物以附意,扬言以切事者也。"④ 这其实已经指出了"意象"的基本内涵与特征。以创造意象为基本手法的中国诗歌传统被历代诗人及诗论家们所重视并延续了下来,如王夫之指出:"情景虽有在心在物之分,而景生情,情生景,哀乐之融,荣悴之迎,互藏其宅","夫景以情合,情以景生,初不相离,唯意所适"(王夫之:《夕堂永日绪论内编》)。在此处,他强调的是情景交融的重要性,而实现这一目的的方法和手段就是"兴会":"一用兴会标举成诗,自然情景俱

---

① 王弼、韩康伯注:《周易王韩注》,岳麓书社1993年版,第251页。
② 汪裕雄:《意象探源》,安徽教育出版社1996年版,第17页。
③ 王运熙、周锋撰:《文心雕龙译注》,上海古籍出版社2012年版,第183页。
④ 同上书,第240、241页。

到。恃情景者不能得情景也。"(《明诗评选》评袁凯《春日溪上书怀》诗语)这其实也是对意象的补充解释。刘熙载在《艺概·诗概》中说:"山之精神写不出,以烟霞写之。春之精神写不出,以草树写之。"① 与王夫之的情景说有异曲同工之妙。由此可见,意象已经成为历代诗歌创作与理论批评的核心概念之一。

不仅如此,现代诗歌创作同样重视意象的塑造。无论是最早尝试白话诗的胡适,还是从西方浪漫主义诗歌中汲取营养的郭沫若,即使是被称为"诗怪"的李金发,都同样注重诗歌意象的创设;更不消说继承和发扬中国传统诗歌意象传统的新月派诗人闻一多、现代派诗人戴望舒、散文诗创作的高峰诗人艾青等。但应该指出的是,现代诗歌与传统诗歌的区别,不仅表现在语言、诗体形式等直观层面上,更表现在诗歌意象的采纳、构造与使用等方面。包括对传统意象稳定结构的破坏、新鲜诗歌意象的创造,乃至意象的排列组合等。这种诗歌意象由传统向现代的过渡与转型,在梁启超等所倡导并参与的诗界革命中得到了充分体现。

需要指出的是,尽管意象一词的渊源久远,而且在中国传统诗歌中的地位几乎达到了不可或缺的程度,但不同的诗人与诗评家所使用的"意象"一词在外延与内涵方面存在着明显的差异:有人用来指诗中的局部情境,也有人指某一特定物象;而且,这种理解上的分歧甚至延续至今。为了避免使用上的歧义与误解,蒋寅在《古典诗学的现代诠释》中指出:

> 意象之所以被理解为"意中之象",首先意味着处于抒情主体的观照中,亦即在诗意的观照中呈现。它具有克罗齐的"直觉"的特征……意象就是对象化了的知觉呈现,这种呈现需要德里达所谓的"生成空间"(becoming space),在语言表达上也就是进入一种陈述状态。所以意象的本质可以说是被诗意观照的事物,也就是诗歌语境中处于被陈述状态的事物,名物因进入诗的语境、被描述而赋予诗性意义,同时其感觉表象也被具体化。②

---

① 刘熙载著,王气中笺注:《艺概笺注》,贵州人民出版社1986年版,第243页。
② 蒋寅:《古典诗学的现代诠释》,中华书局2003年版,第20—21页。

第三章　现代意象的创造及诗歌功能的拓展

由此，他认为"意象是经作者情感和意识加工的由一个或多个语象组成、具有某种诗意自足性的语象结构，是构成诗歌本文的组成部分"[①]。简单说来，意象是诗歌中经过诗人的筛选与加工，寄寓着诗人的情思与主观意图的事物，即传达诗人之（情）"意"的（物）"象"。很显然，这种物象因诗人主观情感的渗透与浸染已经有别于客观的事物，并因为与特定情绪的融合而成为诗歌自足性的本体结构要素。传统诗歌也正是凭着这些具有形象性与情感性的意象材料，才搭建起了诗性的情思世界与艺术空间。相反，如果意象发生改变，那么包括诗歌本体在内的所有特点及功能也会随之做出调整。正是基于对意象的这种理解，本文认为，诗界革命的诗歌创作中的"意象"开始出现了由古典向现代的过渡与转型。

第一节　物态化意象的丰富与新变

在古代汉语中，词汇以单音节为主，"意象"一词同样包含着"意"与"象"两个层面的含义。尽管王充、刘勰等是把"意象"作为一个整体来使用的，但后来将"意"与"象"分开来对待的诗人及诗论家仍不乏其人。如唐代皎然在《诗式》卷一"团扇二篇"中所提倡的"假象见意"，即是以"象"达"意"、附"意"于"象"的例证。即使在现代诗学范畴内，意象也离不开"物象"与"诗意"的交汇与融合。因此，意象的变化既可以表现为"象"的更新，即新鲜物象的涌现，又可以通过在原有物象上寄寓新颖的思想情感而表现出来。当然，按照排列组合的原理，理论上还存在第三种情形，即"象"与"意"同时发生变化的情况。但实际上，前两种情形中的任何一种要素（即意象中的"意"或"象"）发生变化，都会促使诗歌意象结构乃至整个意象的性质发生新变。鉴于此，诗界革命的创作实践中出现的诗歌意象由传统向现代的转型，可以分别从"意"和"象"两个层面进行考察。

[①] 蒋寅：《古典诗学的现代诠释》，中华书局2003年版，第27页。

诗界革命：中国现代新诗的萌蘖

一 新"象"的变化

早在诗界革命发生的三十多年前的洋务运动中，国人闻之未闻、见所未见的外来事物开始进入中国，给人们带来了耳目一新的感触与体验。诗界革命发生之际，三四十年的开放经验与积累，已经使中国知识分子逐渐接受这些外来事物。而且，这一开放、引介的思路并未随着洋务运动的失败而终止，而是一直持续了下去。可以说，诗界革命发生与发展就是在这一思想开放、文化引介的背景下进行的。因此，在诗人们逐渐熟悉并接纳了新鲜事物之后，将这些新异事物纳入诗歌创作的素材范畴，再加以主观改造和情感渗透，使之转化为新的诗歌意象也就成为可能。

其实，早在诗界革命发生之前，就已有人做过这方面的尝试。如："车翻墨海转轮圆，百种奇编宇内传。忙杀老牛浑未解，不耕禾陇耕书田。"（孙融：《洋泾浜杂诗》）以牛为动力的印刷机是当时的中国人未曾见过的新事物，它所传达出的情感内容自然也是一种新异的体验。这显然是创造新意象的成功例子。尽管如此，诗界革命中仍有不少人在创造新意象的过程中经历过波折。1896年前后，夏曾佑、谭嗣同、梁启超等人受纷涌而至的新学的影响，创作了大量"挦扯新名词以表自异"的新学诗。如夏曾佑（穗卿）的绝句："冰期世界太清凉，洪水茫茫下土方。巴别塔前分种教，人天从此感参商。"其中"冰期、洪水，用地质学家言。巴别塔云云，用《旧约》述闪、含、雅弗分辟三洲事也"。而"帝子采云归北渚，元花门石镇欧东。□□□□□□□，一例低头向六龙"。"六龙冉冉帝之势，三统芒芒轨正长。板板上天有元子，亭亭我主号文王"中的"帝子者，指耶稣基督自言上帝之子也。元花云云，指回教摩诃末也。六龙，指孔子也"。文王同样是孔子的徽号之一。① 谭嗣同也有"纲伦惨以喀私德，法会盛于巴力门"（《金陵听说法》）等以新名词入诗的例子。梁启超等人对待这种新学诗的态度，经历了由当时的沾沾自喜到后来的颇觉可笑与反思的

---

① 梁启超：《饮冰室诗话》六十一，载《梁启超全集》第18卷，北京出版社1999年版，第5326—5327页。

第三章 现代意象的创造及诗歌功能的拓展

转变过程。内中原因,既有这类诗歌本身存在的阅读接受上的难度,同时也是由于这些新名词尚未被作者真正融化吸收,没有能够成功地转化为诗歌意象所造成的。因为梁启超深深懂得,仅有新名词的堆砌而无情感的渗透与浸染,是难以形成诗歌意象的,因而也是难以构成诗歌本体的。他在《夏威夷游记》中指出:谭嗣同晚年的新体诗"已渐成七字句之语录,不甚肖诗"①,即表明了他对诗歌意象的理解并非仅仅局限于名物自身,而是既包含了"物象",同时又包含了"情意"的相互融合的两个方面。这也正是梁启超在此后的诗界革命中一直念念不忘"旧风格"的原因之所在。

尽管"新学诗"在新颖的诗歌意象的创造实践方面并未取得成功,但这次尝试的积极意义与开拓价值,被诗界革命的主将们继承下来并发扬光大。被梁启超推崇备至的黄遵宪,在诗界革命的口号正式提出之前就引领新鲜物象入诗,而且成功地将其转化为"物""情"交融的诗歌意象,从而为意象范畴的拓展奠定了基础。这方面最典型的例子莫过于他的《日本杂事诗》。诗集中对日本政治、经济、历史、民俗乃至动植物名称等的描摹与绘写,既有"足以资考证"的史料价值,同时也有对诗歌意象的重构与新建的开创意义。如:

维摩丈室洁无尘,药鼎茶瓯布置匀。
导脉竹筵窥脏镜,终输扁鹊见垣人。
——黄遵宪:《日本杂事诗 卷一 五〇》

这首诗是以日本的医院作为描写意象的。诗人细腻地刻画了医院内的诊室、药房整洁有序的布置,同时也描绘了医生看病所使用的诊疗设备即导脉竹筵与窥脏镜。尽管诗人从情感态度上对西医多少存在着轻视,认为其神妙之处不如以扁鹊为代表的中医,但西式医院及其诊疗设备进入诗歌本身就足以表明:作者的知识视野已经超越了封闭在国内的传统诗人所固守的狭小范围,对西方医学设施也有了新的认知和了解;而更重要的是,

---

① 梁启超:《夏威夷游记》,载《梁启超全集》第4卷,北京出版社1999年版,第1219页。

诗界革命：中国现代新诗的萌蘖

这些诗歌意象本身就是诗人情感体验的产物，它的出现标志着创作主体精神意识与主观世界的拓展与更新。

> 博物千间广厦开，纵观如到宝山来。
> 摩挲铜狄惊奇事，亲见委奴汉印来。
> ——黄遵宪：《日本杂事诗 卷一 五一》

诗歌以博物馆作为诗歌意象，描写了其气势的庞大、收藏的丰硕珍贵，同时还具体描写了其中收藏的一方汉代金印。这些新鲜意象不仅能使人"广见闻，增智慧"，而且激发起了诗人的考古兴趣，吸引诗人亲自去稽考金印的出处与史事。可见，这种新拓展的诗歌意象，既具有新奇、开阔的视野效果，同时也能够引起人们参与现代化实践活动的浓厚兴趣。

> 欲言古事读旧史，欲知今事看新闻。
> 九流百家无不有，六合之内同此文。
> ——黄遵宪：《日本杂事诗 卷一 五三》

这首诗是以新闻这一现代传播文体作为诗歌意象的。毫无疑问，这一意象只能出现在现代印刷术发达的时代，而且它本身就是社会现代化的重要标志之一。新闻在信息传播上具有快速、便捷以及范围广等特点，不仅引起了诗人黄遵宪的惊羡，而且还促使他本人积极参与到新闻行业中。诗界革命的发生与兴盛，离不开《清议报》《新民丛报》《新小说》等报刊的支撑。从这一意义而言，诗界革命的现代性特征已经显露出来。此外，日本效仿西方所采纳的留学生制度（《日本杂事诗》卷一 五五）、女子师范教育（《日本杂事诗》卷一 五八、五九）、幼儿园教育（《日本杂事诗》卷一 六〇）等诸多现代体制、机构与设施都被黄遵宪有效地转化为意象而应用到诗歌创作中。这种前所未有的新鲜意象对诗人以及读者所产生的影响，不仅仅表现为视觉上的新颖及视野上的拓展，同时更是情感体验与精神意识由传统向现代转变的动力与表征。因此，无论是在诗歌内部结构的层面上，还是在诗人对诗歌功能的重新认知乃至思想观念、情感意

第三章 现代意象的创造及诗歌功能的拓展

识等层面上,新意象的作用都不容低估。

在黄遵宪的《日本杂事诗》之外,诗界革命的其他诗人同样营造出众多传统诗歌中未曾有过的新鲜意象。如康有为在1899年4月自加拿大赴英国途中遇到北冰洋上的冰山时创作的一首诗:

> 冰海凝寒横北极,积雪万里大地白。仲夏冻气渐消释,轰然迸解如天裂。光怪各成峰峦出,块磊海波互击啮,随波浩荡去穷发。飞轮浩浩忽逢之,惊怪海岛生变疾。疑是共工摧不周,天柱散坠半段折;或疑蓬莱分左股,浮来海西自飘撇。是时旭气腾海上,光彩相射更晶澈。两峰中流疑水晶,雪涛喷激逾皎洁。玉山千丈照白日,云气晴明无掩失。平生浪说瑶岛名,今日见之岂恍惚?东峰长方似方壶,西峰圆如员峤窟,顶平亦复似瓴甊,可有神潢白于雪?藐姑仙子羽衣裳,身跨白凤佩明珰,左把鸿蒙右云将,翩翩汗漫游其旁。皓鹤吟啄瑶草芳,应结琼楼宿其上,日泛银海同徜徉。手执琼枝饮瑶浆,冰肌玉骨生清凉,无有渣秽谢文章。万岁千秋乐未央,须臾变灭计亦良,神明独在太清长。
>
> ——康有为:《四月乘船渡大西洋近北极,晓见二冰山,高百丈,自北冰海流来者。船人倾视,诚瑰玮大观也》

诗中所描绘的这种冰山奇观,唯有游历海外、亲历其境的诗人才能写出。除了把异域的自然景观转化为诗歌意象之外,康有为还把西方科学技术的发明创造整合为诗歌意象:

> 汽机创自英华戍,水火相推自生力,汽船铁轨自飞驰,缩地通天难推测。万千制造师用之,卷翻天地先创极,汽机制器日日新,凡十九万五千式,力比人马三十倍,进化神速可例识。穷山野人地铺毯,琉璃作杯潋滟碧。云际峰峦辟园囿,转车骤上无顷刻。我今周游全地球,足迹踏遍卅余国,文野诡奇尽见之,吾华前哲无此福。游苏格兰见公像,惟公赐我生感激,巧夺造化代天工,制新世界真大德。华戍生后世光华,华戍未生世暗塞。美哉

神功在地球，永永歌颂我心恻！

——康有为：《游苏格兰京噫颠堡，见创汽机者花忒像，感颂神功不可忘也》

因此，无论是作为自然景物的"冰山"意象，还是作为科技进步成果的"蒸汽机"，都是中国传统诗歌中前所未有的意象。它们不仅填补了中国诗歌意象的空白，而且也体现出中国知识分子经历的丰富与眼界的开阔，其带来的不同的精神体验更是显示出现代性的内涵。

这种新的诗歌意象对于读者的影响同样具有重要的意义。陈独秀在谈到他对康有为、梁启超的政论文章的印象时说："吾辈少时，读八股，讲旧学，每疾视士大夫习欧文谈新学者，以为皆洋奴，名教所不容也；前读康先生及其徒梁任公之文章，始恍然于域外之政教学术，粲然可观，茅塞顿开，觉昨非而今是。吾辈今日得稍有世界知识，其源泉乃康，梁二先生之赐。是二先生维新觉世之功，吾国近代文明史所应大书特书者矣。"① 陈独秀的这段颇具代表性的评论，强调的是新知识的影响，同样适用于新的诗歌意象对于时人乃至后来者的启蒙作用。这种启蒙，不仅是对政教学术概念的了解，更重要的是对其学理、思想的认同及情感上的共鸣。

二 新"意"的增生

如前所述，诗歌意象并非由客观事物直接转化而来，它必须经过诗人主观情感的渗透、加工与改造。因此，只有浸染并寄托了诗人的价值观念、情感评价的物象，才有可能成为"意象"。不仅诗歌如此，在中国上古神话乃至早期的哲学著作《周易》中的"象"也与"情"有着密切的关联："'圣人'设卦、观象、系辞，全出于'正天地'的宏愿，而'正天地'，又全出于对人的命运的关怀。……非但'意象'渗进了人的情感、愿望和意向，'易辞'也同样表达着人的情感、愿望和意向，即所谓'圣

---

① 陈独秀：《驳康有为致总统总理书》，《新青年》1916年第2卷第2期。

第三章 现代意象的创造及诗歌功能的拓展

人之情见乎辞'。"① 可见,"象"与"意"结缘之久远及其关系之紧密。

夏曾佑、谭嗣同、梁启超等人所实践的新学诗失败了,但它为此后诗歌意象的创造与运用提供了必要的经验与教训。梁启超认为,仅搬运新名词未必称得上诗,但在"捋扯"进诗歌的"新名词"中渗透情感,则不失为创造新的诗歌意象的一条新路。除此之外,在既有的诗歌意象的基础上寄托、表达新的情感体验是否也能够创造出新的意象?黄遵宪、梁启超等人在诗界革命中的实践同样证明了此路可行。

早在1873年,黄遵宪在给周朗山的信中就谈到诗歌的创新问题,他指出:

> 遵宪窃谓诗之兴,自古至今,而其变极尽矣。虽有奇才异能英伟之士,率意远思,无有能出其范围者。虽然,诗固无古今也,苟出天地、日月、星辰、风云、雷雨、草木、禽鱼之日出其态以尝(当)我者,不穷也。悲、忧、喜、欣、戚、思念、无聊、不平之出于人心者,无尽也。治乱、兴亡、聚散、离合、生死、贫贱、富贵之出而(?)我者,不同也。苟能即身之所遇,目之所见,耳之所闻,而笔之于诗,何必古人?我自有我之诗者在矣。……
>
> 吾今日所遇之时,所历之境,所思之人,所发之思,不先不后,而我在焉。前望古人,后望来者,无得与吾争之者。而我顾其情,舍而从人,何其无志也?虽然,吾身之所遇,吾目之所见,吾耳之所闻,吾愿笔之于诗,而或者其力有未能,则不得不藉古人而扶助之,而张大之,则今宪所为,皆宪之诗也。先生顾其情,性情意气,可得其大概。至笔之于诗,则力有未能,则藉古人者,又后此事。②

这段文字表明,黄遵宪并没有一味地否定亘古存在的天地、日月、星辰、风云、雷雨、草木、禽鱼等自然现象与事物继续作为诗歌意象的使用价值,甚至对人类普遍存在的各种情感,如悲、忧、喜、欣、戚、思念、

---

① 汪裕雄:《意象探源》,安徽教育出版社1996年版,第151页。
② 黄遵宪:《致周朗山函》,载陈铮编《黄遵宪全集》(上),中华书局2005年版,第291—292页。

无聊、不平,以及人生境遇如治乱、兴亡、聚散、离合、生死、贫贱、富贵等同样予以肯定。这些内容、情感或者意象,并不因其年代的久远而成为诗歌创新的障碍,相反,他更强调个人即"我"的主体意识在诗歌创作中的介入与彰显。"即身之所遇,目之所见,耳之所闻,而笔之于诗",实现"我自有我之诗者在"的效果。换言之,在诗歌创新方面,他更多地关注个体情感及体验的独特之处与真实表达,而不是描写对象的新旧。对应于诗歌意象,也可以理解为黄遵宪在追求"物象"的新旧与更替的同时,也重视诗人情感与观念即"意"的转变。这与王韬的观点表现出惊人的一致性:"余谓诗之奇者,不在格奇句奇,而在意奇……必先见我之所独见,而后乃能言之所未言。夫尊韩推杜,则不离于模拟;模山范水,则不脱于蹊径;俪青配白,则不出于词藻;皆未足以奇也。盖以山川风月花木虫鱼,尽人所同见;君臣父子夫妇朋友,尽人所同具;而能以一己之神明入乎其中,则历千古而常新,而后始得称之为奇。"① 与通过新物象来完成新意象的方法与路径相比,这种创新的策略与思路,更体现出诗人思想意识与情感体验的更新与透彻。就黄遵宪而言,即使在他描写海外风物见闻的《日本杂事诗》中,也有一些诗歌并不刻意追求新名词、新物象的描摹与刻绘,而着意于以创作主体的独特与新颖的情感和评价态度,穿透既有物象,使之转化为新意象并进而营构出新意境。如《日本杂事诗 卷一 五八》:

深院梧桐养凤凰,牙签锦帨浴恩光。
绣衣照路鸾舆降,早有雏姬扫玉床。

诗中的梧桐、凤凰、鸾舆、玉床等物象,在传统诗歌中习以常见,但作者借助它们构筑的整体意象,却是日本的女子师范学校的生活情景。这种现代意味极强的诗歌意象所触动和激发的情感,自然也是传统知识分子所不能感知和体验到的。与之相似的还有描写日本幼儿园情形的:

---

① 王韬:《跋漱村诗集后》,载《弢园文录外编》(卷11),中华书局1959年版,第326页。

第三章 现代意象的创造及诗歌功能的拓展

> 联袂游鱼逐队嬉,捧书挟策雁行随。
> 打头凿栗惊呼薯,怅忆儿童逃学时。
>
> ——黄遵宪:《日本杂事诗 卷一 六〇》

与此同时,诗界革命中的其他诗人也以"旧"物象来寄托新情感,从而实现诗歌意象的转化与更新。如在《新民丛报》第三十一号上登载的两首诗,其中一首是:

> 此发非种种,壮志岂无为。此发或星星,千钧亦系之。胡为乎草薙禽狝顷刻尽,把镜自鉴笑我痴。会须持发圈定三百九十万方里之界线,更作四万万支那国民之朱丝。酒酣冷眼看世界,黄种岌岌乎可危。我欲登高呼醒病夫之睡梦,此发可断志不移。英雄贵须脱纠缚,劫灰飞净将有时。
>
> ——剑啸生:《去发感赋》

以头发这种传统意象进行创作的现象在中国诗歌史上并不罕见:既有特指女子头发的"云鬓",如"当窗理云鬓"(《乐府诗集·木兰诗》)、"云鬓花颜金步摇"(白居易《长恨歌》)、"晓镜但愁云鬓改"(李商隐《无题》);也有与少年相关的"黄发垂髫";以及"高堂明镜悲白发"(李白《将进酒》)、"白发三千丈"(李白《秋浦歌》)等诗句中与时间流逝、悲愁相关联的"白发"等。但在《去发感赋》一诗中不仅摆脱了"身体发肤,受之父母。不敢毁伤,孝之始也"(《孝经》)的传统孝道观念,同时也偏离了借"头发"写哀愁思念之情的传统情感模式,而是把"头发"与现代民族主义意识结合起来,从而赋予其新的内涵与情感。另一首是署名"贺春"的《粤梅秋放和友人(原唱为女权作也)》:

> 南国菁华发达先,本来天女最雄妍。花神自有回天力,莫任东风再弄权。
>
> 南枝先发不知秋,开破人间一段愁。有好原因好结果,美人慧绝早回头。

岭上由来产异才，胚胎新种亦奇哉。现身天女说新法，唤起百花魂莫哀。

夺胎换骨妙文章，寄语芳魂莫断肠。顷刻翻新花世界，千红万紫尽来王。

这首诗同样没有多少新名词和新物象，而是仍然借助"花"这一熟悉的意象来写女子。但诗人把"梅花"这一意象与女权意识联系起来，在这一物象上寄寓了张扬女权、鼓吹女性地位的思想情感。其中蕴含的现代性意识与情愫，很容易被读者品读出来。

在物象不变的情况下，之所以会出现这种传统意象被"改造"成新意象的情况，一方面是因为诗歌意象本身所具有的非独立性。正如有人分析的那样：意象所表达的情感和意义要受诗歌中与之相关联的其他意象以及整体语境的影响。①"把一个柠檬放在一个橘子旁边，它们就不再是一个柠檬和一个橘子了，而变成了水果。"② 换言之，"一件事物，当它处于关系中时，它就可能改变自己的固有性质，与他物构成超越自身性质的关系，这关系自己就是一个新的客体"③。因此，不同的意象组合在一起，就会使各自的含义及情感发生相应的变化；同时，诗歌所要表达的整体意图与情感，同样会对其中的意象加以改造和规约，使之成为服务于整体语境的新意象。

另一方面，传统物象一再被重新唤起与征用还有其内在的原因。瑞士心理学家荣格认为：创造过程本身就"包含着对某一原型意象的无意识的激活，以及将该意象精雕细琢地铸造到整个作品中去。通过给它赋以形式的努力，艺术家将它转译成了现有语言，并因此而使我们找到了回返最深邃的生命源头的途径。"而且，"艺术家以不倦的努力回溯于无意识的原始意象，这恰恰为现代的畸形化和片面化提供了最好的补偿。艺术家把握住

---

① 吴晓：《意象符号与情感空间——诗学新解》，中国社会科学出版社1990年版，第28—29页。
② 转引自［美］鲁道夫·阿恩海姆《艺术与视知觉》，滕守尧等译，中国社会科学出版社1984年版，第636页。
③ 叶朗：《现代美学体系》，北京大学出版社1988年版，第16页。

这些意象，把它们从无意识的深渊中发掘出来，赋以意识的价值，并经过转化使之能为他的同时代人的心灵所理解和接受。"① 其实无论是哪一种情形，被重新唤起与排列组合的意象，都会在情感内蕴上发生变化，从而成为一种适用于当下诗人表情达意的新意象。这也是诗界革命以及整个现代诗歌发展史上始终存在着一些似曾相识但情意内蕴已发生改变的诗歌意象的原因。

三 意象传统"常"与变的辩证关系

当然，并非所有的物象与情感都可以从传统与现代的层面上加以区分。进一步讲，即使能够区分，意象也不存在高低优劣、先进与落后的绝对价值差异。这既是由自然物象如日月星辰、江川河岳等本身超越时空的特性所决定的，同时也与人类的情感如悲喜忧思、惊怒狂愤等具有亘古不变的恒常性密切相关。以既有的物象承载人类普遍存在的情感与内蕴的创造手段，不仅在诗界革命创作中存在，即使在整个现代诗歌发展过程，乃至未来的诗歌创作中仍然会顽强地存在。郑振铎曾经指出："文艺的本身原无什么新与旧之别，好的文艺作品，譬若新的朝曦，皎洁的夜月，翠绿的松林，澄明的碧湖，今天看他是如此的可爱，明天看他也是如此的可爱，今天看他是如此的美丽，明年乃至数年之后看他，也仍是如此的美丽。"这些可以作为意象原型的自然景物显然是穿越古今、新旧的界线的。因此，"所谓'新'与旧的话，并不用为评估文艺的本身的价值，乃用为指明文艺的正路的路牌"②。诗界革命中对传统诗歌意象的承继与改造，同样也不能简单地以古/今、先进/落后进行区分，而应该联系整个语境来把握其内涵。

作为早期白话诗的倡导者与实践者，胡适极为重视对诗歌意象的塑造与使用。他在《谈新诗》中指出："诗需要用具体的做法，不可用抽象的说法。凡是好诗，都是具体的；越偏向具体的，越有诗意诗味。凡是好

---

① ［瑞士］G. G. 荣格：《论分析心理学与诗的关系》，载叶舒宪编《神话——原型批评》，陕西师范大学出版社1987年版，第101—102页。
② 郑振铎：《新与旧》，《文选》1924年第136期。

诗,都能使我们脑子里发生一种——或许多种——明显逼人的影像,这便是诗的具体性。"当然,胡适并非单纯强调视觉上的影像效果,而是"还有引起听官里的明了感觉的"及"能引起读者浑身的感觉的"意象①。实际上,他在很多情况下也是以追求具体可感的意象创造为目标来进行诗歌创作的,如《鸽子》《看花》《一颗星儿》等诗篇即是如此。不少论者把胡适关注诗歌意象创造的动因归结于英美意象派诗歌运动的影响,这一观点看似合理但不够全面。因为中国诗歌的意象创造意识与策略,已经形成了一种悠久的诗学传统,它与中国人的思维方式、生活习惯、语言特征等因素都有着难以割舍的勾连。正如有学者指出的那样:"作为中国语言文化组成部分之一的中国新诗,它对传统的所有背离行为终究还是在传统之中进行的,剔除、删减了某些传统,又组合运用了另外一些传统,并且还继续形成着属于中国诗歌文化的新的传统,外来文化的刺激和影响最终也还是要通过传统语言、传统心理的涵养和接受表现出来。从这个意义上讲,反传统永远不等于两种文化的简单碰撞与冲突,它的实质是对传统的再发现、再认识和再结构。"② 现代诗歌中的意象创造,就是在承继传统意象的同时,又通过吸纳新的物象,或在原有物象上寄寓新的思想与情感来完成新的意象塑造的。

如果说郭沫若在《女神》中侧重于以令人耳目一新的新颖物象为基础,并将其成功转化为现代诗歌意象,那么闻一多等新月派诗人以及戴望舒等现代派诗人则较多地侧重于以古香古色的传统物象寄托传达现代情思,进而实现现代诗歌意象的重构。如闻一多对《女神》的评价是:《女神》中的西洋的事物名词处处都是,数都不知从哪里数起。《凤凰涅槃》的凤凰是天国的"菲尼克斯",并非中华的凤凰。诗人观画观的是 Millet 的 Shepherdess,赞像赞的是 Beethoven 的像。他所羡慕的工人是炭坑里的工人,不是人力车夫。他听鸡声,不想着笛簧的律吕而想着 orchestra 的音乐。地球的自转和公转,在他看来,"就好像一个跳着舞的女郎",太阳又

---

① 胡适:《谈新诗——八年来一件大事》,载《胡适文集》(3),人民文学出版社1998年版,第147页。
② 李怡:《中国现代新诗与古典诗歌传统》(增订版),北京大学出版社2008年版,第82页。

第三章 现代意象的创造及诗歌功能的拓展

"同那月桂冠儿一样"。他的心思飞驰时,他又"好像个受着磔刑的耶稣"①。事实正如闻一多所言,西方神话中的典故、外国的名人事物乃至现代科学技术都被郭沫若整合进诗歌创作中,而且其中一部分是被当作诗歌意象来使用的。

与郭沫若侧重于新意象的创造与使用不同的是,李金发、戴望舒等人更愿意从旧的物象中重新发掘出新的诗情诗意。在戴望舒看来:"不必一定要拿新的事物来做题材(我不反对拿新的事物来做题材),旧的事物中也能找到新的诗情。……旧的古典的应用是无可反对的,在它给予我们一个新情绪的时候。"②他那首众口皆碑的成名作《雨巷》就是最为典型的例证,其中的"丁香"意象在中国古典诗歌中已被广泛使用:"芭蕉不展丁香结,同向春风各自愁"(李商隐《代赠》)、"青鸟不传云外信,丁香空结雨中愁"(李璟《浣溪沙》)、"暂到高唐晓又还,丁香结梦水潺潺"(张泌《经旧游》)等。而在《雨巷》中,作者则把"丁香"及其所寄寓的愁绪"赋予了一位假想中的姑娘,这个'丁香一样地结着愁怨的姑娘'实际上是他对古典诗歌中有关意象的复合印象的人格化体现,以她的恍惚出现又飘然而逝来表现诗人的'冷漠,凄清,又惆怅'的情绪体验。于是,在这诗中,'愁'不再像古诗中那样是表现的主要对象,'冷漠,清清,又惆怅'才是全诗表现的'新情绪','愁'连同包含'愁'绪的丁香意象,以及将这意象人格化的那位想象中的姑娘,只都成了借以表现这些'新情绪'的客体"③。由此可见,诗界革命中整合与改造传统诗歌意象、创造新意象的策略与方法,至少是在胡适、郭沫若、闻一多、戴望舒等现代主力诗人的创作中得到了延续与发扬。换言之,如果探寻现代诗歌意象创造的源头,那么无论如何都不能无视黄遵宪、梁启超、康有为等诗界革命的革命者的大胆尝试与积极实践。

---

① 闻一多:《〈女神〉之地方色彩》,载《唐诗杂论 诗与批评》,生活·读书·新知三联书店1999年版,第134页。
② 戴望舒:《望舒诗论》,载杨匡汉、刘福春编《中国现代诗论》(上),花城出版社1985年版,第161—162页。
③ 朱寿桐:《论中国现代诗歌对古典意象的继承与改造》,《福建论坛》(人文社会科学版)2001年第1期。

第二节　事象的增加及影响

在诗界革命的创作实践中，诗歌意象的转变与创新，除了体现在物象及其所寄寓的情思的转变上之外，还表现为叙事态意象的增加。而叙事态意象对于诗歌本体及其功能的影响同样成为诗歌现代转型的重要力量。

一　事象与意象的关系

之所以把叙事纳入意象的范畴，是因为它与自《诗经》以来的意象传统中的"赋象"密切相关。诗人流沙河指出：在《诗》中，赋是占了绝对优势的，"赋是主体。无赋不成诗"。他进一步解释说："赋，就是敷。横向铺宽谓之敷，纵向延长谓之衍。将一个事象或一个物象铺展开来，直接加以描绘，白描也好，彩绘也好，但是不用象征，不用比兴，不用隐词，不用典故，这种手法就是赋。"而且，他认为无论是《诗经》中的《豳风·东山》《卫风·氓》《郑风·将仲子》，还是后来的《木兰诗》《孔雀东南飞》《闻官军收河南河北》（杜甫）、《登幽州台歌》（陈子昂）、《将进酒》（李白）等都采用了赋的手法。① 可见，流沙河所谓的"赋象"，在很大程度上就是事态叙写。著名学者叶嘉莹也指出："汉魏之诗多以直接叙写情事为主，其感发力量往往得之于情意与章法之结构及叙写之口吻。盛唐之诗则颇重景物之点染，其感发力量往往得之于情景相生之一种触引。"② 可见，诗人在从具体物象中寄托、感发情意，即刘勰所说的"写气图貌，既随物以宛转；属采附声，亦与心而徘徊"（《文心雕龙·物色》）之外，仍存在另外一种表达方式与诗歌形态，即通过事态的叙写来表情达意。"中国人特别重视历史经验，伏源确乎深远。而这种方法，又是认知态度和价值态度相统一的方法，'史'所叙述的，不止事件、人物而已，而且叙述本身就包含认知判断和伦理判断。《春秋》以其'微言大义'著称于世，它秉

---

① 流沙河：《十二象》，生活·读书·新知三联书店1987年版，第171—175页。
② 叶嘉莹：《灵溪词说》，上海古籍出版社1987年版，第135页。

第三章　现代意象的创造及诗歌功能的拓展

笔直书其人其事，未见架空议论，却寓褒贬、别善恶于字里行间，它在符号运用上的特点，是'属辞比事'，《春秋序》所云'章往考来，情见乎辞，言高则旨远，辞约则义微'，正得其实。"① 在西方心理学与诗学体系中有同样的观点。"意象是一个既属于心理学，又属于文学研究的题目。在心理学中，'意象'一词表示有关过去的感受或知觉上的经验在心中的重现或回忆，而这种重现和回忆未必一定是视觉上的。""即便是视觉意象也不仅仅局限于描述性诗歌中；那些把自己仅仅局限在外部世界的图像中而去尝试写'意象派'或者'物性'诗歌的人没有几个是成功的。"② 意象派诗人庞德（E. Pound）认为："'意象'不是一种图像式的重视，而是'一种在瞬间呈现的理智与感情的复杂经验'，是一种'各种根本不同的观念的联合'。"③ 就此而言，作为能够包孕并承载"瞬间呈现的理智与感情的复杂经验"的事态叙写，尽管在形态上不同于视觉意象即物象，但同样也属于广义的"意象"范畴。

应该指出的是，事态叙写在寄托情感、激发联想与想象方面，不仅与"物象"有着相同的功能，甚至在表达上还要优于后者："事态是一种比物象更复杂的'象'，它蕴含着更为复杂的人情世态，与诗人的主观情感之间有着更为直接也更为繁复的关系。事态叙写不但能为情感与想象建立一个稳实的基础和鲜明的能指，而且能进一步深化情感与想象的内涵。"④ 黑格尔一方面区分了叙事性的史诗与抒情诗的不同，另一方面也承认：

> 有几种史诗可以采用抒情诗的语调，抒情诗也可以采用按内容和形式应属于史诗的事迹，因而侵入史诗的范围。例如英雄颂歌，传奇故事和歌谣都属于这一类，这类诗的整体在形式上是叙事的，因为所描述的是一种情境和事迹的发展过程，一个民族命运的转折点，等

---

① 汪裕雄：《意象探源》，安徽教育出版社1996年版，第225—226页。
② [美]勒内·韦勒克、奥斯汀·沃伦：《文学理论》（修订版），刘象愚等译，江苏教育出版社2005年版，第211页。
③ 同上书，第212页。
④ 邹进先：《从意象营造到事态叙写——论杜诗叙事的审美形态与诗学意义》，《文学遗产》2006年第5期。

诗界革命：中国现代新诗的萌蘖

等；但另一方面，这类诗在基本语调上仍完全是抒情的，因为占主要地位的不是对一件事进行丝毫不露主体性的（纯客观的）描述，而是对主体的掌握方式和情感，即响彻全诗的欢乐或哀怨，激昂或抑郁。此外，此类诗从效果上看也是抒情的。诗人着意在听众心中引起的正是所叙述的事迹在他自己心中所引起的，因而把它完全表现在诗里的那种情绪。他用来表现对所叙述事迹的哀伤、愁苦、欢乐和爱国热情等的方式，也正足以说明中心点并不是那件事迹本身而是它在他心中所引起的情绪，因为他所突出的并且带着情感去描述的主要是和他的内心活动合拍的那些情节，这些情节描述得愈生动，也就愈易在听众心中引起同样的情感。所以内容虽是史诗的，但表现方式却仍是抒情的。①

在这里，黑格尔指出了事态叙写同样可以起到激发情感、抒情达意的作用。如果对照《孔雀东南飞》，杜甫的"三吏""三别"，白居易的《长恨歌》，黄遵宪的《逐客篇》《聂将军歌》《悲平壤》，康有为的《六哀诗》《朝鲜哀词五律二十四首》等作品，则会发现这种诗歌以事态叙写寄托情思的特点。这正是事态叙写与抒情之间互相交融、相互缠绕乃至相互转化的复杂关系的重要表现。因此，一些叙事性情节在一定程度上也可以侵入抒情诗的范畴。

那么，这种事态叙写与意象的关系又是怎样的呢？从总体上说，二者之间的关系主要表现在两个方面：一是并列关系。当意象中的"象"被界定及限制在具体实在的事物上时，"意象"就是由"具体客观的事物及其所寄寓、表达的情感与思想"的集合体；而对事态的叙写与描述则被称为"事象"或"赋象"。如"人心所动，物使之然也"（《礼记·乐记》），"人禀七情，应物斯感"（《文心雕龙·明诗》）等。这种狭义上的理解，表明二者之间不存在包容或涵盖关系，也正是在这一前提下，流沙河才把"赋象"与"意象"并列使用。二是包容关系。如果"意象"一词中"象"的所指并不仅仅局限于"物象"，而是包括事件的描述与叙写、体验

---

① ［德］黑格尔：《美学》（第3卷下册），商务印书馆1981年版，第193—194页。

第三章 现代意象的创造及诗歌功能的拓展

的展示与呈现等非物质层面的表述与存在，那么，"事象"或"赋象"自然也就成为"意象"的一种表现形态与组成部分。"感于哀乐，缘事而发"（班固：《汉书·艺文志》）的概括就体现了"事象"与"物象"相似的作用。为了区别"意象"中的"象""物象"以及"事象"等概念之间的关系，有人使用了"语象"这一术语，并对"语象""物象""意象""意境"这四个相关联的概念进行了区分：

> 语象是诗歌本文中提示和唤起具体心理表象的文字符号，是构成文本的基本素材。
> 物象是语象的一种，特指由具体名物构成的语象。
> 意象是经作者情感和意识加工的由一个或多个语象组成、具有某种诗意自足性的语象结构，是构成诗歌本文的组成部分。
> 意境是一个完整自足的呼唤性的本文。①

尽管这里并未提到"事象"这一术语，但很显然，它与物象一同属于语象的类型之一，更是意象的组成形式。本文正是在与物象对等并列的意义上使用"事象"这一术语的，而且把叙事诗中的事态叙写也归入事象的范畴进行论述。

二 诗界革命中事象的增加及意义

在中国漫长的诗歌发展过程中，除了《诗经》、乐府民歌、《古诗十九首》以及唐代诗人杜甫、白居易的作品之外，进行事态叙写即事象创造的诗歌并不多见。这与中国叙事诗不发达的原因有着内在的联系。晚清之后，对"事象"的营造才开始引起诗人的普遍关注，而这一现象又比较集中地体现在诗界革命同人的创作实践中。无论是康有为还是梁启超，特别是黄遵宪在对事象的重视及营构上取得了重要收获。这种事象集中出现的原因及意义主要体现在以下几个方面。

---

① 蒋寅：《古典诗学的现代诠释》，中华书局2003年版，第27页。

首先，诗人理性分析与归纳能力的提升。

中国诗歌发展的历史悠久而且成就辉煌，但与这种历史与成就不相对称的是对"事象"的叙写所占的比例极少；更多的诗歌集中于对存在于自然界的客观物象的描摹，以及在此基础上生发出的感慨与情思。当然，这种现象是由农耕文化在中国长期占据主导地位所造成的。在人们没有获得足够的知识和技术去征服、改造自然的情况下，与之和睦相处就成为他们主要的人生态度。长此以往，人与自然的关系逐渐和睦，人们从朝夕相处的自然景物中获得生存上的物质需求以及精神上的表达灵感也就顺理成章了。自然世界也就成了诗人们精神上最佳的避风港湾。传统知识分子这种"物我合一"的哲学观念与感性思维相存相生，导致很少有人去做超越自然，甚至凌驾于自然之上的思考与努力。即使对身处其中的社会生活，他们也都不自觉地放弃了去理性思考与分析的积极尝试，尽可能地退隐到荒郊野外，将身心融入自然山水之乐中去。如陶渊明的《饮酒》：

结庐在人境，而无车马喧。
问君何能尔？心远地自偏。
采菊东篱下，悠然见南山。
山气日夕佳，飞鸟相与还。
此中有真意，欲辩已忘言。

即使在"人境"，诗人也并未瞩目于眼前熙攘的人群与嘈杂的车马之声，而是把情思远远地放逐到荒僻边远的野外，去专注寄情于菊花、竹篱、远山、飞鸟等自然物态。如果诗人积极主动地继续探究流连忘返、乐此不疲的自然景观的"真意"，那么也将会生发出更有价值的形而上的思考；但不幸的是，这种萌芽刚刚出土就被"欲辩已忘言"的"搪塞"遮蔽了起来：这可以理解为是由"言不尽意"的客观困境所决定的，也是诗人主动放弃进一步求索的最佳借口（当然，这种现象并非个案，而是中国传统文化的一种共性，后人似乎也不应强求）。

与寄情于客观存在的物象不同，事象的铺陈与叙写，是诗人把目光从自然收回之后投射到社会生活后的产物。它关注的不再是自然万物的千姿百态

第三章 现代意象的创造及诗歌功能的拓展

与瞬息万变,传情达意的方式也不再是寻求二者的"形似"与交融,而是在对事态的展开描述中,探究故事及故事中的形象对历史和现实的干预作用。如果说自然界的万事万物已经成为众多诗人创作的源泉与凭依,那么晚清之际诗界革命中的不少诗人则把目光从自然界中收回,转而投射到历史与当下的社会生活中,以典型的事例叙写作为抒情达意的出发点与重要方式。例如,康有为的《六哀诗》就是为追悼戊戌政变中殉难的杨深秀、谭嗣同、杨锐、刘光第、林旭、康广仁等六位志士而作的。诗中主要描述了这六位主人公各自的人生经历,特别是他们积极参与变法维新的壮举。尽管诗歌对人物及事件仍是概括叙述而非细腻描摹与精细刻绘,但很显然,它叙写的重心,已经转移到社会上刚刚发生的重要事件及事件中的主要人物上,而不再是社会现实之外的自然物象。

如果说《六哀诗》在哀悼死难的亲朋好友的同时,把关注的焦点集中在可能引发国内政局变动的重要事件上,那么与之相比较,黄遵宪的视野则更为开阔:他不仅关注动荡不居的国内局势,而且还瞩目于国外,把影响民族的国际声誉及其前途与命运的重要事件作为叙写对象。《罢美国留学生感赋》这首诗细致描述了政府裁撤留美学生的经过,并指出这项政策的失误及后果。需要指出的是,诗人在对留学事件的描述中,目光并不仅仅局限于事件本身,而是把留学的背景、原因及产生的影响等因素都纳入视阈之中。如开篇即交代:"汉家通西域,正值全盛时。"当时的帝国兴盛强势,吸引了外域诸国"各遣子弟来,来拜国子师"。与之不同的是,清朝派遣留学生的时代背景已迥异于汉代,当时"国弱势不支",所处的国际环境也非常窘迫:"环球六七雄,鹰立侧眼窥";国内文化环境及人才的选拔机制也失去了应有的活力:"应制台阁体,和声帖括诗。"在这一背景下,向国外派遣留学生的政策被提上议事日程。仅从这些背景交代来看,诗中对事象的营造已经不再拘泥于从眼前的草木虫鱼、日月山水等单纯有限的物象摹写中获取灵感,而是体现出更为宏阔的历史眼光与国际视野。接下来,诗作在绘写留美学生形态各异的生活情形的同时,还刻画了事件的主要当事人吴监督作威作福与夸大其词的丑态。正是由于他的强硬霸道、意气自负与不顾事实的株连歪曲——"竟如瓜蔓抄,牵累何累累",最终导致清廷罢黜留美学生政策的施行。这种对整个事件的核心与根源的归纳概括,正是诗人从现象中探求本质的理性追索精神的体现。尽管这种探寻仍有深入与提升的余地，但它已经远远超越了那种专心于自然物象的描摹与触感的传统诗歌，可谓是为思想的深化、思维方式的转变提供了难得的契机与平台。最后，作者还从美国总统格兰脱以及当事学校校长的视角介入，分别描述了他们对事件的反应：不仅有对罢黜事件决策者的苦口开导及其对留学生的殷殷相护，甚至还以"怒下逐客令、施禁华工来"的强硬措施给清廷施加压力，以阻止事件的恶化。这种变换视角的不同叙述，既衬托了清政府遣回留学生决策本身的错误，更把这一事件推向了国际交往的舞台，进一步突出了罢黜事件所带来的严重后果。很显然，这样的事象叙写绝非单纯的物象刻绘与寄托所可比拟的，其中对现实的关切程度、对历史的纵向对比、理性的概括与求索意识以及透视现象把握本质的深邃眼光，更标示着诗人思想与精神境界的现代转型。

有人指出："史家只载得一时事迹，诗家只显出一时气运。"①"历史的事实只是有一事记一事，而这些事只能按时间的先后记述，并不是为了阐发某种真理而特设的。且实有的事实往往不是以尽宇宙间的真理。"相比之下，"诗的事实则否：它们必须贯穿在一起以成一个'有机的整体'，而使人一觉即明其中原因结果的关系；它们是为某种真理而特设的，故可以虚设而不必真有其事"②。可见，事象叙写具有揭示历史发展规律及本质特征的优势。相反，轻视深邃、细腻的事象叙写，不仅是史家的缺憾，更是以物象作为描写、生发重点的传统诗歌的局限所在。朱光潜把中国长篇诗不发达的原因首先归纳为"哲学思想的平易和宗教情操的浅薄"③，这在一定程度上也可以用来解释中国传统文学中物象诗发达而事象诗欠缺的原因，同时也是对中国传统思维特点的准确概括。诗界革命中事态叙事意象的发达，则有效地弥补了这一缺憾，进而丰富了诗歌的类型。

其次，叙事情节的增强。

---

① 余成教：《石园诗话》，载郭绍虞编《清诗话续编》（下），上海古籍出版社1983年版，第1750页。

② 傅东华：《读〈诗学〉旁札》，《小说月报》1925年第16卷第3—5期，转引自王荣《中国现代叙事诗史》，中国社会科学出版社2004年版，第133页。

③ 朱光潜：《长篇诗在中国何以不发达》，载《朱光潜全集》（8），安徽教育出版社1993年版，第352页。

第三章 现代意象的创造及诗歌功能的拓展

以物象作为描写重点的诗歌，在对象的选择与情感的生发上并不太讲究时间的先后与线索的确立，而是体现出一种随遇而感的特点。这种特点在中国传统绘画艺术中表现为：画家在画面上并不确立一个固定的透视焦点，而是采用随画随变、不断调整的"散点透视"的方法。当然，这并不是说这类诗歌没有一定的逻辑顺序，而是指这种逻辑顺序一般不遵循时间的先后、事件的重要程度以及情节的前因后果等明晰的线索，是按照作者的情感与视线的不断转换而编排在一起的，因而给人以随意与散乱的感觉。如王维的名句《山居秋暝》：

空山新雨后，天气晚来秋。
明月松间照，清泉石上流。
竹喧归浣女，莲动下渔舟。
随意春芳歇，王孙自可留。

如果要从中找寻作者的创作思路，那么可以这样归纳：首联是对天气、环境的交代，可以看作为后续行为的展开所创设的时间、空间背景及情绪氛围；颔联具体描写了两种意象：普照松林的明月和在山石上流动的清澈山泉。在这两种物象的铺排顺序上，诗人更多的是从整体到部分的空间关系来布置的，时间上的同步性只是隐含其中，让读者从物象本身的性质上去体会。颈联中的两句，单从每一句来看，有明显的因果关系，可以理解为竹喧是由归来的浣女引起的，溪中莲花的动荡是渔舟的划行所导致的，但二者之间的先后顺序却不明确：是同时进行还是有先有后？当然，这一问题或许并不值得深究，事实上也并非其弱点或缺憾，但这无疑是"缘物生情"的传统诗歌中普遍存在的特征。尾联的抒情达意自然是基于首联、颔联与颈联中对山中秋景的摹写，在内在思路上它们之间潜存着自然发展的因果或者概括归纳的逻辑关系。这是诗中最为明确的铺陈顺序与线索的体现。而就整首诗歌而言，物象之间的排列顺序并不明显，这种特征自然是与"物我合一"的哲学观念、重感性而轻理性分析的思维特征有着密切关联的。

与物象描摹上存在的时间观念的混沌模糊状态不同，事象的叙写则离不开逻辑上明晰条理的时间顺序或因果联系。"布局（Design）是文艺之要素,而在长诗中尤为必须。因为若是拿了许多不相关属的短诗堆积起来,便算长诗,那长诗真没有存在的价值了。有了布局,长篇成了一个多部分之总体(a composite whole),也可视为一个单位。宇宙的一切的美,事理的美,情绪的美,艺术的美,都在其各部分间和睦之关系,而不单在其每一部分的充实。诗中之布局正为求此和睦之关系而设也。"① 闻一多对长诗特点的分析,同样适用于事象叙写见长的诗歌,因为后者因细致描摹而自然会增加篇幅的长度。因此,相对于物象抒情诗,事象叙写的诗歌更依赖逻辑关系的确立、故事片段的排列组合等结构布局。如黄遵宪的《拜曾祖母李太夫人墓》,虽然这是一首悼亡怀人诗,但其中不乏对事象的铺叙。而且,在对曾祖母及个人往事的追忆之中,时间线索极为清晰,最明显的标志就是表示时间的名词、副词非常之多:"我生堕地时,太婆七十五。明年阿弟生,弟兄日争乳。""牙牙初学语,教诵《月光光》。三岁甫学步,送儿上学堂。""儿年九岁时,阿爷报登科。""一年记一年,儿齿加长矣。""后来杖挂壁,时见垂帷帐。""自儿有知识,日日见此事。""几年举场忙,几年绝域使。忽忽三十年,光阴迅弹指。今日来拜墓,儿既须满嘴。儿今年四十,大父七十九。""阿端年始冠,昨年已取妇。""随兄擎腰扇,阿和亦十五。""今日母魂灵,得依太婆否?"单从诗中信手摘录出的这些表示明确的时间概念的诗句来看,作者所描述的事象就有着清晰的发展脉络。就内容而言,作品是严格按照时间发展的先后顺序依次展开的。这种叙述次序在中国传统诗歌中也曾出现过,如《木兰诗》虽然选取的是主人公生活的几个片断,在每一个时间点上是横向展开的,但整体而言采用的叙述次序是单一的顺叙;而且,这里的时间概念并没有成为促使故事转变为情节的逻辑支柱,而更多的是侧重于场面的叠加与铺排。但在《拜曾祖母李太夫人墓》一诗中,作者首先是从眼前的物象触景生情,自然引发出对事件的回忆,在回忆结束之后又回到现实之中。

可见,这种叙事次序已经不同于单纯的顺叙了,而是增加了倒叙及追叙的方法。另外,诗中的时间线索在情节的串联上所起的作用也越来

---

① 闻一多:《给吴景超、梁实秋的信(1923年3月17日)》,载《闻一多选集》(2),四川人民出版社1990年版,第261页。

第三章 现代意象的创造及诗歌功能的拓展

大。尽管仍有时表现出一概而过的含混与跨度,但基本上能连接为主人公在特定时间段的整体经历。这正如陈平原所说的:"有完整的情节,且注重场景,'叙事如画'写人述言则'各各肖其生情'这一类诗跟西方叙事诗较为接近,不同之处在于这一完整的情节线可切割成若干各自相互独立的场面。"[1] 与以记言为主的《兵车行》(杜甫)、《琵琶行》(吴伟业)和偏重单一场面描写的"三吏"、《芦洲行》(吴伟业)等诗作相比,黄遵宪等人这种以时间来穿越并串连事件的有益尝试(尽管这种尝试还不成熟),显然是一种新的发展趋势。

再次,表述方式的精确化与具体化。

第一,汉字是一种表意性的文字。这类文字在一定程度上可以使它自身乃至语言的存在被忽略,而发挥与物象相同的功能,"通过视觉一下子直接印入人的头脑当中,唤起事物本身的意象或对该事物的联想"[2]。因此,在古代诗歌史上,穷心竭力地追求"得鱼忘筌""言外之意",以及"但见性情,不睹文字"(皎然:《诗式》),"不著一字,尽得风流"(司空图:《诗品·含蓄》)的效果的诗人数不胜数。最能体现这一语言表达效果的,则莫过于对物象依赖性极高的感物抒情诗。它能够把无限的情感寄托于有限的物象之中,从而实现"言近旨远""言有尽而意无穷"的凝蕴深蓄与韵味无穷。可见,传统诗歌"缘物抒情"的特点与中国传统语言文字表意功能相互契合,相得益彰。第二,在文言中,文字及其所指的事物在数量上是有限的,而诗歌又是一种以新颖独特为生命特征的语言艺术。要同时协调二者的关系,并且使之安然并存,只有在文字的搭配布局上寻求突破。幸运的是,文言词汇的高度浓缩、句式的简约凝练、排列组合上的率性随意以及语法结构与规则的散漫无羁等特点,为触物感发提供了极大的空间,同时也为情绪的朦胧含蓄与深沉蕴藉、意图的变异新颖搭建了难得的平台。这正是传统诗歌葆有顽强生命活力的重要原因。这一规律集中体现在以物象为中心建构起来的意象诗歌中。如杜甫的《秋兴》中的名句"香稻啄余

---

[1] 陈平原:《中国小说叙事模式的转变·附录二 说"诗史"——兼论中国诗歌的叙事功能》,载《陈平原小说史论集》,河北人民出版社1997年版,第574页。

[2] 章艳:《汉文与诗歌的现代性》,载谢冕、吴思敬编《字思维与中国现代诗学》,天津社会科学院出版社2002年版,第122页。

鹦鹉粒,碧梧栖老凤凰枝",正是靠了语序的扭曲变形才成就其"陌生化"的表达效果。如果把这两句诗还原为正常的语序则使得表达效果顿然失色。"枯藤老树昏鸦,小桥流水人家,古道西风瘦马"(马致远:《天净沙·秋思》)与"鸡声茅店月,人迹板桥霜"(李商隐:《商山早行》)有着异曲同工之妙,都是省略了连接动词而直接将几个物象并举,反而成为新鲜意象与新颖情感表达的典型。而且,类似的例子在传统诗歌创作中并不罕见。

与物象表达方式上的灵活与感性相比,事象表述的灵活性和自由度则大打折扣。因为事象本身是对于一件事情或一个故事的讲述,这就要求它应该具备相对清晰的背景,有相对完整的情节——包括故事的起因、发展、高潮、结局等方面的基本要素;而且,事象在表述上也应该具有相对稳定、严密的结构,以确保传达意图时尽可能地准确,而不被过多地阐释、误读乃至曲解;再者,事象主要来源于现实、历史中的重要事件和典型情节,它比一般的物象更具有生活气息。这就要求与之相应的语言也应该具有当下性及鲜活性,要有"人间烟火"的气息。因此,在事象的叙写铺陈方面,文言词语的单音节性、排列组合的不成系统与高度自由以及律诗诗句的严谨规整等特征,都会不利于事象的叙写与铺排。恰如鲁迅所归纳的:"中国的文或话,法子实在太不精密了。……这语法的不精密,就是证明思路的不精密,换一句话,就是脑筋有些胡涂……"[①] 采用较为严密的叙述语言及生活气息浓郁的现代汉语,则能够契合事象叙写的上述要求。这主要表现在:第一,语言精密程度的增加。为了能够描摹出事象之中所包含的复杂细腻的生活场景、主人公的思想情感以及作者的情感态度与理性概括,诗歌语言的系统性与规范化则需要加强。能够实现这一目标的主要方式就是多音词和虚词的增加、句子成分的完善以及表述方式的相对规范。例如,对具体时间的表示,英语可以通过单词的词缀词形的变化来表示不同的时态,作为动作发生的时间性标志;汉语则只能通过表示时间概念以及相关的词语或语法成分的增加才能实现。上面所列举的黄遵宪的《拜曾祖母李太夫人墓》中大量出现的时间名词和副词的情况即是语言

---

① 鲁迅:《二心集·关于翻译的通信》,载《鲁迅全集》第4卷,人民文学出版社1981年版,第382页。

第三章 现代意象的创造及诗歌功能的拓展

细密性、准确性的重要表现。第二,语言传情达意的准确还与其自身的稳定结构密切相关。仅就句子的排列顺序及语序而言,事态叙写更多地遵循正常的语法规范及语序排列方式,成分的省略、倒装、词语的活用等现象则要少得多。这在叙事诗中可谓是普遍规律。第三,直接源自现实生活的口语被征用。与高度凝练蕴藉的文言相比,口语无疑更具普及性、鲜活性和当下性,而且因其所承载的深层情感内涵较文言也少得多,因而避免了被误解的可能:"口头语如未经雕琢的良璞,感情层次浅(特别是新术语、新意象),但弹性大,富有生气,再加上跟当代生活的直接联系,比较适合于叙事。"① 因此,从日常口语中汲取营养就成为事态叙写的必然趋势。因为口语的当下性及语气词的附加,与事象表述对精确细腻性的要求正相契合。因此,大量的事象叙写采纳口语进行表述就成为水到渠成的事情。这在黄遵宪的《新嫁娘诗》中得到最为突出的体现:

> 前生注定好姻缘,彩盒欣将定帖传。私看鸾庚偷一笑,个人与我是同年。
>
> 脉脉春情锁两眉,阿浓刚及破瓜时。人来偶语郎家事,低绣红鞋伴不知。
>
> 屈指三春是嫁期,几多欢喜更猜疑。闲情闲绪萦心曲,尽在停针倦绣时。
>
> 问娘添索嫁衣裳,只是含羞怕问娘。翻道别家娶新妇,多多满叠镂金箱。
>
> ……

这段文字运用了大量的口语乃至方言,细腻摹写了新嫁娘从订婚到准备出嫁的诸多生活细节,这些不同的场景连缀起来就构成了主人公的生活片段。口语化词语的运用与诗作对生活气息浓郁的生活场景的刻绘正相契合、相得益彰,特别是逼真地再现了待嫁的女主人公兴奋、娇羞与期盼的

---

① 陈平原:《中国小说叙事模式的转变·附录二 说"诗史"——兼论中国诗歌的叙事功能》,载《陈平原小说史论集》,河北人民出版社1997年版,第562页。

复杂情绪，使得诗歌不仅新鲜灵动，而且表意朴实真切。这不能不让读者倍感亲切自然并受到感染，进而惊叹于作者的神来之笔。设若该诗全用文言词汇来表达，则其趣味性及亲切感将逊色不少。

最后，事象叙写对诗歌声律的改变。

传统诗歌借助物象进行抒情，其语言的精炼、篇幅的短小等特点能够适应严格的律诗规范，体现为通过词汇的筛选、句式的调配来满足律诗在对偶、音节停顿、押韵等方面的特殊要求。"诗人之词必用韵，故倒句尤多。"（俞樾：《古书疑义举例》卷一）钱钟书也指出："盖韵文之制，拘囿于字数，拘牵于声律"，故属词造句，可破"文字之本"①。这正是以物象作为感发基础的短篇诗歌的优势所在。一旦事象铺陈进入诗歌，这种优势反而会成为限制倒装、省略等特殊句式发展的桎梏。因为首先在语言上，事象的描述要求词汇、句法更为精准，这势必导致句子成分的增多与虚词的涌现。

因此，这类诗歌不仅在字数上难以固守五言、七言的限制而出现长短不一的句式，而且在声律上难以遵循严谨的平仄对仗等规矩导致"破格"的出现。在篇幅的长短上，相对于含蓄深蕴的抒情诗章的精悍短小，事象的描述要体现完整的故事情节与具体的细节，其篇幅势必加长。如钟嵘所说："若乃春风春鸟，秋月秋蝉，夏云暑雨，冬月祁寒，斯四候之感诸诗者也。嘉会寄诗以亲，离群托诗以怨。至于楚臣去境，汉妾辞宫；或骨横朔野，魂逐飞蓬；或负戈外戍，杀气雄边；寒客衣单，孀闺泪尽；或士有解佩出朝，一去忘反；女有扬娥入宠，再盼倾国。凡斯种种，感荡心灵，非陈诗何以展义，非长歌何以骋其情？"（钟嵘：《诗品序》）而长诗所面临的难题，就是句式的整齐划一与音调的固定不变所导致的单调与沉闷。为了避免这一缺陷，通过使用不拘长短的句式来改变齐整句式的冗长单调，诗句的声律特点也会随之发生变化。这正是"用以减煞叙事的单调之感效的有效伎俩"②。事象叙写的这些要求和特点，必然会消解格律诗的齐整形式、和谐韵律与自足成熟的谨严规则，而呈现出朝着自由灵活的散文化风格逐渐过渡的发展趋向。如梁启超《二十世纪太平洋歌》中的第一段：

---

① 钱钟书：《管锥编》第1册，中华书局1986年版，第149页。
② 闻一多：《〈冬夜〉评论》，载《唐诗杂论 诗与批评》，生活·读书·新知三联书店1999年版，第95页。

第三章 现代意象的创造及诗歌功能的拓展

亚洲大陆有一士,自名任公其姓梁。尽瘁国情不得志,断发胡服走扶桑。扶桑之居读书尚友既一载,耳目神气颇发皇。少年悬弧四方志,未敢久恋蓬莱乡。誓将适彼世界共和政体之祖国,问政求学观其光。乃于西历一千八百九十九年腊月晦日之夜半,扁舟横渡太平洋。其时人静月黑夜悄悄,怒波碎打寒星芒。海底蛟龙睡初起,欲嘘未嘘欲舞未舞深潜藏。其时彼士兀然坐,澄心摄虑游窅茫。正住华严法界第三观,帝网深处无数镜影涵其旁。蓦然忽想今夕何夕地何地,乃在新旧 2 世纪之界线,东西两半球之中央。不自我先不我后,置身世界第一关键之津梁。胸中万千块垒突兀起,斗酒倾尽荡气回中肠。独饮独语苦无赖,曼声浩歌歌我 20 世纪太平洋。

这段带有自传色彩的文字,主要是交代诗中"梁任公"的经历与慨叹。诗歌在语言方面,句式长短不拘,形式自由灵活,音节的停顿也不再遵守一定的规律。尽管诗歌在整体上仍保留着押韵的外形,但已经不是隔行相押而更为自由灵活了。很显然,这已经迥然相异于传统诗歌——尤其是侧重物象描写抒情的格律诗的声律与文体形式,而更接近于散文化体式。总之,晚清时期特别是诗界革命中出现的众多叙事诗,其实也构成了偏重于事象叙写的诗歌繁盛的局面。这也正是诗歌本体结构与外形由传统格律诗向现代自由诗过渡的重要表征之一。

三 事象叙写与新诗的关系

诗歌由借助物象感发抒情到注重事象叙写牵动思想、语言、结构以及声律等诸多层面所发生的显著变化,预示着诗歌由传统向现代转型的发展方向。诗界革命中出现的事象诗,在上述各个层面呈现出来的特征引起了早期白话新诗发起人的关注;而且,这些特点在胡适等人的早期白话诗创作以及此后的诗歌创作中也得到了或隐或显的体现。

胡适在《文学改良刍议》中明确提出,文学创作首先"须言之有物"。这里所谓的"物",绝不是传统诗歌中能够入诗并寄发情感的"物象",而是包括"情感"与"思想"两个方面的内容。① 如果说真挚的情感在物象诗及事象诗中均能得到体现,那么作为文学之脑筋的思想,则在事象诗中表现得最为突出。胡适在《〈尝试集〉自序》中指出:"我主张用朴实无华的白描功夫,如白居易的《道州民》,如黄庭坚的《题莲华寺》,如杜甫的《自京赴奉先咏怀》。这类的诗,诗味在骨子里,在质不在文!没有骨子的滥调诗人决不能做这类的诗。所以我的第一条件便是'言之有物'。因为注重之点在言中的'物',故不问所用的文字是诗的文字还是文的文字。"② 可见,在思想、情感两个层面,胡适所谓的"物",更多地偏重于由事象引发继而归纳出来的思想见解而非具体的事物。朱自清在分析白采的诗歌创作时也指出:长诗与短诗的区别关键就在于结构的"铺张"方面。正是在这种铺张的结构里,诗"新得着了'繁复'和'恢廓'"。所以,"长篇是不容易写的。所谓铺张,也不专指横的一面,如中国所谓的'赋'也者;是兼指纵的进展的。而且总要深美的思想做血肉才行"③。他把"深美的思想"视为长诗的"血肉"的观点同样也适用于事象诗。此外,胡适在文学改良的"八事"中对"无病呻吟"的批判,则主要指向了睹物伤情的物象诗:"今之少年往往作悲观,其取别号则曰'寒灰''无生''死灰';其作为诗文,则对落日而思暮年,对秋风而思零落,春来则惟恐其速去,花发又惟惧其早谢;此亡国之哀音也。"这种"徒为妇人醇酒丧气失意之诗文者,尤卑卑不足道矣!"④ 而且,他还把传统诗歌常用物象诸如"虫沙""寒窗""斜阳""芳草"等归为"最可憎厌"的滥调套语。可见,胡适对代代相传而毫无新意的物象的不满,而且也试图以此作为"文学改良"——自然也包括诗歌革新——的突破口之一。而事象诗能够从陈陈相因的物象套语中跳出来,通过事象的叙写提供真挚情感的触发与高深思想的寄寓。这恰好会成为胡适等人建设新诗的重要思路与资源参照。

---

① 胡适:《文学改良刍议》,载《胡适文集》(3),人民文学出版社1998年版,第17—18页。

② 同上书,第118页。

③ 自清:《白采的诗》,《一般》1926年第1卷第2期,转引自王荣《中国现代叙事诗史》,中国社会科学出版社2004年版,第143页。

④ 胡适:《文学改良刍议》,载《胡适文集》(3),人民文学出版社1998年版,第20—21页。

第三章 现代意象的创造及诗歌功能的拓展

其次，在结构的布局和表达的精确性上，诗界革命中的事象诗同样启发了新诗的诞生及发展。胡适在《白话文学史》中专列一章，论述"故事诗的起来"。尽管主要针对的是故事诗的发生问题，但他同样涉及此类诗歌与其他诗歌的不同之处。尤其是他指出了故事诗对结构（也就是故事的讲法）的倚重："故事诗的精神全在于说故事：只要怎样把故事说得津津有味，娓娓动听，不管故事的内容与教训。这种条件是当时的文人阶级所不能承认的。所以纯粹故事诗的产生不在于文人阶级而在于爱听故事又爱说故事的民间。"① 在晚清众多创作事象诗的诗人中，他认为"黄遵宪在'以古文家抑扬变化之法作古诗'的方面，成绩最大。"除了黄遵宪的《赤穗四十七义士歌》，"此外如他的《降将军歌》《度辽将军歌》《聂将军歌》《逐客篇》《番客篇》……都是用做文章的法子来做的。这种诗的长处在于条理清楚，叙述分明。做诗与做文都应该从这一点下手：先做到一个'通'字，然后可希望做到一个'好'字。古来的大家，没有一个不是这样的；古来决没有一首不通的好诗，也没有一首看不懂的好诗。金和和黄遵宪的好处就在他们都是先求'通'，先求达意，先求懂得"②。这一特点正契合了胡适对新诗的要求和期待，那就是文学的"第一个条件是要把情或意，明白清楚地表达出，使人懂得，使人容易懂的，使人决不会误解"③。由此可见，胡适对诗歌表达方式及效果的畅达易晓的追求，实际上是受了黄遵宪等诗界革命中的事象诗的影响的。

与之相关的是胡适对诗歌语言的要求。他认为只有精确化的语言才能把诗歌的内在情意明白清楚地表达出来。胡适把自己翻译的诗歌《关不住了》视为其"'新诗'成立的纪元"④，其原因也在于，他从翻译来的欧化语言中发现了语法与句法的繁富，以及由此而带来的表意功能的复杂、细

---

① 胡适：《白话文学史》（上卷），载《胡适文集》（4），人民文学出版社 1998 年版，第 70—71 页。
② 胡适：《五十年来中国之文学》，载《胡适文集》（4），人民文学出版社 1998 年版，第 355—356 页。
③ 胡适：《什么是文学——答钱玄同》，载《胡适文集》（3），人民文学出版社 1998 年版，第 165 页。
④ 胡适：《〈尝试集〉再版自序》，载《胡适文集》（3），人民文学出版社 1998 年版，第 154 页。

腻与精确,虚词的增加无疑是其中最为突出的表现之一。① 而从本土语言资源来看,口语化的语言同样具有文言所难以比拟的精确传神功能。在胡适的观念中,口语则毫无疑问地归属于他所倡导的"白话"范畴。② 他在未能完成的《白话文学史》中不仅单列"故事诗"为一章,而且还把擅长事象诗创作的杜甫、白居易作为重点来对待。他在《五十年来中国之文学》中更是对黄遵宪推崇备至:"《人境庐诗草》中最好的诗,自然还要算《拜曾祖母李太夫人墓》一篇。此诗能实行他的'我手写我口,古岂能拘牵'的主张。"③ 由此可见胡适对事象诗与口语之间的关系的洞察与重视程度。也正是基于这种体认,胡适把语言与诗体的解放联系起来:"中国近年的新诗运动可算得是一种'诗体的大解放'。因为有了这一层诗体的解放,所以丰富的材料,精密的观察,高深的理想,复杂的感情,方才能跑到诗里去。五七言八句的律诗决不能容丰富的材料,二十八字的绝句决不能写精密的观察,长短一定的七言五言决不能委婉表达出高深的理想与复杂的感情。"④ 自然,胡适的"诗体大解放"也包括对传统格律诗的声律的反叛与消解。事象诗因口语词、虚词的大量涌现、句子成分的增加、句式的长短不一,而难以固守格律诗对平仄对仗等严谨声律的要求。胡适以黄遵宪的《赤穗四十七义士歌》的末节为例,说明这是"用做文章的法子来做的",而没有遵守诗法,自然包含了他对这种事象诗在声律上突破律诗固有规范的认同。他在《谈新诗》中指出,新诗大多数的趋势,是朝着"自然的音节"这一方向发展的。他认为:"新体诗句子的长短,是无定的;就是句里的节奏,也是依着意义的自然区分与文法的自然区分来分析的。""新诗的声调有两个要件:一是平仄要自然,二是用韵要自然。"⑤ 这

---

① 吕周聚、胡峰等:《中国现代诗歌文体多维透视》,山东人民出版社2009年版,第144—145页。

② 参见拙文《口语入诗的艰难之旅——对现代诗歌语言的一种考察》,《广西大学学报》2009年第6期。

③ 胡适:《五十年来中国之文学》,载《胡适文集》(4),人民文学出版社1998年版,第357页。

④ 胡适:《谈新诗——八年来一件大事》,载《胡适文集》(3),人民文学出版社1998年版,第134页。

⑤ 同上书,第144页。

第三章 现代意象的创造及诗歌功能的拓展

一特点同样也适用于诗界革命中创作中的在词汇、句法、表达方式以及结构均不同于传统格律诗的事象诗。

综上,诗界革命中以黄遵宪为代表的诗人所创作的事象诗,不仅区别于传统诗歌过分依赖物象抒发情思的单一模式,而且也迥异于《诗经》、乐府民歌以及杜甫、白居易等诗人的事象诗创作,以其思想上的深化与拓展、结构上的进一步明晰严谨、语言上的复杂与现代化以及声律上的解放而独具特色。这一特色被胡适为代表的早期白话诗人发现,并直接或间接转化为现代白话诗建设的重要资源,从而为现代新诗的发生、发展提供了历史参照与实践支撑。

第三节 意象空间的收缩与诗歌功能的拓展

在中国传统诗歌中,以客观、具体的自然物象作为原型寄寓并传达情意,一直是构建意象的策略,而且这些物象绝大部分来自于自然界以及现实生活,是确有其物的物质实体。诗人流沙河曾对《诗经》中的意象进行过统计,他指出:《诗经》中的"三百八十九个兴象,取材于自然界的有三百四十九个,取材于人事的只有四十个"[1]。即是说,源自自然界的物态化意象就几乎占到了90%,而余下的部分则属于叙写人情世故的事象。后者在汉魏时期的诗歌创作中所占的比例则比较大,如叶嘉莹所说:"汉魏之诗多以直接叙写情事为主,其感发之力量往往得之于情意与章法之结构及叙写之口吻。盛唐之诗则颇重景物之点染,其感发之力量往往得之于情景相生之一种触引。"[2] 此后,在杜甫等诗人的推动下,对事态叙写的诗歌创作逐渐形成一定的规模。尽管如此,传统诗歌中的意象传统并未受到太大的冲击,而只不过是在物态化意象与事态化意象之间此消彼长的游移与滑动着。当然,诗界革命中物态化意象的嬗变与叙事态意象的增加,对于诗歌本体及其功能的影响是不可低估的,而且也对现代新诗的发生产生了重要影响。但是,还有一种现象对于诗歌本体及功能的转型尤其是对于现

---

[1] 流沙河:《十二象》,生活·读书·新知三联书店1987年版,第110页。
[2] 叶嘉莹:《灵溪词说》,上海古籍出版社1987年版,第135页。

代新诗的发生所发挥的作用同样不可低估,这就是非物态化抽象名词的大量介入对诗歌意象的稀释作用,使意象在诗歌中的空间迅速收缩,而意象在诗歌中的主体地位也受到了威胁。因此,诗歌的本体结构与形态乃至表意功能也会随之而改变。

与物态化意象及事态化意象相比,表示形而上概念的抽象名词在传统诗歌中也曾出现过,如魏晋玄学诗、宋代的议论诗,但它一直命运多舛、遭人诟病。"近代诸公作奇特解会,遂以文字为诗,以议论为诗,以才学为诗。以是为诗,夫岂不工?终非古人之诗,盖于一唱三叹之音有所欠焉。且其作多务使事,不问兴致,用字必有来历,押韵必有出处,读之终篇,不知着到何在。"(严羽:《沧浪诗话·诗辨》)刘克庄也指出:"本朝则文人多,诗人少。三百年间,虽人各有集,集各有诗,诗各自为体,或尚理致,或负材力,或逞辨博。少则千篇,多至万首,要皆经义策论之有韵者尔,非诗也。"(刘克庄:《竹溪诗序》)到了清代,甚至出现了类似"苟称其人之诗为宋诗,无异于唾骂"(叶燮:《原诗·内篇》)的偏激现象。由此可以得知,对具体可感的意象(包括物态化意象及叙事态意象)的创造与追求,已经被一部分诗人奉为衡量诗歌优劣高下的标准与圭臬,意象稀少的诗歌则很难入这些诗人的"法眼"。诗歌创作要想从这一观念中突围出来,则需要付出艰辛的努力乃至沉重的代价。但反过来理解,诗歌的创新与发展也正可以选择这一创作"禁区"作为突破口。诗界革命正是利用这一创新策略与突破方向,创作了以大量抽象名词取代意象的诗歌,从而实现了诗歌由传统向现代的转型,并开辟了现代新诗的新路径。在此需要申明的是,本文并没有把这两类诗歌对立起来进行优劣高下品评的企图,因为这种"努力"既容易陷入出力不讨好乃至立场错位、论点偏狭的误区,更不符合自古至今诗歌发展的客观事实——时至今日,诗歌对物态化及叙事态意象的倚重仍有其自身的合理性与现实性。而且,在大多数情况下,抽象名词入诗并没有把意象完全驱逐出诗歌(其实这也是不可能的),而只不过是探寻抽象名词大量入诗对诗歌本体转型产生的影响。

一 抽象名词取代实在、具体的物象

在中国传统的诗歌意象范畴内,意象必备的两个要素是"意"和

第三章　现代意象的创造及诗歌功能的拓展

"象"。"意"是由"象"寄托、生发而来的诗人的情感与态度；而"象"则更多的是从现实生活中挑选、加工而成的形象。就"象"而言，它的原型更多的是来源于客观世界与现实生活中的自然景物。中国传统文化中"天人合一"的哲学观念，其实就是人对自然万物的交相融合："他们的生命与大地结缘，成了真正的'大地人物'，生活的递嬗、风霜雨露的变化、日月山川的焕发以及田野瓜棚的收成，这一切均如是自然地与人的性情相交溶"，"他们以性情感通了宇宙自然的和谐，也由草木万物的生长，体会到宇宙的流转生机，酝酿了中华民族深邃渊涵的智慧，创发天人合一的哲学，而自然——象征天地永恒与和谐，乃成为文学、哲学的最高境界"①。中国人以感性思维见长的特点也与这种感物起情、物我合一的哲学观念密切相关。这种现象不仅表现在以写实为主的《诗经》中，即使以抒情见长的《楚辞》同样如此。有人把屈原笔下的意象归纳为如下几类：1. 植物（兰菊等），2. 动物（鸾鸟、凤凰、燕雀、蛟龙等），3. 自然现象（回风、霜降等），4. 人物（众女、矇瞍等），5. 器物（规矩、绳墨等），6. 历史神话（申生、鲧、丰隆）等，7. 其他（腥、臊）等。② 可见，这些意象除了极少数出自神话传说之外，绝大部分都是现实生活中可知可感的具体物象。此后虽有玄言诗偏离了这一发展路向，但稍后田园山水诗的兴盛使得创作"理过其辞，淡乎寡味"（钟嵘语）的玄言诗人又重新回归到"窥情风景之上，钻貌草木之中"（刘勰语）的创作轨道上来。而且，这一诗歌意象的取材传统在此后的诗歌创作中被继承下来，再加上事态化意象的补充，这种以意象建构为主要创作策略的诗歌，贯穿并几乎垄断了传统诗歌发展的整个过程。甚至出现了固守传统意象而不敢稍有创新的"怪圈"。唐代诗人、散文家皇甫湜说："意新则异于常，异于常则怪矣。"③ 追求"怪异"意象而偏离常态的意象范畴，绝不是传统诗人追求的主流，而更

---

① 杨宿珍：《素朴的与激情的——诗经与楚辞》，载蔡英俊《意象的流变》，联经出版事业公司1982年版，第10页。

② 彭毅：《屈原作品中隐喻与象征的探讨》，转引自蔡英俊《意象的流变》，联经出版事业公司1982年版，第40页。

③ （唐）皇甫湜：《答李生第一书》，载郭绍虞主编《中国历代文论选》（二），上海古籍出版社1979年版，第172页。

多的是固守前人创造的原有意象。这也是诸多诗歌意象与其所表达的情感之间建立起难以割舍的血脉联系的原因所在，即使稍有创新但仍不离其宗。如"月亮"之于"美人"与"思念"的关联即是如此。与此同时，过分推崇物态化意象也容易导致诗歌创造性与独特性的严重缺失。

晚清兴起的诗界革命不仅在诗歌固有意象的情感与内蕴上进行了革新，而且还出现了与传统意象植根于自然环境、现实生活、神话传说中的具体可感的物象完全不同的取材倾向，以表示思想、精神、技术、制度等层面的抽象名词寄寓情感与体验的现象即是其表现之一。如在《新民丛报》第十六号上登载的署名"慧云"的《物我吟八首》中的一首：

自由思想出天天，水洒杨枝遍大千。骖驾春虬被明月，人生何处不神仙。

在这里"自由思想"这一源自国外的精神层面的概念被运用到诗歌创作中，而且使用"自由"一词入诗的创作在当时并不鲜见：

专制心雄压万夫，自由平等理全无。依微黄种前途事，岂独伤心在黑奴。
——醒狮：《黑奴吁天录后》，《新民丛报》第三十一号

万千心事凭谁诉，诉向同胞未死魂。凌弱媚强天梦梦，自由平等性存存。每惊国耻何时雪，要识民权不自尊。乾有亢龙坤有战，系辞吾契易之门。
——梁启超：《书感四首寄星洲寓公仍用前韵　其三》

除了"自由"之外，在当时诗歌中频频亮相的抽象名词还有"平等""民权""独立""人权""女权""文明""专制""天演""进化""世界"等。如：

世人皆欲杀，法国一卢骚。民约倡新义，君威扫旧骄。力填平等路，血灌自由苗。文字收功日，全球革命潮。
——观云：《卢骚》，《新民丛报》第三号

第三章 现代意象的创造及诗歌功能的拓展

年来历历英才尽,人虐天饕两若何。女史伤心编往事,神州兰蕙已无多。

谦吉里边夕照黄,中虹桥畔柳丝长。女权撒手心犹热,一样销魂是国殇。

——观云:《吊吴孟班女学士二首》,同上

……

国势纵横难预测,天心残酷不胜悲。请看用九群龙日,便是人权战胜时。

——忘山居士:《蚁斗》,《新民丛报》第八号

这种现象在当时的出家僧人那里也得到了响应,如黄宗仰(署名为乌目山僧)的《赠任公》(《新民丛报》第十六号):

洗刷乾坤字字新,携来霹雳剖微尘。九幽故国生魂死,一放光明赖有人。

笔退须弥一冢攒,海波为墨血磨干。欧风墨雨随君手,洗尽文明众脑干。

这些表示抽象概念的新名词的大量使用,因为挤占了具象名词的空间而降低了读者司空见惯的传统意象的出现频率,同时也直接威胁了它在诗歌中的作用与地位。这不仅给人以耳目一新的视觉冲击,也预示着诗歌本体的转变。

二 抽象化概念名词入诗的影响及意义

众多抽象名词被引入诗歌,是与诗人们日渐开阔的知识视野与不断更新的精神体验密切相关的,同时更是其诗学观念发生转变的具体体现。它对诗歌造成的影响主要表现在以下几个方面。

首先,物态化意象的产生在一定程度上是由人们与自然之间的关系决定的。在生产力低下的原始社会,人们征服自然、改造自然的能力相对较

弱。人们在无法克服自然中所产生的灾难时，一种敬畏之心便油然而生。在这种情况下，与自然和睦相处，就成为他们最大的希望与理想，"敬天地，畏鬼神"就是这种情形的典型反映。尽管随着人类对自然的认识水平与改造能力不断提升，人们"敬畏"的情感逐渐淡化了其中的"畏惧"成分，但并没有完成对自然的征服，而只不过逐渐地转向了与自然相安无事的平等状态。另外，无论是中国传统的儒家思想还是道家思想，都存在追求与自然和平相处的共同之处：儒学思想尽管秉持积极入世的态度，但其思想核心却是"和合""中庸"而非"创新""突围"，反映在文学艺术观念上则是对"温柔敦厚"目标的追求；道家思想主张"道法自然"，"超然物外"，后来的知识分子则把它演变为"出世"的人生态度与方式，寻求世外桃源般的静谧世界，从宁静的大自然如幽静的山水、和暖的田园中获得身心的净化与安逸则是其追求的目标。在这种情况下，这类知识分子同样不会采取行动去改造或者"破坏"他们安身立命的客观世界与自然环境。而且，在绝大多数传统知识分子身上，这两种思想同时并存而且互相缠绕，只不过是在处境与心态的改变时某一种思想占据主要位置并表现得比较突出而已。

因此，无论是儒家思想还是道家学说，对自然的态度都是平和的、泰然的，而非强力相加的积极进取，更缺乏大胆反叛、剑拔弩张的"摩罗"精神。为此，有人指出："作为传达这一哲学精神的诗歌，它最显著的特征就是否认人是世界的主宰和菁华，努力在外物的运动节奏中求取精神的和谐。"[①] 这就使诗人超脱于客观世界的主体意识与创造精神被遮蔽起来。反过来，对待自然的温和平等态度以及人与自然的和谐相处，也促使诗人不断地在自然中寻求诗料与灵感。这势必导致平和宁静的诗歌美学风格的形成与巩固。

与之不同的是，抽象名词更多的是从自然与社会发展的诸多事实中总结归纳出来的规律与概念，它是一种极具抽象性、概括性与总结性的思维活动的产物。它的出现，本身就表明了人们对自然、社会等客观存在的认

[①] 李怡：《中国现代新诗与古典诗歌传统》（增订版），北京大学出版社2008年版，第43—44页。

第三章 现代意象的创造及诗歌功能的拓展

识与把握能力的发展与提高。因此可以说，这类名词的传播与接受，标志着人与自然（当然也包括社会）的地位不再是平等的，而是人类超越自然、征服自然、改造自然的态度与精神的彰显。这不仅标志着诗人的观念已经开始从"天人合一、物我两忘"的哲学观念和诗学境界中脱身而出，开始进入一种"物""我"分离的状态；而且，在对自然的抗争与反叛、征服与改造的过程中，人类的主体意识与地位也随之凸显出来。由此，"温柔敦厚""和谐静谧"的艺术精神也就自然会被更为主动进取的"恒动"征服精神取代。诗界革命的诗歌创作所呈现出来的"悲怆""豪迈"的美学风格正说明了这一点。

其次，就诗歌的语言与思想层面而言，这些思想、文化、制度、观念等层面上的名词的出现，标示着诗人内在精神世界与思想的新变。如卡西尔所说："我们必须深透到外语中去，以便使自己确信，语言的真正差异并不在于学习一套新的词汇，也不在于词汇的构造，而在于概念的构造。因而学习外语往往是一种精神冒险，恰似一次探险旅行，最终我们发现了一个新世界。……两种语言的词汇绝不可能互相贴切，锱铢不差，也就是说，它们包含着各不相同的思想领域。"[①] 诗界革命中出现的每一个新名词如"自由""民主""文明"等都与特定的内涵相联系，而这些内涵正是中国文化传统所欠缺而西方现代文化中具有的现代性意义的概念。这些概念被诗人征引进诗歌创作，不仅意味着创作者本人的意识观念、精神世界的更新与进展，而且还会影响广大的读者群体，进而给他们带来知识观念、思维方式上的影响与变动。

最后，从这些词语的构成方式来看，抽象名词的出现标志着诗人由形象思维向抽象思维的过渡与转型。汉字的特点是由中国人特有的思维方式决定的。具体来说，汉字及其组成的词语是形象思维的典型代表及体现："汉字之取象，既没有凌驾于自然秩序之上，也没有匍匐于自然秩序之下，而是与自然秩序平行、相交、融合、对应。中国古典诗歌也追求天人合一，物我两忘，它的空灵之境和韵外之致，大多要凭借自然意象来完成，

[①] [德]恩斯特·卡西尔：《语言与神话》，于晓等译，生活·读书·新知三联书店1988年版，第162—163页。

在这点上字思维与诗性思维是相通的。"① 另外，文字或语言也并非思维方式的被动产物，它对思维也具有反作用，即一定的文字或语言影响甚至决定着使用它的人的思维方式。以象形性为突出特征的传统造字法及语言形式能够"通过视觉一下子直接印入人的头脑当中，唤起事物本身的意象或对该事物的联想"②。可见，汉字的诗性特征与中国传统诗歌对意象的倚重之间存在着同生共存的互动关系。

明确了这一点，也就不难理解诗界革命中出现的大量抽象名词对诗歌的风格及观念所带来的冲击与撼动了。与中国传统的文字与语言的构成特点不同的是，"平等""独立""民权""人权""女权""文明""专制""天演""进化""世界"等外来词，无论从构词方法还是从表意功能上来看，都离汉字的象形性特征越来越远，而更接近符号功能。与之相关的思维特点则是西方以理性为主的"逻各斯"。这种语言特征与功能的转变，同时也必然牵动诗歌表意方法与功能的转变。诗歌在摆脱了对具体物象的追求与依赖之后，转向了依靠一定的语法规范排列组合起来的抽象的符号，其借物抒情的功能势必减弱，而叙事、说理的功能随之得到了加强；同时，"言有尽而意无穷"的含蓄隽永、深厚绵长的传统诗意诗味自然也随之淡化，诗歌的形象情感世界趋于减缩，而它的思想启蒙功能及干预社会的功利性特征则被凸显出来。

与此同时，这种以外来词为主的抽象概念的大量"入侵"，还势必影响诗人在遣词造句上的灵活性与自由度。与古代汉语的单音节特点不同，这些外来概念词语以双音节和多音节为主，这会使得诗人无论是在音韵的调配、平仄的相对还是对仗的排列组合方面，都丧失更多的选择空间，乃至声律节奏、对仗形式对近体诗模式的破坏与颠覆，甚至超出古体诗的规范，因而导致新的诗歌体式的出现。

由此可见，抽象化的概念名词对诗歌转型的意义，不仅体现在思想层面，而且还体现在本体形式、诗歌类型及功能等各方面。

---

① 高秀芹：《"字思维"与现代诗歌语境》，载谢冕、吴思敬编《字思维与中国现代诗学》，天津社会科学院出版社2002年版，第141页。
② 章艳：《汉文与诗歌的现代性》，载谢冕、吴思敬编《字思维与中国现代诗学》，天津社会科学院出版社2002年版，第122页。

三 现代新诗对抽象化概念名词的继承与发扬

诗界革命中出现的这种对传统意象具有消解作用的"新物种",在此后的诗歌创作中被继承和延续下来,如稍后秋瑾的《黄海舟中日人索句并见日俄战争地图》:

万里乘云去复来,只身东海挟春雷。
忍看图画移颜色,肯使江山付劫灰。
浊酒不销忧国泪,救时应仗出群才。
拼将十万头颅血,须把乾坤力挽回。

柳亚子的《有怀章太炎、邹威丹两先生狱中》两首:

祖国沉沦三百载,忍看民族日化离。
悲歌咤叱风云气,此是中原玛志尼。

泣麟悲风伴狂客,搏虎屠龙革命军。
大好头颅抛不得,神州残局岂忘君。

这些作品借用抽象名词来"侵占"传统意象在诗歌中的固有空间与地位,使诗歌的形象性特征遭受压抑,同时理性概括的特点则由此更为充分地彰显出来。

如果说秋瑾、柳亚子、陈去病等诗人受国内革命思潮的影响而更注重诗歌的宣传鼓动效应,那么有意思的是,这种创作现象还出现在留美时期胡适的创作中。而且,他创作风格的变化有一个明显的时间"拐点":1914年。是年1月29日,胡适翻译了英国19世纪诗人卜郎吟(Robert Browning,今译罗伯特·勃朗宁)的诗歌《乐观主义》:

吾生惟知猛进兮,未尝却顾而狐疑。

见沈霾之蔽日兮，信云开终有时。
知行善或不见报兮，未闻恶而可为。
虽三北其何伤兮，待一战之雪耻。
吾寐以复醒兮，亦再蹶以再起。

作者在诗后评曰："此诗以骚体译说理之诗，殊不费气力而辞旨都畅达，他日当再试为之。今日之译稿，可谓为我辟一译界新殖民地也。"① 很显然，这首诗是把抽象名词作为诗歌表达的重点，而且全诗以议论说理为主。而且，他还将此视为诗歌实践的新路向。在此后的翻译过程中，胡适对这类诗歌极为看重，甚至把 1919 年翻译的美国诗人萨拉·梯斯代尔（Sara Teasdale）的《关不住了》（*Over the Roofs*）视为"新诗成立的新纪元"②。不仅翻译如此，胡适在诗歌创作中同样把以抽象名词为主、注重诗歌说理的风格取向付诸实践。1914 年 7 月 7 日，胡适以"旧体诗"的形式创作了一首长诗《自杀篇》：

叔永至性人，能作至性语。脊令风雨声，令我泪如雨。
我不识贤季，焉能和君诗？颇有伤心语，试为君陈之。
叔世多哀音，危国罕生望。此为恒人言，非吾辈所尚。
奈何贤哲人，平素志高抗，一朝少挫折，神气遽沮丧？
下士自放弃，朱楼醉春酿。上士羞独醒，一死谢诸妄。
三闾逮贤季，苦志都可谅。其愚亦莫及，感此意惨怆。
我闻古人言，"艰难惟一死"。我独不谓然，此欺人语耳。
义士有程婴，偷生存赵祀。夷吾忍囚槛，功业炳前史。
丈夫志奇伟，艰巨安足齿？盘根与错节，所以见奇士。
处世如临阵，无勇非孝子。虽三北何伤？一战待雪耻。
杀身岂不易？所志不止此。生材必有用，何忍付虫蚁？

---

① 胡适：《乐观主义》，载《胡适留学日记》（上），安徽教育出版社 1999 年版，第 145 页。
② 胡适：《尝试集》再版自序，载《胡适文集》（3），人民文学出版社 1998 年版，第 154 页。

第三章 现代意象的创造及诗歌功能的拓展

> 枯肠会生梯,河清或可俟。但令一息存,此志未容已。
> 春秋诸贤者,吾以此作歌。茹鲠久欲吐,未敢避谴诃。

胡适特意在此诗之后加上一段说明:"全篇作极自然之语,自谓颇能达意。吾国诗每不重言外之意,故说理之作极少。求一朴蒲(Pope)已不可多得,何况华茨活(Wordsworth)与贵推(Goethe)、卜朗吟(Browning)矣。此篇以吾所持乐观主义入诗,以责自杀者。全篇为说理之作,虽不能佳,然涂径具在,他日多作之,或有进境耳。"①他把中国说理诗歌不够发达的原因归于"不重言外之意"的这一观点其实并不准确,实际上传统诗歌的言外之意是通过具体意象折射出来的,而说理诗不发达至少是与古代汉语中抽象名词的数量不多,而且很难进入诗歌的殿堂有着密切联系的。当然,胡适对说理之诗的喜爱与偏好由此也得以证明。

在《自杀篇》之后,胡适接连创作了几篇与之相似的诗作,如《送许肇南先甲归国》《将去绮色佳,叔永以诗赠别……》《送梅觐庄往哈佛大学》等。因此,从胡适的论述与创作实践来看,《自杀篇》无疑是他有意尝试诗歌的新的创作方法、表达方式及功能的开端。无论有意还是无意,客观上这种诗歌在意象层面上都继承并延续了诗界革命创作中所采用的以抽象名词来冲淡传统诗歌中具体可感意象的传统,从而标示出诗歌的新变状态。尽管在胡适有限的论述中我们无从得知他是否受到诗界革命以来的诗歌创作的影响和启发,而更容易发现他受外国诗人朴蒲、华茨活、贵推、卜朗吟等人启发的证据,但截然割裂他与前者之间的客观联系也是明显的偏颇之见。因为早在胡适出国留学之前,他就创作了以议论为主的诗歌,如《十月九日离群索居俯仰身世率成》(1907年10月9日)、《口号》(1908年4月)等,只不过此类诗歌并不十分集中与普遍。如果把这些诗歌视为诗界革命的创作实践谱系中的一个组成部分应该不会有太大的争议。也正是有了此前的创作实践作为资源与基础,在一定程度上也可以说《自杀篇》所显示出来的"转变",其实就是在外国诗歌的"刺激"之下,

---

① 胡适:《自杀篇》,载《胡适留学日记》(上),安徽教育出版社1999年版,第242页。

诗界革命:中国现代新诗的萌蘖

重新唤起了曾经实践过的诗歌创作经验。换言之,外来资源只不过是在实现二者之间的成功连接中发挥了催化作用。如果这种判断正确,那么我们则不难得出这样的结论:胡适的《自杀篇》与后来作品中出现的调用抽象名词入诗,以及这类作品所表现出来的议论说理的特征,可以被视为诗界革命诗歌实践成果的自然接续与拓展。

同时,这一传统不仅体现在胡适发动文学革命之前的"旧体"诗歌创作中,而且还延续到后来所谓"白话新诗"的尝试与建设过程中。1916年,胡适在为自己的打油诗《答梅觐庄——白话诗》辩护时指出:

> ……
> 第四,此诗亦未尝无"审美"之词句。如第二章"文字没有古今,却有死活可道";第三章"这都因不得不变,岂人力所能强夺?"……"正因为时代不同,所以一样的意思,有几样的说法";第四章"老梅,你好糊涂!难道做白话文章,是这么容易的事?"此诸句哪一字不"审"?哪一字不"美"?
> 第五,此诗好处在能达意。适自以为生平所作说理之诗,无如此时之畅达者,岂徒"押韵"就好而已哉?(足下引贾宝玉此语,令我最不服气)①

这可以视为胡适选择抽象名词入诗,并使诗歌功能偏向于说理议论的努力的直接宣言。此后的不少白话诗歌就是沿着这条路子前行的。如他的白话诗《梦与诗》《平民学校校歌》《一个哲学家》《后努力歌》等都是典型的代表。尽管胡适并不排斥具体意象的使用,他主张"诗需要用具体的做法,不可用抽象的说法。凡是好诗,都是具体的;越偏向具体的,越有诗意诗味。凡是好诗,都能使我们脑子里发生一种——或许多种——明显逼人的影像,这便是诗的具体性"②,但因时代、环境等外在因素的影响,

---

① 胡适:《一首白话诗引起的风波》,载《胡适留学日记》(下),安徽教育出版社 1999 年版,第 378 页。
② 胡适:《谈形式——八年来一件大事》,载《胡适文集》(3),人民文学出版社 1998 年版,第 147 页。

第三章 现代意象的创造及诗歌功能的拓展

特别是语言思想层面的嬗变,即使在一些注重具体意象创造的诗歌中也难以拒斥抽象名词的侵入,这已经成为势不可挡的时代潮流。由此也出现了因说理意图过于强烈与明显而导致诗歌过于浅白直露的缺憾:"胡先生所提倡的'具体的写法'固然指出一条好路,可是他的诗里所用具体的譬喻似乎太明白,譬喻和理分成两橛,不能打成一片;因此,缺乏暗示的力量,看起来好像是为了那理硬找一套譬喻上去似的。"[①] 造成这种弊端的原因即在于,抽象化概念名词的频频介入导致了具体可感的意象的锐减,进而削弱了诗歌的形象特征与读者的联想空间。

胡适之外,其他的早期白话诗人也主张诗歌对主义的宣传鼓吹作用,同时在创作中也采用了不少抽象名词。俞平伯认为:"新诗和古诗的不同,不仅在于音节结构上面,他俩的精神,显然大有差别。我们做诗的人,也决不能就形式上的革新以为满足;我们必定要求精神和形式两面的革新。主义是诗的精神,艺术是诗的形式。新诗的艺术固然很重要,但艺术离了主义,就是空虚的,装饰的,供人开心不耐人寻味使人猛省的。中国古诗大都是纯艺术的作品,新诗的大革命,就在含有浓厚人生的色彩上面。"[②] 为了借诗歌以宣传"主义",抽象名词或短语的增加也就在所难免。如他的《游皋亭山杂诗》中的第五首《一笑底起源》中就有这样的诗句:

>……
>在我们是说不出,
>在他们是没有说。
>既笑着,总有可笑的在。
>总有使我们,他们不得不笑的在。
>笑便是笑罢了,
>可笑便是可笑罢了,
>怎样不可思议的一笑啊!

[①] 朱自清:《诗与哲理》,载朱乔森编《朱自清全集》第3卷,江苏教育出版社1988年版,第333—334页。

[②] 俞平伯:《社会上对于新诗的各种心理观》,载杨匡汉、刘福春编《中国现代诗论》(上),花城出版社1985年版,第26页。

诗界革命：中国现代新诗的萌蘖

这种创作特点在白话新诗的初创时期表现得极为突出，不少诗人的诗作中都排布着众多的抽象名词，从而将自己的情感态度、人生观念、心态情绪更为直接地表述出来。如周作人《歧路》中的一部分：

……
我爱耶苏，
但我也爱摩西。
耶苏说，"有人打你右脸，连左脸也转过来由他打"；
摩西说，"以眼还眼，以牙还牙"；
吾师乎，吾师乎！
你们的语言怎样的确实啊！
我如果有力量，我必然跟耶苏背十字架去了。
我如果有较小的力量，我也跟摩西做士师去了。
但是怯懦的人，
你能做什么事呢？

这样的诗歌对于那些熟谙并浸染于中国传统诗歌寄情物象、含蓄蕴藉美学惯例的读者而言，自然是极为肤浅直露、通透寡味的。当时的白话新诗倡导者对一些诗作也不满意。周作人就指出：五四初期的白话新诗"都像是一个玻璃球，晶莹透澈得太厉害了，没有一点儿朦胧，因此也似乎缺少了一种馀香与回味。"① 由此，在白话诗的地位得以确立之后，新月派及现代诗派的诗人致力于重拾具体物象以收复被抽象名词所笼罩的诗歌意象空间，再次回归凝练深蕴、韵味无穷的传统诗歌美学风格就成为一种必然。即使如此，抽象名词进入诗歌领域的趋势已无法摒弃与驱除，只不过是在一些诗歌中表现得更为含蓄而已。而且，仍有一些诗人坚持这种创作方法，如"我们期待的只是一句诺言/然而只有虚空，我们才知道我们仍旧不过是/幸福到来前的人类的祖先"（穆旦《时感》）。有人指出：穆旦的

---

① 周作人：《扬鞭集》序，载钟叔和编《周作人文类编·本色》，湖南文艺出版社1998年版，第741页。

第三章 现代意象的创造及诗歌功能的拓展

诗歌"之所以令人耳目一新,正是因为他一扫从前的诗人惯用的'诗意措辞',而使用了大量'非诗意化'的用语。那些见诸心理学、教育学、社会学、政治学、法学以及医学的词汇,以其富于分析性的抽象,带学究气的苦涩,造成一种智性风格"①。其实,这也是中国现代诗歌发展的一个缩影:无论是语言、意象、节奏还是文体,都不停地在收与放、本土与西方、传统与现代的两极之间来回摆渡。

不可否认,与传统诗歌借景抒情、托物达意的委婉含蓄不同,自诗界革命以降延续到现代诗歌发展过程中的抽象名词等非意象化概念侵入诗坛的现象,造成了诗意的稀释与诗味的淡薄,因此也颇为读者所诟病;但引领抽象名词入诗本身就是一种积极的尝试,诗歌本体自然随之而变;而且它为中国诗歌在含蓄蕴藉的美学规范之外开辟出一条新路,更加注重抒情达意的直接与畅达、通晓与流利。诗歌的议论说理功能因此也从"犹抱琵琶半遮面"的隐含、遮蔽状态而走向前台。由此可见,诗界革命创作中以抽象概念名词稀释与挤压诗歌传统意象的创造策略之于诗歌转型及现代新诗的发生具有十分重要的意义:它不仅改变了诗歌传情达意的方式并拓展了诗歌的功能领域,而且更新了诗人的思维,同时也创新了诗歌的类型。

诗界革命在诗歌意象上的调整与变更,不仅使既有的传统物象扩大了统摄范围,而且也更新了其所寄寓的思想情感。事象的急剧涌现,在促使传统诗歌的意象类型得以丰富与深化的基础上,更推动了诗歌表意抒情手段的更替与丰富,使得诗歌的词汇、语法、句式更加规范、完善,表意更加精确,抒情更加细腻;而这种变化,同样关联着诗人与诗歌思想上的逻辑性、完整性与条理性。思维与表达方式的转变又会反作用于诗歌本体的发展,因抽象化概念名词的挤占而导致意象在数量上的锐减与空间的收缩,不仅更新了诗歌的本体,而且极大地拓展了诗歌的议论和说理功能,丰富了诗歌的表现类型。因此,诗界革命在诗歌意象上的变化成为诗歌转型的重要组成与表现形式之一。意象的更新与拓展乃至其地盘的丧失,也成为现代新诗发生发展时期所不可回避的重要命题。

---

① 江弱水:《伪奥登风与非中国性:重估穆旦》,《外国文学评论》2002年第3期。

第四章

自由诗体的多维探求

　　诗歌在语言、声律节奏及意象等本体要素上的变革，势必影响并表现为诗歌文体的变化。但是，这种变革因为梁启超所提出的"以旧风格含新意境"的主张而引起了研究者的严重误读。实际上，他们并没有深入到诗歌本体的内部去实地考察文体的变革，再加上诗界革命的不少诗作采用的是"疑似旧文体"，因而使人容易形成诗界革命的变革并不彻底的错觉。而且，胡适等以"作诗如作文"作为新诗宣言与创作实践，的确呈现出前所未有的"诗体大解放"的特征。两者相比较，更容易使研究者形成这样的一种判断：诗界革命尽管倡导新语句与新意境，但因其固守"旧风格"而与现代新诗之间的关系极为疏远甚至迥然相异；胡适等人创作的白话新诗彻底摆脱了传统诗歌体式的影响而创造了自由灵活的现代诗体形式。这种"貌似正确"的结论，不仅认同者众多而且至今仍有生存市场。但是，问题的症结也在于此：诗界革命是否能够固守"旧文体"？换言之，以"新语句"为基本材料，能够兼容"新意境"的诗歌体式是否还呈现为"旧风格"？梁启超所谓的"旧风格"的所指又是怎样的？除了新语句的影响之外，诗界革命在诗歌体式的变革上是否还有其他的新变？如果有，这些变化又体现在哪些方面？诸如此类的问题，正是对诗界革命的文体特征进行重新评判与定位的关键点。因此，不厘清这些问题，也就很难对诗界革命及其与新诗的关系进行更为深入的研究和公正的评价。

第四章 自由诗体的多维探求

对于文体的界定，童庆炳指出："文体是指一定的话语秩序所形成的文本体式，它折射出作家、批评家独特的感觉方式、体验方式、思维方式、精神结构和其他社会历史、文化精神。文体是一个系统。文体从呈现层面看是指文本的话语秩序、话语规范、话语特点，但其背后会有丰富的人文内容。也可以说，文体问题主要是形式问题，但形式是为一定题材工作的，并赋予题材以色彩和韵调，然而题材的性格也必然要制约着形式。"[①] 他把文体作为一个复杂系统来对待，并且也指出了文体与时代、作家与批评家、题材之间复杂的互动关系，而不是文体被动地接受后者的挑选与驱使，这就突出了文体复杂的内涵与独特的地位，无疑具有极大的合理性。同时，这也为我们重新认识诗界革命中文体的变化提供了理论与思路上的启迪与参照。

第一节 传统格律体：难以固守的旧诗体

有人指出："任何体裁的文学作品，特别是艺术性较强，对形式要求较高的体裁，如诗歌是人的语言智能的典型范例，堪称最高的语言艺术，如同狂欢节一样，都有一个内容被赋予形式的过程。"所以，内部形式新陈代谢的文学文体革命最能够体现出文学的革命性质，文体革命是文学革命意义最明显、最直接、最实质的表现。"文学只有从它本身来说，作为已经变成形式的内容，才能在深远的意义上称为革命的。"[②] 因此，通过与传统诗歌的对比，考察诗界革命在文体上的表现与更替，在一定程度上可以把握这一运动的"革命"性质，从而能够更准确地发掘出它与中国新诗之间的内在关联。

文体的形成与发展并不是偶然的，它受时代因素、文化背景、语言形式、创作主体、传播载体以及接受者的阅读期待等诸多因素的影响和制约。一方面，发生在晚清之际的诗界革命在诗歌文体上的"守旧"、内部

---

① 童庆炳：《论文学文体》，载《童庆炳谈文体创造》，河南大学出版社1994年版，第17页。
② [美]马尔库塞：《现代美学析疑》，绿原译，文化艺术出版社1987年版，第3页。

结构上的骚动与解体,就是这众多因素所形成的合力推动的结果,而且诗歌创作的文体特征也具有明显的外力与内力共同作用所留下的印痕;另一方面,这种复杂而又新颖的文体样态,同时也反作用于它所使用的新语句与承载的新意境。

一 动荡的时代是诗界革命发生的外在背景与推力

晚清时期,特别是鸦片战争之后,中国社会开始被异族的炮火惊醒。长期处于封闭状态、盲目自大的国人在度过恐慌之后,在感慨外来的船坚炮利与本国的大刀长矛陈旧落后的同时,开始进行中西器物、制度上的比较。比较的结果就是由最初向西方现代科学技术等器物层面的学习,逐渐过渡到对其制度、文化等多个层面的学习与借鉴。当然,对西方制度、文化等精神层面的参照,不仅更新了一部分知识分子的知识结构、观念意识与精神体验,而且更带来对整个文化体系、社会结构的影响和冲击。可以说,这一历史时期的时代精神与特征,已经迥异于先前静如深潭的安稳与保守状态,而恰如被搅动的一池浅水,不仅在表面上形成巨波狂澜,就连处于底层的市民社会也跟着潮动起来。动荡不安成为这一时代的"共名"主题。诚如钱仲联在《人境庐诗草笺注·前言》中所说的:"黄遵宪的一生,正处在中国社会由封建社会转化为半封建半殖民地社会的时期。在他出生前的八年,发生了鸦片战争。此后,经过了第二次鸦片战争、中法战争、甲午战争、八国联军入侵等,一个侵略风暴接着一个侵略风暴;也经过了太平天国起义、捻军起义、苗民起义、回民起义、义和团运动等,一个革命浪潮接着一个革命浪潮。这是社会经济、阶级关系急剧变化的时代。反映在意识形态各方面,相应地发生着急剧的变化。"[①] 在这一社会背景下,作为意识形态之一的诗歌也不可能寻觅到能够保全自身的宁静港湾,而必然被动荡不安的局势推向风雨飘摇的社会前台,"首先吹出古典诗歌改革运动号角的,就是以黄遵宪为首的新派诗人"[②]。这种针对古典诗歌的改

---

① 钱仲联:《人境庐诗草笺注》前言,载黄遵宪《人境庐诗草笺注》,钱仲联笺注,上海古籍出版社1981年版。
② 同上。

第四章 自由诗体的多维探求

革,自然也就会牵扯着与社会变迁密切关联的诗歌文体在内。

就诗歌的文体而言,一方面,它因受艺术传统与艺术惯例的制约而具有相对的延续性和连贯性;但另一方面,它同时也会随着时代的变化而发生相应的变化。这一特征早在中国的传统诗学理论中就已被发现。刘勰指出:"文变染于世情,兴废系于时序。"(刘勰:《文心雕龙·时序》)姚华也认为:"文章体制,与时因革,时世既殊,物象既变,心随物转,新裁斯出。"(姚华:《弗堂类稿》)西方文学理论中也有类似的观点:艺术史"首先必须把风格看作是一种表现,是一个时代和一个民族性情(temper)的表现,同时也是个人气质(temperament)的表现。"① 而且,这种理论的合理性已经被中国文学的历史进程反复证明。例如,"汉赋""唐诗""宋词""元曲""明清小说"的习惯性命名,尽管遮蔽了每一个时代文学创作的多元格局与文体样式繁富的现实,但却能够反映出不同类型的文体样式在不同的时代各领风骚的事实与嬗变轨迹。

中国诗歌经历了唐代的至高辉煌,在此后的几个朝代难以为继其固有的成就与地位,而是在诗歌之外另辟蹊径,先后出现了词、曲、小说的黄金时代。晚清诗歌更是在庞大的传统面前尽显穷途末路的迹象:无论是题材还是语言、文体方面,一成不变地固守传统只能走向没落。如在梁启超看来,晚清诗歌已经疲态尽显:"以言夫诗,真可谓衰落已极;吴伟业之靡曼,王士祯之脆薄,号为开国宗匠。乾隆全盛时,所谓袁(枚)、蒋(士铨)、赵(翼)三大家者,臭腐殆不可向迩;诸经师及诸古文家,集中亦多有诗,则极拙劣之砌韵文耳;嘉道间,龚自珍、王昙、舒位,号称新体,则粗犷浅薄;咸同后,竞宗宋诗,只益生硬,更无余味……"② 在这种艰难的困境中,诗歌要想继续存活下去,唯一的出路就是通过调整与变革为自己赢得生机与活力。而恰逢文化激荡、风云际会的时代的诗界革命,为诗歌的发展提供了新的契机与生路,那就是从语言、形式乃至意境、主题上的"革命"。

---

① [瑞士] H. 伍尔夫林:《艺术风格学》,潘耀昌译,辽宁人民出版社 1987 年版,第 9 页。

② 梁启超:《清代学术概论》,载《梁启超全集》第 10 卷,北京出版社 1999 年版,第 3106 页。

黄遵宪对传统诗歌模式的不满，梁启超等对新学诗的尝试，就是在晚清社会变动大潮的冲击之下发生的。在梁启超等人"捋扯新名词以表自异"的诗歌尝试与探索中，一个必不可少的要素就是大量新名词的涌入，而这些新名词又是伴随着令人目不暇接的新事物的涌入而滋生的，这些新事物只有在国门打开（姑且不论是主动的还是被动的）之后才会出现。仅仅是新名词，就足以给日趋衰朽的传统诗歌带来一声棒喝或者注入新的血液，并推动其在文体上做出必要的调整与更新。正如卡西尔所说："如果变化了的生活条件，即伴随文化发展而发生的变化将人们带入新的人与环境的实际关系，语言中遗传下来的概念便不复保存其原始'意义'了。这些概念以与人类活动的界限趋于变化和相互影响相同的节奏，开始发生变化，开始运动起来。无论什么时候，无论什么缘故，只要两类活动间的区分丧失了意义和重要性，语义就会随之发生变化，亦即是说，标志这一区分的语词就会发生相应的变化。"① 由已经发生变化了的词语重新排列组合（即使能够按照原来的规则）所组构起来的诗歌文体，自然在内部结构与外在特征上也就不同于此前的文体了。

二 创作主体的诗学观念对诗歌文体的影响

除了时代语境对诗歌文体的形成与转变产生了难以抗拒的外推力之外，创作主体的社会观念、文学意识与文体认知等因素则能够更直接地作用并反映在文体的继承或更替上。

从创作主体的角度来看，诗界革命的健将在知识结构、眼界视野、观念意识、内在体验以及精神结构上已经与传统的知识分子有所不同。最明显的表现就是西学的大量涌入和冲击，使得前者由眼界的开阔过渡到精神结构的转变。这种转变的表现之一，就是主体意识的逐渐觉醒和显露。科举制度自汉代兴起、隋唐确立以来，到晚清之际已经成为中国知识分子谋生晋身、实现治国安邦宏愿的必经之途。"学而优则仕"的现实与理想，

---

① ［德］恩斯特·卡西尔：《语言与神话》，于晓等译，生活·读书·新知三联书店1988年版，第65页。

第四章 自由诗体的多维探求

不仅吸引了尚未走上仕途的知识分子,更规训了被体制所认可和接受的仕子们。即使狂狷如李白者,在"仰天大笑出门去,我辈岂是蓬蒿人"的自负背后,流露出来的却是诗人被体制接纳即将重归仕途后的兴奋与张扬。尽管传统诗人有对体制进行劝说的权利和义务,但那毕竟是他们安身立命的最大靠山,一旦被体制所抛弃,哪怕仅仅是谪贬下放,无限的失落与伤感便成为心头难以排遣的痛楚。除非他们都像极少数人才能做到的那样安心隐居。而科举制度对于知识分子的影响更是深刻:"'科举文化'不需要原创性,背诵经典条文的求同思维,对于科举考生来说,远比探索未知的精神与物质世界所需要的求异思维更为重要。久而久之,中国士大夫知识分子的思维方式、群体心理,也就蜕变为牵文拘义、循规蹈矩、重守成而轻创新的积习。"[①] 当然,这种保守的心态与封闭的思维方式在诗歌文体上的表现之一,就是在狭小的空间里对韵律的强化与字词锤炼的极端追求。19世纪80年代以来,随着洋务运动和西学传播的深入,社会形势发生了很大变化,科举制度成为率先觉醒的知识分子所批评的对象。黄遵宪在《杂感 其五》中就对此进行了嘲讽:

  谓开明经科,所得学究耳。谓开治策科,亦只策士气。谓开词赋科,浮华益无耻。持较今世文,未易遽轩轾。隋唐至科后,变法屡兴废。同以文章名,均之等废契。譬如探筹策,亦可得茂异。狗曲出何经,驴券书博士。所用非所习,只以丛骂詈。亦有高材生,各自矜爪觜。袒汉夸考据,媚宋争义理,彼此互是非,是非均一鄙。

1905年,实行了1300多年的科举制度终于被迫终止。与这一过程相呼应的是知识分子传统精神结构的解体与创新意识的显露。这种转变在诗人的诗歌观念与创作中表现为开始以进化论的观念与"厚今薄古"的意识观照传统诗歌,并将其创作模式作为反思的对象,转而强调诗歌应从泥古中脱身而出,致力于创作不受传统拘牵、"我手写我口"的作品。黄遵宪

[①] 萧功秦:《从科举制度的废除看近代以来的文化断裂》,《战略与管理》1996年第4期。

的《杂感 其三》中同样表现了这种意识：

> 古今辨诗体，长短成曲引。洎乎制义兴，卷轴车连轸。常恐后人体，变态犹未尽。吁嗟东京后，世茶文益振。文胜失则弱，体竭势已窘。后有王者兴，张网罗贤俊，决不以文章，此语吾敢信。但念废弃后，巧拙同泯泯。欲求覆酱瓿，已难拾灰烬。我今展卷吟，徒使后人哂。

在表达对传统诗歌不满的同时，黄遵宪倡导诗歌创作应以"我"为主，进行诗体的大胆尝试与革新：

> 士生古人之后，古人之诗号专门名家者，无虑百数十家，欲弃去古人之糟粕，而不为古人之束缚，诚戛戛乎其难。虽然，仆尝以为诗之外有事，诗之中有人；今之事异于古，今之人亦何必与古人同。尝于胸中设一诗境：一曰，复古人比兴之体；一曰，以单行之神，运排偶之体；一曰，取《离骚》乐府之神理而不袭其貌；一曰，用古文家伸缩离合之法以入诗。其取材也，自群经三史，逮于周、秦诸子之书，许、郑诸家之注，凡事名物明切于今者，皆采取而假借之。其述事也，举今日之官书、会典、方言、俗谚，以及古人未有之物，未辟之境，耳目所历，皆笔而书之。其炼格也，自曹、鲍、陶、谢、李、杜、韩、苏讫于晚近小家，不名一格，不专一体，要不失乎为我之诗。诚如是，未必遽跻古人，其亦足以自立矣。①

事实上，黄遵宪在这种观念的引导下进行了诗歌文体上的大胆尝试与创新，从而使诗歌呈现出一种崭新的面貌。如《宫本鸭北索题晁山图即用卷中小野湖山诗韵》：

---

① 黄遵宪：《人境庐诗草》自序，载《黄遵宪全集》（上），中华书局2005年版，第68—69页。

第四章 自由诗体的多维探求

地球浑浑周八极,大块郁积多名山。汪洋巨海不知几万里,乃有此岛矗其间。关东八州特秀出,落落晃山半天悬。乱峰插云俯水立,怒涛泼地轰雷阗。坐令三百诸侯竭土木,朘民膏血供云烟。下有黑狮白虎踆踆踠踠伏阙下,上有琼楼玉宇高处天风寒。中间一人冕旒拟王者,今古拥卫僧官千。呜呼将军主政七百载,唯汝勋业差可观。即今霸图寥落披此卷,尚足令我开笑颜。古称海上蓬莱方壶圆峤可望不可即,我曰其然岂其然?

类似的诗歌创作在黄遵宪的诗集《人境庐诗草》中并不少见。而且,诗界革命的其他诗人也有不拘传统诗歌体式的创作。如谭嗣同的《儿缆船并叙》:

友人泛舟衡阳,遇风,舟濒覆。船上儿甫十龄,曳舟入港,风引舟退,连曳儿仆,儿啼号不释缆,卒曳入港,儿两掌骨见焉。

北风蓬蓬,大浪雷吼,小儿曳缆逆风走。惶惶船中人,生死在儿手。缆倒儿曳儿屡仆,持缆愈力缆縻肉,儿肉附缆去,儿掌惟见骨。掌见骨,儿莫哭,儿掌有白骨,江心无白骨。

署名"在宥民"的《读新民丛报感而作歌》(《新民丛报》第十六号)以及蒋智由的《醒狮歌 祝今年以后之中国也》(《新民丛报》第二十五号)等诗作,更是全然脱离了传统诗歌字数规整、韵律和谐的固定模式,呈现出自由洒脱、率性而为的散文化倾向。

三 文学的生产与传播方式同样也会触动文体特征的变化

就传播方式而言,诗界革命所凭借的媒介已经不同于传统的书函交流或教学传授,而是改用了报刊等现代化的传播手段。在西方传教士的影响下,特别是1874年王韬在香港创办了首份政论性报刊《循环日报》之后,中国知识分子开始把报刊作为表达政见、宣传思想,同时也是发表文学作品的主要媒介。变法维新者先后以《中外纪闻》《时务报》《知新报》《湘

诗界革命：中国现代新诗的萌蘖

学报》等报刊作为从事政治革新与思想启蒙的重要工具。这一传统被延续到诗界革命中去，《清议报》《新民丛报》《新小说》等报刊应运而生。尽管这些报刊并不专以发表文学理论和创作为宗旨，但又不能不承认，诗界革命的理论和创作实践都是借助这些媒介来展开的。《新民丛报》发行量最高时达到14000余份，可见其影响之大。

一方面，报刊作为文学的载体，改变了文学传播的方式，即由传统的著书立说、书函往来等单向、有限的交流范围，扩展到缩短面世周期并使成千上万的读者接受或参与其中。此前的诗歌交流方式和途径比较有限，主要是与好友的面对面交流，如"好句无人堪共咏，冲泥踏水就君来"（白居易《雨中携元九诗访元八侍御》）；也有如"题诗得秀句，札翰时相投"（杜甫《送韦十六评事充同谷邻防御判官》）的书札往来方式；有时也会因交通不便而产生类似"何时一樽酒，重与细论文"（杜甫《春日忆李白》）的苦苦期盼而不得的遗憾与怅惘。而报刊的出现，使这种有限的交流方式大为改观。更重要的是，报刊这一传播媒介对文学的文体也产生了巨大的影响。谭嗣同在1897年的《时务报》上发表《报章文体说》[①]一文，指出了报章之文与传统之文的不同。梁启超在《饮冰室文集序》中谈到报刊对新文体的影响时说："吾辈今之为文，岂其欲藏之名山，俟诸百世之后也！应于时势，发其胸中所欲言，然时势逝而不留者也，转瞬之间，悉为刍狗。况今日天下大局日接日急，如转巨石于危崖，变异之速，匪翼可喻。今日一年之变，率视前此一世纪犹或过之。故今之为文，只能以被之报章，供一岁数月之递铎而已；过其时，则以之覆瓿焉可也。"[②] 这段文字虽然谈论的是文章体式，但对于理解报刊之于诗歌文体的影响则同样适用。在报刊出现以前，中国传统知识分子的诗歌创作中尽管也有"七步成诗"、立等可就的应急应时之作，但整体言之，从形之于心到形之于手的创作过程一般来说比较长，也就是说他们有充足的时间用于字词诗句的推敲，同时也包括音韵节奏上的锤炼与打磨。这在历代诗话中都不乏代表性的例子，如"为人性僻耽佳句，语不惊人死不休"（杜甫《江上值水如海

[①] 该文收入《谭嗣同全集》时，更名为《报章总宇宙之文说》。
[②] 梁启超：《饮冰室文集》序，载《饮冰室文集点校》，云南教育出版社2001年版，第1页。

第四章 自由诗体的多维探求

势聊短述》);"二句三年得,一吟双泪流"(贾岛《题诗后》)。而且,历代诗人也以此作为追求的目标和骄傲:"百锻为字,千炼成句。"(皮日休《刘枣强碑》)"诗句以一字为工,自然颖异不凡。如灵丹一粒,点铁成金也。"(胡仔《苕溪渔隐丛话》)而报刊出现之后,诗歌文体同样也不可避免地受其影响。在《清议报一百册祝辞并论报馆之责任及本馆之经历》中,梁启超就十分推许该报上的诗歌栏目:"若夫雕虫小技,余事诗人,则卷末所录诸章,类皆以诗界革命之神魂,为斯道别辟新土",并将其视为"《清议报》之有特异与群报"的特征之一。① 报刊之外,甚至还有借助电话进行诗歌交流的例子,如孙宝瑄的《与二我电机谭诗》:

  白云入我袖,山鸟集其掌。
  妙语空中闻,精神自来往。

有学者指出了这种特殊的传播方式对文体的特别要求:"不过,照我想来,电话中交流诗作固然便当,诗作却只能是绝句一类。若是长篇,再加上语言典雅,用时过多,交谈双方都会失去兴趣。当然,古代打油诗、现代白话诗除外。旧诗格律与现代文明的矛盾,在此也显现出来。看来,要使电话谈诗任意、尽兴,也要求诗体、诗歌语言的解放。这是再明白不过的了。"② 同理可以推断报刊这一传播载体对诗歌创作的影响:文学生产周期的缩短,势必敦促诗人摆脱传统诗歌创作中字斟句酌、慢火相煨的创作心态与锤炼过程,"二句三年得"的情形,将被"立等可取"的急就章所取代,而以适应相对迅速的出版周期为创作节奏。在这种情况下,以报刊为发表媒介的应时之作,无论在对词语、句式的择用上,还是对固有音律的调谐与选配上,以及意象、意境的创设等方面,自然也会不同于传统的诗歌要求与体式。

另一方面,报刊这一新的传播手段与媒介所带来的新奇与体验,还为诗人提供了重要的创作资源,甚至成为他们直接描写的材料与对象。康有

---

  ① 梁启超:《清议报一百册祝辞并论报馆之责任及本馆之经历》,载《梁启超全集》第2卷,北京出版社1999年版,第479页。
  ② 夏晓虹:《晚清社会与文化》,湖北教育出版社2001年版,第157页。

为的不少诗作,单从题目上就可以看出是描写诗人阅读报刊后的所思所感:《阅报见德人贺得胶周岁事,又得杨漪川狱中诗,题其后》《阅报闻禁中皆成茂草矣》《庚子八月五日阅报录京变事》《槟榔屿大庇阁阅报》等。这种从报刊中获得信息并及时做出反应——尤其是以诗歌进行表达的创作方式,一方面体现了创作与新闻报刊之间互动关系的形成;另一方面也会对诗歌的语言、音韵、格律、形式等诸方面造成影响。有人指出:"资产阶级革命派的诗歌,无论从题材提炼、艺术概括、表现手法、遣词造句、音韵格律等方面来看,都有不及前代优秀作品的地方。除了极少数例外,这些诗大都平铺直叙,比兴手法使用较少,使用得也不够圆熟,诗的形象不够鲜明生动,缺少含蓄凝练,诗味不深,有些诗甚至用词造句都比较生硬,给人总的印象是比较粗糙的。"① 这种艺术上的"粗糙",正是诗人无暇顾及诗句锤炼所导致的,而其成因自然也包括报刊这一传播载体的影响。而且反过来看,诗界革命的创作在精致程度、规范遵循、表现手法等方面所呈现出来的逊色于传统格律诗的"粗糙"与生硬,恰恰是它与传统格律诗相互迥异的特征。进而言之,这正是诗界革命从格律诗的规范中脱离出来寻求新生的重要表现。这应该成为判定包括诗界革命在内的晚清诗歌从传统诗歌的文体规约中脱身而出、发生新变的重要证据。

四 语言的变化对诗歌文体的牵引作用

无论是时代背景的外在推动,还是创作主体文体意识的嬗变,抑或是传播方式与接受状态对文体的影响,文体的变化最终还是要通过语言的内部结构与外在形态体现出来。即是说,在影响文体变化的诸多因素中,语言的作用与表现更为直接与突出。因为"文体就是文学作品的话语体式,是文本的结构方式。如果说,文体是一种特殊的符号结构,那么,文本就是符号的编码方式。'体式'一词在此意在突出这种结构和编码方式具有模型、范型的意味。因此,文体是一个揭示作品形式特征的概念"②。可

---

① 柏昭:《服务政治,激情洋溢》,载牛仰山编《1919—1949中国近代文学论文集·概论诗文卷》,中国社会科学出版社1984年版,第575页。
② 陶东风:《文体演变及其文化意味》,云南人民出版社1994年版,第2页。

第四章 自由诗体的多维探求

见,文体的表现形态其实就是文学话语的排列组合方式。如果说诗歌对语言的依赖程度要高于小说、散文和戏剧等其他的文学类型,那么其文体形式自然也受语言的影响更为深刻。从这一意义上言之,诗界革命的理论倡导与创作实践,在语言上的变革也就势必会影响到其文体上的变动,至少会影响到诗歌文体内部结构上的松动与调整,并且还会或隐或显,或深或浅地反映在外在形式上。尽管梁启超一再强调,诗界革命的最高理想是以"旧风格"来容纳"新意境"与"新语句",但无论是"新意境"还是"新语句"的呈现形式,尤其是后者所建构起来的诗歌文体风格,绝不可能原封不动地固守着原来的"旧"形式,而是内部结构已经被替换为新材料和新排列组合方式的"新"形式,尽管这种新形式仍遗存着与旧形式貌似相同的"外壳"。因此,只看到诗界革命的成果表现在词汇等语言层面,而否认其对诗歌文体影响的观点,显然是割裂了语言与文体之间内在关联的偏颇之论。

众所周知,古代汉语以单音节为主,即一个字就构成一个词,这种构词方式给诗歌的遣词造句、组合音韵带来极大的便利:"这种极端的单音节性造就了极为凝练的风格,在口语中很难模仿,因为那要冒不被理解的危险,但它却造就了中国文学的美。于是我们有了每行七个音节的标准诗律,每一行即可包括英语白韵诗两行的内容,这种效果在英语任何一种口语中都是绝难想象的。无论是在诗歌里还是在散文中,这种词语的凝练造就了一种特别的风格,其中每个字,每个音节都经过反复斟酌,体现了最微妙的语音价值,且意味无穷。如同那一丝不苟的诗人,中国的散文作家对每一个音节也都谨慎小心。这种洗练风格的娴熟运用意味着词语选择上的炉火纯青。先是在文学传统上青睐文绉绉的词语,然后成为一种社会传统,最后变成中国人的心理习惯。"[①] 现代诗人朱湘也强调单音词独特的优点长处,但与林语堂不同的是,他认为单音节词更适合于诗歌而不适于散文诗:"我们中国的文字,一种单音节的文法简单的文字,若是拿来作散文诗,它这方面的指望一定不十分大。中国文字自有它活动的领域,如

---

① 林语堂:《中国人》,郝志东、沈益洪译,译林出版社1994年版,第222—223页。

'三百篇'同五言的简洁,七言的活泼,乐府长短句的和谐,五绝的古茂,七绝的悠扬,律体的铿锵,楚辞的嘹亮,词的柔和,曲的流走,这从中国文字产生出的诗体拿来同西方古今任何国的相比,都是毫不逊色的;不过,我敢断言一句,散文诗却不在它的王畿以内。"① 尽管如此,双方在对古代汉语固有的单音节词与传统诗歌文体之间的关系及独特意义上的认知还是一致的。概言之,古汉语的单音节词成就了中国传统诗歌独有的五言、七言的齐整句式及凝练含蓄的审美风格。这不仅使严整规律的语言外形与和谐顿挫的声韵成为中国历代诗人孜孜追寻的目标,而且还由此成就了传统格律诗在中国诗歌发展史中的"霸主"地位,乃至在世界诗坛上独一无二的特色与声威。

但是,传统诗歌在文体上的"样板"范型作用与地位,在晚清特别是诗界革命的发展过程中遭到冲击和颠覆。最初,大量涌入的新事物所滋生的新名词进入诗界革命先驱们的视野,他们以此作为突破口,进行了"挦扯新名词以表自异"的积极探索与尝试。稍后,诗歌创作在偏重新名词的基础上拓展为对新意境的追求。这种容纳了新名词、新意境的诗歌,不仅不再是声律谨严、字句锤炼的传统诗体形式,相反,它开始摆脱、消解乃至颠覆平仄韵律、音节对称、字斟句酌的传统诗体样式而呈现出新的面貌。具体说来,这种新名词绝大多数都是来自日本或欧美的外来词,而它与中国传统诗歌词汇即文言最明显的区别首先体现在音节上的不同。有人指出:"一句之中,或多一字,或少一字;一字之中,或用平声,或用仄声;同一平字、仄字,或用阴平、阳平、上声、去声、入声,则音节迥异。故字句为音节之矩。积字成句,积句成章,积章成篇。合而读之,音节见矣;歌而咏之,神气出矣。"(刘大櫆:《论文偶记》)从这一意义上也可以反理推之,即解构句、章、篇的音节,可以通过字数、声调的变化来实现。诗界革命的创作在诗歌文体层面上的变化就是通过这一路径来实现的。与传统诗歌以单音节的文言词汇相比,诗界革命采纳了大量的新名词入诗,而这些新名词大多以双音节及多音节为主;而且组成新词语的语素的声调并非诗人能够自由选择的,而是一种固定搭配;拆开或调换任何一

---

① 朱湘:《评徐君志摩的诗》,载《中书集》,东方出版社1995年版,第191页。

第四章 自由诗体的多维探求

个语素都会失去其意义与表达能力。且不说梁启超、谭嗣同、夏曾佑等在诗界革命早期所启用的偏僻生涩的宗教用语,即使后来诗歌中所采纳甚至到新文学运动乃至沿用至今的外来词语就是典型的例子,如"汽球""地球""留学生""动物植物""国会""赤道""领事""世纪""握手""自由""民主""十字军""哥仑布""玛赛郎"等。这些词语进入诗歌之后,自然会给音律稳定和谐的诗歌造成极大的影响与冲击,使其难以在音节韵律上寻求调和。如署名"剑公"的《不肖》(《新民丛报》1904年第四号)中的部分诗句:

……愈演而愈上,今必胜于古。果能日进化,适合文明度。一切有机物,天择莫敢侮。优胜则劣败,公理不可破。……

首先,在音韵上,"愈演而愈上,今必胜于古"的平仄为"仄仄平仄仄,平仄仄平仄",如果以格律诗的规则来衡量则是大拗(即不符合平仄规范)。因为上句是"仄仄平仄仄",下句应为"平平仄平平"才为相对。当然,下句也可以以这两种方式实现拗救,一是"仄平平仄平",二是"平平平仄平",即第三个字须用"平"来救,但这句诗并非如此。可见,这是对于五言律诗在音律规则上的违反。其次,在节奏上,这几句诗的音节如果按照传统诗律的要求则会出现把在语义上的完整词语分割开来的弊端,而按照词义则可以划分为:

……愈演/而/愈上,今/必胜于/古。果能/日/进化,适合/文明度。一切/有机物,天择/莫敢侮。优胜/则/劣败,公理/不可破。……

当然,尽管这种划分方法有效避免了分割完整词义的现象,但它并不符合传统诗律在音节节奏上常以两个音节为一顿的习惯和规则。这就出现了朱光潜所说的"语言节奏与音节节奏的冲突太显然,顾到音就顾不到义,顾到义就顾不到音"[①]的两难境况。可见,被吸纳进诗歌的新词语与

---

① 朱光潜:《诗论》,朱立元导读,上海古籍出版社2001年版,第153页。

传统诗歌严谨齐整的格律之间存在着极为突出的龃龉之处。换言之，新词语对传统格律的消解与颠覆难以避免，而且这种破坏力还会越来越强烈，直至导致传统诗体在内部结构与外在形式上的巨大变革。

通过上述分析不难看出，发起于社会激荡、文化碰撞、主体意识更新、语言嬗变转型之际的诗界革命，在诗歌文体上已经难以固守传统诗体的内在规则与外在范型，而是呈现出一种具有新质的结构与形式。这种新质随着时代、文化、语言等诸多因素的演变而不断发展壮大，发展到一定的临界点，必然会导致新的诗歌文体的诞生；这种新生的诗歌文体，就是与中国新诗的内在情感与精神相契合的话语秩序与系统形式。

如果说诗界革命中对新的诗歌文体形式的探索更多地处于不自觉的摸索阶段，那么胡适等早期白话诗人则开始有意识地寻求新诗体的建构方略。与诗界革命中的先驱们相比，胡适所面临的语言体系与传统诗体之间的冲突更为明显，特别是"白话"这一容括了新词语、口语、方言等多种语言资源的概念，与传统诗体规范之间的摩擦与冲突更加突出。面对这种情势，主张白话诗创作的胡适等早期诗人，一方面要努力从这种越来越强烈的冲突中突围而出；另一方面也要为自己的"白话"语言寻找适宜的诗歌文体形式。因此，胡适既要在"破"的层面上摆脱传统诗体的重重束缚，即他倡导的"诗体的大解放"，又要在"立"的向度上寻求新的诗体建构——"若要做真正的白话诗，若要充分采用白话的字，白话的文法，和白话的自然音节，非做长短不一的白话诗不可。这种主张可叫作'诗体的大解放'。诗体的大解放就是把从前一切束缚自由的枷锁镣铐，一切打破：有什么话，说什么话；话怎么说，就怎么说"①。这种观点看似新颖与激进，但与黄遵宪在"我手写我口，古岂能拘牵"的原则下所提出的"以单行之神，运排偶之体"，以及"用古文家伸缩离合之法以入诗"的主张有着本质的一致与内在的勾连。其实质都是"以文入诗"这种诗学理念的补充与扩展。

除此之外，胡适对白话新诗节奏的主张也非常具有针对性。他认为，

---

① 胡适：《〈尝试集〉自序》，载《胡适文集》（3），人民文学出版社1998年版，第127页。

第四章 自由诗体的多维探求

白话诗的音节应该从三个方面解决：首先，在"节"方面，"新体诗句子的长短，是无定的；就是句里的节奏，也是依着意义的自然区分与文法的自然区分来分析的"①。由于新诗的语言是白话，而白话词汇主要是双音字乃至多音字，故而这种"节"在字数（或者说音节）上则因词而异、顺其自然；其次，"新诗的声调有两个要件：一是平仄要自然，二是用韵要自然"。他以日常口语为例说明"白话诗的声调不在平仄的调剂得宜，全靠这种自然的轻重高下"；最后，"至于用韵一层，新诗有三种自由：第一，用现代的韵，不拘古韵，更不拘平仄韵。第二，平仄可以互相押韵，这是词曲通用的例，不单是新诗如此。第三，有韵固然好，没有韵也不妨。新诗的声调既在骨子里，在自然的轻重高下，在语气的自然区分，故有无韵脚都不成问题"②。可以看出，胡适对白话新诗节奏最本质的理解和要求，就是顺应意义与文法的"自然"。胡适之外，康白情也主张："自由成章而没有一定的格律，切自然的音节而不拘音韵，贵质朴而不讲雕琢，以白话入行而不尚典雅。"③ 这同样可以视为对诗界革命文体变革的积极拓展。

当然，与黄遵宪、梁启超、蒋智由、丘逢甲等诗界革命的主力们相比较，胡适及后来的现代诗人在现代自由诗体的理论建构与创作实绩上所取得的成就更大，收获也更多。这是不可否认的事实。但也必须承认，传统诗体遭遇新问题，以及这些新问题对传统诗体的影响与新诗体的最初尝试，早在诗界革命中就已出现并开始启动，而且一直影响胡适等现代诗人对诗体建设的尝试路径与努力方向。

第二节 民谣体：易于普及的民间形式

中国最早的诗歌总集《诗经》中不乏以民谣直接转变为诗歌的例子。汉乐府民歌更是以其主题的现实性与鲜活性，艺术上的繁富形式与丰富表

---

① 胡适：《谈新诗——八年来一件大事》，载《胡适文集》（3），人民文学出版社1998年版，第143页。
② 同上书，第143—145页。
③ 康白情：《新诗底我见》，载杨匡汉、刘福春编《中国现代诗论》（上），花城出版社1985年版，第33页。

诗界革命:中国现代新诗的萌蘖

现力使当时的文人诗大为逊色。后来随着文人诗的逐渐兴起,民谣化诗歌被挤压到诗坛的边缘境地。文人诗尽管没有完全拒绝从民谣中汲取营养,但其相对固定的取材范围、日渐定格凝固的诗体形式与声律规约离民谣越来越疏远,从而也导致了诗歌在盛唐之后的发展空间越来越小。当诗界革命的诗人不满于寻章雕句的文人诗并试图做出变革之际,他们在青少年时期便深受熏炙的民谣,以其特有的清新活泼、灵活多变、魅力恒久的特性重新吸引了诗人的目光。借鉴民谣体作为诗歌突围与创新的变革策略便应运而生。

一 被发现的民谣

为了进一步摆脱传统格律形式对诗歌的严密羁绊与严重窒息,重新赋予诗歌以蓬勃的朝气与活力,诗界革命的诗人注重从民间歌谣中汲取营养与资源,以其新鲜活泼、灵活多变的形式与节奏重构诗歌文体。1902 年在《新小说》即将面世之际,黄遵宪给刊物的主编梁启超写信,建议征集发表民谣以更新固有诗体:

> 报中有韵之文,自不可少。然吾以为不必仿白香山之《新乐府》、尤西堂之《明史乐府》。西堂以前,有李西涯乐府,甚伟。然实诗界中之异境,非小说家之枝流也。当斟酌于弹词粤讴之间,或三、或九、或七、或五,或长短句,或壮如陇上陈安,或丽如河中莫愁,或浓至如焦仲卿之妻,或古如成相篇,或俳如俳技词。即"骆驼无角,奋迅两耳"之辞也。易乐府之名而曰杂歌谣,弃史籍而采近事。至其题目,如梁园客之得官,京兆尹之禁报,大宰相之求婚,奄人子之纳职,候选道之恭物,皆绝好题也。词固非仆之所能为,公试与能者商之。吾意海内名流,必有迭起而投稿者矣。①

---

① 黄遵宪:《致梁启超函》,载陈铮编《黄遵宪全集》(上),中华书局 2005 年版,第 432 页。

第四章　自由诗体的多维探求

其实，黄遵宪对民间歌谣的早已青眼有加，在 1891 年的《山歌题记》中就表露出自己对民歌民谣的偏好之情：

十五国风，妙绝古今，正以妇人女子矢口而成，使学士大夫操笔为之，反不能尔。以人籁易为，天籁难学也。余离家日久，乡音渐忘，辑录此歌谣，往往搜索枯肠，半日不成一字。因念彼冈头溪尾，肩挑一担，竟日往复，歌声不歇者，何其才之大也？

钱塘梁应来孝廉作《秋雨庵随笔》，录粤歌十数篇，如"月子弯弯照九州"等篇，皆哀感顽艳，绝妙好词，中有"四更鸡啼郎过广"一语，可知即为吾乡山歌。然山歌每以方言设喻，或以作韵，苟不谙土俗，即不知其妙。笔之于书，殊不易耳。

往在京师，钟遇宾师见语，有土娼名满绒遮，与千总谢某昵好，中秋节至其家，则既有密约，意不在客，因戏谓："汝能为歌，吾辈即去，不复嬲。"遂应声曰："八月十五看月华，月华照见侬两家（以土音读作纱字第二音）。满绒遮，谢夫爷。"乃大笑而去。此歌虽阳春二三月不及也。

又有乞儿歌，沿门拍板，为兴宁人所独擅场。仆记一歌曰："一天只有十二时，一时只走两三间，一间只讨一文钱，苍天苍天真可怜！"悲壮苍凉，仆破费青蚨百文，并软慰之，故能记也。

仆今创为此体，他日当约陈雁皋、钟子华、陈再芗、揾慕柳、梁诗五分司辑录。我晓岑最工此体，当奉为总裁，汇选成编，当远在《粤讴》上也。①

可见，黄遵宪对民歌的喜好绝非一时的冲动。梁启超甚至把民间歌谣视为普及知识，开启民智的重要路径，以此作为实现其变法目的的重要工具。因此，黄遵宪的建议正与梁启超的思路相合，于是后者在随后出版的《新小说》上刊载了大量的歌谣。同样，梁启超在《饮冰室诗话》中多次

---

① 黄遵宪：《山歌题记》，载陈铮编《黄遵宪全集》（上），中华书局 2005 年版，第 275 页。

表达对歌谣的推崇与倡导,并征引好友或不知名读者的民谣体诗歌作为文体变革的成功例证。不仅黄遵宪、康有为、梁启超等人亲自以民谣体创造诗歌,而且还吸引许多诗界革命之外的作者参与其中。这种诗歌创作实践,不仅对解放诗歌传统体式与重建诗歌新体式提供了必不可少的资源与参照,还标示着诗歌文体发展的新趋向,由此也成为诗界革命的重要收获之一。更重要的是,这一实践谱系在现代诗歌的发生发展阶段得到了广泛的继承与发扬,并成为现代诗歌文体建设的重要组成部分。

二 民谣对诗体的改造意义

那么,与传统的格律诗体相比,民谣体在哪些方面契合了诗界革命的变革需求?这些特征又对当时乃至此后的诗歌创作带来哪些新的质素和影响?只有厘清这些问题,才能够明晓诗界革命在诗体上的突围与创新,乃至准确把握几乎贯穿整个20世纪诗歌发展历程的歌谣化方向及其独特价值。总体言之,民谣的特点及其意义主要表现在以下几个方面。

首先,与格律诗的正统地位相比,民谣处于边缘或民间的生存境况中。这种民间化的地位与状态,决定了它具有广泛的群众基础与普及范围。

中国最早的诗歌来自民间歌谣,这是不争的事实。《诗经》中的大量篇章尤其"国风"就是典型的代表。"楚辞"的本义是指流行于楚地的歌谣,它"书楚语,作楚声,纪楚地,名楚物"(黄伯思:《校定楚词序》,《东观余论》卷下),后来经由屈原等文人的模仿加工,逐渐定型为文人创作的新诗体。汉乐府诗歌中,除却文人创作的郊庙歌辞,其他的相和歌辞、杂曲歌辞和鼓吹曲辞,都是创作并流行于民间的形式;而且无论是形式的灵活自由还是内容的繁富多姿,民间歌谣都远胜于文人诗。此后,文人诗歌逐渐兴盛起来,在占据诗坛主流地位的同时还把民间歌谣挤压到边缘地带。当然,导致歌谣边缘化、民间化的原因是多重的,但其中必不可少的一点就是文人对诗歌体式的规范与把持,以森严缜密的"清规戒律"来作为衡量诗歌优劣的重要标准。在这种情况下,鲜活多变、不拘形式的民间歌谣自然难入正统文人的法眼;再加上科举制度对文人独创意识的规约与桎梏,诗体形式的一统化局面很快巩固下来。即便如

第四章 自由诗体的多维探求

此,因为与民间的血缘关联难以割舍,歌谣仍默默而顽强地生存着,并且在主流的场域之外形成自己独特的生存空间与传统。一旦格律诗体对文坛的垄断出现松动,民间歌谣就会得到有识文人的认可与接受而迅速蔓延开来。换言之,在中国漫长的诗歌发展史上,民间歌谣与格律诗体之间始终处于相互对抗的对立两极,而前者是以边缘的"异己"力量存在的,它的存在与兴盛对后者具有消解、反叛的作用。狄葆贤在《论文学上小说之位置》中说:"饮冰室主人常语余:俗语文体之流行,实文学进步之最大关键也。各国皆尔,吾中国亦应有然。……故俗语文体之嬗进,实淘汰优胜之势所不能避也。"① 鲁迅更是精辟地指出:"旧文学衰颓时,因为摄取民间文学或外国文学而起一个新的转变,这例子是常见于文学史上的。"② 可见,黄遵宪、梁启超、康有为等诗界革命的先驱们对歌谣体的采纳与实践行为,本身就标示着对传统格律诗体的不满与抗争,更彰显着对新诗体形式创造的企图与力量。也正是在这一意义上,黄遵宪、梁启超等人致力于收集整理民谣工作,如黄遵宪认为"土俗好为歌,男女赠答,颇有《子夜》《读曲》遗意,于是'采其能笔之于书者',形成《山歌》十余首"③。他还将视野拓展到国外,关注并收集异域的民谣,以此作为补充完善中国诗歌体式改造的参照与资源。他翻译介绍过来的《都踊歌》就是流行于日本的民谣:

> 西京旧俗,七月十五至晦日,每夜亘索街上,悬灯数百。儿女艳妆靓服为队,舞蹈达旦,名曰都踊。所唱皆男女猥亵之词。有歌以为之节者,谓之音头。译而录之,其风俗犹之唐人《合生歌》,其音节则汉人《董逃行》也。
>
> 长袖飘飘兮髻峨峨,荷荷!裙紧束兮带斜拖,荷荷!分行逐队兮

---

① 狄葆贤:《论文学上小说之位置》,载徐中玉《中国近代文学大系·文学理论集二》,上海书店出版社1995年版,第339页。
② 鲁迅:《且介亭杂文·门外文谈——一九三三年忆光绪朝末》,载《鲁迅全集》第6卷,人民文学出版社1981年版,第95页。
③ 黄遵宪:《山歌》,载陈铮编《黄遵宪全集》(上),中华书局2005年版,第76—77、96页。

诗界革命:中国现代新诗的萌蘖

舞傞傞,荷荷!往复还兮如掷梭,荷荷!回黄转绿兮授莎,荷荷!中有人兮通微波,荷荷!贻我钗鸾兮馈我翠螺,荷荷!呼我娃娃兮我哥哥,荷荷!柳梢月兮镜新磨,荷荷!鸡眠猫睡兮犬不呵,荷荷!待来不来兮欢奈何,荷荷!一绳隔兮阻银河,荷荷!双灯照兮晕红涡,荷荷!千人万人兮妾心无他,荷荷!君不知兮弃则那,荷荷!今日夫妇兮他日公婆,荷荷!百千万亿化身菩萨兮受此花,荷荷!三千三百三十二座大神兮听我歌,荷荷!天长地久兮无错讹,荷荷!

由此可知,黄遵宪对民谣收集整理工作的用心之精与功夫之深。与此同时,他们还身体力行,参与到民谣体诗歌的创作中去。而这些收集与创作的民谣对于程式化与凝滞化的传统格律诗无疑会形成巨大的冲击力,最终导致其诗体形式的解体与重构。

其次,与民谣的民间生存状态密切相关的是它鲜活亲切的特性。

与经过加工改造的文人诗相比较,民谣产生并流传于民间。尽管民谣有着藏污纳垢的不足之处,但它在语词、句式、形式上远离文人诗的雕琢与修饰,而更接近一种"原生"的质朴与清新状态,"不识字的作家虽然不及文人的细腻,但他却刚健,清新"①。尤其是其中的儿歌,不仅契合儿童的心理特点与接受程度,而且还充满着温情与童趣,这很容易给人留下深刻的印象。这种印象既可以成为接受者长大成人后难以磨灭的温馨记忆,同时在一定的条件下也会转化为诗人创作的重要参照与资源,因而有利于诗体的改造。黄遵宪对民谣的喜好,就和他从小受故乡特有的山歌即粤讴的熏陶密不可分。②多年以后,他对当初接触儿歌时的情形仍记忆犹新:"牙牙初学语,教诵《月光光》。一读一背诵,清如新炙簧。"(《拜曾祖母李太夫人墓》)正是这种最初的启蒙形式,成为黄遵宪始终挚爱并积极倡导实践包括儿歌在内的民间歌谣的不竭源泉与动力。无独有偶,现代作家刘半农也谈到类似的体会:"……大约语言在文艺上,永远带着些神

---

① 鲁迅:《且介亭杂文·门外文谈——一九三三年忆光绪朝末》,载《鲁迅全集》第6卷,人民文学出版社1981年版,第95页。
② 郭延礼:《黄遵宪的"民歌情结"及其与诗歌创作的关系》,《文史哲》2006年第2期;张永芳:《黄遵宪与山歌》,《电大学刊》1988年第3期。

第四章 自由诗体的多维探求

秘作用。我们做文做诗,我们所摆脱不了,而且是能运用到最高等最真挚的一步的,便是我们抱在我们母亲膝上时所学的语言;同时能使我们受最深切的感动,觉得比一切别种语言分外的亲密有味的,也就是这种我们的母亲说过的语言。这种语言,因为传布的区域很小(可以严格的收缩在一个最小的地域以内),而又不能独立,我们叫它方言。从这上面看,可见一种语言传布的区域的大小,和他感动力的大小,恰恰成了一个反比例。这是文艺上无可奈何的事。"① 他在此强调的是方言,但以这种语言构建起来的文艺就包括儿歌民谣。因此,如果说童年的记忆对于每一个人来说都是难以忘怀的,那么对于诗人特别是有志于改革诗体的诗人而言,童年时儿歌的熏陶将会很容易地潜移默化为他创造新诗体的重要资源与目标。

除此之外,梁启超还发现了民谣在社会变革中的重要意义,他指出:"日本之变法,赖俚歌与小说之力。盖以悦童子,以导愚氓,未有善于是也。"② 同样,歌谣在中国维新变法运动中所具有的开启民智、富强民族的重要意义也就不言而喻。因此,他指出:"汉人小学之书,如《苍颉》《急就》等篇,皆为韵语,推而上之,《易经》《诗经》《老子》以及周秦诸子,莫不皆然。盖取便讽诵,莫善于此。近世通行之书,若《三字经》《千字文》。事物不备,义理亦少,今宜取各种学问,就其切要者,编为韵语,或三字,或四字,或五字,或七字,或三字七字,相间成文。此体起于《荀子·成相篇》请成相身之殃愚,暗愚暗堕贤良,后世弹词导源于此,吾粤谓之南音于学童上口甚便。其已成书者,若通行之《步天歌》《通鉴韵语》《十七史弹词》,近同县陈庆笙之《直省府厅州县韵语》,粤人某君之《历代纪元歌》。"在此基础上,他建议应把经学、史学、子学、天文、地理、物理等分别编为歌诀,"又别为劝学歌,赞扬孔教歌,爱国歌,变法自全歌,戒鸦片歌,戒缠足歌等"。这样做的目的就在于"令学子自幼讽诵,明其所以然,则人心自新,人才自起,国未有不强者也"③。梁启超以

---

① 刘半农:《半农诗歌集评》,书目文献出版社 1984 年版,第 113—115 页。
② 梁启超:《〈蒙学报〉、〈演义报〉合叙》,载《梁启超全集》第 1 卷,北京出版社 1999 年版,第 131 页。
③ 梁启超:《变法通议·论幼学》,载《梁启超全集》第 1 卷,北京出版社 1999 年版,第 38 页。

歌谣体诗来实现普及知识、开启民智、启蒙思想的目标追求，其实正是基于他对这类诗歌在文体上自由活泼、晓畅生动而又朗朗上口等特点的深刻洞察与准确把握。

在创作实践上，黄遵宪身体力行，创作了不少便于儿童阅读和接受的诗歌。这些作品不仅惟妙惟肖地模拟幼儿或与幼儿对话的口吻，而且在诗体上也高度契合了儿童的心理与生活特点：节奏韵律自由灵活，不拘平仄与字数行数的均齐，如《幼稚园上学歌》中的第一首、第七首、第十首：

  春风来，花满枝，儿手牵娘衣。儿今断乳儿不啼，娘去买枣梨，待儿读书归。上学去，莫迟迟。

  阿师抚我，抚我又怒我。阿师詈我，詈我又媚我。怒詈犹可，弃我无奈。上学去，莫游惰。

  上学去，莫停留。明日联袂同嬉游，姊骑羊、弟跨牛；此拍板，彼藏钩。邻儿昨懒受师罚，不许同队羞羞羞！上学去，莫停留。

可以设想，如果这些诗歌选择以严谨的格律与均齐的外形为要素的格律诗体，那么在对儿童生活的描摹与童趣的表达上将会逊色很多。

最后，文人诗歌创作在形成格律模式之后，无论在字数上还是在行数上都形成了一定的规则，而且其声韵音节也有着固定的模式。这固然能够造就诗歌和谐的声响、稳定的格律与规整划一的形式，这也是中国传统诗歌的辉煌成就之所在。但与此同时，这种诗歌创作却排斥了因意选字、随情赋形的自由创造，富有灵性而又不满于现状的诗人也只能把可贵的创造力投入到字词的筛选与锤炼上，在诗歌体式上只能是囿于传统、故步自封。长此以往，诗歌创作上就出现了黄遵宪所说的陈陈相因与重复制造的恶性循环："俗儒好尊古，日日故纸研。六经字所无，不敢入诗篇。古人弃糟粕，见之口流涎。沿习甘剽盗，妄造丛罪愆。"（黄遵宪：《杂感 其二》）这种恶性循环的最终结果必将导致诗歌的僵化衰落。

与此形成鲜明对照的是，民谣因于现实生活的密切关联以及对大众口语的广取博收而呈现出自由灵活、富有创造性的一面。当然，不能排除一些地方歌谣是世代相传的，有的已经流行了几百年甚至上千年，但

第四章　自由诗体的多维探求

它在流传的过程中也势必会随着时代环境尤其是当地语言的变迁而有所淘汰与更新。因为只有与时俱进，才能保持生命活力并为后人理解和接受。原封不动、无所增损地流传几百年甚至上千年的歌谣，不仅面临保存上的难度，而且更难以回避传承上的困境，除非它是后来出土的文物或史料，而不是一直存活于民间的作品。除此之外，因地域等空间因素的不同所形成的方言、风俗乃至文化上的差异，同样会造就各自不同的歌谣体式。正如粤讴与信天游不同，"花儿"也迥异于云南民歌的道理相同。就同一种民间歌谣而言，它在结构上的自由灵活、文体上的不拘一格，也绝非严整均密的格律诗所能比拟。如梁绍壬（应来）就曾分析过粤讴的特点：

> 粤俗好歌，凡歌以不露题中一字，语多双关而中有挂折者为善。挂折者，挂一人名于中，字相连而意不相连者也。歌辞不必全雅，平仄不必全叶，以俚言土音衬之，唱一句，或延半刻，曼节长声，自回自复。词必极艳，情必极至，使人喜悦悲酸而不能已已，乃为极善。长者名"摸鱼歌"，三弦合之，盖太簇调也。其短调踏歌者，不用弦索，往往引物连类，委曲譬喻，多用"子夜""竹枝"……情深词艳，深得风人之遗。①

其中就指出了粤讴的谐音双关、语言的文白雅俗混用、突破严整的音韵格律等特点。正如语言学家王力在谈到现代格律诗的问题时说："劳动人民自己创作的民歌常常不受格律的束缚，他们往往只要押韵，而不管平仄粘对的规则。这样，民歌就成为以绝句形式为基础的'半自由体'的诗。我个人认为民歌在格律上并没有特殊的形式，它也是依照中国诗的传统，只不过比较自由，比较地不受格律的约束罢了。我不同意把民歌体和歌谣体区分开来。民歌既然不受拘束，它有很大的灵活性，既不限定于五七言，也不限定于四句（绝句的形式）。这样，就和歌谣体没有分别了。总之，我觉得关于现代格律诗要不要以民歌的格律为基础的争论没有什么

---

① 梁绍壬：《两般秋雨庵随笔》，上海古籍出版社1982年版，第296—297页。

意义，因为我认为民歌没有特殊的格律。如果说民歌在格律上有什么特点的话，那么这个特点就表现在突破格律，而接近于自由诗。"① 诗界革命的倡导者与参与者，正是利用民歌这种不拘泥于平仄粘对、不受字数、行数限制的自由诗体，以实现对传统格律诗体的冲击与瓦解。这种接近于自由体式的诗歌，不仅在黄遵宪、梁启超等诗界革命的主将笔下出现，而且还有众多的追随者参与其中。特别是在梁启超主办的《新小说》杂志上刊载了"杂歌谣"九辑，其中有署名"珠海梦余生（又名外江佬戏作）"的"新粤讴"22首。如其中一首《珠江月》：

珠江月，照在船头，你坐在船头，听我唱句粤讴。人地唱个大粤讴，都重系旧；我就把新名词谱出，替你散吓个的蝶怨蜂愁。你听到个阵款款深情，就打你系铁石心肠，亦都会仰住天嚟搔吓首；舍得我铜琶铁笛，重怕唔得唤起你敌忾同仇。……唉，咪守旧，照一吓人地欧洲与美洲，亏我心血常如斗；莫只向新亭泣楚囚，硬要把你虎啸龙吟，换一片婆心佛口。口头禅语，便唱出一串珠喉，等到你钧天醉梦醒来后，好供你唾壶击碎咯——细话从头。

单就这首歌谣中的方言口语而言，它也难以固守格律诗体的谨严结构与整齐形式，而是冲破了韵律节奏与齐言诗的规则外形，呈现出更为自由灵活、丰富多变的声律与形式特点。故此，梁启超对这种诗体推崇备至，称之为"皆绝世妙文，视子庸原作有过之无不及，实文界革命一骁将也"②。梁启超对民谣的推崇与定位，正表明了他青睐于民谣体诗歌结构与形式的繁富与自由，从而把创建民谣体诗歌作为诗界革命的组成部分与建设目标。

三 "异曲同工"：现代白话诗对民谣的重视与借鉴

不仅诗界革命的主要参与者重视民谣的收集与整理工作，而且还从民

---

① 王力：《中国格律诗的传统和现代格律诗的问题》，《文学评论》1959年第3期。
② 梁启超：《饮冰室诗话》六十七，载《梁启超全集》第18卷，北京出版社1999年版，第5329页。

第四章 自由诗体的多维探求

谣中汲取必要的营养来改造传统格律诗的语言、结构以及形式，以使其获得诗体上的解放，进而构建出趋近于自由灵活的诗歌体式。现代白话新诗的初创者，不仅没有割舍民谣这一丰富的资源谱系，而且还将其发扬光大，以此作为建设新诗体的重要参照。这一实践活动甚至贯穿于20世纪诗歌发展的整个阶段。

最早尝试白话新诗的诗人胡适就对民谣的借鉴与学习极为重视。首先，他把民谣整合进他所推崇的"白话"文学范畴之中，以此作为建立其"白话"体系的重要支柱。诗界革命中倡导与实践民谣用力最大、成就最高的黄遵宪自然也成为他关注的对象："我常想黄遵宪在那么早的时代何以能有那种大胆的'我手写我口'的主张？我读了他的《山歌》的自序，又读了他五十岁时的《己亥杂诗》中叙述嘉应州民间风俗的诗和诗注，我便推想他少年时代必定受了他本乡平民文学的影响……我们可以说，他早年受了本乡山歌的感化力，故能赏识民间白话文学的好处，因为他能赏识民间的白话文学，故他能说'即今流俗语，我若登简编，五千年后人，惊为古斑斓'！"[①] 而且，他高度评价了徐志摩用硖石的土白写就的诗歌《一条金色的光痕》，认为这首诗"在今日的活文学中，要算是最成功的尝试"[②]。尽管胡适看重的仅仅是语言层面的"白话"，但探究这种白话的来源，仍然可以追溯到民谣本身。

与此同时，胡适也发现了民谣鲜活生动的特点。他在评论俞平伯的诗歌创作时指出："民众化的文学不是'理智化'的诗人勉强做得出的。即俞平伯的《可笑》一篇（页二一七），取俗歌'高山有好水，平地有好花；家家有好女，无钱莫想他'四句，译为五十行的新诗；然而他自己也不能不承认，'词句虽多至数（十）倍，而深厚蕴藉之处恐不及原作十分之一'。这不是一个明白的例证吗？"[③] 可以见出，在胡适的意识中，民间歌谣具有文人诗歌所不可模拟和超越的优长之处。与之相对应的是，胡适不仅对于当时

---

① 胡适：《五十年来中国之文学》，载《胡适文集》（4），人民文学出版社1998年版，第354—355页。

② 胡适：《〈吴歌甲集〉序》，载《胡适文集》（3），人民文学出版社1998年版，第215—216页。

③ 胡适：《评新诗集》，载《胡适文集》（3），人民文学出版社1998年版，第191页。

诗界革命:中国现代新诗的萌蘖

逐渐兴起的整理歌谣运动表示出浓厚的兴趣,而且还明确肯定民间歌谣对新诗创作的指导意义:"近年来,国内颇有人搜集各地的歌谣,在报纸上发表的已很不少了。可惜至今还没有人用文学的眼光来选择一番,使那些真正具有文学意味的'风诗'特别显出来,供大家的赏玩,供诗人的吟咏取材。""现在白话诗起来了,然而做诗的人似乎还不曾晓得俗歌里有许多可以供我们取法的风格与方法,所以他们宁可学那不容易读又不容易懂的生硬文句,却不屑研究那自然流利的民歌风格。这个似乎是今日诗国的一桩缺陷罢。"① 鉴于此,他从驻京意大利使馆华文参赞卫太尔男爵(Baron Guido Vitale)搜集的《北京歌唱》(Pekinese Rhymes)中"选出一些有文学趣味的俗歌,介绍给国中爱'真诗'的人们"②。在为顾颉刚编的《吴歌甲集》所写的《序》中,胡适甚至指出:"如果《甲集》(指顾颉刚编的《吴歌甲集》——笔者注)的出版能引起苏州各地人士的兴趣,能使他们帮助采集各乡村的'道地'民歌,使《乙集》以下都成为纯粹吴语的平民文学的专集,那么,这部书的出世真可说是给中国文学开一新纪元了。"③ 可见,他对民间歌谣的语言及自然流利的风格的喜爱已经溢于言表,而且也表露出以民间歌谣作为样本和范型来改造、优化当时诗歌创作的倾向。

胡适之外,早期的其他白话诗人如刘半农、刘大白自1918年起也开始征集民间歌谣,而且还参与了歌谣体的诗歌创作,无论是刘半农《瓦釜集》还是《扬鞭集》中的诗歌,以及刘大白的《卖布谣》《田主来》等作品都是典型的例子。

1920年12月,北京大学成立了歌谣研究会,它的发起者与参与者几乎囊括了胡适、刘半农、刘大白、沈兼士、沈尹默、周作人、朱自清等所有的早期白话诗人。除却整理歌谣运动本身所包含的"人的文学""平民文学"等思想主题之外,它在诗歌体式上的独特意义也非常突出。刘半农认为:"倘将来更能自造,或输入他种诗体,并于有韵之诗外,别

---

① 胡适:《北京的平民文学》,载《胡适文集》(3),人民文学出版社1998年版,第196页。

② 同上。

③ 同上书,第215—216页。

第四章 自由诗体的多维探求

增无韵之诗,则在形式一方面,既可添出无数门径,不复如前此之不自由。其精神一方面之进步,自可有一日千里之大速率。彼汉人既有自造五言诗之本领,唐人既有自造七言诗之本领。吾辈岂无五言七言之外,更造他种诗体之本领耶。"① 可见,刘半农在诗歌创作上的目标和方向之一就是"创造新体":"我在诗的体裁上是最会花样翻新的,当初的无韵诗,散文诗,后来的用方言拟民歌,拟'拟曲',都是我首先尝试。"② 朱自清也主张"新诗不妨取法歌谣,为的使它多带我们本土的色彩,这似乎也可以说是利用民族形式,也可以说是在创作一种'新的民族的诗'"③。可见,诗体创造的路径之一就是从民间歌谣中汲取营养,创造歌谣体的诗歌新体式。

此后,随着诗人与读者对早期白话诗艺术上幼稚与欧化倾向的发现与调整,再加上中国社会进入全民总动员的抗战阶段,文艺的大众化被提升到救亡图存的意识高度,民谣这种特殊的诗歌类型自然越来越受关注,而倡导以民谣作为参照来改造新诗诗体的声音与实践也日渐兴盛。有人回忆说:"鲁迅先生认为当时新诗的大毛病,就是别人看不懂。好像这样做,才是世界上的绝作。他劝我们写诗,能吸取民间形式,学些民歌,也是个办法,大致押押韵,做到通俗,能唱,就有阵地。"④ 朱自清也认为:"新诗虽然不必取法于歌谣,却也不妨取法于歌谣,山歌长于譬喻,并且巧于复沓,都可学。童谣虽然不必尊为'真诗',但那'自然流利',有些诗也可斟酌的学。"⑤

如果说鲁迅、朱自清是从民谣的艺术特性中发现了其鲜活灵动、丰富自由的特征,并倡导以此来改造现代诗歌生硬弊端,那么,以蒲风、穆木天、杨骚、任钧等为代表的中国诗歌会成员则更看重民谣的大众化、通俗化特征所具有的普及宣传上的便利作用。他们在中国诗歌会的机关刊物

---

① 刘半农:《我之文学改良观》,《新青年》1917年第3卷第3期。
② 刘半农:《扬鞭集自序》,载《刘半农诗选》,人民文学出版社1958年版,第3页。
③ 朱自清:《真诗》,载《新诗杂话》,广西师范大学出版社2004年版,第64页。
④ 白曙:《回忆导师鲁迅二三事》,《广西日报》1961年10月21日。
⑤ 朱自清:《真诗》,载《新诗杂话》,广西师范大学出版社2004年版,第63页。

《新诗歌》的发刊词中宣称:"我们要用俗言俚语,把这种矛盾写成民谣、小调、鼓词、儿歌,我们要使我们的诗歌成为大众歌调,我们自己也成为大众中的一个。"① 当然,与鲁迅、朱自清等人相比,中国诗歌会的诗人在对民谣的特点及功能理解和运用上存在着一定的狭隘化、意识形态化倾向,但这种特殊社会情势下的特殊理解和实践仍然有其特殊的意义:歌谣一方面承担了宣传抗战救亡的历史责任,另一方面也促使了过分"欧化"的现代诗歌转而更贴近大众、贴近现实。对民谣等民间形式的采用,也在实践上丰富了中国现代诗歌的诗体类型。如袁水拍的《马凡陀的山歌》、李季的《王贵与李香香》、阮章竞的《漳河水》等,甚至还有其他新体式诗歌的出现:老舍的《剑北篇》借用的是大鼓调的形式,而柯仲平的《平汉铁路工人破坏大队的产生》(未完)则模仿了唱本(俗曲)的样式。这对于丰富、拓展现代白话诗体的建设与发展无疑具有不可抹杀的意义。

现代诗歌的发展历史已经表明,民间歌谣始终是诗歌创作与发展的重要资源与发展路向。除了有人把现代民歌运动的发展过程归纳为:以刘半农、刘大白等诗人为代表的五四时期、20世纪30年代初期的左翼革命诗歌和抗战期间这三个典型阶段之外,新中国成立初期郭小川、贺敬之等人的努力,特别是"新民歌运动"更是把歌谣体诗歌创作推向新的高度。歌谣体诗歌在不同的历史阶段的形成,有着不同的政治、文化的动因,而且呈现出并不完全相同的面貌,甚至其中也包含着这样那样的失误与教训,但至少我们可以肯定:它以自由灵活、新鲜多变、富有音乐成分的结构形式与外在特征,直接或间接地对现代诗歌文体的建设发挥了并继续发挥着不可低估的作用。由此也可以看出,诗界革命对民间歌谣的重视及歌谣体诗歌创作实践,对于现代诗歌文体的内在联系与积极意义。

第三节 歌体诗:自由与诗性的统一体

诗界革命的创作实践,除了采用民谣化的诗体形式,同时还进行歌行

---

① 穆木天:《〈新诗歌〉发刊词》,《新诗歌》1933年2月11日创刊号。

第四章 自由诗体的多维探求

体与音乐体诗歌的尝试。这即是说,为了更好地促使诗歌从严谨齐整的格律形式向自由灵活的体式转变,诗界革命的主将在借鉴民谣新鲜活泼的结构与形式的同时,还注重对诗歌音乐性的恢复与创建,试图以音乐所具有的节奏变化、句式长短自如而又不乏旋律美的形式特征来丰富诗歌体式的武库。因此,诗界革命中出现了诸多诗歌类型,其中之一就是与音乐保持着极为亲密联系的歌诗体,有的是能够直接谱曲演唱的歌词体。当然,民谣中也有不少作品是能够演唱的,自然也应该被归入歌体诗的范畴之中。这是因为民谣体与歌诗体并非两个绝缘、对等的概念,而是有着内在关联与交叉的两种所指。但本文将歌体诗单独列举与分析,只是为了凸显诗人在歌行体、歌词体诗歌创作中的主观努力,以区别于民谣自由自在的原生状态。

一 诗歌音乐性的重建

中国最早的诗歌是诗乐舞一体的,"昔葛天氏之民,三人操牛尾,投足以歌八阕:一曰载民,二曰玄鸟,三曰遂草木,四曰奋五谷,五曰敬天常,六曰达帝功,七曰依地德,八曰总禽兽之极"(《吕氏春秋·古乐》);"诗,言其志也;歌,咏其声也;舞,动其容也:三者本于心,然后乐气从之"(《礼记·乐记》)。鲁迅也指出:"在昔原始之民,其居群中,盖惟以姿态声音,自达其情意而已。声音繁变,寖成言辞,言辞谐美,乃兆歌咏。时属草昧,庶民朴淳,心志郁于内,则任情而歌呼,天地变于外,则祗畏以颂祝,踊跃吟叹,时越侪辈,为众所赏,默识不忘,口耳相传,或逮后世。"[1] 不仅如此,在许多研究者看来,诗经"三百篇"全都能够入乐;[2] 而楚辞、汉初诗歌以及《古诗十九首》也被发掘出可以歌唱的音乐成分(鲁迅:《汉文学史纲要》)。可见,中国早期诗歌与音乐之间具有天然的联系。魏晋以后,诗歌逐渐发生变化,一部分仍保留着歌唱必备的音乐要素,如乐府诗以及后来的词、曲等;另一部分尽管仍保留有节奏、韵

---

[1] 鲁迅:《汉文学史纲要》,载《鲁迅全集》第9卷,人民文学出版社1981年版,第343页。

[2] 朱自清:《中国歌谣》,复旦大学出版社2004年版,第14页。

脚等"遗形物",但离歌唱的要求却渐行渐远。恰恰是后一种诗歌类型,在逐渐被"雅化"的同时也疏离了诗歌中的音乐要素,而且成为诗坛的重要力量。这类诗歌发展的结果便是声律的定型与形式的凝固。

实际上,诗界革命对于民间歌谣的重新征用与推广,就包含了对歌谣中朗朗上口、易读易唱的音乐性的重视与强调。而且,黄遵宪所倡导的"取《离骚》乐府之神理而不袭其貌"(《人境庐诗草·自序》),其中也包含着对诗歌音乐性的重视。梁启超更明确地指出:"盖自明以前,文学家多通音律,而无论雅乐、剧曲,大率皆由士大夫主持之。虽或衰靡,而俚俗犹不至太甚。本朝以来,则音律之学,士夫无复过问,而先王乐教,乃全委诸教坊优伎之手矣。读泰西文明史,无论何代,无论何国,无不食文学家之赐;其国民于诸文豪,亦顶礼而尸祝之。若中国之词章家,则于国民有丝毫之影响耶?推原其故,不得不谓诗与乐分之所致也。……至于今日,而诗、词、曲三者,皆成为陈设之古玩,而词章家真社会之虱矣。"①他把晚清诗歌衰落的原因归结于音乐成分的缺失,所导致的后果就是:"今诗不能歌,失诗之用矣,近世有志教育者,于是提倡乐学。然乐已非尽人能学,且雅乐与俗乐,二者亦不可偏废。俗乐缘旧社会之嗜好,势力量大,士大夫鄙夷之。而转移风化之权,悉委诸俗伶。而社会之腐败益甚。此亦不可不察也。"②梁启超所发现的音乐的特点与感人作用并非一家之言,Winchester在《文学评论之原理》中也指出:

  盖音乐为物,直接诉诸感情,而绝无知识概念介乎其中;曲中之意云何,人之不问,问之则亦晦冥不可解,又不可以事实与真理行之,强加形容,则失其为音乐矣。音乐所生效果之一部,可以其不可思议之魔力解之,能激起随感情生含糊概念,触发当年快感之联想;其所暗示之情愈专,则音乐之效果亦愈增大;如音乐家之谱诗入调,而感人益深是也。然音乐之初旨端在感情,而不在联想之经验与情绪,当音乐于无所联想时,

---

① 梁启超:《饮冰室诗话》七十七,载《梁启超全集》第18卷,北京出版社1999年版,第5333页。
② 梁启超:《饮冰室诗话》一八四,载《梁启超全集》第18卷,北京出版社1999年版,第5388页。

第四章 自由诗体的多维探求

如闻剧场之乐器声，或人之嘤咿声，亦人至锐至纯之效果。音乐之感人纯一而彻底，不可分析而无知识连合之必要；惟音乐乃表现最自然之言语，能以同情唤起读者之感情，则可断言者。感情若非溢无节制，不可控纵，则其自然之表出必属音乐性。一歌，一哭，一笑，一呼与急切之言词，皆具韵律音和之道，是即音乐之本性也。音乐之动人，视他艺术为敏，然其作也短且疾，又不系以知识概念，不能如他美术之影响于道德生活。①

既然"音乐乃表现最自然之言语"，"一歌，一哭，一笑，一呼与急切之言词，皆具韵律音和之道，是即音乐之本性也"，而且"其绝无知识概念介乎其中"，自然也就不必拘泥于严密整齐的格律诗体其内部结构与外在形式，其本身就是情感的自然流露，契合韵律音和的规律，率性而为就成为其结构与形式的最突出特征。具有浓郁音乐特性的歌体诗，自然也会因音乐成分的影响而在诗体上呈现出自由洒脱的特点。黄遵宪、梁启超等对歌体诗的倡导与实践，既出于对音乐成分感化人心作用的发现与征用，同时也出于对其文体特性的借鉴与发扬。

二 创建歌体诗的三种路径

黄遵宪、梁启超、康有为、蒋智由等诗界革命的主将们为创建自由灵活的歌体形式进行了多方面的尝试和努力。根据其借鉴的资源与努力的方向不同，大体可以分为三种类型：一是通过对传统歌行体样式的继承与改造来重建诗歌的自由形式；二是以翻译引介外来的歌体诗为资源与样板来创造诗歌的新体式；三是在上述两种资源与尝试的基础上，诗人创作直接能够谱曲演唱的诗歌以凸现新颖的诗体形式。

(一) 继承与发扬歌行体

作为一种诗体形式，歌行始创于汉魏时期（也有人将其源头追溯到远古时期的《击壤歌》）。在汉乐府民歌中，除了四言、五言、七言诗之外，

---

① Winchester：《文学评论之原理》，转引自朱谦之《中国音乐文学史》，上海人民出版社2006年版，第23页。

还存在一种句法不等、句式长短不定。字数有一两字到八九字乃至十字的杂言诗。这种句式多变、节奏灵活的杂言诗就是歌行的最初形态。到了唐代，歌行体逐渐成熟并兴盛起来，同时随着格律诗的兴起，二者在当时诗坛上形成了双峰并峙的局面。而且，歌行的创作一直延续下来。尽管这种诗体历史悠久而且成就蔚然，但对于它的内涵与外延的界定仍莫衷一是。不仅前人如此，当今学者在对歌行体的认识上同样存在分歧。其中原因之一就在于，"乐府、歌行的实际状态不是一个更为固定的形式层次的问题，而是一个更为流动的样式层次的问题"①。这就给研究者归纳歌行的诗体特征带来一定的困难，尽管如此，仍有人对歌行的发展演变轨迹进行了详细梳理："大体说来，从齐梁到盛唐，包括李白的变格在内，歌行虽然经历了若干层次的演变过程，但由于和乐府的关系密切，仍有相对固定的形制特征。这就是通过各种重叠反复的字法句式以及层意的复沓，追求流畅跌宕的声情，开合动荡的气势、淋漓酣畅的铺排、转换层叠的结构。而从杜甫开始，则呈现出向汉魏五言'行'诗和无歌题辞的七言古诗靠拢的趋势。节奏变悠扬畅达为抑扬顿挫，气势变豪宕流逸为沉郁雄深，体势的控制由情感的抒发转为思绪的牵引。其字法句式向俗易与艰深两极的探索，以及篇法叙事化、议论化的倾向，则首启中唐歌行'门户竞开'（胡应麟《诗薮》卷三）之端倪。因此，杜甫歌行之变实际上是从反面为初盛唐歌行的传统特征作了全面的总结，也为初盛唐歌行的发展画了句号。而歌行先后依回于七言乐府与七言古诗之间的体调特征变化，又说明七言乐府与七古之间存在着约定俗成的分野，只是歌行样式层次的流动性使这种分野呈现出阶段性发展的差异，从而使前人得出了'七言古诗，概曰歌行'的模糊判断。"② 由此可见，尽管歌行因其自身的特征以及时代的演变规律具有一定的流动性，但其文体仍保持着与格律诗相迥异的明显表征：第一，由于歌行中的字法句式是灵活多变的而非齐整划一，即齐言之外也不乏杂言，这就使歌行在形式上表现为不拘一格，自由繁富；第二，不同于格律

---

① ［日］松浦友久：《中国诗歌原理》，孙昌武等译，辽宁教育出版社1990年版，第289页。

② 葛晓音：《初盛唐七言歌行的发展——兼论歌行的形成及其与七古的分野》，《文学遗产》1997年第5期。

第四章 自由诗体的多维探求

诗式的严谨对仗与排偶，歌行的节奏无论是悠扬畅达还是抑扬顿挫，都能随情而变。这就为音节的划分趋向于以自然为主提供了契机；第三，由于歌行是从汉乐府中的分支演变而来，具有重叠回环的字法句式及层意的复沓，呈现出与音乐之间天然的亲属关系，这也表明了它更便于谱曲入乐，从而凸显其节奏抑扬顿挫、形式灵动多变的特点。

诗界革命的同人着眼于把诗歌从易于"看"的状态恢复为易于"唱"的状态，即找回被遗弃的音乐性特征，传统资源中的歌行成为他们参照与借鉴的首选对象就成为自然而然的事情了。黄遵宪、康有为、梁启超等诗人都选择了歌行体作为诗歌创作的外在形制，以其强烈的节奏感与自由的形式来表达其丰富的情感与思想。如梁启超的《去国行》：

呜呼！济艰乏才兮，儒冠容容。佞头不斩兮，侠剑无功。君恩友两未报，死于贼手毋乃非英雄。割慈忍泪出国门，掉头不顾吾其东。

东方古称君子国，种族文教咸我同。尔来封狼逐逐磨齿瞰西北，唇齿患难尤相通。大陆山河若破碎，巢覆完卵难为功。我来欲作秦廷七日哭，大邦犹幸非宋聋。

却读东史说东故，卅年前事将毋同。城狐社鼠积威福，王室蠢蠢如赘痫。浮云蔽日不可扫，坐令蝼蚁食应龙。可怜志士死社稷，前仆后起形影从。一夫敢射百决拾，水户萨长之间流血成川红。尔来明治新政耀大地，驾欧凌美气葱茏。旁人闻歌岂闻哭，此乃百千志士头颅血泪回苍穹。

吁嗟乎！男儿三十无奇功，誓把区区七尺还天公。不幸则为僧月照，幸则为南洲翁。不然高山蒲生象，山松阴之间占一席。守此松筠涉严冬，坐待春回终当有东风。

吁嗟乎！古人往矣不可见，山高水深闻古踪。潇潇风雨满天地，飘然一声如转蓬。披发长啸览太空，前路蓬山一万重，掉头不顾吾其东。

这首歌行体诗已经呈现出与格律诗完全不同的特征：词汇的使用上虚实相间、变化多端，这有利于诗人情感的调整与变化；句式上长短不拘、错落有致，更契合诗人内心情绪的流动与跌宕；而节奏上强弱交替、抑扬顿挫的变化与统一，特别是局部灵活而整体和谐的旋律性，则更能够满足作者深厚

诗界革命:中国现代新诗的萌蘖

繁富的情感与思想的表达。诗中充盈着"浓得化不开"的音乐质素,读来就像一首时而沉郁雄浑、时而豪气冲天的咏叹调。可以肯定地说,这首诗能够直接谱曲入乐。更重要的是,这类歌行体诗在字词的运用、句式的排列组合、形制的布局安排上,均呈现出比既有的歌行更为宽松、灵活的特点,从而体现出歌行体诗歌的新趋向。

应当指出的是,这种音乐成分极为浓郁的杂言歌行体诗作在诗界革命中并不罕见。如康有为的《荷兰京博物院制船型长歌》,被梁启超称为"感念海权之消长,思所以唤起吾国民之海事思想者,意至厚也"(《饮冰室诗话·一九九》);《太平洋东岸南北米洲皆吾种旧地》也被梁启超认为"非徒为考古界之一新发明。抑所以诱导国民之自觉心者,其影响不鲜也"①。蒋智由的《醒狮歌 祝今年以后之中国也》更是被梁启超放在了《新民丛报》第二十五号的封二位置;而该期杂志的封面,也由单纯的刊名题词而自此更变为厉起的雄狮与地球相搭配的图案。黄遵宪更是世界革命主将中以歌行体进行创作的集大成者,仅在他的诗集《人境庐诗草》中就有数十首之多歌行体诗,如《番客篇》《和周朗山琨见赠之作》《乌之珠歌》《西乡星歌》《冯将军歌》《九姓渔船曲》《八月十五夜太平洋舟中望月作歌》《以莲菊桃杂供一瓶作歌》等等,真可谓是"实足为诗界开一新壁垒"②。这显然是诗界革命的重要收获。

(二)异域资源的滋养

在对歌体诗的追寻与创建过程中,黄遵宪、梁启超等人从传统歌行体中寻找可资借鉴的资源的同时,还把目光投向国外,以异域的诗歌与音乐作为改造诗歌的模板与镜鉴。"新世瑰奇异境生,更搜欧亚造新声"(康有为:《与菽园论诗兼寄任公、孺博、曼宣》)的姿态与行动,不仅体现了诗体改革者视野的宏阔,更是他们对歌体诗执着追求的结果。

日本之重视音乐,不仅体现在其文化传统中,而且渗透到日常生活的各个层面。这种浓郁的音乐氛围,为诗界革命的主将进行诗歌变革提供了

---

① 梁启超:《饮冰室诗话》二〇〇,载《梁启超全集》第 18 卷,北京出版社 1999 年版,第 5402—5403 页。

② 梁启超:《饮冰室诗话》四十,载《梁启超全集》第 18 卷,北京出版社 1999 年版,第 5314 页。

第四章 自由诗体的多维探求

必要的触媒与参照。黄遵宪出使日本期间,就对当时的乐舞产生了浓厚兴趣。在他的《日本杂事诗》中,直接以日本歌舞作为创作题材的诗歌就有十余首之多。如其中一首是这样写的:

金鱼紫袋上场时,鼍鼓声停玉笛吹。
乐奏太平唐典礼,衣披一品汉官仪。

在这首诗后的注解中,黄遵宪解释说:

日本尚有《兰陵王破阵乐》,戴假面具上场,有发扬蹈厉之概。《太平乐》者,四人对舞,皆绯衣,佩金鱼袋,抚荞揖让,沨沨乎雅音也。高似孙《唐乐曲谱》:明皇三十四曲,立部八曲,一太平安舞,二太平乐安舞,三破阵乐。高注曰:太平并周、隋遗音。考《齐书》,兰陵王入阵,必戴假面具,因为兰陵王破阵舞,则破阵亦因齐制也。日本唐时遣使习典章制度,此二曲盖得之于唐。乐作时,伶人十数,披裲裆衣,跪坐席外,旁列乐器,先击鼓。鼓停,舞者四人出,笙簧管籥诸乐杂作。一人吹笛,抑扬抗坠,极和而缓。舞止,乐亦止。余饮巨室家,巨室召官中供奉伶人为此。千年之乐,不图海东见之。《后汉书》谓礼失求之野,不其然乎?[①]

其中既有对日本歌舞形式的详细介绍与准确分析,同时也有对其保持唐乐完好情形的意外惊喜。与之相对应,他在记述包括社会风俗与器物、政治制度的生活百科全书《日本国志·礼俗志》中,更是专设"乐舞"一节,具体而详尽地介绍了日本的倭乐、和歌、乐律、管色、伶官、唐乐曲、乐器、猿乐、芝居、杨花、踊子等乐舞习俗、乐器、乐理、活动、团体等各方面的知识。[②] 毋庸置疑,这既是诗人熟谙乐理知识及其发展过程

[①] 黄遵宪:《日本杂事诗》卷二·一五五,载陈铮编《黄遵宪全集》(上),中华书局2005年版,第53页。

[②] 黄遵宪:《日本国志·礼俗志》,载陈铮编《黄遵宪全集》(下),中华书局2005年版,第1462—1468页。

的表现,更是作者对音乐热爱之情的自然流露与表达。因此,这些知识的积累与情绪的铺垫也就能够自然而然地转变为诗人诗歌创作的潜在资源与重要参照。

另外,日本还设有专门的音乐学校,以培养专业人才。曾志忞就是最早进入东京音乐学校学习的中国留学生。梁启超为之振奋并指出:"今日不从事教育则已,苟从事教育,则唱歌一科,实为学校中万不可阙者。举国无一人能谱新乐,实社会之羞也。"① 对于曾志忞所编辑的《教育歌唱集》,梁启超更是推崇备至,认为"从此小学唱歌一科,可以无缺矣。吾见刻本,不禁为之狂喜"。而且,梁启超还原文转录了曾志忞的倡议:"……谨广告海内诗人之欲改良是举者,请以他国小学唱歌为标本,然后以最浅之文字,存以深意,发为文章。与其文也宁俗,与其曲也宁直,与其填砌也宁自然,与其高古也宁流利。辞欲严而义欲正,气欲旺而神欲流,语欲短而心欲长,品欲高而行欲洁。于此加意,庶乎近之。"② 这不仅是作者曾志忞的一片苦心,同样也是梁启超的殷切期盼。

除了受日本音乐资源的触发与影响,梁启超还把目光转向了欧美等地区。他在谈到《军歌》的感召作用时就列举了希腊的历史典故:

  中国人无尚武精神,其原因甚多,而音乐靡曼亦其一端,此近世识者所同道也。昔斯巴达人被围,乞援于雅典,雅典人以眇目跛足之学校教师应之,斯巴达人惑焉。及临阵,此教师为作军歌,斯巴达人诵之,勇气百倍,遂以获胜。甚矣声音之道感人深矣。吾中国向无军歌,有其一二,若杜工部之前后《出塞》,盖不多见。然于发扬蹈厉之气尤缺。此非徒祖国文学之缺点,抑亦国运升沉所关也。③

梁启超从希腊典故中受到启发,把音乐提升到关涉国家命运升降浮沉

---

① 梁启超:《饮冰室诗话》九十七,载《梁启超全集》第18卷,北京出版社1999年版,第5344页。
② 同上。
③ 梁启超:《饮冰室诗话》五十四,载《梁启超全集》第18卷,北京出版社1999年版,第5321页。

第四章 自由诗体的多维探求

的高度,这既是他开阔的视野与"拿来主义"胆识的证明,同时也表明对诗歌音乐性的感化作用的深刻洞察与高度重视。

与理论上的倡导相呼应,《新民丛报》第二号《文苑》栏目中的《棒喝集》收录了《日耳曼祖国歌》《日本少年歌》《德国男儿歌》等翻译的外国诗歌;第十一号上由"奋翻生"(蔡锷)编录的《军国民篇》中,收录了由王韬、张芝轩合译的《祖国歌》(即德国国歌)。尽管梁启超对王韬的翻译成就并不看好,但还是肯定了其在译介德国、法国国歌上的贡献:"王紫诠(王韬——笔者)之翻译事业,无精神,无条理,毫无足称道者;我国学界中,亦久忘其人矣。虽然,其所译《普法战纪》中,有德国、法国国歌各一篇,皆彼中名家之作,于两国立国精神大有关系者。王氏译笔,亦尚能传其神韵,是不可以人废也。《德国祖国歌》一长篇,已见《新民丛报》第十一号《军国民》篇。今复录《法国国歌》四章如下……"① 梁启超大胆的"拿来主义"还体现在,他不仅重视理论上的倡导与积极地推介,而且还身体力行,亲自参与到外国国歌的翻译实践中去。他在小说《新中国未来记》中,就插入了自己翻译的拜伦的《渣阿亚》(Giaour)片段和长诗《哀希腊》(Don Juan,梁启超音译为《端志安》)中的两节。这两部分译诗在词语的调用与搭配、句式的长短布局、音韵的调和配置等方面,已经超越了表面上的曲牌格式,而彰显出自由灵活的歌诗体的特质与表征。

与此同时,梁启超还不遗余力地进行音乐简谱的译介、普及工作,这同样促进了诗歌与音乐的结合,从而滋养与催化了歌体诗的产生和发展。正如梁启超所说:"乐学渐有发达之机,可谓我国教育界前途一庆幸。苟有此学专门,则吾国古诗今诗,可以入谱者正自不少;如岳鄂王《满江红》之类,最可谱也。近顷横滨大同学校为生徒唱歌用,将南海旧作《演孔歌》九章谱出,其音温以和;将鄙人旧作《爱国歌》四章谱出,其音雄以强;能叶律如是,是始愿所不及也。推此以谱古诗,何忧国歌之乏绝耶?"② 可见,

---

① 梁启超:《饮冰室诗话》五十,载《梁启超全集》第 18 卷,北京出版社 1999 年版,第 5318 页。

② 梁启超:《饮冰室诗话》一一九,载《梁启超全集》第 18 卷,北京出版社 1999 年版,第 5355—5356 页。

为了使"国歌"（即歌体诗）能够普及壮大，梁启超真可谓是用心良苦，孜孜不倦。

(三) 歌词体诗的倡导与实践

正是在对外来音乐资源的介绍与引进的基础上，再加上中国诗歌传统中固有的"歌唱"血脉，诗界革命中出现了大量的直接用来谱曲演唱的歌诗体式，在此姑且称之为"歌词体"，以区别于前述"歌行体"。当然，二者之间存在一定程度的交集，歌行体中的一些诗歌也能够直接赋乐演唱，但歌词体在此指称的是诗界革命中出现的明确为演唱而创作的诗歌。

1902 年问世的《新小说》创刊号上，登载了梁启超（署名"少年中国之中国"）的《爱国歌》四首与黄遵宪（署名"岭东故将军"）的《出军歌》四首。《出军歌》如下：

　　四千馀岁古国古，是我完全土。20 世纪谁为主？是我神明胄。君看黄龙万旗舞，鼓鼓鼓！

　　一轮红日东方涌，约我黄人捧。海王之祖天神种，足踏全球动。并力一心万万众，勇勇勇！

　　南蛮北狄复西戎，我居中央中。蜿蜒海水环其东，拱互天九重。称天可汗万国雄，同同同！

　　绵绵翼翼万里城，中有五岳撑。黄河浩浩流水声，能令海若惊。东西禹步横庚庚，行行行！①

作者在谈到创作经验时指出："此新体，择韵难，选声难，着色难。日本所谓新体诗如何？吾意其于旧和歌，更易其词理耳，未必创调也。便以复我。虽然，愿公等之拓充之、光大之也。"② 梁启超则说："读之狂喜，

---

① 此处诗文引自《新小说》创刊号，其中个别词语与《黄遵宪全集》中的原文及《饮冰室诗话》五十四中的转引稍有出入。参见陈铮编《黄遵宪全集》（上），中华书局 2005 年版，第 221 页；《梁启超全集》第 18 卷，北京出版社 1998 年版，第 5321—5322 页。

② 黄遵宪：《致梁启超函》，载陈铮编《黄遵宪全集》（上），中华书局 2005 年版，第 438 页。

第四章　自由诗体的多维探求

大有'含笑看吴钩'之乐。"(《饮冰室诗话·五十四》) 此诗的确表现出歌词体诗迥异于其他体式诗歌的独特之处：语言文白夹杂；句式的长短因表意的需求而定；节奏铿锵有力；平仄粘对的声律也被宽松自由但不失规律性的声韵取代；而句末通过三个相同字的重叠使用加强气势，在音响效果和声威上更能够起到振奋人心的作用。后来，梁启超又见到《出军歌》全文包括出军歌、军中歌和还军歌各八章共二十四首，更是给予高度的赞誉："其精神之雄壮活泼沉浑深远不必论，即文藻亦二千年所未有也，诗界革命之能事至斯而极矣。吾为一言以蔽之曰：读此诗而不起舞者必非男子。"① 可见，无论对于黄遵宪还是梁启超，歌词体诗都是他们有意追求的诗界革命新诗体的方向之一。

除了能够振奋精神的军歌之外，黄遵宪、梁启超还致力于多种内容与适用范畴的歌词体诗。黄遵宪就有《幼稚园上学歌　十首》与被称为"一代之妙文"（梁启超语）的《小学校学生相和歌　十九首》；梁启超也创作了《爱国歌》四章。梁启超所推崇的曾志忞也致力于歌曲的普及工作，他编辑了《教育唱歌集》一书："凡为幼稚园用者八章，寻常小学用者七章，高等小学用者六章，中学用者五章；皆按以谱，而于教授方法，复恳切说明。凡教师细读一过，自能按谱以授。"由此，梁启超认为这填补了小学唱歌一科的空白。② 如其中的一首《老鸦（幼稚园用）》：

　　老鸦老鸦对我叫，老鸦真正孝。老鸦老了不能飞，对着小鸦啼。小鸦朝朝打食归，打食归来先喂母，自己不吃犹是可，母亲从前喂过我。

这首诗（或曰歌词）无论是在语言的口语化程度，句法成分的搭配规则，句式及韵律的新变，还是在诗歌体式的解放上，都呈现出极为新颖、自如的特征。如果将其收录于五四时期创作的白话新诗集中，则很难被发

---

① 梁启超：《饮冰室诗话》五十四，载《梁启超全集》第 18 卷，北京出版社 1999 年版，第 5321 页。
② 梁启超：《饮冰室诗话》九十七，载《梁启超全集》第 18 卷，北京出版社 1999 年版，第 344 页。

现这是一首诞生于19世纪末的诗作。

难得的是,梁启超等人也意识到不同内容、类型以及读者群体等因素对歌词体诗歌的不同要求,这自然会形成诗歌在语言、句式、文体等方面或显或隐的差异。梁启超指出:"今欲为新歌,适教科用,大非易易。盖文太雅则不适,太俗则无味。斟酌两者之间,使合儿童讽诵之程度,而又不失祖国文学之精粹,真非易也。杨皙子之《黄河》《扬子江》诸作,庶可当之。亚雅音乐会之成立,鄙人尝应会员诸君之命,撰《黄帝》四章。该会第一次演奏,即首唱之;和平雄壮,深可听,但其词弗能工也。"① 而且,他还提出要以中西融合的态度来对待诗歌创作。尽管梁启超在输入包括简谱在内的西方音乐知识时不遗余力,但他仍然能够以更全面、客观的姿态与冷静的辩证态度对待各种资源以"为我所用":"今日欲为中国制乐,似不必全用西谱。若能参酌吾国雅、剧、俚三者而调和取裁之,以成祖国一种固有之乐声,亦快事也。将来所有诸乐,用西谱者十而六七,用国谱者十而三四,夫亦不交病焉矣。"② 这表明诗界革命的同人们对歌词体诗歌的实验与研究已经到了极为深入与细致的程度。

在黄遵宪、梁启超等人的积极倡导与创作的影响下,进行歌词体诗创作的作者与读者,已经超越了诗界革命的同人圈子而形成一个范围较广的创作与接受群体。这表现为《新民丛报》《新小说》之外的其他杂志上也出现了对这类诗歌创作的关注与实践。"顷读杂志《江苏》,屡陈中国音乐改良之义,其第七号已谱出军歌、学校歌数阕,读之拍案叫绝。此中国文学复兴之先河也。"③ 与此同时,改刊后的《复报》也开辟了专门登载歌词体诗歌的专栏——"音乐新唱歌集"。由此可见,在诗界革命的倡导与推行下,歌词体诗歌创作在当时已成为一种极受欢迎的创作现象。

---

① 梁启超:《饮冰室诗话》一二〇,载《梁启超全集》第18卷,北京出版社1999年版,第5356页。
② 梁启超:《饮冰室诗话》七十八,载《梁启超全集》第18卷,北京出版社1999年版,第5334页。
③ 梁启超:《饮冰室诗话》七十七,载《梁启超全集》第18卷,北京出版社1999年版,第5333页。

三 歌体诗的继承与发扬

由黄遵宪、梁启超、康有为、蒋智由等人积极鼓吹并参与创作的歌体诗作，不仅在当时形成巨大的声势，即使在《新小说》停刊，诗界革命渐趋尾声乃至结束之后，这种文体的诗歌创作活动仍在继续，如秋瑾的《宝刀歌》《勉女权歌》，于右任的《从军歌》，李叔同的《祖国歌》《送别》，马君武的《华族祖国歌》，等等，其中的不少诗篇传唱至今。对于当时歌体诗创作繁盛的意义，有学者指出："歌体诗足以和新派诗并驾齐驱于近代诗坛，就其内容、形式和影响来说，其功绩亦不在新派诗之下。它是中国古典格律诗向现代自由体新诗过渡阶段的最主要的诗歌形式，也是最接近于早期白话新诗的诗歌形式，实开五四新诗之先河。"[①] 就歌体诗与现代新诗的关系而言，这种评论是切中肯綮的。

需要补充的是，一方面，现代新诗从歌体诗的诗体形式中汲取营养，并借鉴、模仿歌行体、民间歌谣等其他诗歌文体中的有益成分，创造了以白话为语言材料、以自由舒放的体式为特征的散文体新诗；另一方面，便于歌唱的歌体诗也得到了继承和发展。即是说，现代白话新诗的初创和建设时期，歌体诗的创作传统仍然被延续下来。如胡适的《也是微云》《上山》《希望》《梦与诗》等诗作，被谱曲之后成为能够直接传唱的歌词；而刘半农的《听雨》《教我如何不想她》等也被赋曲演唱。特别是《教我如何不想她》这首诗，至今仍在传唱。此外，郭沫若的《湘累》，徐志摩的《再别康桥》《我不知道风在哪个方向吹》，闻一多的《七子之歌》，光未然的《五月的鲜花》《黄河大合唱》，田汉的《毕业歌》《义勇军进行曲》等皆是被谱曲唱响的歌体诗。当代诗人如舒婷、余光中、席慕容等的诗作也被改为歌词并赋曲演唱。由此可见，歌体诗已经成为现代诗歌创作史上一种延绵不绝的流脉。

颇有意味的是，早期的白话诗创作出现了文体上的自由散漫，声韵的

[①] 龚喜平：《近代"歌体诗"初探》，《西北师范大学学报》（社会科学版）1985年第3期。

流失严重,因而导致读者群缩减的情况,那时歌体诗也被用来作为纠正这种弊端的良方。这是由歌体诗既突破了格律诗诗体、声韵上的严密体制,而又具有活泼灵动的形式与抑扬顿挫的节奏、繁复悠扬的旋律等独特的诗体特征所决定的。20世纪20年代,面对迅速兴起而日渐散漫的白话诗,梁启超强调:"今日我们作诗,虽不必说一定要入乐,但最少也要抑扬抗坠,上口琅然。"① 其中显然包含着对诗歌音乐性坚守的意图。鲁迅虽然自谦为诗歌的"门外汉"且"无心做诗人",至多不过在诗坛寂寞时"打打边鼓,凑些热闹",但他对当时诗歌创作的不满中就包含着这些作品中音乐成分的缺失:

> 我只有一个私见,以为剧本虽有放在书桌上的和演在舞台上的两种,但究以后一种为好;诗歌虽有眼看和嘴唱的两种,也究以后一种为好;可惜中国的新诗大概是前一种。没有节调,没有韵,它唱不来;唱不来,就记不住,记不住,就不能在人们的脑子里将旧诗挤出,占了它的地位。……我以为内容且不说,新诗先要有节调,押大致相近的韵,给大家容易记,又顺口,唱得出来。但白话要押韵而又自然,是颇不容易的,我自己实在不会做,只好发议论。②

即使到了今天,面对当下诗歌所处的"边缘"状态,也有人主张以歌体诗作为资源重新激发诗歌创作的活力:"可以借鉴现代'歌诗'增强歌性的方法,通过诗歌的音节组合方式、韵脚复杂回环、平仄相重相间、双声叠韵的精心安排等环节,使现代诗歌的歌性功能更加完美,节奏更加鲜明,听觉美感更加精致,使之能满足人们视觉和听觉的双重触动,诗意乐音相辅相成,从而增强诗歌的艺术感染力。"甚至对歌体诗的研究乃至现代文学史的书写等层面都应加强对歌体诗的重视。③ 这是对歌体诗恒久艺

---

① 梁启超:《〈晚清两大家诗钞〉题辞》,载《梁启超全集》(第十七卷),北京出版社1999年版,第4928页。
② 鲁迅:《书信·341101 致窦隐夫》,载《鲁迅全集》(第十二卷),人民文学出版社1981年版,第556页。
③ 刘东方:《论中国现代"歌诗"》,《中国现代文学研究丛刊》2008年第4期。

术魅力与顽强生命力的最好证明与坚守。

有人指出,由于人们长期忽略了对歌体诗的研究,导致了在研究新诗诞生时只能得出新诗是域外移植的结果,而在连接形式上差别较大的新派诗与白话诗时缺少了中间环节,而这中间环节就是歌体诗,"它鼓吹革命、趋向通俗、接近白话和散文趋向,在诗体与语言上都获得初步解放,孕育着中国现代新诗体的诞生"①。这种归纳把歌体诗最重要的两个作用突出出来:一是它在开启民智、启蒙思想中所具有的便捷性与普遍性特征,音乐的参与又加强了诗歌的感化与熏陶效果,这使歌体诗在晚清社会文化的变革中发挥了不可或缺的重要作用;二是它对传统诗歌文体的解放及新型诗体的建构作用。歌体诗既保存了诗之为诗的音乐特性,包括规律性的节奏、局部变化而整体齐整的句式以及灵活自由而又不乏韵味的声律等优点,又摆脱了传统诗歌文体样式严密拘谨、固定单一的缺憾,从而为现代新诗体式的建构起到示范与推动作用。而歌体诗的社会干预作用又是以这类诗歌在文体上的独特优势为条件与表现形式的。职是之故,对歌体诗的研究,尤其是对中国诗歌文体由古典向现代转型的研究中,诗界革命对歌体诗的积极倡导与创作实践所取得的成绩,无论如何也是一个不能回避的课题。

第四节 散文化诗体:彰显性情的灵活样式

中国最初的诗歌在形式上是相对自由的,无论是《诗经》还是《楚辞》,以及稍后出现的歌行体都是典型的代表。后来诗歌逐渐走向格律化的道路,特别是在沈约创设"永明体"之后,到唐代诗歌形成了稳定严整的五言、七言形式,再加上声律节奏上的严密规则,使得格律诗成为中国诗歌的形象代言者。即使如此,仍有部分诗人经常从诗歌规整森严的领地越位而出,采用字数不固定、诗句长短不一的诗体形式,同时在吸纳虚词、口语的基础上也摒弃对偶、平仄押韵及有规律的节奏模式,形成自由

---

① 许霆:《旋转飞升的陀螺——百年中国现代诗体流变史论》,人民文学出版社2006年版,第38页。

灵活的新诗体式。如著名诗人杜甫创作的《北征》被称为"结合时事,入以议论,开合纵横,直成有韵之散文。独辟一途,前所未有,下为元和及'宋诗'开山"①。自宋代以来,"以文入诗"的概念不仅被正式提出,而且韩愈也被推举为"以文为诗"的开山鼻祖与集大成者。考证谁是采纳"以文入诗"的始作俑者并非本文的题中应有之义,但在使用这一概念进行论述时首先不能回避的是对此称谓的简单界定。

从狭义的层面来看,作为文学批评术语的"以文为诗",首次提出是在宋代:"沈括存中、吕惠卿吉父、王存正仲、李常公择,治平中同在馆下谈诗。存中曰:'韩退之诗乃押韵之文尔,虽健美富赡,而终不近诗。'吉父曰:'诗正当如是,我谓诗人以来,未有退之者。'正仲是存中,公择是吉父,四人交相诘难,久而不决。"(宋·魏泰《临汉隐居诗话》)也有人认为这一概念最早见于北宋惠洪《冷斋夜话》所载"馆下谈诗"和陈师道的《后山诗话》。尽管这两种说法存在分歧,但至少可以肯定"以文为诗"是在宋代提出来的,而且都是针对韩愈诗歌的。此后,"以文入诗"的概念被延续至今,其所指也逐渐由韩愈拓展到受其影响并采纳相似创作策略的诗歌创作。从广义的创作现象而言,"以文为诗"的例子早在《诗经》中就已出现,先秦两汉魏晋时期的诗歌均体现出这一特征。但那时"诗"与"文"的分界并不清晰。甚至在韩愈生活的唐代与概念提出的宋代,时人对"诗"与"文"的界定并不一致。如朱自清所说:"唐人连韩愈和他的追随者在内,都还没有想到诗文的对立上去";韩愈的诗"按宋代说,固可以算他'以文为诗',按唐代说,他的诗之为诗,原是不成问题的"②。宋时诗文对立,而在唐代却只有文笔之别,诗、赋、骈文总称为"文";韩愈有意将散体的"笔"升格为"古文",也加入到"文"的行列,由此造成了观念上"诗"和"古文"界限的模糊。可见,自唐代以后,由于当时人们对"诗""文"的内涵与外延的界说不同,因此对"以文为诗"的理解也就存在差异,在此基础上所形成的评判态度自然也就莫衷一是。

---

① 胡小石:《杜甫〈北征〉小笺》,《江海学刊》1962年第4期。
② 朱自清:《论"以文为诗"》,载朱乔森编《朱自清全集》(8),江苏教育出版社1993年版,第305—307页。

第四章 自由诗体的多维探求

本文所采用的"以文为诗"的概念,是在综合广义与狭义内涵的基础上,作为一种创造策略来对待的。具体来说,就是诗人在进行诗歌创作时,有意识地突破传统诗歌特别是形式整饬、节奏谨严、声律严密、语言文雅的近体诗(或曰格律诗)的结构模式与外部特征,而积极采纳与之相对的散文的表达手法、结构特点与文体特征作为诗歌创作的手段。这是一种诗歌的"破格"与创体,表现出诗人对传统诗歌文体样式的不满与有意消解,而试图独创新诗体的积极努力和尝试。与之相关的是,采纳"以文为诗"的创造策略所创作的诗歌具有迥异于近体诗的独特文体特征与功能,至少表现在这样几个方面:一是倾向于散文的表现功能,以"我"为主,凸显"我"的目标追求;二是虚词、口语被吸纳进诗歌之中;三是诗歌的音律节奏、对仗句式特别是语序以正常的顺序与规则为主;四是诗行的字数并非固定的五言或七言,而是长短不一的灵活形式,诗歌的行数也是变化多端,因而对仗呼应的模式被自然消解。以此来反观晚清诗界革命的理论与实践则可以发现,黄遵宪、梁启超、康有为、蒋智由等就是有意识地采纳"以文入诗"的创造策略,以解构旧诗体建构新诗体为目标的改革者。

无论是受社会情势的影响,还是文体内部结构元素自身的变更,诗界革命中已经有人开始意识到诗歌文体的变革是难以避免的趋势,而且还积极主动地推动文体嬗变的过程。即在晚清的时代面貌、诗人的主体意识、语言形式以及诗歌的生产流通方式等合力的压迫下,旧的诗歌结构体式必然遭受冲击而松动解体;与此同时,诗界革命中也有人在建设层面上提出或者实践能够适应当时时代特征与创作需求的新的诗歌体式。黄遵宪的《人境庐诗草·自序》几乎可以被视为诗歌文体革命的总宣言与方向:"士生古人之后,古人之诗号专门名家者,无虑百数十家,欲弃去古人之糟粕,而不为古人之束缚,诚戛戛乎其难。虽然,仆尝以为诗之外有事,诗之中有人;今之事异于古,今之人亦何必与古人同。尝于胸中设一诗境:一曰,复古人比兴之体;一曰,以单行之神,运排偶之体;一曰,取《离骚》乐府之神理而不袭其貌;一曰,用古文家伸缩离合之法以入诗。其取材也,自群经三史,逮于周、秦诸子之书,许、郑诸家之注,凡事名物明切于今者,皆采取而假借之。其述事也,举今日之官书、会典、方言、俗谚,以及古人未有之物,未辟之境,耳目所历,皆笔而书之。其炼格也,自曹、鲍、陶、谢、李、杜、韩、苏讫于晚近小家,不名一格,不专一体,要不失乎为我之诗。诚如是,未必遽跻古人,其亦足以自立矣。"① 不难看出,这段文字中其实就暗含着对"以文为诗"的创作策略乃至方法的阐释:一是"今之人何必与古人同",强调的是文体随着时代的发展变化而不断进步,当下的诗歌文体应摆脱传统文体的束缚而适应当下的时代。这可以视为诗体创作的基本理论出发点与实践动向。"以今为主"和"以我为主"的表现宗旨更适合于自由多变的散文文体;二是"以单行之神,运排偶之体",是对"以文为诗"创作方法的具体阐述。即诗歌文体应吸纳散文的长处,打破传统律诗的谨严与齐整,形成宽松自由的文体样式。这与自唐代以来部分诗人主张与实践的"以文入诗"的发展路向是相通的;而采纳"以文为诗"的创作策略对诗歌文体的影响,势必表现在句式、外形、韵律、词语的择用上;三是强调文体的创造要以"我"为主,即在吸纳百家之长的基础上,"不名一格,不专一体,要不失乎为我之诗"。概括起来言之,黄遵宪的这段话其实就是围绕着一个中心展开,那就是采纳"以文入诗"的策略,创造适于表现逐渐觉醒的自我意识及当下社会现实的独创性自由诗体。黄遵宪之外,梁启超、康有为、蒋智由等都参与了这种新诗体的创作实践,他们的作品共同呈现出与格律诗严密规整的诗体形式相对立的自由灵动的散文化倾向。

一 以散文之"显直"冲淡诗歌之"曲隐"

诗歌与散文属于不同的文学类型,二者在表情达意的方式及功能方面存在着明显的差异。明代胡应麟在《诗薮》中说:"诗与文体迥不类:文尚典实,诗贵清空;诗主风神,文先道理。"(《诗薮·外编》卷一)许学夷也认为:"诗与文章不同,文显而直,诗曲而隐。"(《诗源辨体》卷一)可见,诗歌侧重于使用间接隐曲的方式,追求含蓄蕴藉的审美效果;散文

---

① 黄遵宪:《人境庐诗草》自序,载陈铮编《黄遵宪全集》(上),中华书局2005年版,第68—69页。

第四章 自由诗体的多维探求

则偏向于借助浅易显露的句式及手段，实现易于阐明道理和直接抒情的目的。"古典诗歌注重的是表现'纯然无我'的印象世界，古典诗人的人生情趣与审美理想更使得他们的诗歌凸现视境而消解意蕴，理念被含蓄地隐藏在视觉性的印象世界之下，情感则消融在声色各异的自然意象之中，因此，'我'即诗人无形中消失在诗歌之外，而'你'的理解、'你'的接受也不在诗人的考虑之列，一切都那么平和、隐晦、艰涩、含蓄。"① 可见，传统诗歌的深蕴隐曲，是与诗人主体意识的自我隐藏密切相关的。与之相对的是，散文的典实与显直，则对应着主体观念的凸显与张扬。尽管在中国文学史上散文更多地是以"载道者"的角色出现的，但晚明时期性灵散文的出现及繁荣彰显了该文体类型的另一特性：比传统诗歌更能够传达创作主体的真实情怀与主体意识。

晚清诗界革命的主将已经流露出强烈的主体意识，而且把这种主体意识渗透到诗歌文体的改造之中去。黄遵宪"我手写我口，古岂能拘牵"的诗界革命宣言，其实也可以理解为以自我为主的文体创新观念；而且他一再强调创作主体在诗歌创作特别是诗歌文体革新上的重要性：

> 遵宪窃谓诗之兴，自古至今，而其变极尽矣。虽有奇才异能英伟之士，率意远思，无有能出其范围者。虽然，诗固无古今也，苟出天地、日月、星辰、风云、雷雨、草木、禽鱼之日出其态以尝（似应为当）我者，不穷也。悲、忧、喜、欣、戚、思念、无聊、不平之出于人心者，无尽也。治乱、兴亡、聚散、离合、生死、贫贱、富贵之出而（似脱字）我者，不同也。苟能即身之所遇，目之所见，耳之所闻，而笔之于诗，何必古人？我自有我之诗在矣。夫声成文谓之诗，天地之间，无有声，皆诗也，即市井之谩骂，儿女之嬉戏，妇姑之勃豀，皆有真意以行其间者，皆天地之至文也。不能率其真，而舍我以从人，而曰吾汉、吾魏、吾六朝、吾唐、吾宋，无论其非也，即刻画求似而得其形，有（似应为肖）则肖矣，而我则亡也；我已亡我，而

---

① 葛兆光：《汉字的魔方——中国古典诗歌语言学札记》，复旦大学出版社2008年版，第217页。

诗界革命:中国现代新诗的萌蘖

吾心声皆他人之声,又乌有所谓诗者在耶?汉不必《三百篇》,魏不必汉,六朝不必魏,唐不必六朝,宋不(似脱字"必")唐,惟各不相师而后能成一家言。必执一先生说,而媛媛姝姝,则删诗至《三百篇》止矣,有是理哉?是故论诗而依傍古人,剿说雷同者,非夫也。

吾今日所遇之时,所历之境,所思之人,所发之思,不先不后,而我在焉。前望古人,后望来者,无得与吾争之者。而我顾其情,舍而从人,何其无志也?虽然,吾身之所遇,吾目之所见,吾耳之所闻,吾愿笔之于诗,而或者其力有未能,则不得不藉古人而扶助之,而张大之,则今宪所为,皆宪之诗也。先生顾其情,性情意气,可得其大概。至笔之于诗,则力有未能,则藉古人者,又后此事。①

黄遵宪在此强调的是,无论题材还是文体,只有出自"我"(即诗人自身)的体验与再加工改造,才能实现"我诗自有我在"的目标。而这种以"我"为主的创作原则,是文体上突破格律诗体的束缚和制约,摆脱前人"影响的焦虑",实现戛戛独造的必要前提。这在晚清尤其具有特殊的意义:中国传统诗歌尤其是格律诗在经过了唐代以后的辉煌之后,文体上的锤炼与琢磨已经达到"烂熟"的境地,对于诗人来说,想哪怕稍许的改进与标新立异都举步维艰。面对这种庞大而辉煌的传统,不甘自落他人之后的诗人一方面企图突破固有的诗歌模式,另一方面在心理上又时时难以摆脱"影响的焦虑"的困扰。在这种复杂而又矛盾纠缠的情态下,只有真正唤醒诗人"自我"意识,确立诗歌创作中的主体地位与独创精神,才有可能实现文体上的突围与创新。同时,古典诗歌在文体上的种种清规戒律,已经使得诗人的独创精神无处发挥,诗人的主体意识与"自我"地位被遮蔽起来,至多只能在个别词句的择取与锤炼上有筛选的余地,即黄遵宪所说的"可怜古文人,日夕雕肝肾。俪语配华叶,单词画蚯蚓"(《杂感·其三》)。可见,主体意识的觉醒是文体自觉的必要条件,同时更是文体独创的第一步。黄遵宪敏感地发现了这一文体变革的关捩点,可谓是独具慧眼与切中

---

① 黄遵宪:《致周朗山函》,载陈铮编《黄遵宪全集》(上),中华书局2005年版,第291—292页。

第四章 自由诗体的多维探求

肯綮。

而能够实现彰显这种主体意识与文体革新的路径,则可以通过借鉴散文的优长来改造传统诗歌遮蔽自我表现的文体弊端。"文章之革故鼎新,道无它,曰以不文为文,以文为诗而已。"① "以文为诗"无疑是使诗歌能够更便捷、更充分地表达创作主体的情思,凸显其觉醒的"自我"观念的最佳选择之一。因此,散文化的诗体形式出现于诗界革命的创作中也就成为必然。

诗界革命的创作实践就证明了这种选择的合理性与普遍性。"以文为诗"的表现之一,就是以第一人称"我"介入诗句并充当主语的诗歌创作现象成为一种惯例。这不仅体现在黄遵宪《杂感》中的"我生千载后,语音杂伧楚"(其一),"我手写我口,古岂能拘牵","即今流俗语,我若登简编"(其二),"我今展卷吟,徒使后人哂"(其三)以及其他诗作中,而且在康有为、梁启超等其他诗界革命主将的笔下也非常普遍:

> 东辽鼙鼓人中立,西藏风云我不知。绝好江山谁管领?空看书画想迷离。从何说起中朝事?日饮亡何长夜悲。忽念当年开国略,艰难百战是何时!(思辽藏也)
> ——康有为《除夕加拿大海岛卧病感怀五首》
> 我性有奇癖,贪痴似蠹鱼。恨为众生累,不读十年书。浮海知何补,藏山愿已虚。劝君好爱惜,难得是居诸。
> ——梁启超《壮别二十六首(之一)》

上述例子尽管在外形上仍然更接近于传统诗歌而离散文较远,但其内部结构、表意手段及功能已经更贴近后者。有学者根据诗歌语言及其所涉及的"我"(说话者)、"你"(听话者)、"它"(内容或事物)之间不同的"焦距"对诗歌的表达方式及功能进行了区分:当诗歌语言的功能焦距集中在"我"与"你"之间的时候,它的目的是"表达",这种表达无论是偏重抒情还是叙述,都把信息的传递作为第一要务。这类诗歌与以"表

---

① 钱钟书:《谈艺录》(修订本),中华书局1984年版,第29—30页。

达"见长的散文在文体上有着极为亲近的关系。而当语言的焦距集中于"我"与"它"之间的时候,说话人便无须顾忌交流的畅通与否,而只关心描摹内心中所感觉到的"内容或事物",因此它构成一种感觉的"表现"功能,它的目的只是在于表现那个感觉中的世界。由于后一种表达类型既不关心"我"如何说,也不关心"你"如何听,因此,它往往肆无忌惮地破坏习惯的语言规范,就好像喃喃自语或内心独白,语言在此只是一个纯粹的"印象"①。从文体的角度来看,前者更接近于散文而后者才像传统意义上的诗歌。

以此来观照诗界革命中频频出现的以"我"作主语的诗句则可以发现,这些诗歌的功能更多地偏重于"表达"而非"表现",因而更贴近散文而不是诗歌。这既是当时诗人肩负着思想启蒙的责任使然,同时更是黄遵宪所强调的"诗之中有人,诗之外有事"的诗学观念的具体体现。从表达的效果来看,"我"的"在场"既能够凸显创作主体的鲜明地位,又有利于激起接受者的参与热情与情感共鸣,容易使表达者与接受者之间形成积极的互动关系,从而更能够实现"表达"功能的最大化。这种诗歌文体功能上的"越位"现象出现的原因,即在于诗界革命对"以文为诗"策略的采纳与运用。

二 传统诗体的解构与新诗体的形成

在诗歌创作中贯彻"以文为诗"的创作策略,势必会造成对固有诗歌文体内部结构与外在形态上的冲击,而以此方法创作出来的新诗,自然也就有诸多特征相异于原有的诗歌形式。具体说来,诗界革命中所出现的诗歌文体的散文化倾向主要体现在以下几个方面。

首先,虚字、口语词汇以及新名词被吸纳进诗歌之中。虚字,按照古人的说法可以分为起语词、接语词、转语词、衬语词、束语词、歇语词等。而吕叔湘则指出:"文言的句法虽然跟现代语大致相同,所用的虚字

---

① 葛兆光:《汉字的魔方——中国古典诗歌语言学札记》,复旦大学出版社2008年版,第198页。

第四章 自由诗体的多维探求

可是大多数全不相同。""这里所说的虚字范围较广,不但是代词,介词,连词,语助词,还包括好些个副词;换句话说,除了名词,动词,形容词。"① 即使后者的外延比前者要宽泛得多,但在近体诗中虚字仍未得到普遍使用。而在诗界革命的诗歌创作实践中,使用虚字的现象并不罕见。如黄遵宪的《哭张心谷士驹》之二:

半盂麦饭一炉香,终有人来拜墓堂。将为君立嗣。只恨锦囊无剩稿,《广陵散》绝并琴亡。君殁后,余搜其遗稿及其先人稿,均不可得。

诗中的"终""只""并"等均为虚词,在此有增加诗人悲哀与遗憾之情的作用。

类似的例子还有:

手挽三江尽北流,寇匪难洗越人羞。黄巢毒竟流天下,陶侃军难进石头。铤鹿偶然完首尾,烂羊多赖得公侯。欃枪扫尽红羊换,从此当朝息内忧。

——黄遵宪:《羊城感赋 之二》

举国睡中呼不起,先生高处画能传。黄人尚昧合群理,诗界差存自主权。胸有千秋哀古月,眼穷九点哭齐烟。与君同此苍茫状,隔海相望更惘然!

——丘逢甲:《题兰史独立图》

甘为游侠流离子,孺妇无颜长者尤。何不扫除公义尽,让他富贵到心头。

每因义愤言愈愤,自觉心平气未平。依旧片帆苍莽去,风涛如此那堪行。

平生不作牢骚语,我读斯君气一王。不幸离群堕尘海,闻声触色总堪伤。(京师残破后外人之无礼横虐及华人之甘心奴贱愤无可愤救

---

① 吕叔湘:《文言虚字》,上海教育出版社1959年版,第131页。

无可救能不悲乎）

  年来最苦团圞节，怀友思亲总怆神。一样亚洲好明月，汽车碾梦过西京。（辛丑中秋夜作盖忆去秋此时正过西京）

    ——平等阁：《杂诗四首》，《新民丛报》1902 年第三号

  当然，诗歌创作中虚字的增加并非偶然与无意，而是有着深刻的原因与作用：在古体诗中，虚字的使用非常普遍，这无论在《诗经》还是在楚辞、乐府歌行中，都很容易找到例证。唐代以后，随着近体诗的形成并逐渐占据诗坛的主体地位，对仗、字数、行数等诸多限制性要素的固定，使得自身没有实际意义而只能依附于其他词汇才能产生意味的虚字逐渐被驱逐出有限的诗行诗句，从而成就了诗歌特有的凝练含蓄、言简意赅的审美风格。而虚字的多少，也逐渐成为区分文体风格的重要尺度："实字多则意简而句健，虚字多则意繁而句弱。"（谢榛：《四溟诗话》）因此，在一部分人看来，虚字的使用与否，分别关联着散文和诗歌这两种不同的文体类型。从这一意义上言之，诗歌容纳虚字，是其借鉴散文表现技法，或者说是"以文为诗"的结果与表征。更进一步讲，虚字在传情达意方面呈现出独特的意义："靠着虚字的产生，语言才能清晰而且传神，有了虚字的插入，诗歌就更能传递细微感受，凭着虚字的铺垫，句子才能流动和舒缓，虚字在诗歌里的意义是，一能把感觉讲得很清楚，二能使句子有曲折，三是使节奏有变化。"[①] 而这些传达功能与效果的改变，恰恰使诗歌呈现出离近体诗渐远而更接近于散文的特征。

  除了虚字的介入能够对诗歌文体带来散文化的影响之外，口语、新名词等在诗歌中的出现同样会牵动诗歌结构和体式的变化。就口语而言，其鲜活灵动的特性是与它内部结构搭配组合的不固定以及外在表现形态的多样化密切相关的，而且其表意效果也以明白晓畅见长；与之相比较，诗歌中雅化的书面语言，则显得更为凝练蕴藉，寓意深隐。因此，前者所构建的句式，在结构、外形乃至传情达意的效果上更接近于散文；而后者更贴

---

  ① 葛兆光：《汉字的魔方——中国古典诗歌语言学札记》，复旦大学出版社 2008 年版，第 162 页。

第四章 自由诗体的多维探求

近于传统诗歌尤其是格律诗。另外，新名词是由外来词以及模仿外来词的结构方式构成的，单就音节的多寡对声律的影响而言，它就不如格律诗中的单音节词汇更容易形成对仗、整齐、和谐、抑扬顿挫的节奏形式。因而，与口语入诗相似，新名词入诗同样会冲散格律诗的内部构架与外在形式，而使得诗歌文体由严谨变为散漫，由齐整而变为参差不一。无论是口语还是新词语，都是诗界革命理论追求与创作实践所追寻的重要目标，由此而产生的诗歌也就难免表现出与格律诗明显不同的结构形态。

其次，诗界革命中的诗歌，在对仗、韵律、节奏上也开始脱离传统的格律诗的模式，而呈现出新的表现形式。

中国古代诗歌对节奏的重视与依赖已经成为众所周知的事实，诗歌形式的古体、近体之分在很大程度上就是依据诗歌的节奏来判别的，"四声八病"更是对节奏、音律的强调。刘勰在《文心雕龙》中专辟一章讨论诗歌的诗律问题，他说："凡声有飞沉，响有双叠。双声隔字而每舛，叠韵杂句而必睽；沉则响发而断，飞则声飏不还；并辘轳交往，逆鳞相比。""韵气一定，故余声易遣；和体抑扬，故遗响难契。属笔易巧，选和至难；缀文难精，而作韵甚易。"（《文心雕龙·声律》）在创作实践中，历代诗人对节奏的琢磨与追求已经使中国诗歌臻于成熟与完善。晚清之际，对僵化与古板的传统诗歌尤其是格律诗的抗争之声日益宏大，其中就包括对固定严密的音律节奏的反叛。黄遵宪在《人境庐诗草·自序》中所倡导的诗歌创作原则，其中也包含了对自由灵活体式与节奏的重新设想。他的诸多诗作也自然从对仗、排偶等节奏规范中解脱出来，例如"所愿君归时，快乘轻气球"（《今别离》其一）、"我是东西南北人，平生自号风波民。百年过半洲游四，留得家园五十春"（《乙亥杂诗》其一）等诗句，尽管存留着韵脚的和谐统一，但已经与传统诗歌的对仗模式及音律规则格格不入，而呈现出自由体诗的特点。

梁启超、谭嗣同、夏曾佑等人"挦扯新名词以表自异"的新学诗，也同样无法固守严密与规整的传统节奏。尽管梁启超在诗界革命中强调"新语句、新意境"须以"古风格"入之，但容纳新语句、内含新意境的诗句也不会再保留着"古风格"。因为二者之间的关系绝非"旧瓶装新酒"那样简单易行，单是新名词的介入也会"胀破"原来的风格。因为一方面，

"如果变化了的生活条件,即伴随文化发展而发生的变化将人们带入新的人与环境的实际关系,语言中遗传下来的概念便不复保存其原始'意义'了。这些概念以与人类活动的界限趋于变化和相互影响相同的节奏,开始发生变化,开始运动起来"[①];另一方面,梁启超所谓的新名词是诸如共和、代表、自由、平权、团体、归纳、无机之类的外来词。与古代汉语的词汇相比较,单是它们在音节上的变化(由单音节增加到双音节、多音节)也会"逼迫"诗歌节奏发生变异与调整。"一句之中,或多一字,或少一字;一字之中,或用平声,或用仄声;同一平字、仄字,或用阴平、阳平、上声、去声、入声,则音节迥异。故字句为音节之矩。积字成句,积句成章,积章成篇。合而读之,音节见矣;歌而咏之,神气出矣。"(刘大櫆:《论文偶记》)这种节奏上的变化,自然也就使得对仗特别是平仄韵律难以为继。可见,诗界革命中诗歌创作的灵活多变与"不守规矩",使其离格律诗体渐行渐远。如署名"邹崖遁者"的《咏西史》(《新民丛报》第二十三号):

  悬军深入尼罗河,雪窖天荒马毙多。二十万军齐覆没,更无人眖墨斯科。忧北顾也

署名"醒狮"的《黑奴吁天录后》(《新民丛报》第三十一号)同样如此:

  专制心雄压万夫,自由平等理全无。侬微黄种前途事,岂独伤心在黑奴。

如果以音律的和谐与对称作为评判诗与文的标准,即如有人所说的:"文显示目也,气为主;诗咏于口,声为主。文必体势之壮严,诗必音调之流转。是故文以载道,诗以陶情,道在其中矣"(王文录:《文脉》),那

---

① [德]恩斯特·卡西尔:《语言与神话》,于晓等译,生活·读书·新知三联书店1988年版,第65页。

第四章 自由诗体的多维探求

么,即使这些诗歌仍在竭力保持着律诗必备的对等的字数与整齐的外形,但其内在韵律及节奏已经不再合乎律诗的规范,因此也失去了其作为律诗的重要支撑。

最后,诗界革命中的诗歌创作,在语序及语法结构上更合乎语法规范,在诗行上则呈现出长短不一、灵活多变的散文化特点。

与虚字、口语入诗相对应,为满足"表达"需求的诗歌,在语言的排列即语序上更符合日常生活的语言习惯与语法规则,较少出现故意扭曲变形语言顺序的句式即"陌生化"现象;而诗歌的"陌生化"手法,更契合于诗人自我情感的"表现"而非与对方的交流。字数的限定与声律的制约,导致诗人发挥独创的空间极为有限。在有限的范围内,需要以创新来彰显个性与风格的诗人,只能借助对语言的"再加工"才能达到目的。因此,传统格律诗的创新,在一定程度上就表现为对语言词汇排列组合上的创新,主要表现为词性的活用、语序的倒置、语法成分的省略等语法句法规范的有意破坏。不可否认,这种在语法规则上的"破格"现象,有时的确能够给诗句带来出其不意、耳目一新的效果,如"春风又绿江南岸,明月何时照我还"(王安石《泊船瓜州》)中的活用,"香稻啄余鹦鹉粒,碧梧栖老凤凰枝"(杜甫《秋兴 其八》)中的倒装以及"楼船夜雪瓜洲渡,铁马秋风大散关"(陆游《书愤》)对谓词的省略等现象,均使得诗歌超凡脱俗、含蕴深远,成为流传广远的名篇佳句。而这种新异效果的创造与获得,即使在陆游看来也不过是"文章本天成,妙手偶得之"(《剑南诗稿·文章》),但却"引无数诗人竞折腰":"吟成五字句,用破一生心"(方干《感怀》)、"诗近吟何句,髭新白几茎"(李频《寄友人》)就是诗人呕心沥血、苦苦追寻的真实写照。这种"用思甚苦而所得无多"的弊端在宋代诗歌中得到反拨与调整;诗界革命中的创作,则延续了宋诗"以文入诗"的传统,抛弃了过于追求"陌生化"效果的苦吟,而尽可能以正常的语序与语句入诗,甚至有意使用散文化手法,从而使诗歌表现出流畅自然、明白易晓的特点。如黄遵宪的《冯将军歌》:"愤挺大呼从如云,同拼一死随将军。将军报国期死君,我辈忍孤将军恩。将军威严若天神,将军有命弗敢遵,负将军者诛及身。将军一叱人马惊,从而往者五千人。"本来可以省略或代称的"将军"一词频频出现,既有强调突出将军威严与勇猛的效果,同时也避免了炼字上的"陌生化"追求,从而使传情达意更为流畅。钱仲联分析道:"连用将字,此《史》《汉》文法,用之于诗,壁垒一新。"① 其实质就是黄遵宪在诗歌中对散文化句法的借用,成就了与格律诗不同的新异效果。

赵翼在《瓯北诗话》中总结律诗发展情况时说:"自古诗十九首以五言传,柏梁以七言传,于是才士专以五七言为诗,然汉魏以来尚多散行,不尚对偶。自谢灵运辈,始以属对为工,已为律诗开端,沈约辈又分别四声,创为蜂腰、鹤膝之说,而律体始备,至唐初沈宋诸人,益讲求声病,于是五七律遂成一定格式,如圆之有规,方之有矩,虽圣贤复起,不能改益矣。"(《瓯北诗话·卷十二·七言律》)另外,律诗的成熟与兴盛还与试帖诗的影响密不可分:初唐还普遍存在不遵从严密格律的创作现象,"至中唐以后,诗赋试帖日严,古、近遂判不相入,今人不得藉口也"(赵执信《声调谱》)。可见,律诗的字数、行数以及音律逐渐被固定下来,与科举考试逼迫诗人逐渐墨守成规而丧失独创精神的影响有着极为密切的关系。此后,律诗就形成了特定的字数、句数要求:五律、七律通常为八句,字数分别为四十、五十六,偶尔六句(三十或四十二字),排律必须在十句以上;而绝句只有四句,字数同样固定为五言、七言(六言较少)。这种字数、句数的限制,既是声律和谐的必然要求,又反过来促进声律节奏的固定对称。可见,二者相互影响,既相得益彰而又相互制约。

这种固定而又有限的诗体形式,经过无数诗人雕肝镂肾的日夜推敲与雕琢,在中国相对封闭保守的环境中长期垄断诗坛甚至被推崇到极致;诗人们年年岁岁在"螺狮壳里做道场",自然也就被固定的形式限制住了思想的创造性。生活于国门打开、思想激荡的晚清诗界革命诗人,则越来越不满于这种僵化成型的诗体形式对思维创新活动的拘束,而试图选择新的文体样式作为与自己的情感体验、思维方式相契合的诗体形式。黄遵宪以"以单行之神,运排偶之体""用古文家伸缩离合之法以入诗"的主张就是其实验的方法与手段。更重要的是,他的这一理论主张被付诸行动,在诗

---

① 钱仲联:《梦苕庵诗话》,齐鲁书社1986年版,第8页。

第四章　自由诗体的多维探求

界革命中出现了许多不拘字数、句数的诗作。

除了黄遵宪、梁启超、蒋智由等代表诗人外，在梁启超主办的《新民丛报》上也发表了不少类似的诗歌，如《侠客行》（《新民丛报》1905年第六号）：

> 忽尔大笑冠缨绝，忽尔大哭继以血。大笑者何为？笑我鼎镬甘如饴。大哭者何为？哭尔众生长沉苦海无时已。吁嗟！笑亦何奇，哭亦何奇？胸中块垒当告谁？平生胸吞路易十四十八九，挟山手段要为荆轲匕首张良椎。仗剑报仇不惜死，千辛万挫终不移。致命何从容，宁作可怜虫。岁寒知松柏，劲草扶颓风。君不见当今老学狂涛何轰轰，国魂消尽兵魂空。安得人人誓洒铁血红，拔出四亿同胞黑暗地狱中。

以及署名"剑啸生"的《去发感赋》（《新民丛报》第三十一号）：

> 此发非种种，壮志岂无为。此发或星星，千钧亦系之。胡为乎草薙禽狝顷刻尽，把镜自鉴笑我痴。会须持发圈定三百九十万方里之界线，更作四万万支那国民之朱丝。酒酣冷眼看世界，黄种岌岌乎可危。我欲登高呼醒病夫之睡梦，此发可断志不移。英雄贵须脱纠缚，劫灰飞净将有时。

仅从外形上就足以见出，这种诗体形式已经脱离了格律诗在字数、句数上必须固定的范式要求，而以长短不一、变化多端的诗句来满足传情达意的需求，从而使得诗歌文体呈现出自由灵活的散文化特征。

三　诗歌文体形式的嬗变与诗歌功能的转换

童庆炳认为，文体的形式与内容之间是一种辩证的复杂关系：一方面，题材吁求形式，这首先表现为题材对文体形式的形成具有制约作用，即"题材是形式形成的根本动因。作品的形式能否出现，能否形成，决定于题材是否有吁求"①。进一步讲，题材固有的内在逻辑也使作家在形式的选择时受到制约；另一方面，形式具有征服题材的作用："创作最终达到的内容与形式的和谐统一，不是形式消极适应题材的结果，恰好相反，是形式与题材对立、冲突，最终形式征服（也可以说克服）题材的结果。"② 诗歌文体与表达功能之间，其实就是这种形式与内容之间辩证关系的具体体现。

因此，如果说诗界革命诞生的社会文化语境，特别是诗人所承担的宣传新知、启蒙思想的使命，吁求与之相适应的诗歌文体形式，那么他们所择用的诗歌文体形式同样也对启蒙任务具有"征服"的反作用。具体说来，梁启超、康有为、谭嗣同、蒋智由、丘逢甲以及黄遵宪等人并不是专心致志写"新诗"的职业诗人，而更多地是以社会活动家与改革者的身份出现的。故而在很大程度上，诗歌创作只不过是他们鼓吹社会变革，反映自己在政治改良中心情变化的晴雨表。因此，无论是最初的新学诗还是稍后的新派诗，乃至梁启超所期待的"以旧风格含新意境"的理想诗歌，都是以宣传新鲜知识、鼓吹启蒙思想为创作目的的。这就决定了他们所实践的诗歌文体的革命，更多地侧重于"表达"的便利性与快捷性。因用词生僻而导致佶屈聱牙与接受障碍的新学诗创作，同样也潜存着普及新知识的用意，而其最终被遗弃，也恰是难以实现这一宣传目的所导致的。在某种意义上，后来梁启超在诗界革命的宣言中强调对"旧风格"的固守，也可以理解为其对诗歌宣传上便利性的看重。他们实践的散文化诗歌创作中，既有对明白易晓的口语的采纳，也有对可能造成"陌生化"效果的语序的规避与纠正，同时也有对限制思想自由发挥的音律、字数等模式的反叛。这些正是诗歌题材对形式吁求的结果，或者说是诗歌宣传功能对文体形式的特殊要求的必然产物。

需要指出的是，形式并非内容的被动呼应者，它对内容同样具有制约作用，即文体形式同样规约着诗歌的表现功能。在形式主义论者看来，"诗语最明显的特点就是语言的模糊性，正是它使诗语的结构功能发生了

---

① 童庆炳：《文体与文体的创造》，云南人民出版社1994年版，第295—296页。
② 同上书，第298页。

重要变化,使语言由指示者变成了被指示者,由'载道言志'的工具变成独立的审美对象。艺术感知首先是面对词和其他形式因素(结构、韵律、节奏等)所建构起来的审美世界,艺术正是生发于形式开始的地方。这种由新颖的音、色、形、线所建构起来的审美对象,给人意味深长的审美感受。因此他们认为,语言的艺术也是艺术作品之所以具有艺术性的基础,文学的形式因素对文学作品具有艺术性决定性的意义。因为正是这种形式因素使语言诗化,并使诗语区别于实用语等其他语言类型"①。这段话反过来同样可以成立,即消解掉过于追求诗语的模糊性及"词和其他形式因素(结构、韵律、节奏等)所建构起来的审美世界"的诗歌更便于"载道言志"。诗界革命中散文化的诗歌体式,其实就是限制了诗歌的"自我表现"作用而凸显了诗歌的启蒙宣传功能。

四 白话新诗对诗体散文化特征的完善与彰显

尽管就诗界革命的整体创作而言,这种外形上并不规整、内部结构已经松动的新式诗歌在数量上仍然有限,但其意义绝不可低估:一方面,它以新颖的形式与传统的格律诗体形成对立乃至消解的局面,特别是在诗歌节奏、平仄韵律、句式句型、诗歌意象等诗歌本体的基本质素,乃至诗歌功能上都体现出对旧有模式的颠覆;另一方面,这种新颖的诗体也预示着将来诗歌发展的新方向,它因采用"以文入诗"的创作策略而呈现出鲜明的散文化特征。而这种具有散文化风格的诗体在新诗发展过程中被继承下来并得以发扬光大,形成近百年来占据诗坛绝对地位的"现代自由体"诗。

特别值得强调的是,以胡适为代表的早期白话诗人,继承了黄遵宪、梁启超等诗界革命先驱对诗歌文体内部结构、外部形态以及表现功能的开拓性成就,奠定了早期白话诗的诗歌体式。早在 1916 年写给陈独秀的信中,胡适就强调诗歌创作主体的独立性:"不模仿古人,语语须有个我在。"② 而且他"贵今薄古"的文学进化论观念与黄遵宪的诗学主张并无二

---

① 方珊:《前言:俄国形式主义一瞥》,载什克罗夫斯基等《俄国形式主义文论选》,方珊等译,生活·读书·新知三联书店 1989 年版,第 30 页。
② 胡适:《致陈独秀》,载《胡适文集》(3),人民文学出版社 1998 年版,第 16 页。

致。但是，相比较而言，胡适对诗歌新文体散文化或曰自由诗体的建设，却远远超过了他的前辈。这不仅体现在他在《文学改良刍议》中主要针对文体改革所提倡的"八事"，而且在后来的文章中有着更为具体、深入的探讨与拓展。

在词语的择用上，胡适主张"不避俗字俗语（不嫌以白话作诗词）"，这与黄遵宪的"采纳方言俗谚"的策略有着内在的一致性；而他所鼓吹的"白话"，其实就是包括虚字、口语、新名词在内的散文化语言，如"也想不相思，可免相思苦。几次细思量，情愿相思苦！"（《小诗》）中的"也""可"等就是虚字；在声律节奏上，胡适更是主张彻底摆脱传统诗歌的平仄音律模式，指出"诗的音节全靠两个重要分子：一是语气的自然节奏，二是每句内部所用字的自然和谐。至于句末的韵脚，句中的平仄，都不是重要的事"，而"内部的组织——层次、条理、排比、章法、句法——乃是音节的最重要方法"，也是以自然为主。① 胡适之外，康白情同样对新诗文体的建构表达了自己的观点：与旧诗"遵格律、拘音韵、讲雕琢、尚典雅"的特点不同，新诗在文体上"自由成章而没有一定的格律，切自然的音节而不拘音韵，贵质朴而不讲雕琢，以白话入诗而不尚典雅"②。而且，他认为："诗和散文，本没有什么形式的分别，不过主情为诗底特质，音节也是表现于诗里的多。诗大概起源于游戏冲动，而散文却大概起源于实用冲动。两个起源稍异，因而作品里所寓底感情不同，因而其所流露的节奏也有差别，因而人一见就可以辨其为散文为诗。"③ 康白情之所以强调诗与散文在形式上的相似性，其实暗含着为新诗体从散文中汲取营养做铺垫的内在目的。在语序及句式方面，胡适更是强调"须讲求文法"，甚至认为"不讲文法，是谓'不通'"④。可见他对追求奇绝的效果而故意扭曲变

---

① 胡适：《谈新诗——八年来一件大事》，载《胡适文集》（3），人民文学出版社 1998 年版，第 141—146 页。

② 康白情：《新诗底我见》，载杨匡汉、刘福春编《中国现代诗论》（上），花城出版社 1985 年版，第 33 页。

③ 同上。

④ 胡适：《文学改良刍议》，载《胡适文集》（3），人民文学出版社 1998 年版，第 20 页。

第四章 自由诗体的多维探求

形的诗家语的排斥。在诗行的字数与句数上，胡适等人所创作的早期白话诗更是逐渐摆脱了齐言格律诗的对称与规整，而呈现出长短不一、参差变化的句式特点。如"雪消了，枯叶被春风吹跑了。那有刺的壳都裂开了，每个上面长出两瓣嫩叶，笑迷迷的好像是说：'我们又回来了！'（胡适：《乐观》）这样的诗体形式，的确接近于"结构既不谨严，取舍更无分寸的"① 说话和谈家常。

当然，早期白话诗在诗体形式上的散文化倾向，源自胡适对"诗体大解放"的刻意追求："就是把从前一切束缚自由的枷锁镣铐，一切打破：有什么话，说什么话；话怎么说，就怎么说。"② 与之相关的则是他对诗歌表现功能的偏好："因为有了这一层诗体的解放，所以丰富的材料，精密的观察，高深的理想，复杂的感情，方才能跑到诗里去。"③ 因此，对诗歌表达功能的强调与对诗歌文体散文化的追求之间的互相作用，就具化为胡适"作诗如作文"的诗学理念。

近年来，越来越多的研究者如葛兆光④、杨扬⑤、吴凌⑥等学者发现了胡适与宋诗运动之间的传承关系，可谓是对白话新诗与传统文学之间关系的再次确认。但这种"以文为诗"的创作策略所导致的诗歌文体的散文化倾向，并非仅仅出现在晚清保守的"同光体"诗人那里，在所谓的"资产阶级改良派"即诗界革命的同人手中也发扬光大，而且克服了前者艺术上的保守，创造了与传统格律诗相对立的诗体新形式。这种新体诗歌恰恰成为早期白话诗运动的最直接源泉。有人指出：尽管诗界革命没有达到他们

---

① 孙作云：《论"现代派诗"》，载杨匡汉、刘福春编《中国现代诗论》（上），花城出版社1985年版，第236页。

② 胡适：《〈尝试集〉自序》，载《胡适文集》（3），人民文学出版社1998年版，第127页。

③ 胡适：《谈新诗——八年来一件大事》，载《胡适文集》（3），人民文学出版社1998年版，第134页。

④ 葛兆光：《汉字的魔方——中国古典诗歌语言学札记》，复旦大学出版社2008年版。

⑤ 杨扬：《晚清宋诗运动与"五四"新文学——对20世纪中国文学与本土文化资源关系的思考》，《天津社会科学》1998年第5期。

⑥ 吴凌：《略论初期白话诗的"直言"形式和"以文为诗"的创作方法》，《贵阳师范高等专科学校学报》（社会科学版）2005年第3期。

诗界革命:中国现代新诗的萌蘖

预期的目的,然而这种求新的精神却一直影响着民国以来的新诗运动,他们开垦新诗界的经验被新文学运动的健将们接受了,尤其是黄遵宪作新派诗的几种方法,都随着时代加以发扬光大。他的"采纳方言俗谚",系持偶尔为之态度,到新文学运动的时候,就变成一种坚决有力的主张——"不避俗字俗语",以白话代替文言;"用古文家伸缩离合之法以入诗",也一跃而为"作诗如作文",诗从此散文化了;至于"我手写我口"的精神,在黄遵宪的诗里表现得还不是很清楚,原因是当时的社会还不允许有"我"存在,思想感情都受着束缚,不允许随便抒发,直到新文化运动发生之后,几千年来丢掉了的"我",在新文化中找到了,然后才能做到"言之有物",然后才能做到"不模仿古人"。因此,"我"的情感才能在诗中"无关阑的泛滥","我"的思想,才能在诗中野马似的奔腾。这才算真正实现了"我手写我口"的理想了。① 这段文字尽管对诗界革命所取得的成就评价不高,但它对诗界革命与新诗运动之间关系的概括却十分全面、准确。

就诗歌而言,无论是语言组成及表达方式的变革,还是声韵节奏的调整,抑或是意象类型的丰富与完善,这些本体要素的嬗变势必会牵引并最终表现为诗歌文体的变化。换言之,诗界革命的先驱孜孜探求诗歌语言、声韵、意象革新的最终旨归,就在于建构起自由灵活、充满朝气、繁富多变的诗歌文体,进而更充分自如地承载、传达诗人的现代情感体验与思想意识。诗界革命以宏阔的视野与兼收并蓄的魄力,从民谣、音乐、散文等不同门类的艺术类型中汲取营养,丰富完善诗歌的文体样式,实现了诗歌体式由单一到繁富、由封闭到开放、由固定到伸缩自如的转变。这不仅极大地拓展了诗歌的本体内涵与外延,提升了表情达意的功效,而且更昭示着现代诗歌本体内部结构与外在形态的诞生与发展。

由此也可以发现,诸多研究者把梁启超所谓的"旧风格"中的"风格"一词想当然地直接等同于"文体"的思路是值得商榷的。这也是他们由梁启超固守"旧风格"的主张而推导出诗界革命不彻底的关键所在。实

---

① 质灵:《论黄遵宪的新派诗》,牛仰山编《1919—1949 中国近代文学论文集·概论诗文卷》,中国社会科学出版社 1988 年版,第 543 页。

第四章　自由诗体的多维探求

际上,梁启超观念中的"旧风格"并不能够置换为"旧文体"。首先,梁启超是以平等并列的关系来理解"新语句"与"旧风格"的。他提出诗界革命必备的"三长"包括:新意境、新语句与旧风格。如果说"风格"一词是在文体或形式层面上来使用的,那么"新语句"与风格之间应该是部分与整体的包含关系,而不应该平行并举;而且他对于新语句与旧风格之间的龃龉与摩擦也不可能视而不见。梁启超列举的苏东坡与黄遵宪的例子,其实也能体现出他对诗歌创新与个性的重视。更进一步讲,他所强调的"旧风格"是所谓的"诗人之诗",即能彰显诗人个性与情感的诗之为诗的内在审美要素。这一"风格"可以上溯到陆机"诗缘情而绮靡"的诗学观念,刘勰也指出:"盖《风》《雅》之兴,至思蓄愤,而吟咏情性,以讽其上,此为情而造文也。"(刘勰:《文心雕龙·情采》)从上述梁启超所列举的一反一正两个例子就可以看出,黄遵宪担心过多的新词罗列可能会导致诗人情感的表达不充分,即"新语句与古风格常相背驰,公度重风格者,故勉避之也";而夏曾佑、谭嗣同善于选用新语句,梁启超认为"颇错落可喜",只不过他发现了这一做法的因个性与情感的缺失而导致"已不备诗家之资格"的缺陷。同样是运用新名词、新语句,但梁启超认为谭嗣同晚年的新体诗"已渐成七字句之语录,不甚肖诗",而郑西乡的诗歌则"几于诗人之诗矣"。① 梁启超对丘逢甲的推崇也是如此:"吾尝推公度、穗卿、观云为近世诗家三杰,此言其理想之深邃闳远也。若以诗人之诗论,则邱仓海(逢甲)其亦天下健者矣。尝记其《己亥秋感八首》之一云:'遗偈争谈黄蘖禅,荒唐说饼更青田。载鳌岂应迁都兆?逐鹿休讹厄运年。心痛上阳真画地,眼惊太白果经天。只愁谶纬非虚语,落日西风意惘然。'盖以民间流行最俗最不经之语入诗,而能雅驯温厚乃尔,得不谓诗界革命一巨子耶?"② 因此可以说,在梁启超的"风格"概念中,并不包括语句及其排列组合所体现出来的外部文体特征,而更多地偏重于诗人情感的介入与主体个性的突出。这点从他在《饮冰室诗话》中一再坚持用

---

① 梁启超:《夏威夷游记》,载《梁启超全集》(第四卷),北京出版社1999年版,第1219页。

② 梁启超:《饮冰室诗话》三十九,载《梁启超全集》第18卷,北京出版社1999年版,第5313页。

诗界革命:中国现代新诗的萌蘖

"情感"的尺度来衡量其他诗人创作的态度也可以得到证明。而且,这同样体现在梁启超在《屈原研究》《陶渊明》《情圣杜甫》等论文中对研究对象的评判标准与结论上。明确了这一点,也就不难理解他为何在倡导与实践诗界革命时,既强调固守"旧风格",又同时孜孜寻求诗体解放的主张与实践行为、二者之间并行不悖的原因了。

无独有偶,梁启超尊奉为诗界革命中最能"熔铸新理想入旧风格"的黄遵宪,同样重视诗歌的情感渗透与个性表现。他不仅强调"诗之外有事,诗之中有人"(《人境庐诗草·自序》),而且进一步指出:"我自有我之诗在矣。夫声成文谓之诗,天地之间,无有声,皆诗也,即市井之谩骂,儿女之嬉戏,妇姑之勃豀,皆有真意以行其间者,皆天地之至文也。"① 在他看来,日常生活的场景之所以称得上"诗",就在于其"有真意以行其间",这种"真意"其实就包含着不加雕饰的真实情感的自然流露。强调情感是"诗之为诗"的重要性,无疑契合了诗歌创作的基本规律。这不仅符合中国悠久的诗学历史事实,而且至今乃至将来仍不失其合理性与生命力。基于此,在一定意义上也可以说,黄遵宪、梁启超等诗界革命的主将对诗歌的理解与把握并不比白话新诗的奠基者胡适更为保守与落后,反而更为准确与透彻。

通过上述分析可以见出,诗界革命的理论主张,特别是创作成果在内部本体与外在形态上,已经宣告了传统诗歌的解体,而且开始了建构现代诗歌本体特征与表现形式的系统工程。尽管现代诗歌的真正诞生还有待于白话主流地位的进一步确立、主体意识的彻底解放、现代传播手段的流行以及现代接受群体的形成等诸多要素成熟起来及其合力的作用,但诗界革命的尝试与努力,已经成为中国诗歌现代转型的必要环节、最初范型与发展方向。

---

① 黄遵宪:《致周朗山函》,载陈铮编《黄遵宪全集》(上),中华书局2005年版,第291—292页。

结　语

诗界革命对现代新诗
诞生的发生学意义

通过对语言、声韵节奏、意象以及文体等诗歌本体要素的分析可以见出，诗界革命的理论主张与创作实践中已经出现了与传统诗歌不尽相同的结构与特征。这种新的结构特征的出现，昭示着诗歌开始朝着新的方向过渡与转型。这正如发生认识论者所言："知识产生于不断的构造，因为在每一个理解活动中都含有某种程度的发明：在发展中，一个阶段向另一个阶段的过渡，其特征总在于形成一些在外部世界或主体内心中原先并不存在的新结构。"① 这种过渡和转型的结果，就是诗歌本体"新结构"的形成，并进而导致现代新诗的发生。

当然，把诗界革命视为中国现代新诗的萌蘖，单靠对诗歌本体各个组成要素的研究显然是不够充分的，还必须考量文学活动的其他要素在诗歌本体的转型过程中所发挥的作用，特别是应该明确在这诸多要素中诗歌本体的核心地位，从而才能够更有说服力地解释后者对于诗歌现代转型的重要意义。美国文艺理论家 M. H. 艾布拉姆斯在其著作《镜与灯——浪漫主义文论及批评传统》中提出了"文学四要素"的著名理论：文学作为一种活动，总是由作品、作家、世界和读者等四个要素组成的，这四个要素之

---

① ［瑞士］皮亚杰：《发生认识论》，商务印书馆1990年版，第53页。

诗界革命:中国现代新诗的萌蘖

间是一种互相影响、互相制约的辩证互动关系。① 参照这种观点更能够发现现代新诗的发生与诗界革命之间存在着的千丝万缕的联系。

第一,诗界革命所处的时代文化背景建构了现代新诗的发生场域。

从夏曾佑、梁启超、谭嗣同最初尝试的新学诗算起,诗界革命发生在晚清的 1895 年前后。新学诗最突出的特点就是"捋扯新名词以表自异"。这种在一般读者看来佶屈聱牙、晦涩难懂的新诗的出现,尽管存在着诸多的缺陷与弊端,但它至少可以反映出当时的知识界开始重视外来事物及名词的引介,并尝试着将其运用到诗歌创作中去。这一现象的产生,当然离不开当时开放的社会环境与文化氛围。

鸦片战争的爆发,成为西方列强用炮火轰开中国封闭已久的国门的肇端。其后,中国的有识之士也开始了由被动接受转向主动寻求并引进西方器物的过程。当然,洋务运动最初引介到中国的更多地集中在器物方面,即以具体可见的器械、技术为主。甲午战争失败的惨痛教训证明,这种"师夷长技以制夷"的策略并不足以使民族迅速强盛起来,于是有人开始转向对西方先进思想、体制、文化等形而上层面开始大胆"拿来"。历史的发展也证明,恰恰是这种选择为中国的现代化打开了新的通道。而诗界革命的发生正值此时,诗人们开始接触外来的新鲜思想与精神,并逐渐以此来渗透并改造既有的思想观念与情感体验。与此同时,他们把这种浸染了新质的思想观念与情感意识融入诗歌创作中去,从而使诗作呈现出前所未有的新颖内蕴与形式。"国家不幸诗家幸",这一论断的合理性在诗界革命的创作中再次得到了验证。当然,这种"诗家之幸"是就诗歌由传统向现代转型的时代契机而言的,具体表现为新的语言以及与之相关的其他表意方法和手段的渐进更新。它把深陷摹仿拟古、日渐衰落的泥淖中的诗歌牵拉出来并引领其走上新生之路。仅从这一方面就可以说,晚清社会的开放(尽管这种开放是无奈的、被动的),为传统诗歌的转向提供了必不可少的契机。

即使从器物层面的引介来看,诗界革命与现代新诗的发生之间的联系

---

① [美] M. H. 艾布拉姆斯:《镜与灯——浪漫主义文论及批评传统》,郦稚牛等译,北京大学出版社 1989 年版,第 5—6 页。

结语　诗界革命对现代新诗诞生的发生学意义

也赫然存在。如近代印刷机器及技术的引入，使得诗界革命所赖以生存与传播的媒介迥异于传统诗歌。它更多的是通过现代传媒手段——报刊来存在与普及的，《清议报》《新民丛报》和《新小说》就是诗界革命主要的发表阵地与传播媒介。这种新的传媒手段改变了传统诗人著书立说、设坛面授等单向有限的传播方式，使得受众在数量上以几何倍数的速度迅猛增长的。这不仅扩大了诗界革命的影响，塑造并形成了它所需要的新型的读者群体，而且对于作者的创作心态及创作成果的影响也不容低估。因为报刊的出版周期极为短暂，诗人无暇再回到"两句三年得，一吟双泪流"的心境与环境中仔细推敲、锤炼，这势必影响到其诗歌创作中在遣词造句、音节组合、意象创设以及文体筛选等方面的精力投入与创作结果，从而使得诗歌本体也必然发生变化。可以说，"文界革命"的成因及收获，也势必会体现在诗界革命的创作中。更重要的是，这种文学的传播方式已经成为此后包括现代诗歌在内的文学革命所依赖的重要手段。有人指出："一部近代文化史，从侧面看去，正是一部印刷机器发达史；而一部近代文学史，从侧面看去，又正是一部新闻事业发展史。"[①] 进而言之，一部诗歌由传统向现代转型的历史，或者说由诗界革命到现代新诗的过渡史，其实也是现代报刊的发展史。

反过来，诗界革命的创作实践也会反作用于外在世界。诗人通过诗歌作品表现现实，而且也通过作品来改造现实。这一时期的诗歌表现出了明显的启蒙主题及改造社会的现实功利性。晚清的社会改革者利用包括诗歌在内的文学作品去实现自己的变革意图，这应该是文学对新的外在环境营构的典型表现。

第二，就创作主体即作家而言，诗界革命的主力诗人们在精神结构与情感认知，特别是在诗学观念建树方面，也与现代诗人有着密切的关联。

尽管严复翻译的《天演论》是在1897年12月正式面世的，但晚清知识分子对进化论的接受却早于这一年。把达尔文的生物进化论观念直接挪移到社会特别是文学领域的做法，尽管存在着巨大的弊端，但其意义却不容低估。进化论的思想至少给当时不满于诗歌创作现状的诗人们以变革的

---

① 曹聚仁：《文坛五十年》，东方出版中心1997年版，第83页。

信心和勇气,让他们相信传统诗歌的消亡是文学进化的必然结果,新的诗歌取代传统诗歌是一种历史的必然,更是历史的进步。因此,在诗歌本体上进行大胆的叛逆与创新就成了他们的自觉选择。黄遵宪、梁启超、康有为、蒋智由、谭嗣同乃至诗僧黄宗仰(乌目山僧)莫不如此。而且,进化论的思想与新的传媒手段一样还频频出现在他们的诗歌创作中,被作为表现的对象而呈现出来。如:高旭署名"剑公"的《争存》(《新民丛报》第三十五号):

  西儒贵进取,我独重保守。种祸日以棘,觉觉余在疚。生物有公例,万汇当迁就。最适宜者繁,不适宜者仆。物种能变异,即为天所佑。新式日以新,旧式日以旧。旧种不滋植,意者太鄙陋。一成而不变,斯意实大谬。终为新种灭,无道以自救。何生此原因,不善于造构。欲知争存理,盍视此内籀。

  这种进化论的观念体现在创作主体的诗学观念中,就成为他们进行诗歌本体变革的理论根据与内在驱动力。至于进化论思想之于胡适、陈独秀等文学革命的发起人的影响,或者说进化论对于现代新诗的发生所产生的作用,已经成为无可非议的事实了。这在一般的新文学史著作中皆有所提及,兹不重述。

  与传统诗人主要生活在中国这一相对封闭的空间里不同,诗界革命的诗人们不仅能够在国内接触西方先进的文化思想,而且能够走出国门,设身处地地去体验异域风情及国外文化的熏染。这种亲密接触使他们更能够认识与体会异域文化与本土文化的不同,并由此产生更真切、更深刻的情感体验,从而为开启新的诗歌创作储备知识与情感上的势能。进化论之外的文学观念和体验,则更多地来源于这种切身的感触与体会。夏曾佑、梁启超、蒋智由、黄遵宪、康有为、黄宗仰、狄楚青、高旭等诗界革命的主力,不仅有过出使或者流亡日本的经历,而且他们中的不少人还有过游历欧美甚至非洲等新大陆的经历。这种经历带给他们的不仅仅是知识的广博与视野的开阔,更重要的是精神体验的更新。特别是他们在进行诗歌创作时,能够自觉不自觉地把异域的艺术背景作为参照,从而使得诗歌或隐或

结语　诗界革命对现代新诗诞生的发生学意义

显地透露出与世界文学互动的新气象。这一点，在梁启超、黄遵宪对新意象的创造、歌体诗的倡导与实践中均可以得到证实。胡适、郭沫若、李金发等早期白话诗人更是从留学生涯中寻求创作灵感与资源，并且把现代新诗置于与世界文学的互动关系中。梁实秋在《新诗的格调及其他》一文中指出："我一向以为新文学运动的最大的成因，便是外国文学的影响；新诗，实际就是中文写的外国诗。"① 这一论断虽嫌偏颇，但却也不失合理之处。

第三，诗歌创作作为一种文学活动，还离不开另一个关键的要素——读者。

只有读者的接受与参与，才能够使得诗歌创作得以存在和发展。诗界革命最初阶段的新学诗的失败，在很大程度上就是因为梁启超所谓"苟非同学者，断无从索解"的接受障碍导致的读者缺失。此后在诗界革命的口号提出之际，梁启超把刻意追求标新立异的"挦扯新名词"调整为"新语句、新意境"与"旧风格"，固然给人以"革命不彻底"的印象与把柄，但就形成一定规模的读者队伍而言，还是比较成功的。《新民丛报》的发行量最高达到14000余份就足以证明这一点。更重要的是，最能代表诗界革命理论宣言与诗学主张的《饮冰室诗话》，就是在《新民丛报》上连载完成的。

应该指出的是，在《新民丛报》等杂志的读者群体中，隐约活跃着现代早期诗人的身影。郭沫若指出："文学革命是资产阶级革命的一种表征，所以这个革命的滥觞应该要追溯到清朝末年资产阶级的意识觉醒的时候。这个滥觞时期的代表，我们当推数梁任公。"② 而且，他还进一步坦承："无论是赞成还是反对，可以说没有一个没有受过他的思想和文字的洗礼的。"③ 尽管郭沫若是从阶级立场上来评判文学革命与包括诗界革命在内的晚清文学运动之间的关系的，而且也没有具体阐述与他同代的诗人如何受到梁启超等人尤其是诗界革命的影响，但他对二者之间的历史关联还是予

---

① 梁实秋：《新诗的格调及其他》，载杨匡汉、刘福春编《中国现代诗论》（上），花城出版社1985年版，第141页。
② 郭沫若：《文学革命之回顾》，载《文艺论集续集》，人民文学出版社1979年版，第83页。
③ 郭沫若：《沫若文集》第12卷，人民文学出版社1959年版，第536页。

诗界革命：中国现代新诗的萌蘖

以认可的。胡适也承认："梁任公为吾国革命第一大功臣，其功在革新吾国之思想界。……近人诗'文字收功日，全球革命时'，此二语惟梁氏可以当之无愧。"（胡适《藏晖室札记》卷二，1912年11月10日）具体说来，"我个人受了梁先生无穷的恩惠，现在追想起来，有两点最分明。第一是他的《新民说》，第二是他的《中国学术思想变迁之大势》。梁先生自号'中国之新民'，又号'新民子'，他的杂志也叫做《新民丛报》，可见他的全部心思贯注在这一点。……我们在那个时代读这样的文字，没有一个不受他的震荡感动的。他在那个时代（我那时读的是他在壬寅癸卯做的文字）主张最激烈，态度最鲜明，感人的力量也最深刻。《新民说》诸篇给我开辟了一个新世界，使我彻底相信中国之外还有很高等的民族，很高等的文化；《中国学术思想变迁之大势》也给我开辟了一个新世界，使我知道《四书》《五经》之外中国还有学术思想"①。无论是胡适还是郭沫若，都不否认自己受过梁启超及其《新民丛报》的熏陶，但他们更强调的是在思想上及"笔锋常带感情"的论说文的影响，而对诗界革命的接受状况则避而不谈。

尽管如此，胡适还是无法回避诗界革命的存在，他指出："黄遵宪是一个有意作新诗的"，因此"推举他来代表这一个时期"②。胡适从白话文学观的立场上发现了黄遵宪诗歌的白话特征，从他的"以古文家抑扬变化之法作古诗"的主张与实践中发现了黄遵宪诗歌的长处"在于条理清楚，叙述分明。做诗与做文都应该从这一点下手：先做到一个'通'字，然后可希望做到一个'好'字。古来的大家，没有一个不是这样的；古来决没有一首不通的好诗，也没有一首看不懂的好诗。金和与黄遵宪的诗的好处就在他们都是先求'通'，先求达意，先求懂得"。而且，胡适还指出："黄遵宪颇想用新思想和新材料——所谓'古人未有之物，未辟之境'——来做当日所谓新诗。……这种'新诗'，用旧风格写极浅近的新意思，可以代表当日的一个趋向；但平心说来，这种诗并不算得好

---

① 胡适：《四十自述》，载《胡适文集》（2），人民文学出版社1998年版，第414—416页。

② 胡适：《五十年来中国之文学》，载《胡适文集》（4），人民文学出版社1998年版，第356—357页。

结语 诗界革命对现代新诗诞生的发生学意义

诗。《今别离》在当时受到大家的恭维；现在看来，实在平常得很，浅薄得很。"① 而他认为《人境庐诗草》中最好的诗，自然还要算《拜曾祖母李太夫人墓》一篇。此诗能实行他的"我手写我口，古岂能拘牵"的主张。如果拿针对黄遵宪的这段评论对照胡适早期的白话理论，就可以发现二者的共通之处。尽管这种相通之处取决于胡适的选择态度表现得极为有限，但至少在以白话作新诗并追求诗歌的通俗易懂这一目标上，胡适应该感到黄遵宪的主张与实践"于我心有戚戚焉"。探究胡适为何对诗界革命评价不高而且在大多数情况下讳莫如深，则需要另外撰文详述。但如果用"影响的焦虑"来概括，则至少能够从一个方面窥见其中的玄机与奥妙。即是说，胡适以对诗界革命的有意遮蔽来掩盖他受其影响的事实。当然，胡适这样做的目的还是为了能够超越黄遵宪、梁启超等先驱诗人。朱自清在为《中国新文学大系》诗歌集写的导言中说："清末夏曾佑、谭嗣同诸人已经有'诗界革命'的志愿，他们所作'新诗'，却不过捡些新名词以自表异。只有黄遵宪走得远些，他一面主张用俗话作诗——所谓'我手写我口'，——一面试用新思想和新材料——所谓'古人未有之物，未辟之境'——入诗。这回'革命'虽然失败了，但对民七的新诗运动，在观念上，不在方法上，却给予很大影响。"② 无论对诗界革命"失败"的认定是否合理，但他指出诗界革命与现代新诗的发生之间的历史关联，却是符合历史事实的不虚之论。

第四，诗歌本体的转型与嬗变，是现代新诗发生的关键。

不论是外在时代背景与文化氛围如何成熟，诗人精神结构与意识如何现代，读者群体又是怎样庞大，这些因素如果不作用并体现于诗歌本体的转变上，那么仍然难以构成诗歌活动的整体环节。换言之，外因必须通过内因起作用，而这种内因就是诗歌的本体世界。它既是外在环境因素的产物，又是文化背景的体现者；诗人的主体意识与观念同样要渗透并彰显于诗歌本体之中；更不消说读者对诗歌文本的依赖程度了。离开了文本，也

---

① 胡适：《五十年来中国之文学》，载《胡适文集》（4），人民文学出版社 1998 年版，第 352 页。

② 朱自清：《中国新文学大系·诗歌导论》，载蔡元培等《中国新文学大系导论集》，上海书店出版社影印本 1982 年版，第 349 页。

就不存在读者、作者与世界了。因此，诗歌文本在整个文学活动中占据着至关重要的地位。而现代新诗的发生，即"新的知识构造"也必然起步于并表现为本体的发生。

诗界革命的创作实践正是从诗歌本体上的突围与创新，孕育了现代新诗本体的发生。首先诗界革命选择了诗歌结构最重要的基石——语言作为突破口，以口语、方言和新名词取代所谓"僵化、陈腐"的文言体系并作为创建现代民族语言特别是具有现代意义的诗歌本体要素，从而为诗歌本体结构的现代转型构建起全新而坚实的基础。就诗歌而言，语言基础的松动正如蚁穴之于大堤，它的出现与扩展是难以遏止的，势必将传统诗歌的本体结构与固有形态冲溃解体。而且，语言变革的思路不仅被早期白话诗人继承和发扬（这从胡适对黄遵宪的评判中可以约略见出）而且我们在评判文学作品的传统或现代性质时，首先依据的就是语言的形态。现代诗歌乃至现代汉语的建构与发展，就是吸纳了口语、方言以及包括外来词在内的新名词的有益成分而壮大起来的。

正如硬币具有两面性，语言除了外在表现形式之外同时还具有声音性质。语言形式与结构的变化同样会牵引着其声音层面的调整。而就诗歌特别是中国传统诗歌而言，声音恰恰是决定其诗体类型的必要条件之一。无论是在韵律层面还是在节奏层面，传统诗歌的近体与古体、杂言与齐言乃至歌行与乐府等类型的划分，都离不开诗歌语言的声音规则。诗界革命的创作实践，同样瞄准了这一成就与规约传统诗歌模式的重要尺度，以勇于"破格"的胆识和才能对历史悠久而且戒律严密的声律系统进行突破，从而实现诗体形式的进一步转型；在此基础上，现代新诗的尝试者倡导并实践不拘对仗、平仄的自由诗体的建设，从而把诗界革命的成果推向了一个新的高度。

显然，这只是现代诗歌发展的维度之一，为了纠正与调整自由诗体所表露出来的自由散漫的弊端，另有一部分现代诗人则提出了创建现代格律诗体的主张，即"戴着脚镣跳舞"，以恢复诗歌的整齐外形与和谐声律。这一诗学态度与发展路向看似保守与复古，但实际上是在基于汉语言自身特点的前提下，对早期白话诗所冲淡和稀释的诗性诗味的寻找、恢复与重建。这种与早期自由诗体形式看似相互对立的"格律体"，其实与之有着

结语　诗界革命对现代新诗诞生的发生学意义

共同的渊源与谱系，这就是"诗界革命"。黄遵宪、梁启超、康有为、谭嗣同、蒋智由等晚清诗人游移于"散文化"与"格律体"之间的实践行为，表面上看起来像是在激进与保守之间的不断彷徨与挣扎，但实际上同样是基于对诗歌的诗性诗意的尊重与守护。梁启超（当然也包括谭嗣同、夏曾佑）由最早的"新学诗"尝试转向"诗界革命"的观念与姿态的调整就是明显的例子。而且，梁启超在其诗学主张的集大成者——《饮冰室诗话》中，乃至20世纪20年代的多篇论文中都体现出他对诗歌特性的把握与追求。甚至关于诗界革命的激进与保守之争，与对现代自由体诗及格律体诗（有的也被称为现代旧体诗）的优劣与存废的辩论之间也存在着"剪不断"的历史关联。

作为诗歌的本体组成部分，除了语言与声律之外，还有意象这一重要构件。古今中外的诗歌，都对意象的重视都有着共通之处。但不同的是，在中国传统诗歌中，意象更多地指向并聚焦于客观存在、具体可感的事物及其所寄托和引发的情感体验上面，而且这种物象的性质与情感的类型也有着相对固定的对象与范围。诗界革命的创作中就出现了对这种传统诗歌意象的突围与更新。这首先表现在对物象的两个要素——物与象的调整与更换上。随着诗人眼界的开阔与体验的新变，一些从未闻见的景观、器物、风土、发明，乃至制度、精神、文化层面的"物"闯入了诗歌领地，其中一部分有效地转化为"意象"。这就使"意象"中的"象"不再仅仅局限于传统诗歌中惯用的自然物象的描摹，而是新增了前所未有的外来器物与异域风情。这自然会给诗歌的思想内蕴及读者带来一种全新的体验与意识，从而形成思想与精神上内在转变的契机。即使在使用传统诗歌惯熟常用的物象时，诗界革命的诗人们也往往能够寄寓与传达前所未有的情感意识与思想体验，从而使"旧象"生出"新意"。其次诗界革命创作中还把传统诗歌中不太受重视的事态书写与摹述作为意象来对待。由单一具体的物象到对整个事件的发展演变过程，乃至其本质的抽象把握，不仅体现了诗人思维的严密性、逻辑性的增强，而且也昭示着诗人抽象概括能力的理性思维的提升。同时，意象的更新与嬗变也是对诗歌类型的丰富与完善。另外，因抽象的概念名词的大量入侵，造成诗歌意象在数量与影响力上的锐减，也导致了诗歌本体及表现功能上的变化。进而，诗歌意象上的

诗界革命：中国现代新诗的萌蘖

这些变化，也启发了现代新诗的发生与发展，具有全新内涵的新物象、抽象态意象以及事象成为现代诗歌意象中的普遍存在与重要表征。而论其开拓之功，则不能不归于诗界革命的大胆尝试、突破与铺垫。

从诗歌的内部结构来看，无论是语言、声律规则抑或是意象的外延及内涵的改变，都会或隐或现地表现在诗歌体式的变更上；而且诗歌体式也是诗歌本体特征变化最为外显的反映。诗界革命的同人致力于诗歌本体的"革命"，其目的之一就是使诗歌的形式更能契合发生变化的思想情感与意识体验。就诗歌生存的外部环境而言，晚清社会的时代特征，诗界革命同人的思想观念，诗歌依存和传播的媒介等因素，都作用或者牵引着诗体形式进行调整与变革，当然也体现在其中的语言、声律、节奏、意象等层面的变化上。可以说，外部条件的变化是通过诗歌的内部结构的变化来实现的，而内部结构的变化既体现了诗歌所处环境及创作主体因素的改变，同时也以诗歌体式更为集中地凸显出来。二者是相互缠绕、难以分割的统一体。为了实现诗歌体式上的革命，诗界革命的参与者发现了民间歌谣所具有的灵活多变、新鲜繁富的体式形式，并大胆地为我所用，以冲击和颠覆传统诗歌凝固僵化、陈陈相因的固定模式。黄遵宪对粤讴的重视和借鉴，梁启超等对台湾竹枝词的学习和模仿，不仅在当时掀起了一股热潮，而且也将诗歌体式引领进更为活泼与健康的发展轨道，使其不断地从民间汲取营养，以鲜活的生命力来对抗固定单一的诗体形式。这一实践路向的确立，不仅赋予了诗歌形式以青春与活力，而且还成为现代新诗发生发展过程中贯穿始终的精神资源与实践谱系。无论是胡适、刘大白、刘半农、周作人、鲁迅，还是郭沫若、徐志摩、闻一多、朱湘、穆木天、何其芳、艾青，乃至新中国成立后的郭小川、贺敬之等众多现代诗人，无不注重从民间歌谣中汲取养分，丰富和完善现代诗歌的体式创造。

除此之外，诗界革命的创作者还注重借鉴具有浓郁音乐成分的歌体诗，一方面借助音乐的特殊感化作用来传达情感，另一方面更重要的是借鉴其丰富多变而又不失节奏感和旋律美的诗性特征，进行旧诗体的改造和新诗体的建设。他们既采纳传统歌行体的灵活形式，也重视从外来音乐体式中汲取营养。更有意义的是，诗人自己创造能够直接谱曲演唱的歌词体诗。不可否认，黄遵宪尤其是梁启超等在创作歌体诗的主观理想中，包含

结语　诗界革命对现代新诗诞生的发生学意义

着重要的启蒙宣传的目的，但把启蒙的意图以易于普及和接受，但又不失诗性诗意的形式传达出来，正是基于他们对歌体诗独特的文体特征及功能的把握与贡献。而且，一些抒情写意式的歌诗同样能够给人以节奏旋律优美、诗情清新隽永的深刻印象。

不论是民谣体还是歌体诗，其内在诗行、节奏、韵律特点都表现得更为自由不拘，散文化的诗体形式自然成为诗界革命创作所体现出来的突出特征。当然，其主要成因还在于诗人们有意识地采纳"以文入诗"的创作策略。诗人本着"以我为主"的创作原则，大胆突破了传统诗歌的封闭藩篱，在词语的运用、声韵节奏的排列组合、句式的长短布置等层面，不再局限于传统诗体形式的固定模式，而是吸纳借鉴散文的长处与特征，创造出具有明显散文化倾向和特征的自由诗体形式。胡适"作诗如作文"的诗歌创作主张不也契合着"以文为诗"的创作理念与实践策略吗？

综上，诗界革命无论是在与外部环境（即文学活动中的"世界"）的双向互动的关系中，还是在创作主体精神世界的更新与主体意识的觉醒层面，以及在接受群体的集结与延续上，都为现代新诗的萌蘖创设了必备要素与充分条件。在此基础上，诗歌本体的嬗变则成为现代新诗发生、发展的最突出表征与路向标。诗界革命之于现代新诗发生的重要意义也就由此而彰显出来。借用王德威先生的一句话来概括："没有诗界革命，焉来现代新诗？"

需要补充说明的是，从诗歌本体的嬗变这一核心要素的现代转型来折射诗界革命之于现代新诗的发生学意义，有别于为现代新诗重新寻找与确立最初肇端的起源学研究。因为发生学侧重的是研究对象的生成背景及过程，而起源学关注的则是事件在历史中的最初出现。由于任何事件的起源，都很难找到一个最初的源头，即绝对的起始点——现代新诗的起源也不例外——并且也忽视了事件的生成机制，因此，它寻找到的源头有时是难以经得起推敲的，更无法解释为什么会发生这一事件。相比较而言，发生学研究的重心是研究对象的生成，即采用逻辑推理的方法解释事物从旧到新的转变过程，因而有效弥补了起源论研究存在的先天性不足。[①] 本文

[①] 汪晓云：《人文科学发生学：意义、方法与问题》，《光明日报》2005年1月11日。

的立足点即在于，对现代新诗发生的背景及核心要素——诗歌本体的现代转型进行考察，而不是从起源学的视角将其视为现代新诗的起点。因为诗界革命毕竟不像早期现代新诗的倡导者与实践者胡适那样闪烁着开风气之先的耀眼光芒，而且继诗界革命而起的诗歌创作，也并没有如胡适之后的白话诗人一般在中国诗坛上呼风唤雨，叱咤风云。这固然有客观的时代背景，如白话语言的逐渐成熟并开始深入人心等客观原因，同时也与早期现代新诗在本体与形态上与传统格律诗乃至古体诗确乎"迥然相异"密切相关。与胡适等早期白话诗人的创作实践相比，诗界革命中存在疑似"传统"形态或曰"旧风格"的诗作也的确是不争的事实。甚至与诗界革命同时存在的"同光体"乃至此后的南社中的复古，也多少遮蔽了诗界革命的现代性特质的彰显。但所有这些因素并不妨碍把诗界革命与现代新诗的发生之间加以勾连的研究思路，通过如上分析也足以证明这一研究方法的可行性与证据的可靠性。因此，从诗歌本体现代转型的角度来看，把诗界革命视为现代新诗发生的背景及生成机制，即确认前者是后者诞生的不可或缺的必要环节，则应该是合理的。

参考文献

《新民丛报》（1902—1907）
《清议报全编》
《新小说》（1902—1905）
《新青年》
徐中玉编：《中国近代文学大系·文学理论集》，上海书店1994年版。
赵家璧编：《中国新文学大系》（影印本），上海文艺出版社2003年版。
蔡元培等著：《中国新文学大系导论集》，上海书店出版社影印本1982年版。
丁福保编：《清诗话》（全二册），上海古籍出版社1978年版。
陈铮编：《黄遵宪全集》，中华书局2005年版。
黄遵宪：《人境庐诗草笺注》（上、中、下），钱仲联笺注，上海古籍出版社1981年版。
梁启超：《梁启超全集》，北京出版社1995年版。
丁文江、赵丰田编：《梁启超年谱长编》，上海人民出版社2009年版。
康有为：《康有为全集》，中国人民大学出版社2007年版。
谭嗣同：《谭嗣同全集》（增订本），中华书局1981年版。
《清末文字改革文集》，文字改革出版社1958年版。
钱仲联：《梦苕庵诗话》，齐鲁书社1986年版。
广东丘逢甲研究会编：《丘逢甲集》，岳麓书社2001年版。
姚淦铭、王燕编：《王国维文集》，中国文史出版社1997年版。
胡适：《胡适文集》，人民文学出版社1998年版。

胡适：《胡适留学日记》（上、下），安徽教育出版社1999年版。
姜义华等编：《胡适学术文集·语言文字研究》，中华书局1993年版。
陈独秀：《独秀文存》，安徽人民出版社1987年版。
鲁迅：《鲁迅全集》，人民文学出版社1981年版。
钟叔和编：《周作人文类编》，湖南文艺出版社1998年版。
郭沫若：《郭沫若全集》，人民文学出版社1986年版。
闻一多：《闻一多论新诗》，武汉大学出报社1985年版。
闻一多：《唐诗杂论　诗与批评》，生活·读书·新知三联书店1999年版。
朱乔森编：《朱自清全集》，江苏教育出版社1988年版。
朱光潜：《诗论》，上海古籍出版社2007年版。
王治心：《中国基督教史纲》，上海古籍出版社2004年版。
钟敬文编：《歌谣论集》（影印本），上海文艺出版社1989年版。
陈子展：《中国近代文学之变迁　最近三十年中国文学史》，上海古籍出版社2000年版。
钱基博：《现代中国文学史》，中国人民大学出版社2004年版。
刘纳：《嬗变——辛亥革命时期至五四时期的中国文学》，中国社会科学出版社1998年版。
中国社会科学院文学研究所《近代文学史料编写组》编：《近代文学史料》，中国社会科学出版社1985年版。
牛仰山编：《中国近代文学论文集1919—1949·概论诗歌卷》，中国社会科学出版社1981年版。
郭延礼：《中国近代文学发展史》，山东教育出版社1991年版。
郭延礼：《中国前现代文学的转型》，山东大学出版社2005年版。
袁进：《中国文学的近代变革》，广西师范大学出版社2006年版。
袁进：《近代文学的突围》，上海人民出版社2001年版。
陈建华：《"革命"的现代性——中国革命话语考论》，上海古籍出版社2000年版。
陈平原：《中国现代学术之建立——以章太炎、胡适之为中心》，北京大学出版社1998年版。
陈平原：《陈平原小说史论集》，河北人民出版社1997年版。

参考文献

夏晓虹：《晚清社会与文化》，湖北教育出版社2001年版。

夏晓虹：《觉世与传世——梁启超的文学道路》，中华书局2006年版。

夏晓虹等：《文学语言与文章体式——从晚清到"五四"》，安徽教育出版社2006年版。

朱德发：《世界化视野中的现代中国文学》，山东教育出版社2003年版。

朱德发、贾振勇：《现代中国文学史学》，山东大学出版社2002年版。

连燕堂：《梁启超与晚清文学革命》，漓江出版社1991年版。

张永芳：《诗界革命与文学转型》，中国社会科学出版社2004年版。

李继凯、史志谨：《中国近代诗歌史论》，吉林教育出版社1995年版。

栾梅健：《二十世纪中国文学发生论》，广西师范大学出版社2006年版。

蒋寅：《古典诗学的现代诠释》，中华书局2003年版。

李孝悌：《清末的下层社会启蒙运动：1901—1911》，河北教育出版社2001年版。

汪晖：《现代中国思想的兴起》，上海三联书店2004年版。

吕进：《文化转型与中国新诗》，重庆出版社2000年版。

谢冕、吴思敬编：《字思维与中国现代诗学》，天津社会科学院出版社2002年版。

林庚：《新诗格律与语言的诗化》，经济日报出版社2000年版。

冯胜利：《汉语的韵律、词法与句法》，北京大学出版社1997年版。

王力：《汉语诗律学》，上海教育出版社1979年新2版。

王一川：《中国现代性体验的发生》，北京师范大学出版社2001年版。

王一川：《汉语形象与现代性情结》，首都师范大学出版社2001年版。

王德威：《被压抑的现代性——晚清小说新论》，北京大学出版社2005年版。

杨联芬：《晚清至五四：中国文学现代性的发生》，北京大学出版社2003年版。

葛兆光：《中国思想史》，复旦大学出版社2001年版。

舒芜等编：《近代文论选》，人民文学出版社1999年版。

黄霖：《近代文学批评史》，上海古籍出版社1993年版。

叶维廉：《中国诗学》，生活·读书·新知三联书店1992年版。

高友工：《美典：中国文学研究论集》，生活·读书·新知三联书店2008

年版。

流沙河：《十二象》，生活·读书·新知三联书店1987年版。

王珂：《诗歌文体学导论》，北方文艺出版社2001年版。

王珂：《诗体学散论——中外诗体生成流变研究》，上海三联书店2008年版。

骆寒超：《20世纪新诗综论》，学林出版社2001年版。

章亚昕：《中国新诗史论》，山东教育出版社2006年版。

陈旭光：《中西诗学的会通》，北京大学出版社2002年版。

旻乐：《母语与写作》，山西教育出版社1999年版。

张桃洲：《现代汉语的诗性空间》，北京大学出版社2005年版。

穆木天：《穆木天文学评论选集》，北京师范大学出版社2000年版。

杨匡汉、刘福春编：《中国现代诗论》（上、下），花城出版社1985年版。

叶舒宪编：《神话—原型批评》，陕西师范大学出版社1987年版。

邓程：《论新诗的出路》，中国社会科学出版社2004年版。

孙玉石：《中国现代诗歌艺术》，人民文学出版社1992年版。

梁宗岱：《梁宗岱批评文集》，珠海出版社1998年版。

郑敏：《诗歌与哲学是近邻》，北京大学出版社1999年版。

郑敏：《结构—解构视角：语言·文化·评论》，清华大学出版社1998年版。

朱竞主编：《汉语的危机》，文化艺术出版社2005年版。

龙泉明：《中国新诗流变论》，人民文学出版社1999年版。

龙泉明：《中国新诗的现代性》，武汉大学出版社2005年版。

许霆：《旋转飞升的陀螺——百年中国现代诗体流变史论》，人民文学出版社2006年版。

陈思和：《中国新文学整体观》，上海文艺出版社2001年版。

罗振亚：《中国新诗的历史与文化透视》，黑龙江教育出版社2002年版。

蓝棣之：《现代诗的情感与形式》，人民文学出版社2002年版。

童庆炳：《文体与文体的创造》，云南人民出版社1994年版。

陶东风：《文体演变及其文化意味》，云南人民出版社1994年版。

王光明：《面向新诗的问题》，学苑出版社2002年版。

王光明：《现代汉诗的百年演变》，河北人民出版社2003年版。

袁可嘉：《半个世纪的脚印》，人民文学出版社1994年版。

吴思敬:《诗学沉思录》,辽宁人民出版社 2001 年版。
汪裕雄:《意象探源》,安徽教育出版社 1996 年版。
汪耀进:《意象批评》,四川文艺出版社 1989 年版。
蔡英俊:《意象的流变》,联经出版事业公司 1982 年版。
吕周聚:《现代中国文学沉思录》,齐鲁书社 2007 年版。
吕周聚、胡峰等:《中国现代诗歌文体多维透视》,山东人民出版社 2009 年版。
姜涛:《"新诗集"和中国新诗的发生》,北京大学出版社 2005 年版。
王泽龙:《中国现代诗歌意象论》,中国社会科学出版社 2008 年版。
王荣:《中国现代叙事诗史》,中国社会科学出版社 2004 年版。
陈爱中:《中国现代新诗语言研究》,中国社会科学出版社 2007 年版。
曹而云:《白话文体与现代性》,上海三联书店 2006 年版。
刘进才:《语言运动与中国现代文学》,中华书局 2007 年版。
吴晓峰:《国语运动与文学革命》,中央编译出版社 2008 年版。
吕进:《中国现代诗体论》,重庆出版社 2007 年版。
吕进:《新诗文体学》,花城出版社 1990 年版。
祝宽:《五四新诗史》,陕西师范大学出版社 1987 年版。
王书婷:《新诗节奏和意象的理论与实践》,华中科技大学出版社 2007 年版。
荣光启:《现代汉诗的发生:晚清至"五四"》,博士学位论文,首都师范大学,2005 年。
赖彧煌:《晚清至五四诗歌的言说方式研究》,博士学位论文,首都师范大学,2006 年。
刘冰冰:《在古典与现代性之间——黄遵宪诗歌研究》,博士学位论文,首都师范大学,2003 年。
张红军:《共生与互动——对中国 20 世纪前期文学观念变革与语言变革关系的考察》,博士学位论文,山东大学,2007 年。
颜同林:《方言与中国现代新诗》,博士学位论文,四川大学,2007 年。
杨站军:《游移在激进与保守之间——诗界革命研究》,博士学位论文,上海大学,2007 年。
[德] 恩斯特·卡西尔:《语言与神话》,于晓等译,生活·读书·新知三

联书店 1988 年版。

［俄］什克洛夫斯基等：《俄国形式主义文论选》，方珊等译，生活·读书·新知三联书店 1989 年版。

［意］翁贝尔托·埃科：《符号学与语言哲学》，王天清译，百花文艺出版社 2006 年版。

［美］勒内·韦勒克、奥斯汀·沃伦：《文学理论》（修订版），刘向愚译，江苏教育出版社 2005 年版。

［美］苏珊·朗格：《情感与形式》，刘大基等译，中国社会科学出版社 1986 年版。

［美］哈罗德·布鲁姆：《影响的焦虑——一种诗歌理论》，徐文博译，江苏教育出版社 2006 年版。

［美］马尔库塞：《现代美学析疑》，绿原译，文化艺术出版社 1987 年版。

［美］H. M. 卡伦：《艺术与自由》，张超金等译，工人出版社 1989 年版。

［美］大卫·宁编：《当代西方修辞学：批评模式与方法》，常昌富等译，中国社会科学出版社 1998 年版。

［美］爱德华·萨丕尔：《语言论——言语研究导论》，陆卓元译，商务印书馆 1985 年版。

［英］特伦斯·霍克斯：《结构主义和符号学》，瞿铁鹏译，上海译文出版社 1987 年版。

［法］皮埃尔·布迪厄：《艺术的法则——文学场的生成和结构》，刘晖译，中央编译出版社 2001 年版。

［法］米歇尔·福柯：《词与物——人文科学考古学》，莫伟民译，上海三联书店 2001 年版。

［法］雅克·德里达：《书写与差异》（上、下），张宁译，生活·读书·新知三联书店 2001 年版。

［法］雅克·德里达：《论文字学》，汪堂家译，上海译文出版社 2005 年版。

［法］罗兰·巴尔特：《符号学原理》，李幼蒸译，中国人民大学出版社 2008 年版。

［法］达维德·方丹：《诗学——文学形式通论》，陈静译，天津人民出版社 2003 年版。

参考文献

［德］威廉·冯·洪堡特：《论人类语言结构的差异及其对人类精神发展的影响》，姚小平译，商务印书馆 2004 年版。

［美］克林斯·布鲁克斯：《精致的瓮——诗歌结构研究》，郭乙瑶等译，上海人民出版社 2008 年版。

［日］松浦友久：《中国诗歌原理》，孙昌武等译，辽宁教育出版社 1990 年版。

后　记

　　本书是在我的博士学位论文的基础上修改而成的。在这里，我首先要感谢的是我的博士生导师吕周聚先生，是他把我引进了诗歌研究的领域。在此之前，我一直认为诗歌是高雅而又极为个人化的文学体裁，它具有诗人独特的情感体验与旁观者难以言说的话语表达方式。因此，我对诗歌始终抱着一种敬而远之的态度。在参与了吕老师主持的教育部课题《中国现代诗歌文体的多维透视》之后，我对诗歌研究有了初步的感知，并从中发现了中国诗歌的魅力和研究生长点，而且在吕老师的鼓励和指导下选择诗歌转型作为博士论文的选题。论文从题目的敲定、结构框架的确立、行文论证到最终形成书稿，都与吕老师的悉心指导与谆谆教诲密不可分。每每从老师渊博的学识、严谨的治学态度、热情而又真诚的关怀中得到启发与鼓励，我都庆幸能与良师相遇。无论是学业上还是事业上，老师的教诲与帮助都令我感激，并转化为驱使我不断前行的动力。

　　我还要感谢我的硕士生导师姜振昌先生对我的学术启蒙。十几年前，我凭着一腔热情报考了中国现当代文学专业的研究生，但在当时我对于学术研究还是懵懂无知的。是姜老师不弃，将我招于门下，并引领我跨进学术研究的门槛。吾也不敏，尽管还算用功，但离老师的殷切期待尚有差距，实在愧对恩师。姜老师的深厚学养、对学生的严格要求与精心呵护时刻激励着我，这也必将成为我此后取之不尽的财富。

　　感谢山东师范大学中国现当代文学（国家重点学科）学科的朱德发、王万森、魏建、吴义勤、李掖平、王景科、房福贤等教授的谆谆教诲和辛

后 记

勤栽培。无论是课堂上的点拨，还是开题与中期检查时的提醒，都使我少走了不少弯路，受益匪浅。山东师范大学文艺学专业的杨守森、赵奎英老师，以及复旦大学的袁进老师的教诲和帮助，我将铭记在心。感谢三位至今不知姓名的盲审专家对论文给予的肯定，以及组成我博士论文答辩委员会的所有专家对论文的赞扬和肯定，他们是：中国社会科学院的王保生、中国人民大学的程光炜、南开大学的耿传明、山东大学的孔范今、郑春、黄万华及山东师范大学的朱德发教授。

《首都师范大学学报》《东岳论丛》《山东社会科学》《齐鲁学刊》《中国石油大学学报》《山东师范大学学报》《齐鲁艺苑》及《齐鲁师范学院学报》的诸位编辑为扶掖后人付出了辛勤的汗水；同时，本书编辑郭晓鸿女士的严谨与敬业精神既让人感动，也为本书增色不少，在此表示诚挚的谢意。远在北京的诸位好友为论文的写作提供了资料上的便利，使我得以顺利完成论文写作，在此一并谢过。

感谢我的父母，他们年近古稀仍不辍劳作，正是他们对知识的朴素之爱、正直的为人、勤劳善良的品格和坚忍的本色，成为我求知和成长的不竭动力。我的妻子王莹女士，在我读博和工作期间，是她以瘦弱之躯扛起了照顾家庭与抚养儿子的重担，为我的学业和事业发展创造了宽松的条件。岳父岳母也为我分担了家庭的重任，全力支持我的学业。"谢谢"二字难以尽述心中对亲人的感激之情。

感谢齐鲁师范学院的领导、同事及所有帮助过我的人，真诚祝愿你们一生平安。我将继续努力，以更好的成绩回报大家的厚爱！

胡　峰

2015 年 6 月 30 日